Apocalipsis Z. La ira de los justos

AF276227

Literatura Fantástica

Manel Loureiro
Apocalipsis Z. La ira de los justos

Planeta

© Manel Loureiro, 2011
© Editorial Planeta, S. A., 2017
   Avda. Diagonal, 662-664, 08034 Barcelona (España)
   www.planetadelibros.com

Diseño de la cubierta: Booket / Área Editorial Grupo Planeta
Fotografía de la cubierta: © Christophe Dessaigne / Trevillion
Primera edición en Colección Booket: octubre de 2017
Primera edición en esta presentación: octubre de 2024
Segunda impresión: febrero de 2025

Depósito legal: B. 14.344-2024
ISBN: 978-84-08-29385-9
Impresión y encuadernación: QP Print
Impreso en España

Biografía

Manel Loureiro (Pontevedra, 1975) es escritor, abogado y presentador, y además ha trabajado como guionista en numerosos proyectos. En la actualidad colabora como articulista en diversos medios de prensa escrita de ámbito nacional, así como en diferentes radios y canales de televisión. Su primera novela, *Apocalipsis Z. El principio del fin*, comenzó como un blog en Internet que escribía en sus ratos libres. El blog se transformó en un fenómeno viral con más de un millón y medio de lectores online y la novela fue publicada en 2007. Se convirtió en un bestseller, cuya adaptación cinematográfica verá la luz próximamente. Sus siguientes obras, *Los días oscuros*, *La ira de los justos*, *El último pasajero*, *Fulgor*, *Veinte* y *La Puerta*, han sido éxitos de ventas, tanto en el panorama literario español como en el internacional. Manel Loureiro es uno de los pocos autores españoles contemporáneos que han conseguido situar sus libros en la lista de los más vendidos de Estados Unidos. En 2022 publicó *La ladrona de huesos*, una impactante novela de ritmo frenético y giros inesperados con la que volvió a cautivar a miles de lectores de todo el mundo. *Cuando la tormenta pase*, Premio de Novela Fernando Lara 2024, es la última novela que ha publicado.

 @manel_loureiro

@Manel_Loureiro

*Éste es para Rita y mis padres,
por su paciencia y amor infinito.
Gracias por estar siempre ahí*

1

Cuando partas hacia Ítaca
pide que tu camino sea largo
y rico en aventuras y conocimiento.

K. KAVAFIS, «Ítaca»

Como casi todas las cosas, empezó por puro azar.

Aquel pedazo del océano Atlántico llevaba muchos meses sin ser testigo de nada excepcional. Durante el último año y medio, tan sólo un par de ballenas y algo de basura flotante habían cruzado por aquel espacio de mar, situado en un punto intermedio entre América y Europa. Aunque jamás había estado situado en las principales rutas de transporte marítimo, la ausencia humana era más acusada que nunca. Ni un solo barco, ni una vela o columna de humo se vislumbraba en el horizonte. Nada.

Era como si el ser humano hubiese desaparecido de la faz de la Tierra. Y, pensándolo bien, eso era exactamente lo que había ocurrido. O casi. Pero en aquel punto perdido en medio del mar no había nada ni nadie a quien aquello le importase, o que al menos pudiese reflexionar sobre ello. Y sin embargo, allí continuaban pasando cosas.

Al principio fue un pequeño aumento de temperatura, apenas unos cuatro o cinco grados. El sol de agosto había estado calentando la superficie del agua durante varios días seguidos, provocando una evaporación invisible pero constante. Todas aquellas toneladas de vapor de agua habían ido ascendiendo rápidamente a la atmósfera, tan rápido que a medida que subían se enfriaban a toda velocidad, transformándose en una densa capa de nubes. Al mismo tiempo, la presión atmosférica comenzó a caer en picado, mientras en las áreas circundantes el viento, impulsado por la diferencia de presión y la rotación de la Tierra, comenzaba a moverse en gigantescos círculos perezosos, que adquirían cada vez mayor velocidad.

De haber estado allí presente algún meteorólogo (cosa difícil, porque en aquel momento apenas quedaban vivos unos cuarenta especialistas del clima en todo el mundo y casi todos ellos estaban más preocupados en sobrevivir que en contar isobaras) habría sido capaz de decir que aquello era una célula de convección de tormenta. O, mejor dicho, una supercélula. Y habría añadido que las supercélulas eran sumamente extrañas tan al norte. Pero en aquel trozo de mar no había nada, ni nadie. Los satélites meteorológicos que debían vigilar el océano habían ido apagándose o se habían estrellado contra la atmósfera a lo largo de los últimos meses por falta de mantenimiento, y las salas de control en la Tierra estaban abandonadas. Por otra parte, no quedaba nadie que pudiese dar el aviso. Por eso, cuando treinta horas más tarde aquella supercélula de convección se transformó en un huracán de fuerza 3 y comenzó a avanzar hacia la costa africana, no hubo ni un solo testigo del nacimiento de aquel monstruo atmosférico.

Y debido a eso, nadie pudo avisar a los tripulantes de un pequeño velero situado cuatrocientas millas al este de que el infierno estaba a punto de desatarse sobre sus cabezas.

2

—¿Qué tenemos hoy para comer? —La pregunta salió disparada de la boca de Prit en cuanto asomó la cabeza dentro del tambucho del *Corinto II*.

—Adivina —mascullé con media sonrisa, mientras me volvía para observar la cara de mi compañero de tripulación. Bajo, fibroso y con un sorprendente estado físico, para estar más cerca de los cuarenta que de los treinta, los intensos ojos azules de Viktor Pritchenko me miraban desde la puerta de acceso que daba al interior del velero, mientras el viento removía su largo cabello rubio. El sol había tostado la piel del antiguo piloto de helicópteros ucraniano hasta darle un espectacular tono cobrizo que contrastaba enormemente con su rubio y pajizo bigote.

—No me digas que tenemos pescado otra vez —gimió Viktor—. ¡Estoy harto de esta dieta de sardina!

—Y yo también —sonreí—, pero tenemos que aprovechar que estamos atravesando una buena zona de pesca. No sabemos lo que vamos a tardar en llegar a tierra, ni cuándo volveremos a tener algo comestible nadando cerca. Además, sabes que las reservas de a bordo son para una emergencia.

Vi cómo el ucraniano se relamía mentalmente pensando en las escasas latas de conserva que se apilaban en un pequeño armario al fondo del camarote, pero finalmente su buen juicio se impuso. Con un gemido se volvió y se dirigió de nuevo a cubierta, mientras rezongaba en ucraniano una retahíla de maldiciones. Justo cuando apoyaba los pies en el primer escalón, una enorme bola de pelo naranja saltó sobre él como una bala de cañón, haciéndole trastabillar y caer al suelo. Las maldiciones del ucraniano subieron un poco de tono, mientras trataba infructuosamente de sujetar al inquieto gato persa que le observaba divertido y juguetón desde lo alto de una litera, pero no llegó a enfadarse. Hacía falta mucho más que eso para que el eslavo perdiese los nervios.

—¡Sujeta de una vez a tu condenado gato o te juro por Dios que un día de éstos lo lanzo por la borda!

—No lo creo —respondí sin levantar la vista de las caballas recién pescadas que estaba limpiando—. Sé que en el fondo estás encariñado con él, y además no es mi gato. Creo que *Lúculo* piensa que todos nosotros le pertenecemos a él.

Como para manifestar su aprobación, *Lúculo* profirió un largo y sonoro maullido a la vez que saltaba de la litera y se dirigía entre contoneos gatunos hacia mí, con la esperanza de que aquellas entrañas de pescado acabasen en su plato. Pritchenko salió definitivamente de la cabina y volvió a dejarme solo con mis pensamientos.

Me miré las manos, llenas de ampollas y escamas de pescado, y se me escapó una risita amarga. Aún me parecía increíble. Apenas un año y medio atrás, mi vida era totalmente diferente. Era un respetado abogado que vivía y trabajaba en Pontevedra, una pequeña ciudad situada en el noroeste de España. Allí tenía mi vida, mis amigos, todo mi jodido y encantador pequeño universo. Un pequeñoburgués, treintañero, alto, delgado, guapo —según decían— y con todo el futuro a sus pies. Un fruto brillante del árbol del *baby boom*. Nacido con una flor en el culo, como acostumbraban a decir en mi familia.

Es cierto que mi pequeño universo también tenía sus goteras. Mi mujer se había matado en un estúpido accidente de tráfico (*¿hay alguno que no lo sea?*) unos meses antes de la pandemia y a mí me había llevado mucho tiempo remontar el profundo hoyo negro de depresión en el que me había enterrado, sin saber muy bien cómo.

Cuando el Apocalipsis se desató yo estaba empezando a recuperar el paso después de un año desastroso, en el que la desesperación me había apretado tanto el cuello que había abandonado casi por completo el trabajo, los amigos y la familia, atenazado por la culpa y una pena inextinguible. *¿Por qué diablos dejé que condujera ella, con semejante noche de perros?* Durante aquellos meses alcohólicos y borrosos había visto tantas veces el fondo de la botella que había llegado al punto de desear ver el fondo del cañón de una escopeta de cerca. Sería fácil, rápido, y si se hacía bien, indoloro... y justo entonces llegó *Lúculo*.

Aquel pequeño gato persa de color naranja fue un regalo de mi hermana, preocupada por mi descenso a los infiernos. *¿Qué demonios habrá sido de ella? ¿Dónde puñetas estará?* Y sin duda con aquel regalo había acertado, pues la necesidad de cuidados de aquel gatito me permitió olvidarme de mi autocompasión y salir adelante. Pero ésta es una historia demasiado vieja.

Lo cierto es que los problemas de todo el mundo quedaron empequeñecidos durante aquellas Navidades de hacía año y medio, cuando las puertas del infierno se abrieron en Daguestán. He de reconocer que yo, al igual que la mayoría de los habitantes de Occidente, ni siquiera había oído hablar en mi vida de aquella pequeña república exsoviética perdida en medio de Asia Central. No sé si aquel diminuto país llegó a tener en alguna ocasión un jodido

Ministerio de Turismo, pero si era así deberían darles un premio (*póstumo*) porque las dos últimas semanas en las que el planeta tuvo medios de comunicación el nombre de aquel pedazo de tierra perdido en el Cáucaso fue sin duda el más repetido en todas las naciones del globo.

La historia es conocida; de hecho, cualquiera que aún siga vivo en este planeta la conoce a la perfección. Un grupo de chalados extremistas (*Allah Akbar!!*) proveniente de la cercana Chechenia intenta asaltar un viejo depósito de armas de la época soviética con la intención de conseguir material de guerra para su Yihad. El asalto tiene éxito, pero el botín es una basura. En vez de AK-47, granadas, RPG y cintas de munición, los muyahidines se encuentran con un laboratorio de la época soviética medio abandonado, custodiado por una docena de soldados olvidados, y lleno únicamente de probetas, tubos de ensayo y unos cuantos frigoríficos de alta seguridad. El resultado es frustrante, y el cabecilla checheno, cabreado, ordena a sus hombres que arrasen el lugar antes de irse, incluyendo aquellos enormes frigoríficos con pegatinas de advertencia y carteles en cirílico cubriendo sus puertas.

Ésa es la última orden que da y, sin duda alguna, la más estúpida de todas. Menos de quince minutos después, él y todos sus hombres están infectados con el virus TSJ, que llevaba veinticuatro años durmiendo tranquilamente en el fondo de un matraz dentro de aquella nevera. Tan sólo cuarenta y ocho horas después el virus ya se expande sin control por Daguestán y en apenas dos semanas por todo el mundo de manera incontrolable. Llegado ese momento, el cabecilla guerrillero del asalto ya está muerto (o, mejor dicho, convertido en un No Muerto) por lo que no es consciente de que con su pequeño asalto ha desencadenado el Apocalipsis sobre la faz de la Tierra. La humanidad, borrada del mapa por culpa de una pandilla de pastores analfabetos que no supieron leer los carteles de advertencia en un frigorífico. Irónico. Jodidamente irónico.

Cuando el TSJ se expandió por todo el planeta, los acontecimientos se sucedieron muy rápidamente. Aquel pequeño virus liberado de manera accidental por el guerrillero de nombre desconocido resultó ser un cabrón de la peor especie. No sólo era un virus extremadamente contagioso y letal, sino que su código genético estaba programado para seguir extendiéndose incluso después de haber eliminado a su receptor portador.

Su creador (ya que el TSJ era un producto de la mente humana) había sido uno de los mejores virólogos que había dado la Unión Soviética. Aunque llevaba muerto y olvidado hacía al menos dos décadas, había hecho un trabajo brillante de bioingeniería antes de morir cuando intentaba huir a Occidente a través de Berlín Oeste. El TSJ había sido su legado científico más brillante, pero lamentablemente había quedado olvidado cuando todo el proyecto que dirigía fue sometido a la inevitable purga posterior a su muerte. Todos sus experimentos habían quedado confinados en aquellas neveras de seguridad, a la espera de una posterior reevaluación, pero la pesada burocracia soviética primero y la caída de la URSS más tarde ayudaron a que todo aquello se traspapelara y se perdiera en el olvido. Hasta aquel día.

Los infectados por el TSJ no lo tenían nada fácil. Primero morían entre violentas convulsiones y terribles dolores, de una virulencia similar a la del ébola, para levantarse horas más tarde, cuando ya estaban clínicamente muertos, convertidos en una especie de sonámbulos agresivos que atacaban a todo ser vivo que se cruzase en su camino. No Muertos, comenzó a llamarlos la prensa. Hasta que la prensa dejó de existir, porque la mayor parte de sus integrantes había engrosado la legión de infectados que rápidamente estaban ocupando el mundo.

A mí todo aquello me pilló como en una pesadilla. Cuando quise darme cuenta estaba envuelto en una de las innumerables evacuaciones ciudadanas que se dieron de forma simultánea, mientras el orden social se resquebrajaba en pedazos y el caos se extendía por todo el mundo como un incendio por una pradera. A los medios de comunicación les siguieron las telecomunicaciones y, más tarde, incluso las estructuras de gobierno empezaron a colapsarse. En el plazo de tres semanas desde la llegada de la infección a España, todo había acabado. Ya no quedaba ningún orden. Ya no quedaba población. De los miles de millones de habitantes que ocupaban el mundo un mes antes, apenas un puñado de supervivientes, unos pocos miles, correteábamos de aquí para allá intentando sobrevivir, entre un mar de No Muertos, pasivos y no muy inteligentes, pero avasalladores por su número. Estaban en todas partes, sin necesidad de comer o de dormir, y a los supervivientes tan sólo nos había quedado una alternativa viable.

Huir.

Sumergí las caballas destripadas en un cubo de agua de mar, pero dejé aparte las entrañas para el gato, en su cubilete de comida. *Lúculo* me observaba con atención felina, como preguntándose por qué diablos estaba tardando tanto en servirle.

—Aquí tiene el señor. —Le acaricié el lomo mientras se abalanzaba sobre los restos del pescado—. Ya sé que no es Whiskas precisamente, pero al menos es algo, chico.

Lúculo comenzó a masticar ruidosamente, mezclando chasquidos con gorjeos de satisfacción. Mientras observaba cómo el gato engullía las entrañas no pude evitar que una ola ácida me subiese a la boca desde el estómago. Me apoyé en un mamparo mientras las náuseas pasaban. Había contemplado la muerte terrible de demasiadas personas durante los últimos meses y, en ocasiones, pequeñas cosas cotidianas como aquélla me provocaban un enorme malestar. Algo natural, si se piensa que antes del Apocalipsis lo más cerca que había estado de un ser muerto había sido mientras compraba chuletas en el supermercado. *Lúculo* levantó la vista de su plato y me observó, ligeramente asombrado del color pálido que había tomado mi piel. Juiciosamente, decidió no hacer ningún comentario gatuno y se concentró de nuevo en acabar su ración.

Moviéndome trabajosamente en el pequeño espacio de la cabina, me acerqué hasta el baño del *Corinto II*. No habíamos tenido tiempo de hacer aguada antes de zarpar, así que el agua dulce a bordo estaba severamente racionada. Habíamos llenado el depósito de servicio, que utilizábamos para lavarnos, con agua salada extraída directamente del océano. La sal corroería todas las conducciones del buque en pocos meses, pero confiaba en que no tuviésemos que permanecer tanto tiempo a bordo del barco. El resultado de dos semanas de lavarse con agua salada se veía en nuestro pelo encrespado y en las aureolas de salitre que acartonaban toda nuestra ropa.

Me lavé la cara varias veces y me observé en el espejo astillado del lavabo. Desde el otro lado me contemplaba un hombre moreno, de facciones angulosas y con una densa mata de cabello negro. Los ojos, profundos y oscuros, estaban ligeramente inyectados de sangre, producto de la falta de sueño y de largas semanas de estrés. O quizá debería decir meses.

Mi vida había sido una completa odisea desde el momento en que me vi forzado a abandonar mi ciudad a causa de la expansión de la pandemia. Primero había huido en barco a la cercana ciudad de Vigo, donde se había formado el mayor Punto Seguro de Galicia, sólo para descubrir que aquélla era una ciudad arrasada. Tras una serie de peripecias había entablado amistad entre las ruinas de la ciudad con Viktor Pritchenko, un piloto de helicópteros ucraniano contratado para combatir incendios forestales y que se había visto atrapado en Galicia por aquella catástrofe, a miles de kilómetros de su familia y su hogar.

Desde aquel momento, Viktor y yo habíamos sido inseparables. Sin ninguna duda, el hecho de estar juntos nos había salvado la vida en más de una ocasión. Empezamos a actuar como un equipo mientras tratábamos de abrirnos camino a través de las ruinas calcinadas y llenas de No Muertos de la ciudad de Vigo y a continuación a lo largo de todo nuestro agitado viaje de huida desde la península, que nos llevó finalmente hasta las islas Canarias. Descubrir que las Islas Afortunadas se habían convertido en un enorme campamento de refugiados al aire libre, ocupado por supervivientes llegados de todo el mundo, con un racionamiento y una represión militar feroz, y encima al borde de una guerra civil, había sido un duro golpe para nuestras esperanzas.

Cuando la situación se hizo insostenible y nuestras vidas comenzaron a correr peligro, decidimos que buscar nuevos horizontes era la única alternativa viable. Las islas de Cabo Verde no estaban excesivamente lejos, y ya antes del Apocalipsis habían sido un lugar remoto y poco poblado. Confiábamos en que la infección no hubiese llegado hasta allí. Podría ser un sitio estupendo para que reiniciásemos nuestras vidas.

Y además estaba Lucía, por supuesto.

Salí del baño, deslizándome entre la mesa central y la base del mástil que bajaba desde la cubierta hasta incrustarse en lo más hondo de la quilla del barco. La puerta que daba al camarote de proa estaba entreabierta. Asomé la cabeza, procurando hacer el menor ruido posible. Tumbada sobre la cama, Lucía dormía profundamente. Llevaba puesto únicamente un biquini estampado con flores rosas y uno de sus brazos colgaba relajado por un costado de la cama. En su mano aún sujetaba una vieja revista de moda que debía de haber salido de la imprenta hacía mucho, mucho tiempo, pero que componía el grueso de la biblioteca de a bordo, junto con un manual de navegación y medio periódico deportivo que el último propietario del barco había usado hacía casi un millón de años antes para calzar unos bidones en la sentina.

Lucía se había unido a nuestro pequeño grupo tan sólo unos cuantos días después de que Prit y yo nos hubiésemos conocido. En el caos que se originó cuando se ordenó la evacuación de los principales núcleos de población, aquella chica se había visto separada de su familia.

Perdida y asustada, había acabado refugiándose en el sótano de un hospital, donde había sobrevivido atrincherada hasta que Prit y yo nos tropezamos con ella. Sin que supiese muy bien cómo, y antes de que nos diésemos cuenta, nos enamoramos profundamente, pese a una diferencia de edad de casi quince años.

Definitivamente, pensé con una media sonrisa, el mundo había cambiado un montón. La mayoría de esos cambios habían sido una mierda del tamaño de un portaaviones, pero algunas cosas, como haber conocido a aquella chica, hacían que de vez en cuando agradeciese profundamente que aquel estúpido asalto de Daguestán hubiese tenido lugar.

Sin embargo, pese a todo el desorden, pese a todo el caos, la muerte y la devastación que se había abatido sobre el mundo por culpa de aquel maldito accidente, ciertas cosas no habían cambiado ni un ápice. Los hombres seguían siendo violentos, egoístas y peligrosos y, si la ocasión lo requería, seguían siendo unos asesinos natos; pero también seguían riendo, cantando, soñando y llorando y, si se terciaba, enamorándose.

Sobre todo si se encontraban con una mujer como aquélla.

Era el tipo de hembra que, antes del Apocalipsis, crearía un atasco con su mera presencia y haría que los hombres con los que se cruzaba por la calle girasen la cabeza. *Y ahora también*, me corregí mentalmente, sólo que en el mundo ya no quedaban demasiados hombres a los que poder impresionar.

Alta, esbelta, con unas piernas interminables, una cabellera negra que enmarcaba una cara armoniosa de altos pómulos y dos brillantes ojos verdes, tenía esa belleza provocativa y sensual que suelen tener las mujeres cuando abandonan la adolescencia. Con tan sólo dieciocho años, a menudo me recordaba a una pantera, sobre todo cuando se estiraba perezosamente, como hacía en aquel momento.

Tratando de no sobresaltarla, me acerqué a ella y le besé suavemente el cabello. Lucía gimió en sueños y se dio la vuelta, con los ojos entornados.

—¿Qué sucede? —me preguntó con voz adormilada—. ¿Ya es mi turno de guardia?

—No, cariño —le susurré mientras pasaba mis manos por sus largas piernas.

Lucía había hecho el último cuarto de la guardia nocturna, y llevaba durmiendo tan sólo cuatro horas. Se suponía que los tres teníamos que hacer el mismo número de horas de guardia, pero Prit y yo sabíamos que Lucía estaba al límite de su resistencia física, así que procurábamos ahorrarle al menos un par de horas cada uno. Ella no era tonta y se daba cuenta de lo que hacíamos, pero interiormente nos agradecía el gesto. El agotamiento nos estaba pasando factura a todos, aunque Prit y yo teníamos más fondo físico, al menos de momento.

—Sigue durmiendo. Aún puedes descansar al menos tres horas más antes de que tengas que subir a cubierta.

—¿Por qué huele tanto a pescado? —preguntó de repente, arrugando la nariz.

—¡Adivina cuál es el menú que tenemos hoy! —respondí algo avergonzado, mientras procuraba ocultar mis manos llenas de escamas de pescado debajo de la colcha.

—Brffgghhh. —Lucía se dio la vuelta y se tapó la cabeza con la almohada.

Justo en ese momento, el barco dio un bandazo cuando una ola un poco más alta golpeó el casco de costado. Pensé que si íbamos a tener una tarde de mar movida debía acabar con la comida cuanto antes, para ayudar a Prit a ayustar los cabos.

—En fin, ya que me preguntas —continué sin compasión—, te diré que estuve dudando entre preparar unos filetes Wellington con reducción de Oporto y patatas asadas o unas simples caballas cocidas sin acompañamiento. Sé que, en el fondo, Viktor y tú sois dos personas de gustos sencillos, así que me incliné por el menú más ligero y...

—¡Cállate de una vez o te haré callar yo de otra manera! —me dijo mientras enlazaba sus manos detrás de mi cuello y me miraba fijamente con sus enormes ojos verdes.

Un nuevo bandazo me hizo perder el equilibrio y caí sobre ella. Noté la presión de sus senos contra mi pecho desnudo y el sabor cálido de su saliva cuando me besó durante unos segundos que parecieron interminables. Algo empezó a agitarse dentro de mis pantalones y de repente sentí que la temperatura de aquella cabina subía varios grados de golpe.

—Quizá podríamos tomarnos el postre antes de la comida —le susurré en el oído, mientras mi mano se deslizaba hacia el nudo de la parte superior de su biquini.

Por toda respuesta, ella arqueó la espalda para facilitarme la maniobra mientras me mordisqueaba el cuello. De repente, un nuevo golpe de mar sacudió violentamente el casco del *Corinto II,* tan violentamente que nos hizo rodar a los dos contra el mamparo de estribor. Mi espalda golpeó contra una esquina puntiaguda —cumpliendo la vieja norma marinera de que siempre que salgas despedido de espaldas contra algo tropezarás con la única parte que pueda hacerte daño— y por un momento se me cortó la respiración.

—¿Estás bien? —preguntó Lucía tratando de sofocar las carcajadas que subían por su garganta—. No sabía que te referías a esto cuando decías que...

—Yo tampoco, créeme —rezongué, mientras me echaba la mano a la base de la espalda. Dolía como si me hubiesen clavado un piolet en la columna—. ¿Qué cojones está haciendo Viktor ahí arriba?

La voz urgente del ucraniano me respondió antes de que pudiese decir nada más.

—¡Subid a cubierta cuanto antes! ¡Tenéis que ver esto!

De un salto abandoné la cama y me lancé hacia la portilla que daba a cubierta. Al atravesar el comedor del barco fui levemente consciente de que la tartera donde estaba el pescado había caído al suelo y que *Lúculo* estaba acechando con ojos golosos a las caballas destripadas que se movían por el suelo de un lado a otro siguiendo los bandazos cada vez más fuertes que daba el barco. Decidí que ése era un asunto que podía esperar y me propulsé por las escaleras hasta asomar la cabeza en cubierta.

El espectáculo me dejó boquiabierto. La última vez que había estado fuera de la cabina había sido dos horas antes, cuando había estado pescando las caballas que en aquel momento saltaban alocadamente por el suelo del comedor. El cielo, que entonces estaba totalmente despejado, como todos los días desde que habíamos salido de Tenerife, se había transformado en un inquietante mosaico blanquecino.

Sobre nuestras cabezas pasaban rápidamente jirones de nubes a media altura, que se agrupaban y se separaban de forma alocada. El mar, que estaba bastante tranquilo hasta hacía apenas un rato, comenzaba a cubrirse de cabritillas de espuma que golpeaban los costados del barco sin ningún orden aparente. Pero cuando volví la cabeza a barlovento sentí que la sangre desaparecía de mi cara. Un enorme muro negro cruzaba todo el horizonte hasta más allá de donde alcanzaba la vista, iluminado cada pocos segundos por el resplandor de docenas de rayos que no podíamos ver desde allí. Aquel monstruo era muchísimo más grande que la mayor de las tormentas que jamás había visto en alta mar.

Me dejé resbalar hasta la bañera del timón y eché un vistazo al barómetro. Como había sospechado, la columna de mercurio estaba increíblemente baja, y seguía descendiendo ante mis ojos de una manera perfectamente visible.

Tragué saliva y por un momento deseé que todo aquello fuese sólo una pesadilla. Había oído hablar de un desplome barométrico con anterioridad, pero jamás pensé que fuese a ver uno en persona. Y menos en aquellas circunstancias, a cientos de millas del puerto más cercano y en un barco viejo con el aparejo en mal estado.

—¿Qué puñetas es eso, capitán? —A los ojos de Viktor, que yo tuviese el título de patrón de embarcaciones de recreo me convertía automáticamente en un avezado marino. El hecho de que aquel título sólo me habilitase para pilotar pequeñas embarcaciones y que, hasta entonces, jamás me hubiese alejado más de tres millas de la costa no parecía importarle demasiado, pero yo estaba aterrorizado.

—Aún no estoy seguro, Víctor —respondí mientras hacía girar apresuradamente el enrollador del *spinnaker*—. Pero, si es lo que me temo, podríamos estar metidos en un problema bien gordo.

—¿Cómo de gordo? —preguntó el ucraniano mientras me ayudaba a recoger la vela.

—Viktor, esto es grave —le respondí quedamente, mientras le miraba muy serio. Lucía se había asomado por la escotilla y nos escuchaba con los ojos muy abiertos, mientras observaba el muro de nubes que se desplazaba velozmente hacia nosotros—. Espero equivocarme, pero si no es así... puede que dentro de menos de dos horas estemos muertos.

3

De haber ocurrido cuando el mundo todavía era un lugar habitado por humanos, aquella supercélula que se desplazaba hacia la costa africana habría sido sometida a un seguimiento exhaustivo por el Centro de Control de Huracanes. Alguien habría cogido la lista alfabética de nombres que se confeccionaba al principio de cada año y habría buscado el nombre que le correspondía a aquel huracán en concreto. *Edna*, habría leído. No era un mal nombre. Hacía que el seguimiento fuese más fácil, y además permitía que los informativos de televisión pudiesen dramatizar un poco sobre el huracán cuando éste tocase tierra, como si fuese una personalidad errática, destructiva y malvada con voluntad propia, en vez de un cúmulo de bajas presiones. Pero no quedaba nadie que pudiese hacer aquello.

Por eso cuando el *Edna* finalmente tocó tierra a la altura de Casablanca nadie fue testigo de la devastación que causó en la ciudad, donde arrasó lo poco que quedaba en pie y enterró a miles de No Muertos entre las ruinas.

Y tampoco hubo nadie que fuese testigo de la furia diez veces mayor que el *Edna* desató doscientas millas mar adentro.

Nadie, excepto tres personas.

4

—¡Cuidado, Viktor!

Justo después de pronunciar esas dos palabras, una ola del tamaño de un edificio de dos pisos se derrumbó sobre el maltrecho casco del *Corinto II* haciendo gemir todos los cabos y provocando que el mástil se doblase peligrosamente hacia estribor. La borda quedó totalmente sumergida bajo el agua y por un momento estuve seguro de que el barco iba a volcar y de que había llegado nuestra última hora.

Me enjugué el agua salada que me inundaba los ojos y volví a mirar fijamente hacia la proa, al lugar donde el pequeño ucraniano estaba apenas dos segundos antes tratando de cazar una escota que se había soltado a causa del fuerte viento. Entre las turbonadas de aire y las ráfagas de agua que salpicaban en todas direcciones adiviné la figura de Pritchenko, envuelto en un impermeable de mal tiempo y sujeto a un cabo de seguridad, tosiendo y jadeando como un perro a punto de ahogarse. El golpe de mar lo había lanzado contra el mástil, con tan buena fortuna que el chaleco salvavidas que llevaba puesto había amortiguado el golpe. Si el agua lo hubiese arrastrado tan sólo cuarenta centímetros a un lado o a otro del poste de fibra de carbono, posiblemente habría salido despedido por encima de la borda.

—¿Estás bien? Viktor... ¿Estás bien? ¡Contesta, joder! —Hice bocina con las manos, para que mi voz llegase hasta mi amigo, pero el aullido del viento entre las jarcias era tan salvaje que resultaba imposible que el ucraniano me oyese, aunque se encontraba a apenas tres metros de mí. Sin embargo, debió de adivinar cuál era mi pregunta, porque con un gesto cansado levantó los dos brazos por encima de su cabeza con los pulgares extendidos.

El huracán llevaba azotándonos sin misericordia desde hacía seis horas y para mí resultaba un auténtico misterio que no hubiésemos muerto ahogados al menos una docena de veces a lo largo de todo ese tiempo. Aquel yate no estaba diseñado para aguantar ráfagas de viento de semejante fuerza, ni siquiera cuando era un flamante velero recién salido de un astillero, y mucho menos en su actual estado. La primera muestra de que las cosas no iban bien fue a las dos horas de tormenta, cuando la vela génova se partió con un sonido chirriante y se alejó volando en medio del vendaval como la capa aleteante de una bruja.

Desde aquel momento habíamos estado capeando el temporal con muy poco trapo en el mástil, tratando de ir siempre por delante de las olas que amenazaban con tragarnos en cualquier instante. Hacía mucho rato que había perdido la noción del tiempo. Sentía los brazos agarrotados tras tantas horas tratando de sujetar el timón. Nuestra única posibilidad de supervivencia pasaba por mantenernos siempre en la dirección del viento y de las olas. El *Corinto II* se había portado admirablemente bien hasta entonces, cabalgando las monstruosas olas cada vez que una de aquellas moles del tamaño de colinas nos alcanzaba por popa.

Cuando eso sucedía, el barco comenzaba a trepar lentamente por la superficie abombada del mar hasta llegar a la cima de la ola, coronada por un remolino de espuma de color sucio. En ese momento, todo el casco quedaba expuesto a la acción del viento, lo que hacía que el velero avanzase con rapidez hasta llegar al borde de la cresta. Entonces, en medio de un ruido atronador producido por miles de toneladas de agua desplazándose a toda velocidad, el yate se precipitaba por la otra cara de la ola, con la proa apuntando directamente al seno que se producía entre dos ondas. Al llegar allí, se clavaba como un cuchillo en mantequilla caliente y, por unos segundos, hundido entre dos olas gigantescas, el viento dejaba de soplar. Entonces, la siguiente ola levantaba la popa del *Corinto II* y el ciclo volvía a empezar, una y otra vez. Así durante seis interminables horas.

Aquello tan sólo tenía un final posible. En algún momento, alguna ola traicionera viraría el barco unos cuantos grados a babor o a estribor, dejando el velero situado de través en el seno que se formaba entre dos olas. Cuando la siguiente ola golpease el barco lo haría volcar de manera inevitable.

Un crujido ominoso me devolvió a la realidad. A lo largo de la base del mástil había aparecido una fina grieta del grosor de la punta de un lápiz que un segundo antes no estaba ahí. Atónito, comprobé cómo cada vez que el barco alcanzaba la cima de una ola la grieta se extendía y se ensanchaba. Calculé mentalmente que seguramente el mástil aguantaría apenas un par de minutos antes de partirse por completo.

—¡Prit! ¡Prit! —aullé con desesperación mientras señalaba hacia el mástil haciendo grandes aspavientos—. ¡Los cabos! ¡Hay que cortar todos los cabos inmediatamente!

El ucraniano me miró confuso al principio, pero enseguida comprendió la gravedad de la situación: si el mástil se rompía y caía por la borda, todavía permanecería sujeto al resto de la embarcación por los gruesos obenques de acero trenzado que lo mantenían en posición. Con el mástil y todo el aparejo haciendo de lastre bajo el agua, el *Corinto II* perdería toda maniobrabilidad y moriríamos en pocos segundos.

Prit no era un marinero nato, pero desde luego era un tipo despierto. Su rapidez de reflejos le había mantenido con vida mientras miles de millones de personas habían fallecido durante aquella locura. Actuando con celeridad sujetó el obenque más cercano y con la punta de su cuchillo atacó los pasacabos y tiradores que lo mantenían sujeto a cubierta, tratando infructuosamente de liberar el cable de acero. Las venas del cuello del ucraniano se hincharon mientras hacía palanca con la hoja del cuchillo. Incluso entre las rachas de viento que me sacudían de un lado a otro pude oír el gruñido que emitió cuando la punta de su cuchillo se partió y quedó insertada en el hueco.

—¡Es inútil! —me gritó, mientras sacudía su cuchillo inservible sobre la cabeza—. ¡No puedo soltar esta maldita cosa!

Me quedé helado. Estábamos muertos. Total y jodidamente muertos.

Una mano firme me golpeó en la espalda. Sin soltarme del timón me giré y vi que Lucía había subido a cubierta. La joven llevaba puesto un salvavidas de emergencia, al igual que nosotros, pero no iba equipada con el impermeable de tormenta. La lluvia y las olas que saltaban sobre la popa la habían empapado por completo en los pocos segundos que llevaba allí; sin embargo, no parecía afectarle en absoluto. Era evidente que había oído la conversación y, pese a ello, en sus ojos brillaba una férrea determinación por mantenerse con vida.

—¡Intentémoslo con esto! —me gritó al oído mientras me alargaba un objeto largo y pesado con su mano libre.

Lo agarré como pude. Era uno de los dos fusiles de asalto HK que teníamos a bordo. Me di cuenta de que su idea era buena, pero difícil de llevar a cabo. Aunque tampoco teníamos nada mejor que intentar.

—¡Tendrás que hacerlo tú! —Tosí tras tragarme al menos un millón de litros de agua salada de la ola que acababa de inundar la popa del barco—. ¡Yo tengo que mantener el rumbo! ¡Cuando hayas soltado el obenque de popa, pásale el HK a Viktor para que haga lo mismo en proa!

Lucía asintió y se giró hacia el soporte que estaba colocado justo en la borda de popa, por encima del timón. En esa posición el viento le azotaba directamente la cara, proyectando una lluvia continua de agua salada a sus ojos.

—Tranquila, pequeña, tranquila —murmuré, más para mí que para ella.

Estábamos en lo alto de una inmensa ola, en el punto de máxima exposición al viento, y el mástil comenzaba a lanzar unos sonidos alarmantes. Pedazos enteros de fibra de carbono se estaban desprendiendo longitudinalmente y la grieta ya tenía el grosor suficiente para que pudiera introducir un dedo entero. Todo el aparejo aullaba, llevado más allá del límite máximo de tolerancia que había establecido el fabricante, y amenazaba con venirse abajo de manera inminente. El balandro escoró bruscamente mientras cabalgaba la cima de la ola, atrapado en una ráfaga de especial intensidad, y con un rugido se precipitó por la pendiente del agua envuelto en una cascada de espuma.

Durante apenas dos segundos el viento pareció calmarse de golpe. El *Corinto II*, atrapado en el hueco producido entre dos inmensas ondas de más de treinta metros de altura, quedó a cubierto del viento, y por un instante irreal todo volvió a la calma. Pude oír perfectamente el «clic, clic» que hacían las gotas de agua que caían de la eslinga al golpear la cubierta. Ese momento de calma era lo que Lucía había estado esperando. Con gesto tranquilo se echó el HK al hombro y, durante el tiempo de una inspiración, apuntó al soporte que sujetaba el obenque de popa y apretó el gatillo.

El HK, en posición automática, pareció cobrar vida en las manos de la chica, que a duras penas pudo soportar el potente retroceso del arma. Un rosario de agujeros negros apareció en la cubierta trasera del barco mientras una lluvia de pedazos de teca, fibra de vidrio y metal caliente nos bañaba de arriba abajo. De repente, dos de las balas impactaron en el punto exacto donde el obenque se sujetaba al casco del velero.

Todo sucedió muy rápido. El grueso cable de acero, cargado de tensión debido a la enorme fuerza que el viento hacía contra la vela, se partió por un lateral como si fuese mantequilla tras el impacto de la bala de 5,56 milímetros del HK y empezó a deshilacharse delante de nuestros ojos.

—¡Cuidado! —me dio tiempo a gritar mientras soltaba las manos del timón y empujaba a Lucía al suelo. Caí sobre ella mientras el cable se partía a mi espalda con un chasquido y salía disparado como un latigazo.

El extremo desgarrado del obenque pasó por el lugar que había ocupado la cabeza de Lucía apenas unos segundos antes y se estrelló con violencia contra la portañola, levantando un reguero de enormes astillas de teca y vidrios rotos. Tras reventar la puerta, el cable se levantó en el aire sacudiéndose como una cobra enfurecida y pasó al otro lado del mástil, donde desgarró parte de la vela de tormenta que llevábamos izada. Sólo en ese momento me di cuenta de que Viktor no tenía ninguna posibilidad de cortar el obenque que estaba en proa, pero el propio huracán se encargó de solucionar el problema.

El barco se había vuelto a encaramar en la cresta de una ola y en ese instante una ráfaga particularmente fuerte nos golpeó por popa. El mástil, ya debilitado tras largas horas de lucha, se rindió definitivamente. Con un crujido que me hizo rechinar los dientes, la grieta del palo se ensanchó como una boca oscura y finalmente estalló, salpicando toda la cubierta con trozos de fibra de carbono. Por un momento fuimos testigos de un espectáculo que pocos marineros han tenido la oportunidad de ver y poder contar más tarde. El mástil del *Corinto II* se elevó en el aire, succionado por la tremenda fuerza del huracán, con el obenque de proa colgado de un extremo. Durante unos tres o cuatro segundos se mantuvo en el aire, a proa del barco, sujeto a éste por el otro obenque como si fuese una extraña cometa fabricada por un carpintero loco. De repente, con una sacudida, el otro obenque se partió por su extremo y el mástil se alejó en medio de los torbellinos de lluvia hasta caer en el mar, en el seno de dos gigantescas olas que nos adelantaban por la derecha.

Nos habíamos salvado por un pelo. Pero la situación no tenía pinta de mejorar.

—¡Será mejor que entréis dentro! —les aullé por encima del viento—. ¡Aquí arriba no podéis hacer nada!

—¡Y una mierda! —me espetó Pritchenko, sin ninguna consideración, mientras me ayudaba a levantarme—. ¡Si tengo que ahogarme quiero que sea al aire libre, y no encerrado dentro de esta bañera.

—Prit... —Apreté los puños, tratando de controlarme. Era muy peligroso permanecer en cubierta, pero el ucraniano podía ser muy cabezota cuando se empeñaba en algo.

—¡Entra de una puñetera vez! ¡Es peligroso estar en cubierta!

—¿Estás de coña? ¡Yo no me muevo de aquí!

—¡Entra de una vez, ruso cabezota!

—¡He dicho que no! ¡Y soy ucraniano, no ruso!

Justo en ese instante, Lucía interrumpió la discusión al

asomar su cabeza por la puerta destrozada que daba paso al camarote. Tan sólo con mirar su cara nos dimos cuenta de que algo no iba bien.

—Hay dos palmos de agua dentro de la cabina —dijo quedamente, tratando de controlar el miedo—. Nos estamos hundiendo.

Lo que faltaba, pensé. El viejo casco debía de tener alguna microfisura tras pasarse años flotando al sol en algún puerto deportivo olvidado. En algún momento, tras meses de dilatación y contracción, una burbujita de aire oculta en medio de las láminas del casco había hecho «puf» y había comenzado a abrirse paso entre la fibra de vidrio. En medio de la tormenta aquella fisura había decidido hacerse mayor de edad sin previo aviso y el agua se estaba filtrando por algún punto bajo la línea de flotación. No sabía a qué velocidad, pero en cuestión de minutos, horas o días (*depende del tamaño de la brecha, si tuvieses algo más de experiencia marinera lo sabrías, capullo*) el barco estaría irremediablemente condenado.

Un barco sin mástil, con una vía de agua de tamaño desconocido y en medio de la peor tormenta que había visto en mi corta experiencia marinera. De puta madre. Fabuloso. ¿Quién necesitaba a los No Muertos? Yo solito me bastaba para arrastrar a la muerte no sólo a mí sino a todos los que me rodeaban.

—¿Es cierto eso? —preguntó Prit, con voz helada—. ¿Nos hundimos?

—No —mentí—. Tan sólo es agua que se ha filtrado por los ojos de buey rotos. Pero, por si acaso, podrías poner a funcionar la bomba de achique.

—Ya voy yo —dijo Lucía.

Estreché la mano de mi chica por un segundo. En sus ojos pude ver miedo, pero también una serenidad enorme, hija del sufrimiento continuado a lo largo de los últimos meses. Si íbamos a morir, Lucía lo haría con aplomo, mirando a la muerte a los ojos... Y probablemente escupiéndole a la cara.

Tenía que contarle a Viktor la verdad. El barco podía irse a pique en cuestión de minutos y el ucraniano debía saberlo. Me giré hacia él y, antes de poder decir nada, mi viejo compañero adivinó lo que sucedía sólo con mirarme a los ojos.

—Estamos jodidos, ¿verdad?

No contesté. Mi mirada se había quedado atrapada en el horizonte, en el horrible revoltijo donde se mezclaban de manera indistinguible el agua y el cielo. Había perdido la noción del tiempo hacía horas, pero debía de ser cerca de medianoche. Las ráfagas de espuma y las olas apenas permitían ver más allá de cien o doscientos metros a través de la oscuridad; además el barco se sacudía de tal manera que era casi imposible mantener la vista fija en un punto. Pero, por un instante, por un único y miserable instante, creí ver algo a no mucha distancia. Me froté los ojos y traté de localizar de nuevo aquella imagen. Al cabo de un momento, cuando el mar nos hizo cabalgar de nuevo sobre una ola y elevó el *Corinto II* a una considerable altura lo vi de nuevo. No había la menor duda.

A menos de media milla náutica a sotavento brillaba una luz verde.

5

Tardé un momento en controlar el ritmo de mi corazón, que de repente se había puesto a latir descontroladamente. Aquella luz verde sólo podía significar una cosa. Era increíble, jodidamente increíble, pero...

—¿Qué te pasa? —preguntó Prit—. ¡Parece que has visto un fantasma!

—¡Dime qué ves allí! —Señalé hacia el punto del horizonte donde había visto la luz—. Dime si ves un destello verde.

—¿Un destello verde? ¿De qué rayos estás...?

—¡Calla! —interrumpí, apremiante—. Espera un momento... Ahora... ¡Allí! ¿Lo ves?

—Pero ¿qué me...? ¡Joder! ¡Que me aspen si eso no es una luz! ¿De dónde diablos sale?

—¡Eso sólo puede ser la señal de estribor de un buque! —respondí entusiasmado—. Y por la altura a la que está situada debe de ser un buque bastante grande.

—¿Cómo de grande?

—No lo sé, pero mucho más grande que un yate birrioso como éste —contesté girando con cautela el timón, que apenas respondía.

—¿Qué vamos a hacer? —intervino Lucía, de golpe.

Sin hacer ruido, se había asomado de la cabina, tras conectar la bomba de achique y sostenía a un empapado y furioso *Lúculo* en su regazo. Había oído la conversación y de repente el miedo había dado paso a la esperanza en su cara.

—De momento, navegar en empopada hacia la luz —respondí—. Cuando estemos más cerca, lanzaremos una bengala de socorro, para que nos localicen, y después tendremos que buscar la manera de pasar de este cascarón medio podrido a ese barco, en medio de una tormenta y sin ahogarnos en el camino.

—No sabemos quién va en ese barco —observó Pritchenko, sombrío—. Podría ser alguna patrulla enviada desde Tenerife para capturarnos, o incluso un barco lleno de No Muertos que lleve meses navegando a la deriva.

—Un barco lleno de No Muertos habría encallado en la costa hace mucho tiempo —repliqué mientras trataba de orientar la proa del *Corinto II* hacia la luz—. Y, francamente, Viktor, sería capaz incluso de subirme de nuevo al *Zaren Kibbish* con su tripulación de lunáticos armados y chiflados de medio mundo con tal de salir de este infierno salado cuanto antes.

El ucraniano rio quedamente y asintió con la cabeza. Sabía que en aquel instante nuestra situación era desesperada. Cualquier posibilidad de supervivencia pasaba sin duda por alcanzar aquel misterioso buque de la luz verde y subir a él. Lo que sucediese después ya iríamos solucionándolo por el camino.

Pasaron cinco interminables minutos. Cada vez que llegábamos a la cresta de una ola nuestros ojos barrían el horizonte, tratando de localizar la luz. Durante las primeras olas fue relativamente fácil, pero en los últimos cinco minutos habíamos perdido la referencia por completo.

Por un segundo me pregunté si lo habríamos soñado o si sería una alucinación fruto del estrés. Otra idea, mucho más escalofriante, llegó enseguida para ocupar su lugar. En medio de aquel vendaval, era muy fácil que derivásemos a menos de diez metros de aquel misterioso barco sin ni siquiera verlo. Lo peor que nos podía suceder era ver de golpe la luz roja de babor del buque. Eso indicaría que nos habríamos pasado de largo y, con aquel viento y sin mástil, intentar dar la vuelta quedaba completamente descartado.

De repente, una enorme ola golpeó de costado el velero, barriendo toda la cubierta con una capa de agua negra y heladora. Por un momento el barco pareció quedarse inmóvil en la cima de la siguiente onda, pero cuando comenzó a descender por su costado lo hizo imprimiendo un giro cada vez más pronunciado. Íbamos a volcar.

—¡Preparaos para saltar! —grité con la garganta irritada por la sal y el esfuerzo.

Sin embargo, el giro se detuvo de golpe. El velero estaba en el fondo de un seno entre dos olas. La enorme cresta que nos había barrido se alejaba por el horizonte y la siguiente ola gigante se dirigía hacia nosotros bramando, cada vez más cerca. La rueda del timón giraba enloquecida y el barco se bamboleaba de un lado a otro, sin nadie que lo pilotara, pero el viento parecía haber cesado como por arte de magia.

—¿Qué diablos sucede? —preguntó Prit.

—No tengo ni idea. Es como si estuviésemos en el ojo de un huracán, pero...

—¡Mirad ahí! —La voz de Lucía sonaba teñida de espanto, y eso, más que nada, hizo que el miedo apretase fuerte mi corazón. Me giré para ver lo que señalaba con los ojos desorbitados y me quedé atónito.

El cielo estaba negro y, a menos de veinte metros de nosotros, la inmensa proa de un petrolero tapaba todas las estrellas mientras se lanzaba a toda velocidad contra el frágil casco del *Corinto II*.

—¡Nos va a arrollar!

No podíamos hacer nada. El barco estaba al pairo (y sospechaba que también sin timón), el motor auxiliar no tenía combustible y además no teníamos tiempo ni espacio para maniobrar. El petrolero era enorme, uno de esos gigantes de más de trescientos cincuenta metros de eslora, tan largos que desde el puente de mando no se puede ver la cubierta de proa en medio de una tormenta... Y mucho menos un pequeño barco de no más de ocho metros flotando a la deriva en su trayectoria. No iban a aplastarnos a propósito, sino que simplemente no nos habían visto ni detectado. En medio de aquel vendaval éramos invisibles para el radar. *Y mucho más si estás hecho de fibra de carbono y no tienes ni siquiera un mástil para reflejar la señal*, me apuntó la parte marisabidilla de mi cerebro, que asistía entre atónita y fascinada a las escenas finales de nuestras vidas.

Las dimensiones de aquel coloso eran tan grandes que las crestas de agua que levantaba con su quilla al abrir el mar tenían el tamaño de pequeñas colinas verdosas cubiertas de espuma. Una de ellas empujó el casco maltratado del *Corinto II* y lo zarandeó como si fuese una ramita arrojada a la corriente. Estábamos tan cerca del casco del petrolero que podía ver los remaches, las abolladuras y las marcas de soldadura que cubrían su superficie. Finalmente, con una lentitud desesperante, el velero, empujado por las últimas ráfagas de viento y la onda generada por la quilla, viró lo suficiente para evitar ser aplastado por el petrolero.

Aún teníamos una oportunidad, pero había que actuar rápido. Me volví hacia Viktor, que contemplaba boquiabierto aquella mole que pasaba a menos de dos metros de nosotros.

—¡Viktor, busca la pistola de señales y lanza una bengala para que nos vean!

El ucraniano salió de su estupor, abrió uno de los compartimentos de la bañera y sacó la pistola de señales. La levantó por encima de su cabeza y apretó el gatillo. La bengala salió disparada con un siseo y al alcanzar la altura programada explotó en un brillante haz de luz roja que lo bañó todo con un color espectral.

Mientras la bengala bajaba lentamente colgada de su paracaídas me lancé al interior del velero. Lo que antes había sido un coqueto camarote había quedado hecho añicos. Una capa de agua cubierta de aceite, restos de comida, cartas de navegación y papeles ocupaban todo el interior hasta la altura de los tobillos. Lucía estaba en una esquina, con el gato entre sus brazos y me miraba expectante.

—¿Cómo vamos a subir a eso? —me preguntó con una calma pasmosa.

—Aún no lo sé, pero tenemos que evitar que se marchen sin vernos.

Agarré uno de los dos arpones que había a bordo y me lo colgué a la espalda. Sin atender a la mirada incrédula de Lucía abrí el sollado de las velas, buscando un cabo lo suficientemente fuerte. El sollado olía a algas descompuestas y estaba lleno de agua fría. Sospechaba que la vía de agua estaba muy cerca, pero no había nada que hacer.

Tras localizar el cabo, busqué una guía y lo até al virote del arpón. Era rudimentario, pero tendría que valer.

—¿Qué es eso?

—Un cable guía, o al menos algo que se le parece remotamente —respondí mientras volvía hacia cubierta.

En ese intervalo, el petrolero ya había avanzado casi hasta la mitad de su longitud. El tamaño de aquel buque era tan grande que tenía la altura de un edificio de ocho plantas desde el borde del agua. Con semejante mole interpuesta, el velero quedaba totalmente protegido del viento y de la fuerza de las olas que azotaban el otro lado.

Bizqueé sorprendido al comprobar que el *Corinto II* se balanceaba en medio de un pequeño remanso de aguas completamente tranquilas y sin la más mínima ráfaga de viento, todo ello alumbrado con la luz roja que proyectaban las bengalas que Viktor lanzaba sin descanso. A pocos metros de distancia, justo en el límite de visión que permitían las bengalas, el efecto de parapeto que generaba el petrolero cesaba y el mar volvía a levantarse con una fuerza huracanada.

Sólo teníamos una oportunidad. Levanté el arpón y apunté hacia la borda del petrolero que quedaba oculta en medio de la negrura de la noche. Hice unos rápidos cálculos mentales. Era el arpón más potente del que disponíamos, pero la distancia que debía recorrer era muy larga y además en vertical. También había que tener en cuenta el peso de la cuerda y... *Al carajo, respira y dispara. Si no logras enganchar este cabo en el petrolero podéis daros por muertos* —la vocecilla pedante volvió a sonar en mi cabeza—, *si no es la tormenta, el efecto de succión de las hélices os hará papilla y lo sabes, lo sabes, lo sabes, y sólo tienes esta oportunidad...* ¡Cállate de una puta vez, listilla de los cojones!

Sacudí la cabeza y disparé. El virote salió despedido con un chasquido y el cabo atado en su extremo comenzó a desenrollarse a toda velocidad. Conté en silencio, cinco metros, diez, quince... Al llegar a veinticinco metros el cabo se paró en seco. Tembloroso, agarré un extremo y le di un tirón, suave al principio y más fuerte después. El cabo no cedía. Nos habíamos enganchado al petrolero.

El molinete del *spinnaker* donde estaba sujeto el otro extremo del cabo gimió cuando el velero dio un salto arrastrado por el petrolero, pero aguantó perfectamente la acometida. El *Corinto II*, como una rémora pegada a una ballena, comenzó a avanzar paralelo al enorme buque contenedor, golpeándose con fuerza contra el casco de acero cuando la inercia nos propulsaba contra el otro barco. Cada uno de aquellos choques arrancaba láminas de fibra de carbono y hacía crujir toda la estructura del velero. Y, además, no sabía cómo ni dónde se había enganchado el virote. Aquello no aguantaría mucho.

De repente, unos haces de luz bailotearon sobre la cubierta arrasada del velero. Miramos hacia arriba y vimos que desde la borda del petrolero, cuatro o cinco linternas apuntaban hacia nosotros. Había mucha distancia y no podíamos oír las conversaciones, pero estoy seguro de que fueran quienes fuesen los que estuviesen allí arriba tenían que estar preguntándose en aquel momento quién coño éramos nosotros y cómo diablos habíamos llegado hasta allí. Simplemente confiaba en que por lo menos no se lo pensasen demasiado.

Al cabo de un par de interminables minutos, una red de abordaje se desenrolló por el costado del petrolero para permitirnos trepar. Me imaginé el esfuerzo titánico que tenía que haber supuesto transportar aquella pesada red por la cubierta del petrolero, en medio de la tormenta que allá arriba tenía que estar azotando en toda su plenitud. Fueran quienes fuesen, tenían interés en que subiésemos a bordo, desde luego.

—¡Vamos arriba, antes de que cambien de opinión! —gritó Viktor, resuelto.

El ucraniano se aferró a la red de abordaje y comenzó a trepar con la agilidad de un mono, sin mirar atrás. Lucía acomodó a *Lúculo* entre mis brazos y tras plantarme un alegre beso en la boca se agarró a su vez de la red y siguió a Pritchenko. Me quedé en la cubierta del velero, con una sensación extraña en el estómago. La última vez que me había subido a un barco desconocido había sido en el puerto de Vigo, muchos meses atrás, y la experiencia no había sido muy gratificante. *Al menos espero que esta vez no me encañonen nada más tocar cubierta*, pensé mientras metía a *Lúculo* dentro de la parte superior de mi impermeable de mal tiempo y ajustaba bien los cierres. Mi gato se rebulló dentro de aquel improvisado saco hasta encontrar una abertura por donde asomar la cabeza, justo al lado de mi cuello.

Con una última mirada me despedí del velero y comencé a trepar por la red de abordaje, envuelto en un penetrante aroma a pelo de gato mojado. No fue hasta muchas horas más tarde cuando me di cuenta de que habíamos dejado todo nuestro equipaje a bordo del pequeño balandro. Tanto daba. Gateando como un Spiderman de tercera por aquella red de abordaje tampoco es que hubiese podido llevar muchas cosas conmigo.

Cuando finalmente llegué a la borda del petrolero sucedieron varias cosas simultáneamente. La primera fue que el viento me golpeó con tal fuerza que casi me caí de espaldas en una pirueta que hubiese sido mortal de necesidad. La segunda fue que un par de brazos fuertes me agarraron y me subieron a bordo mientras otras manos me cubrían la espalda con una manta, protegiéndome de la lluvia. Y la tercera y más sorprendente fue ver cómo un elegante oficial de aspecto nórdico y con una impecable sonrisa esmaltada se acercaba a mí y me tendía la mano.

—Son ustedes los peces más raros que jamás hayamos pescado, se lo aseguro —me dijo en un inglés correcto y académico, con un acento que no fui capaz de identificar—. Permítanme que les dé la bienvenida a bordo.

—¿Cuál es el nombre de este barco? ¿Dónde estamos?

El oficial hizo un gesto amplio con su mano, abarcando toda la superficie del petrolero, mientras la cortina de lluvia nos empapaba sin cesar.

—Bienvenidos a bordo —dijo con una sonrisa—. Bienvenidos al *Ithaca*.

6

Cuando el *Edna* tocó tierra al sur de Marruecos empezó a perder fuerza rápidamente. Los violentos vientos huracanados se transformaron en ráfagas fuertes al principio y en una suave brisa al cabo de veinticuatro horas. Las nubes, por su parte, después de haber descargado un diluvio sobre el océano, se hicieron jirones nada más llegar a la costa y el sol de agosto volvió a caer a plomo sobre la superficie del mar. Menos de cuarenta y ocho horas después de que el *Edna* golpease la costa se había transformado en una inofensiva borrasca que cruzaba el estrecho de Gibraltar en dirección al Mediterráneo central. Nosotros, por supuesto, no vimos nada de esto.

Cuando desperté, mi primera reacción fue aferrar el HK que descansaba al lado de mi cama. Estaba en un camarote desconocido pintado de azul claro, y por la portilla abierta entraba un luminoso chorro de luz. Mis dedos palparon en vano durante un rato hasta que las brumas de mi cabeza se despejaron un poco. El HK no estaba allí, naturalmente. Se había quedado a bordo del velero, que seguramente a esas horas ya estaría en el fondo del mar, hundido por la tormenta. Me incorporé rápidamente y al momento lamenté haberlo hecho. Cada músculo de mis brazos y de mi espalda explotaba de dolor, a causa de las agujetas. Hasta mi cuello estaba totalmente acalambrado, y cuando quise coger una botella de agua de la mesilla colocada al lado de la cama tuve que hacer acopio de toda mi fuerza de voluntad para mirar en la dirección correcta.

Bebí con ansiedad unos instantes y al acabar eructé discretamente, satisfecho. Paseé la mirada por aquel camarote. Era un cuarto sencillo, de apenas tres metros cuadrados, con un pequeño armario situado justo al lado de la puerta, a lo largo de una de las paredes, mientras que en la otra se encontraba la cama que ocupaba. En la pared opuesta a la puerta se abría el ojo de buey por donde entraba una luz cálida, demasiado cálida y apacible para ser de una tormenta.

Aquello respondía más o menos a una de las preguntas que tenía en la cabeza. Sin duda llevaba durmiendo mucho tiempo, posiblemente más de doce horas, a juzgar por el aspecto del cielo que se veía desde la cama. No era de extrañar, dado el agotamiento extremo con el que habíamos subido a bordo del petrolero. Recordaba vagamente que dos corpulentos marineros me habían llevado casi en volandas hasta aquel cuarto, y cómo Lucía me había ayudado a desvestirme y a meterme en la cama antes de acostarse ella misma en un colchón sobre el suelo. Ésa era la respuesta a mi otra pregunta. Efectivamente, justo a mi lado, pero un poco más abajo, estaba durmiendo apaciblemente Lucía, con *Lúculo* apoyado de forma desmadejada en su almohada y sumido también en un profundo sueño.

No me dio tiempo a preguntarme dónde estaba Viktor, porque un sonoro ronquido me indicó que el ucraniano dormía relajadamente en la litera superior de lo que yo había tomado equivocadamente por una sola cama. Pritchenko tenía que estar tan agotado como yo cuando subimos a bordo, pero se había negado a acostarse hasta estar seguro de que Lucía y yo estábamos completamente secos y calientes y que no había ningún peligro inminente acechando en el horizonte. Nuestro ángel de la guardia rubio.

Con un gesto de dolor saqué las piernas de la cama, procurando no pisar a Lucía, y me levanté. Los pinchazos de las agujetas estuvieron a punto de hacerme desistir, pero la curiosidad se impuso. Apoyados sobre los cajones del armario había unos cuantos monos amarillos, muy similares a los que lleva el personal de las plataformas petrolíferas. Como no vi ni el menor rastro de mi ropa escogí uno de aquellos monos que me quedase bien y me lo puse. En el mismo armario encontré tres pares de botas marineras. Calculé que eran más o menos de nuestra talla, así que supuse que alguien debía de haberlas dejado allí aposta para que las usásemos. Una vez vestido y calzado me acerqué hasta la puerta, sin hacer ruido. Tan sólo *Lúculo* se despertó; me observó un instante y, tras concluir que no merecía la pena interrumpir aquel apacible sueño por seguir a su amo, volvió a enroscarse sobre sí mismo, satisfecho.

Al llegar a la puerta maldije por lo bajo. Caí en la cuenta de que lo más probable era que estuviésemos encerrados. Si tenían el más mínimo sentido de la prudencia nos mantendrían allí dentro durante un período de cuarentena lo suficientemente largo, hasta asegurarse de que ninguno de nosotros era portador del virus que había transformado a casi toda la humanidad en muertos ambulantes. Si de algo estaba seguro era de que sólo los más hábiles, los más afortunados y los más prudentes habían sobrevivido al infierno, y aquella gente no tenía pinta de haber nacido ayer.

De todas formas tenía que intentarlo. Alargué la mano hacia el pomo y traté de girarlo. Con un «clic» suave el cerrojo se abrió y la puerta giró con suavidad sobre sus goznes.

Me quedé atónito. La puerta estaba abierta. Abierta.

Casi sin creérmelo asomé la cabeza. Era un pasillo largo, con el techo cubierto de tuberías de distintos colores, grosores y formas que serpenteaban de forma caótica a lo largo del corredor hasta donde alcanzaba la vista. Cada pocos metros se abría una puerta, que sospechaba que conducía a otros camarotes similares al que acababa de abandonar. El pasillo estaba bien iluminado y limpio, muy limpio. Un suave zumbido surgía de las portillas del aire acondicionado, que mantenían el interior a una temperatura fresca y agradable. Si no hubiese sido por la ausencia de moqueta y porque las puertas eran de metal reforzado, podría haber pensado que estaba en el interior de un hotel.

Mientras avanzaba por el pasillo, una sensación de malestar creciente me atenazaba. Aquello no era normal. Ni cerraduras, ni guardias irascibles, ni nadie que nos amenazase con un arma. Era demasiado bonito para ser verdad. Aquella situación era tan extraña que mantenía todo mi cuerpo en tensión, dispuesto a enfrentarse a lo que fuera que pudiese encontrar. Por eso, cuando se abrió una puerta de golpe y apareció un camarero empujando un carrito, me sobresalté tan bruscamente que casi nos dio un infarto a los dos.

—¿Quién eres? ¿Dónde está todo el mundo? —fue lo único que acerté a balbucear cuando el corazón dejó de amenazar con salírseme por la boca.

—*Signore, signore, non passa niente. Sei al sicuro* —me respondió aquel marinero, un hombre de mediana edad, de poco pelo y con un lustroso bigotillo negro, mientras él también trataba de recuperar el resuello—. *È a bordo dell'Ithaca, ricorda?*

Me hablaba en italiano, o al menos eso me parecía aquella lengua, aunque podía ser corso, o napolitano, o vete a saber qué. Traté de rescatar el poco italiano que sabía (y que había aprendido en un maravilloso —y alcohólico— año de Erasmus en Bolonia, mucho tiempo atrás), pero o bien mi acento no era el correcto o mi vocabulario estaba demasiado oxidado, porque no conseguí que aquel hombrecillo me entendiera. Mi salto al castellano, al portugués y al inglés no fue mucho más afortunado. Desalentado, y cuando ya pensaba que tendría que lanzarme a mi chapucero alemán o a mi aún más chapucero ruso (gentileza de Víktor, idioma en el que, por otra parte, tan sólo sabía decir una ristra de palabras malsonantes relacionadas con el sexo y el alcohol) otra persona apareció inopinadamente a mis espaldas.

—Veo que ya ha conocido a Enzo —dijo en inglés, con ese leve acento que no era capaz de identificar.

Me giré y vi que la voz era del mismo oficial alto y rubio que nos había dado la bienvenida la noche del huracán. Impecable y atildado, con un uniforme de la Marina mercante que le sentaba como un guante, reforzaba aún más la sensación de irrealidad que me envolvía. Casi podía esperar que de un momento a otro aquel oficial me invitase al baile de gala en la mesa del capitán.

—Mi nombre es Strangärd, Gunnar Strangärd. Soy el segundo oficial de este barco, que es bastante más grande que el que ustedes traían, si me permite la observación.

Se presentó mientras extendía su mano, pulcra y con las uñas bien recortadas. Me presenté a mi vez. Mientras nos saludábamos me sentí avergonzado al comprobar el contraste entre las aseadas extremidades del oficial y mis propias manos, manchadas de grasa de motor, pescado y Dios sabía qué cosas más, con las uñas rotas y ennegrecidas tras muchos meses de supervivencia.

—Enzo les llevaba el desayuno precisamente ahora. —Señaló hacia el carrito que empujaba el camarero—. El médico dijo que dieciocho horas de sueño deberían ser suficientes, así que pensábamos despertarlos. Si prefiere volver a su camarote para reunirse con sus amigos no hay ningún problema, pero el capitán me pide que le transmita su invitación para desayunar con nosotros en la cámara de oficiales. —Se quedó en silencio por un instante, al observar mi cara de estupefacción—. Si no tiene usted ningún problema en ello, por supuesto.

—En absoluto, en absoluto —tartamudeé, desconcertado. Después de meses de brutalidad, violencia, amenazas, hambre y penuria, me parecía estar viviendo un sueño. Cuanto más cortés y educada se mostraba aquella gente conmigo, más atónito me sentía yo—. Será un auténtico placer, créame.

Tras despedirnos de Enzo y de su aromático carrito, seguí al oficial por el laberíntico interior del buque.

—¿Quiénes son ustedes? ¿Adónde vamos? ¿Qué buque es éste? —Las preguntas se me amontonaban en la boca, mientras subíamos un tramo de escaleras y cruzábamos otro largo pasillo.

—A las primeras preguntas prefiero que le responda el capitán, si no le importa —contestó el oficial, que por su nombre y acento sin duda era sueco o noruego—. En cuanto a este barco, está usted en el *Ithaca*, un superpetrolero de ochocientas mil toneladas de arqueo. Antes del día del Juicio pertenecía a una corporación griega. Ahora, evidentemente —añadió con una sonrisa luminosa— pertenece al AC.

Justo cuando iba a preguntarle qué diablos era el AC, el oficial Strangärd abrió una puerta y entramos en un cuarto amplio y luminoso con una larga mesa corrida donde se hallaban media docena de oficiales del barco tomando café, que se quedaron en silencio al vernos entrar. Detrás de ellos se abría un amplio ventanal desde el que se veía toda la longitud del petrolero. Me quedé un instante fascinado con aquella vista. Aquel coloso tenía una longitud enorme, con toda seguridad por encima de los ciento cincuenta metros, y la proa rielaba en la distancia envuelta en un jirón de bruma. Un marinero pedaleaba tranquilamente en bicicleta por la pasarela de cubierta, entre los inmensos tubos retorcidos que comunicaban los tanques del buque.

—Una vista impresionante, ¿no es cierto? —dijo una voz a mi espalda. Su dueño era un hombre de unos cincuenta años, de estatura normal y de complexión gruesa, con una recortada perilla blanca en medio de una cara más bien redonda, que hacía juego con unos luminosos ojos azules, algo velados por la edad—. Soy el capitán Birley. Me alegra que haya decidido acompañarnos en el desayuno.

Farfullé algo ininteligible como respuesta mientras me sentaba. De reojo vi que entraba un marinero en el cuarto, detrás de otro camarero. De la cintura del marinero colgaba una pesada pistola que golpeteaba su muslo al andar. En sus manos llevaba una tira de papel y un bote con un líquido ambarino.

—Antes que nada tenemos que cumplir un pequeño trámite que espero que no le moleste —continuó el capitán, sentándose a su vez—. Por favor, necesitamos que escupa en esa tira de papel.

Me quedé inmóvil, pensando que no había oído bien. Sin embargo, el marinero de la pistola se puso a mi lado y colocó la tira de papel sobre la mesa, justo delante de mí. No era cuestión de ofender a mis anfitriones; además, sospechaba que aquella pistola no era de adorno, y que si no escupía la cortesía de la que había disfrutado hasta entonces se acabaría muy rápido. Sintiéndome un poco idiota escupí con suavidad sobre la tira de papel. El marinero se inclinó sobre el gargajo y vertió unas cuantas gotas del frasco ambarino que llevaba en la mano. No sucedió nada, al menos que yo apreciase. Sin embargo debí de hacerlo bien, ya que el marinero asintió con gesto satisfecho y aprecié cómo todos los comensales sentados a la mesa se relajaban de manera perceptible.

—Bien, está usted limpio, señor náufrago misterioso —asintió el capitán—. Ahora me encantaría que me contase su historia, por favor. ¿Café o té?

Discretamente me pellizqué. Tenía que estar soñando, joder.

Entre taza y taza de café puse al corriente de mis vivencias al capitán, mientras el resto de los oficiales mantenían una animada conversación en la mesa contigua. Le conté mi huida de Europa, en medio de un mar de No Muertos, cómo había llegado a las Canarias y cómo, a causa del hacinamiento y las malas condiciones de vida, habíamos decidido salir de allí rumbo a Cabo Verde. Era una versión edulcorada y parcial de la realidad, pero supuse que aquel hombre no necesitaba saber todos los detalles de las experiencias que habíamos vivido. Ser desconfiado era una buena política hasta que supiese un poco más de mis interlocutores.

—Bueno, y ahora creo que es mi turno de preguntar. —Sonreí, tratando de parecer más seguro de lo que realmente estaba—. ¿A quién tenemos que darle las gracias por habernos salvado la vida?

—A Nuestro Señor Jesucristo, naturalmente —respondió con una expresión totalmente seria el capitán Birley, mientras nos levantábamos y nos acercábamos a la mesa de los suboficiales—. Él fue quien nos puso en su camino. Todo lo que acontece en la Tierra es obra Suya y el hecho de habernos cruzado en medio de una tormenta no es más que una señal de Dios, alabado sea su nombre por siempre, amén.

Un coro de «amén» resonó alrededor de la mesa. Incluso el simpático oficial sueco (o noruego) Strangärd había secundado el responso, serio y circunspecto. Me quedé un tanto perplejo. No me esperaba tal muestra de fervor religioso.

—Hum... Sí, claro, por supuesto. ¿Y a quién ha puesto Dios en mi camino? Quiero decir, ¿quiénes son ustedes exactamente?

—Formamos parte del AC, y estamos cruzando el Atlántico desde la República Cristiana de Gulfport, Misisipí. Estamos en una misión divina, ¿sabe?

—¿AC? ¿República... qué? ¿Misión divina? —Decir que estaba alucinando sería quedarse muy corto—. No quiero parecer grosero, ni mucho menos, pero la verdad es que no entiendo nada, señor.

—AC son las siglas del *Army of Christ*, naturalmente. Es como lo llamamos familiarmente, ya sabe —me respondió un oficial pelirrojo sentado a un extremo de la mesa.

Army of Christ, el Ejército de Cristo. Ay, la leche. ¿Dónde cojones habíamos ido a parar?

—Cuando tuvieron lugar las señales y Nuestro Señor decidió castigar la iniquidad de la raza humana —el oficial pelirrojo se había embalado a hablar— todos los pecadores, impuros, hedonistas y paganos fueron castigados por la ira del Señor. Tan sólo aquellos que éramos puros a los ojos del Altísimo nos libramos del mal de la plaga. Durante un tiempo vagamos solos y perdidos por el mundo, en medio de las consecuencias del castigo divino y de los frutos del mal, pero pronto sentimos la llamada. —La mirada del marino tenía un brillo peculiar en los ojos. Ese tipo se creía hasta la médula todas y cada una de las palabras que decía.

—¿La llamada?

—La llamada del reverendo Greene, por supuesto —intervino otro de los oficiales, un tipo joven, con acné en la cara y pinta de llegar por los pelos a los dieciocho años—. Él fue quien nos reunió a todos en Gulfport, el que creó el Refugio. Allí seremos testigos sin duda del Segundo Advenimiento de Cristo, todos los elegidos por el Señor, naturalmente.

Un nuevo coro de «amén» y «aleluya» resonó alrededor de la mesa. Yo no sabía si aquellos tipos me estaban tomando el pelo, si eran unos zumbados religiosos o realmente aquella República Cristiana de Gulfport era algo real. Decidí que sería mejor actuar con discreción. No me gustaría haberme salvado de morir ahogado sólo para acabar chamuscado en un auto de fe por hacer un chiste malo sobre Jesús. No merecía la pena.

—Y ese reverendo Greene, ¿está ahora aquí? —pregunté, como al descuido.

—¡Oh, por supuesto que no! —me contestó jovialmente Strangärd—. Él está en Gulfport, encargándose de que todo en la ciudad vaya bien. Es un hombre muy ocupado. No sólo tiene que encargarse de la salvación de nuestras almas, sino que también dirige el destino de una pequeña ciudad de diez mil habitantes. Y eso sin contar a los ilotas, ni a los intocables, naturalmente.

Asentí como si entendiese todo aquel galimatías religioso. Supuse que cuando hablaba de los ilotas e intocables se refería a los No Muertos y a todos aquellos supervivientes que, como yo, vagábamos por el mundo, fuera de su Refugio de Gulfport. No pude evitar preguntarlo.

—Entonces yo... ¿soy un ilota?

—Oh, por supuesto que no —intervino de nuevo el capitán, para mi absoluta confusión—. Eso es algo que sabemos perfectamente. Por cierto... ¿Qué religión profesan usted y sus amigos, señor?

El cambio brusco de conversación me dejó perplejo. Me quedé en silencio durante unos segundos, mientras pensaba a toda velocidad. Qué útil hubiese sido la presencia de sor Cecilia en aquellas circunstancias.

—Vamos a ver, Lucía y yo somos cristianos. Católicos, quiero decir. Viktor es ucraniano, así que es ortodoxo, si no me equivoco. —La verdad es que nunca había hablado de religión con Lucía, y dudaba mucho que Viktor Pritchenko creyera en algo más que en el propio Viktor Pritchenko, pero aquél no era momento para dar muestras de flaqueza religiosa, así que me lancé con una mentira desorbitada—. Sin embargo, procuramos oficiar ritos conjuntos y rezamos los tres unidos varias veces al día. Nosotros también le damos gracias a Dios por habernos salvado de la condenación.

—Eso es bueno, muy bueno. —El capitán Birley me palmeó abiertamente la espalda, mientras el ambiente alrededor de la mesa se volvía mucho más relajado—. Estoy seguro de que el reverendo Greene se alegrará sobremanera de verlos en Gulfport cuando lleguemos. Son como el hijo pródigo, tanto tiempo perdidos en medio de la oscuridad, lejos de la luz, y en medio de la suciedad e impudicia de los No Muertos, pero finalmente el Señor les ha puesto en el camino de la Salvación. ¡Hoy es un día de regocijo!

Una nueva explosión de aleluyas sacudió la mesa, mientras muchos de aquellos oficiales se levantaban para abrazarme o darme la mano. Yo correspondía con una sonrisa, mientras en mi interior me preguntaba dónde cojones me estaba metiendo.

—Entonces —pregunté—, ¿navegamos hacia Gulfport?

—Oh, todavía no —dijo Birley mientras me servía una nueva taza de café—. Ya le dije que estamos cumpliendo una misión divina. El propio Señor se le reveló al reverendo y le indicó nuestro destino.

—¿Y cuál es ese destino? —pregunté, sin querer saber realmente la respuesta.

—Vamos camino de Luba, en Guinea Ecuatorial —me contestó el capitán Birley con una elocuente sonrisa—. Es la Voluntad de Dios.

7

El puerto de Luba brillaba a poco más de seiscientos metros, achicharrado bajo el violento sol africano; el *Ithaca*, tras una maniobra de acercamiento lenta y cautelosa, echó finalmente el ancla. Nos había llevado dos días enteros de navegación llegar hasta apenas quince millas de nuestro destino, y otro día más recorrer esa última distancia. El capitán Birley y toda su tripulación formaban un grupo de profesionales serios y ordenados. El *Ithaca* era un buque demasiado grande para simplemente acercarse a la orilla y fondear, y mucho menos sin la ayuda de un práctico que conociese aquellas aguas. En el puente de mando disponían de la última versión digitalizada de las cartas marinas de la zona, y además tenían la suerte de contar con un GPS que pese a la caída generalizada de satélites parecía funcionar bastante bien, pero aun así aquellos hombres no dejaban nada al azar.

Ese mismo día, cuando aún no había salido el sol, habían bajado una lancha equipada con una sonda por un costado del buque. Esa lancha avanzaba tres millas por delante del petrolero, sondeando cada metro de la ruta del gigante. El oficial Strangärd (que finalmente me había confesado que era sueco, pero aún no me había contado qué hacía con aquella tropa de fundamentalistas religiosos del sur de Estados Unidos) me dijo que no sólo se trataba de evitar los posibles escollos o arrecifes, sino que en el tiempo transcurrido desde que las rutas comerciales se habían cerrado era posible que algún buque a la deriva se hubiese hundido y bloqueara nuestro camino. Dadas nuestras dimensiones, y la poca profundidad de aquella zona, un impacto podía resultar catastrófico para nosotros.

—¿Por qué va a tanta distancia por delante la lancha? ¿Por qué simplemente no usamos el sónar del barco? —preguntó Pritchenko, que estaba acodado en la borda, justo a mi lado.

—Es muy sencillo —contestó el oficial pelirrojo, al que le correspondía aquel cuarto de guardia, y que estaba a nuestro lado, oteando el mar con unos prismáticos al tiempo que (sospechaba) nos sometía a una discreta vigilancia—. El *Ithaca* tiene un arqueo muy grande, de casi un millón de toneladas. Estamos navegando a una velocidad de doce nudos, lo que genera una inercia enorme. Aunque el capitán ordenase invertir las máquinas ahora mismo, el barco tardaría casi veinte minutos en detenerse por completo, y en ese lapso de tiempo recorreríamos varias millas. Esto no es un coche, que se puede frenar en cualquier momento. Aunque parásemos las máquinas, esta bestia continuaría navegando un buen rato, como si tuviese voluntad propia.

Pritchenko respondió con un gruñido, mientras cogía su par de binoculares y recorría la línea del puerto. Al ucraniano, desconfiado y rezongón por naturaleza, no le gustaba demasiado aquella gente, y no se molestaba en ocultarlo, pese a que, siguiendo mi consejo, participaba fervorosamente en los tres oficios religiosos que se celebraban a diario a bordo como si fuese un sincero devoto. Estaba seguro de que Viktor había rezado más durante aquellos tres días que a lo largo de toda su vida. Lucía y yo, por supuesto, hacíamos exactamente lo mismo, y todo el mundo a bordo parecía encantado de que nos hubiésemos unido a su rutina, a la que, por otra parte, nos habían invitado cortésmente pero de una manera tan firme que quedaba claro que no aceptarían un «no» por respuesta.

Viktor y Lucía también habían tenido que pasar el trámite de escupir en la tira de papel, y el resultado parecía haber sido bueno en ambos casos, porque la tripulación los había acogido con el mismo ambiente jovial y festivo que a mí. Mis amigos y yo habíamos comentado la naturaleza y el fervor religioso de aquella gente, y estaban tan perdidos como yo.

La mejor teoría que teníamos era que, puesto que la mayor parte de la tripulación era originaria del sur de Estados Unidos, una zona imbuida de un profundo espíritu religioso baptista, aquel sentimiento espiritual era la norma dominante en el barco. Sabía que los antiguos Estados Confederados eran el terreno preferido de los predicadores y del fervor religioso, pero tampoco estaba seguro de que aquélla fuese la respuesta. Todas las preguntas que habíamos hecho acerca del misterioso reverendo Greene habían quedado sin respuesta. Todos nos decían «Cuando lleguemos a Gulfport lo conocerán en persona. Es un ser maravilloso, el reverendo Greene, ya lo verán», y de ahí no los sacábamos.

El *Ithaca* había parado las hélices ya hacía un buen rato, y las últimas millas las habíamos hecho prácticamente dejándonos llevar. Cuando estuvimos en una posición perpendicular a una enorme estructura de acero coronada por tres torres el capitán dio orden de largar las anclas. Con un chapoteo, los gigantescos rizones del buque se hundieron en el mar y tras un par de minutos las cadenas se tensaron, el barco dio un pequeño salto hacia delante y, finalmente, se detuvo.

Strangärd se volvió hacia el capitán Birley y le saludó con la mano en la gorra.

—Maniobra de fondeo finalizada sin incidencias, señor. Listos para asegurar el barco.

—Muy bien, Gunnar —contestó Birley, mientras sus ojos no perdían detalle de nada de lo que sucedía a bordo de su barco—. Procedan con las comprobaciones y los controles de seguridad, y preparen las tomas para el embarque de la carga.

El oficial sueco saludó de nuevo y salió del puente para cumplir sus órdenes. Todo a bordo de aquel barco parecía funcionar como el mecanismo de un reloj suizo.

La «misión divina» que el reverendo Greene les había ordenado cumplir resultó ser mucho más prosaica de lo que yo pensaba. No se trataba de llevar la palabra del Señor a África, ni de repartir alimentos entre los supervivientes que pudiese haber en aquella costa condenada, ni nada que pudiese asociarse normalmente con un mensaje divino envuelto en luz, sonido de trompetas rasgando el cielo y ángeles y querubines revoloteando, mientras una voz tronante hablaba. Nada de eso. Era mucho más sencillo: teníamos que llenar las bodegas del *Ithaca* de petróleo.

Cuando el capitán Birley me lo contó, la pregunta que le hice era evidente.

—¿Por qué rayos tienen que ir hasta África a recoger petróleo? ¿Por qué no en Texas, o en el golfo de México, que quedan mucho más cerca de Gulfport?

—La ruta terrestre hasta los campos petrolíferos de Texas es impracticable —me había dicho Birley—. Los hijos de Satán están todavía a millones por todas partes, las carreteras están arruinadas y necesitaríamos llevar una flota de camiones hasta los pozos, una flota que no cubriría ni de lejos nuestras necesidades. Por otra parte, las plataformas del golfo de México están inservibles a causa de los huracanes y la falta de mantenimiento, así que la fuente de petróleo más cercana y fiable es ésta. Además —había añadido encogiéndose de hombros, como si aquello lo explicase todo—, el reverendo Greene ha dicho que ésa es la voluntad del Señor, y si el reverendo lo dice es que sin duda tiene que ser así.

Viktor y yo habíamos cruzado una significativa mirada al oír aquello, pero no dijimos nada. (Aunque tuve que darle un enérgico y discreto pisotón al ucraniano, que ya tenía una respuesta ingeniosa asomándole por la boca.) De momento era mejor dejarlo correr.

Así que allí estábamos, en Luba. Era una pequeña ciudad de unos siete mil habitantes, situada en la isla de Bioko (isla que en la época de la colonia española se llamaba Fernando Poo). Aquella isla habría sido otro rincón olvidado de África si no hubiese sido por unas prospecciones encargadas por el dictador Obiang en los años ochenta, que confirmaron que Bioko flotaba sobre un auténtico mar de petróleo. Ansiosos por poner sus manos sobre todos los millones que yacían enterrados debajo de ellos, los guineanos comenzaron con éxito la explotación casi de inmediato, pero las estructuras portuarias de Malabo, la capital del país, pronto demostraron ser insuficientes. Por ello, las multinacionales occidentales que explotaban los yacimientos decidieron crear un puerto de aguas profundas en la pequeña y cercana San Carlos de Luba.

No se podía negar que la elección del destino era muy acertada, lo cual me llevó a pensar de nuevo en el misterioso reverendo Greene. Estábamos anclados frente a una coqueta ciudad tropical, con unas instalaciones portuarias en bastante buen estado, al menos hasta donde alcanzábamos a ver, y además el buque podía llegar hasta muy cerca de las instalaciones petrolíferas. Por otro lado, el hecho de que la ciudad tan sólo tuviese siete mil habitantes antes del Apocalipsis también jugaba a nuestro favor. Eso implicaba que seguramente el número de No Muertos con los que habría que lidiar sería mucho menor que en cualquier otro gran puerto con instalaciones petrolíferas. Siete mil, de todas formas, aún eran muchos. Demasiados.

La lancha con el sónar había vuelto al costado del buque, pero no se había colocado debajo de la cabria para que la subieran de nuevo. En vez de eso se había colocado en paralelo junto a la proa del *Ithaca*, prácticamente en la otra punta del barco, a más de cien metros de distancia.

—Mira eso —murmuró Prit discretamente, mientras me daba un codazo suave.

El ucraniano señalaba hacia una zona de cubierta situada a unos cincuenta metros de la proa. En aquel punto, la maraña de tuberías y válvulas quedaba abruptamente cortada por algo que no era capaz de distinguir a simple vista. Enfoqué mis binoculares hacia aquella estructura. Era una especie de alambrada metálica de unos cuatro metros de altura, coronada por un rollo de alambre de espino. La alambrada corría de un costado del buque al otro, y no parecía tener ningún tipo de puerta o pasadizo que comunicase un sector del barco con el otro.

—¿Para qué crees que será eso? —pregunté.

—¿Qué es lo que estás pensando? —replicó Pritchenko.

—No tengo ni idea. Puede que sea una línea de defensa en caso de que los No Muertos suban a bordo, o quizá es para evitar un asalto pirata en alta mar —aventuré—. Esta gente ha recorrido miles de kilómetros hasta llegar aquí. Quién sabe cómo está la situación por otras partes del mundo.

—Pues yo me huelo que tiene algo que ver con aquellos tipos.

El ucraniano volvió a señalar hacia la proa. De una escotilla situada al otro lado de la alambrada estaban surgiendo una serie de figuras uniformadas. A través de los prismáticos vimos cómo iban saliendo ordenadamente del interior del buque unas tres docenas de personas. Todas ellas llevaban uniforme de combate del Ejército de Estados Unidos y, por lo que podíamos ver, iban fuertemente armados. Un tipo negro, alto y musculoso, con la cabeza totalmente rapada y con uno de sus brazos cubierto por un enorme tatuaje, parecía llevar la voz cantante. Rápidamente organizó a aquellos hombres en pequeños pelotones de cinco personas. A medida que los grupos estaban listos se descolgaban por una red de abordaje, muy parecida a la que habíamos usado nosotros, para subir al barco hasta la cubierta de la zodiac que se balanceaba rítmicamente contra el costado del petrolero. Otras tres lanchas habían aparecido, seguramente descolgadas desde el otro costado, y esperaban su turno para recoger a sus ocupantes. Cuando todas estuvieron llenas hasta los topes, el capitán Birley dio una orden por radio y comenzaron a acercarse al muelle, cubierto de No Muertos.

—¿Te has fijado en eso? —me preguntó Prit, sin dejar de observar la escena con sus prismáticos.

—Claro que sí —respondí—. Ese muelle está lleno de No Muertos. Lo van a tener muy complicado para abrirse paso.

—No creo que tengan muchos problemas —contestó—. Lo que me llama la atención es otra cosa. No hay un solo blanco en todo ese grupo de asalto.

Volví a fijarme con más atención. El ucraniano tenía razón. De aquellos cuarenta soldados, la mayoría eran negros, indios, o con aspecto de ser mexicanos. Incluso había un par de asiáticos esmirriados que contrastaban de manera singular con el coloso negro que dirigía la operación.

—No veo qué tiene de peculiar —contesté, dubitativo—. Antes del Apocalipsis el Ejército americano estaba compuesto por latinos y negros en su mayor parte.

—Ya. Y por un montón de blancos *redneck* que no tenían dónde caerse muertos en sus granjas y se alistaban —replicó Viktor—. Pero no veo ni uno solo de ésos ahí abajo. Además —continuó—, si todos esos tipos son soldados profesionales me afeito el bigote ahora mismo.

Me callé, sin saber muy bien qué contestar. El ojo experto de Viktor, un exmilitar, era mucho más afinado que el mío para aquellas cosas y, además, ahora que lo decía, aquel grupo me transmitía una sensación familiar, de algo que ya había visto antes. Eran como los grupos de defensa de los Puntos Seguros, compuestos por una muchedumbre abigarrada sin instrucción militar. En España se habían visto obligados a alistar a cualquier persona que fuese capaz de empuñar un arma, y por lo visto, en Estados Unidos habían tenido que hacer lo mismo. Pero allí no había blancos. Era muy curioso.

Iba a volverme hacia Strangärd para preguntarle por todo aquello, pero las lanchas ya casi habían llegado al puerto y los soldados iban a desembarcar. Aferré los prismáticos y decidí no perderme ni un detalle. Por una vez era agradable estar contemplando la situación desde un lugar seguro, en vez de estar metido en medio de la mierda hasta el cuello. Resultaba reconfortante.

Como si me hubiese leído el pensamiento, Viktor se volvió hacia mí y murmuró «lástima que no tengamos palomitas» o algo parecido. No le hice demasiado caso porque la acción estaba a punto de comenzar.

La primera lancha había tocado tierra justo en el muelle donde estaban los depósitos de petróleo. En aquel punto tan sólo había unos cuantos No Muertos, posiblemente no más de veinte o treinta. Todos eran de raza negra, excepto un tipo blanco vestido con un uniforme desgarrado de Repsol, que supuse que era uno de los técnicos encargados de la explotación. Tres o cuatro de ellos vestían uniforme militar y uno arrastraba un fusil de asalto machacado cuya correa se le había enredado en una de las piernas. Aquel pobre diablo debía de llevar arrastrando el fusil como un presidiario su cadena desde hacía muchos meses, a juzgar por el estado del arma y de su pierna. La pantorrilla estaba tan desgarrada que se distinguía el blanco del hueso cada vez que se desplazaba.

Las otras dos lanchas tocaron tierra en otros puntos muy cercanos y sus ocupantes comenzaron a trepar hacia el muelle. Uno de los soldados resbaló en la escala y braceó de manera cómica en el aire durante unos segundos, tratando de mantener el equilibrio. Finalmente, cayó al agua con un sonoro «chof» que se oyó a la perfección incluso en la cubierta del barco.

Aquel sonido bastó para poner en movimiento a los No Muertos. Desde la cubierta teníamos una visión muy amplia del puerto. Como si les hubiesen dado una orden, cientos de cabezas putrefactas se giraron de repente hacia el extremo del muelle y comenzaron a caminar hacia allí. Los soldados del muelle, que ya habían sacado a su compañero del agua, no podían ver la marea de No Muertos que se les venía encima. Resultaba escalofriante.

—Esos cerdos no dejan de sorprenderle a uno, ¿verdad? —comentó alguno de los oficiales acodados en la borda—. Es como si esos podridos tuviesen una jodida telequinesis, o algo así. ¡Malditos hijos de puta!

—Se dice telepatía, estúpido —replicó otra voz—. Y como el capitán te oiga blasfemar así, acabarás viendo a los No Muertos de cerca, así que vigila tu lengua.

Mientras los dos oficiales se cruzaban aquellas palabras, los soldados de la orilla ya corrían por el muelle en pelotones de cinco unidades. Uno de los grupos se detuvo de golpe y abrió fuego contra los primeros No Muertos que llegaban a su altura. El matraqueo de sus fusiles rompió el silencio de la ciudad. Aquello tenía que haberse oído a muchos kilómetros de distancia.

—A partir de ahora tienen veinte minutos, según nuestras estimaciones. —El que hablaba era Birley, el capitán, que se había colocado silenciosamente a mi lado.

—¿Estimaciones?

—Sí. Basándonos en su velocidad, en el número estimado de No Muertos y en la extensión de la ciudad, calculamos que en veinte minutos habrá tantos de esos malnacidos ahí abajo que nuestros ilotas no podrán salir. Así que más les vale darse prisa.

Volví a mirar con atención. La primera fila de No Muertos había caído como una hilera de bolos bajo el fuego de cobertura, pero seguían llegando más y más. Uno de los grupos de fuego, que estaba algo más adelantado, corría el peligro de verse rodeado. El oficial al mando de aquel grupo se dio cuenta del riesgo que corrían y ordenó retroceder lentamente para no quedar aislados. Sin embargo, ya era demasiado tarde. Alrededor de ellos ya se habían congregado unos treinta o cuarenta No Muertos que casi los estaban tocando. Uno de los No Muertos lanzó un zarpazo hacia el soldado que tenía más cerca y golpeó su fusil, arrancándoselo de las manos. El soldado se zafó y trató de coger su pistola, pero ese momento lo aprovechó otro No Muerto para abalanzarse sobre él. Antes de que alguien pudiese hacer algo el No Muerto clavó sus dientes en el cuello del soldado. El aullido que soltó fue tan desgarrador que se oyó hasta en la cubierta del *Ithaca*. Con un giro de cabeza, el No Muerto arrancó un pedazo del cuello, justo antes de que otro soldado le metiese un balazo en la cabeza. Sin embargo, ya era tarde para el primer tipo. Caído en el suelo, la sangre manaba de su carótida a chorros regulares, mientras su corazón bombeaba en un esfuerzo inútil por llevar sangre a su cerebro. El grupo siguió retrocediendo mientras aquel pobre diablo se desangraba lentamente, tirado en medio de un charco de su propia sangre, sobre el hirviente asfalto del puerto de Luba.

En aquel momento, el tiroteo era generalizado. Dos terceras partes de los soldados estaban tratando de montar una barrera de contención, mientras que el tercio restante se afanaba en conectar unas largas mangueras a unas bocas de bombeo que asomaban herrumbrosas del extremo de uno de los enormes depósitos. Alguien en tierra había encendido un pequeño generador portátil, seguramente para alimentar el sistema de bombeo, y su sonido penetrante, unido a los disparos encadenados, generaba un estruendo que debía de hacer imposible entenderse. Miré despavorido hacia el otro extremo del muelle. Asomando de todas y cada una de las calles que daban al puerto, cientos de No Muertos caminaban lentamente hacia los desprevenidos soldados, atraídos por el ruido.

—¡Los van a masacrar! —grité sin poder contenerme—. Capitán Birley, ¡tiene que sacarlos de ahí enseguida! ¡Ordéneles que vuelvan!

Birley se encogió de hombros mientras hacía un gesto despectivo con una mano.

—No se preocupe por ellos —me dijo, impasible—. Son ilotas, y están haciendo su trabajo. Pero puede que tenga razón y podamos echarles una mano. Será divertido. ¡Culling!

—¿Señor? —Uno de los jovencísimos oficiales del barco se cuadró al lado del capitán.

—Suban los M24. Vamos a hacer un poco de tiro al blanco.

Un murmullo de excitación anticipada recorrió toda la borda. No sabía qué podía tener aquello de divertido. Otros seis o siete hombres del grupo de desembarco ya habían caído y el círculo despejado se iba cerrando de manera imperceptible. Tres soldados ya tenían mordeduras superficiales en sus brazos y piernas. Aunque no les impedían seguir luchando, aquellas heridas eran fatales de necesidad, dada la naturaleza contagiosa de los No Muertos. Sin embargo, no bajaban los brazos y se seguían batiendo con disciplina, de una manera admirable.

Alguien arrastró por cubierta unas pesadas cajas metálicas. De su interior sacaron varios fusiles de cerrojo con mira telescópica, que se repartieron con celeridad. Hubo algún empujón, un par de carreras apresuradas y algunos codazos nada disimulados para poder hacerse con uno de los fusiles. Algunos de los que se quedaron con las manos vacías se alejaron rezongando, mientras que otros se arrimaron esperanzados a aquellos que habían sido más rápidos, tratando de sobornarlos para que les cediesen el arma, aunque fuese sólo un rato. Viktor Pritchenko, como siempre, se las había arreglado para conseguir uno de ellos como por arte de magia, sin tener que moverse demasiado.

—Un Remington M24 —murmuró mientras armaba y desarmaba el fusil con manos expertas—. Es un arma de francotirador profesional. Me pregunto de dónde las habrán sacado nuestros amigos petroleros.

De repente, se desató la locura en aquel pedazo de borda. Una docena de fusiles Remington comenzaron a disparar a la vez sobre la masa de No Muertos que avanzaban gimiendo por el muelle. Los disparos se sucedían en un *stacatto* continuo mientras los tiradores amartillaban los cerrojos de las armas, apuntaban cuidadosamente a través de la mira telescópica, disparaban y volvían a repetir el proceso una y otra vez. Cada diana era aclamada con un aullido de aprobación por parte de los espectadores, y juraría que incluso algunos de ellos cruzaban apuestas sobre tal o cual disparo.

Enfoqué los binoculares hacia el puerto. A aquella distancia era casi imposible no hacer blanco sobre los No Muertos que se tambaleaban en el muelle. En lo que se tarda en parpadear vi cómo alcanzaban a tres individuos que se movían juntos. A dos de ellos las balas explosivas los alcanzaron de pleno en la cabeza, haciéndolas reventar en un surtidor de carne, hueso y sangre coagulada. Sin embargo, al tercero la bala le alcanzó en el pecho. El impacto le abrió un hueco del tamaño de un puño y lo lanzó despedido tres metros hacia atrás. El No Muerto quedó tumbado en el suelo, con una expresión de perplejidad en su rostro, como si se preguntase qué coño le había pasado y por qué diablos estaba tumbado en el suelo, con algo parecido al túnel de Guadarrama abierto en mitad de su diafragma.

Sería hasta divertido, si no fuese porque todos aquellos pobres diablos eran, o habían sido personas. Cuando vi cómo le volaban la cabeza a una pequeña de no más de siete años, con el pelo cubierto de trencitas, y cómo los tiradores lo celebraban con un rugido de alegría, dejé de mirar, asqueado. Una cosa era matar a aquellos seres en defensa propia y otra muy distinta transformarlos en patos de feria y privarlos de la poca dignidad humana que les quedaba.

El equipo de tierra que se había encaramado a la estructura del depósito agitó de pronto una bengala que despedía un espeso humo rojo. Varios de sus integrantes comenzaron a arrastrar un cable guía que a su vez tiraba de una tubería más gruesa, ya conectada al depósito, hacia la lancha más cercana. No sin dificultad consiguieron embarcar y con un lento ronroneo la lancha se acercó hasta el petrolero.

Cuando el resto del equipo de tierra (o lo que quedaba de él) se dio cuenta de que el extremo de la tubería ya estaba asegurado empezaron a retirarse lo más ordenadamente posible hasta la orilla. Desde la seguridad del barco resultaba fascinante asistir a la extraña coreografía de veinte adultos, hombres y mujeres, caminando de espaldas con lentitud, mientras arrastraban a unos cuantos compañeros heridos. En medio de todos ellos, el tipo negro musculoso se erguía como un gigante, cubriendo la retirada. No se podía negar que era un cabronazo valiente. El tipo disparaba rítmicamente su M16 hasta que de repente se quedó sin munición. Tenía demasiado cerca a los No Muertos para que le diese tiempo a recargar, así que simplemente agarró el arma por el cañón (que debía de estar al rojo vivo) y empezó a utilizarla como una maza para abrirse paso.

Los oficiales blancos que estaban a bordo comenzaron a animarlo como si estuviesen viendo un partido de fútbol americano. El gigantón se había quedado aislado a unos treinta metros de la orilla. Las lanchas se habían separado unos cuantos metros para evitar que los No Muertos se lanzasen sobre ellos, pero una de las zodiac se mantenía todavía a escasa distancia, para que aquel tipo pudiese saltar a bordo. Los soldados apretujados en las lanchas le hacían gestos desesperados para azuzarle, pero el hombre negro estaba demasiado ocupado para atender a nada de aquello.

El M16 giraba sobre su cabeza como una maza, con un silbido aterrador. Cada pocas vueltas impactaba en la cabeza de un No Muerto, provocando un sonido seco y quebradizo que ponía los pelos de punta. No sé si aquellos golpes eran mortales o no, pero desde luego le servían para abrirse camino, ya que los afectados caían como sacos ante él. En un momento se vio rodeado por tres No Muertos a la vez. Mientras que a los dos más cercanos les abría la cabeza con la culata ensangrentada de su arma, al tercero se lo quitó de en medio por el expeditivo método de plantarle una patada en el plexo solar que le tuvo que partir al menos un par de costillas.

Los oficiales habían dejado de disparar los fusiles de precisión y aullaban como locos, viendo cómo aquel pobre diablo luchaba por su vida.

—¿Qué cojones hacen? —Me volví hacia Viktor—. ¿Por qué coño no disparan para abrirle paso?

—Está claro que es porque no quieren disparar, y si no queremos tener problemas con ellos creo que nosotros tampoco deberíamos hacerlo —murmuró el ucraniano mientras lanzaba una profunda mirada reflexiva sobre los oficiales de a bordo. Algo estaba pasando por la cabeza de Pritchenko, pero fui incapaz de adivinar qué era. Estaba demasiado alterado por todo aquello.

—¡Esto es un asesinato! —protesté.

Nadie me hizo ni el menor caso. El soldado negro continuó abriéndose camino a golpes hasta la orilla. Por un momento estuve convencido de que iba a lograrlo. Tan sólo le faltaban un puñado de metros hasta el borde del muelle y únicamente dos No Muertos se interponían entre él y la salvación. De golpe, cargó contra uno de ellos con un *tackle* digno de un defensa de fútbol americano. El No Muerto salió disparado hacia el agua y se hundió con un chapoteo. Al otro lo agarró por un brazo y lo hizo rotar sobre sí mismo, lanzándolo contra un grupo cercano, donde cayó en un revoltijo de brazos, piernas y cabezas.

Vitoreé entusiasmado, dejándome llevar por la emoción, pero de repente el grito murió en mi garganta. El soldado había dado un paso atrás para coger carrerilla y saltar a la zodiac, y ese maldito medio metro de retroceso fue suficiente. Uno de los No Muertos derribado en el suelo estiró su mano y agarró con sus uñas rotas y podridas los cordones de la bota de aquel tipo justo cuando tomaba impulso para saltar. El soldado cayó pesadamente sobre el muelle, y dos No Muertos se abalanzaron sobre él. Uno de ellos clavó sus dientes en el bíceps del tipo, dejando una profunda marca sanguinolenta, mientras el otro desgarraba una de sus pantorrillas. Con un gruñido, el soldado pateó la cabeza del que mordía su pierna con la bota que le quedaba libre, mientras le asestaba al otro No Muerto un puñetazo capaz de desnucar a un búfalo. Arrastrándose llegó hasta el borde del muelle y se dejó caer al agua.

Su cuerpo se hundió con un chapoteo y tras un segundo de incertidumbre su cabeza apareció de nuevo, justo al lado de la zodiac. Los soldados que se apilaban en la lancha lo subieron como pudieron a bordo, dejando un rastro de sangre sobre la lona de la embarcación; luego viraron y comenzaron a acercarse lentamente al *Ithaca*.

Era un crimen monstruoso. Aquel hombre estaba condenado. A través de aquellos dos mordiscos, millones de pequeños virus del TSJ habían entrado en su organismo y, en aquel preciso instante, debían de estar replicándose a toda velocidad. En pocas horas aquel gigante sería un No Muerto más, uno grande y peligroso, por cierto. Y todo porque a los tipos que se reían y aplaudían a mi lado no les había apetecido disparar para ayudarle a salir de allí. Me sentía enfermo sólo de pensarlo.

—Vámonos, Víctor —le dije a Pritchenko con voz ahogada—. No aguanto ni un minuto más aquí. Me alegro de que Lucía no estuviera en cubierta para ver esto.

—Todo esto es muy raro —me respondió Viktor—. Un grupo de desembarco compuesto sólo por negros, sudamericanos e indios, sin un solo blanco entre ellos, y los dejan morir como chinches. No tiene ningún sentido.

—Nada tiene sentido desde hace tiempo.

—Ya, pero esto es muy extraño —insistió tercamente el ucraniano.

El baqueteado grupo de desembarco había llegado hasta el costado del buque y unos cuantos marineros ya estaban conectando las mangueras a los depósitos, mientras los maltrechos soldados subían por la red de abordaje colgada por un lateral. Con unas cabrias descolgaron unas camillas hasta los botes para ayudar a subir a aquellos que estaban más gravemente heridos.

Por una parte resultaba reconfortante ver que aquellos hombres seguían aplicando la máxima de no dejar a nadie atrás, pero por otro lado era imposible no pensar en lo absurdo de aquel gesto. Ninguno de aquellos heridos tenía salvación. El TSJ los transformaría en No Muertos a los pocos minutos de su muerte. De hecho, algunos de los oficiales del puente seguían disparando contra la multitud del muelle, pero apuntando tan sólo a los soldados caídos del grupo de desembarco, que ya se habían levantado convertidos en No Muertos, en una versión macabra del «no dejar a nadie atrás».

Viktor, el resto de los oficiales y yo nos retiramos del puente, que rielaba bajo el calor tropical del mediodía hacia el salón interior, donde unos camareros con uniforme blanco dirigidos por Enzo estaban colocando un almuerzo de aspecto fabuloso. Aquello resultaba terriblemente perturbador. Si miraba por una de las ventanas veía a los agotados soldados supervivientes, derrumbados sobre la cubierta, mientras se desprendían de su pesado equipo y se pasaban botellas de líquido de las que bebían ávidamente. En el interior del salón, los mismos oficiales de uniforme azul que un momento antes estaban disparando indiscriminadamente sobre la multitud del muelle y habían dejado morir sin mover un dedo a varios de sus hombres charlaban distendidamente, fumando cigarrillos con un gin-tonic en la mano y se inclinaban cortésmente cuando pasaba Lucía entre ellos. Mientras tanto, a apenas seiscientos metros, el muelle de Luba permanecía lleno de No Muertos tambaleantes, a los que se oía gemir de manera sorda y monótona incluso por encima del zumbido del aire acondicionado. Era como tener una ventana con vistas al infierno desde el selecto cóctel del club de golf.

El capitán se abrió paso, cortés y sonriente, entre los oficiales y se acercó a nosotros. Al llegar a nuestra altura tomó la mano de Lucía y la besó educadamente.

—Señorita, es un placer que comparta con nosotros este sencillo aperitivo —dijo—. Creo que hablo en nombre de todos mis oficiales cuando le digo que su presencia a bordo es ciertamente refrescante. Una dama tan bella como usted es una alegría para la vista.

—Todo lo contrario que el espectáculo de sus hombres ahí fuera —dije en tono cortante, lo que me valió una mirada de advertencia por parte de Lucía y Viktor.

—Evidentemente no es agradable, señor —contestó impertérrito el capitán Birley—, pero debe tener en cuenta que estamos sumergidos en una lucha entre las fuerzas de Dios y las del Infierno, entre la Luz y la Oscuridad. En circunstancias como éstas debemos dejar a un lado ciertas convenciones sociales, como la compasión.

—Pero ¡son sus hombres! —protesté.

—¿El equipo de desembarco? —Birley se encogió de hombros—. Son ilotas, gente de clase inferior, y además todos ellos son unos pecadores. Con su esfuerzo y con su vida están expiando sus pecados y ganándose un sitio en la mesa del Señor. Ahora mismo, los que han caído están sentados en el banquete infinito que les ofrece nuestro Señor Jesucristo, mucho más grande y mejor que este simple refrigerio. Confío en que eso no le suponga ningún problema... señor.

No se me pasó por alto la elocuente pausa que había dejado Birley al final. Tenía que recoger velas.

—Hum, no, por supuesto que no, capitán Birley. Le estamos enormemente agradecidos por su hospitalidad, y entendemos perfectamente su manera de actuar.

—Sería una pena descubrir que no merecen ustedes este estatus, créame —contestó Birley, dejando en el aire un montón de amenazas implícitas—. Ahora tengo que ordenar que se envíe un mensaje por radio a Gulfport para comunicar el éxito de nuestra operación. Si me permiten...

El capitán Birley se alejó hacia la sala de radio, parando ocasionalmente a charlar con uno u otro grupo por el camino. El rumor de las conversaciones y una suave música clásica se mezclaban con los gemidos de los No Muertos del muelle, creando una atmósfera onírica.

—¿Qué opináis de todo esto? —preguntó Prit, dándole un sorbo a su bebida.

—No lo sé, pero no me gusta —replicó Lucía—. Esta gente es tan formal, tan educada, tan... y sin embargo me dan escalofríos. Hay algo que no encaja.

En ese momento, Strangärd, el alto oficial sueco, pasó a nuestro lado. Sin mirarnos y con la vista perdida en la multitud de No Muertos del muelle se colocó de tal manera que obstruíamos la línea de visión del resto de los ocupantes del salón. Cualquiera que le viese pensaría que estaba distraído contemplando la multitud de cadáveres de Luba, abstraído en sus pensamientos.

—Tengan cuidado —masculló entre dientes—. Aunque no lo parezca, Birley los está vigilando atentamente. El viejo es muy desconfiado y seguramente estará preparando un informe para entregárselo al reverendo cuando lleguemos. El hielo bajo sus pies es muy fino ahora mismo, amigos.

—¿Qué está pasando aquí? ¿Quiénes son esos ilotas? ¿A qué viene todo esto? —pregunté, mientras miraba fijamente a Lucía y la obsequiaba con una luminosa sonrisa, como si aquella conversación no fuese tan angustiosa.

—No podemos hablar aquí. Las paredes del barco oyen. Pero sepan que hay más gente que piensa que todo esto es una aberración. Cuando lleguemos a Gulfport buscaré la manera de hablar con ustedes. Entonces se lo explicaré todo.

Strangärd se alejó de nosotros, para sumergirse en otro grupo. Al cabo de un momento le oí reír, junto con otros oficiales, cuando alguien contaba un chiste. Aquel condenado sueco sabía disimular muy bien. La pregunta era: ¿cuántos de los de a bordo estaban disimulando? ¿Y por qué?

Ciertamente, al llegar a Gulfport, alguien nos tendría que dar una explicación. Y que fuese satisfactoria, además.

8

Al cabo de cuarenta y ocho horas, las bodegas del *Ithaca* estaban llenas a rebosar con más de medio millón de toneladas de excelente petróleo. Los marineros encargados de las bombas soltaron las tuberías que nos conectaban con la estación y, tras taponarlas con unas capas de hule embreado, las arrojaron al mar sujetas a unas boyas. Si en alguna ocasión había que regresar a Luba, tan sólo habría que pescar aquellas boyas y conectarlas a los depósitos. Era una solución inteligente.

Un leve temblor me indicó que los motores del *Ithaca* se habían puesto de nuevo en marcha. El petrolero levó las anclas cubiertas de un limo negro y espeso y comenzó a avanzar muy lentamente hacia alta mar. Antes de abandonar el puerto, varios soldados que estaban situados al otro lado de la alambrada, en la proa (*los ilotas... ¿de qué me suena ese jodido nombre?*) subieron cuatro féretros envueltos en una bandera y tras disparar una descarga al aire los arrojaron ceremoniosamente al mar. El TSJ había hecho estragos entre los heridos, como era de esperar.

El *Ithaca* iba ganando velocidad a medida que se acercaba a mar abierto. El viento comenzaba a refrescar y era cada vez más molesto. Justo cuando me daba la vuelta para entrar de nuevo en el barco, me quedé petrificado, contemplando la proa. Me froté los ojos, estupefacto.

En medio de todos los soldados que saludaban ceremoniosamente a los ataúdes que se hundían, estaba el coloso negro que había dirigido el grupo de desembarco. Y pese a que le habían mordido al menos dos veces, el muy cabrón tenía un aspecto excelente. Y desde luego, no era un No Muerto.

9

Radio Estación Hangeul 9
Wonsan, Corea del Norte

El teniente Jung Moon-Koh se aburría. Llevaba más de siete horas de su turno y, como todos los días desde hacía más de un año, su pantalla reflejaba lo mismo que el día anterior.

Nada.

La Radio Estación de Escucha Lejana Hangeul 9 era el noveno y mayor puesto de radioescuchas de una serie de más de cien estaciones repartidas por toda la geografía de Corea del Norte. Aquella estación, como todas las demás de la serie, se habían construido en los años sesenta, con el propósito de monitorizar todas las conversaciones de radio que se pudiesen cruzar en Corea del Sur. Alguien había convencido al Querido Líder Kim Il-sung de que sería una buena estrategia defensiva saber qué tramaban los despiadados capitalistas del sur antes de que iniciasen su ataque. Y escuchar sus conversaciones de radio, había afirmado el entusiasta promotor de la idea, era la mejor manera de saberlo.

En lo que no había caído el audaz promotor de la red Hangeul era que las conversaciones de radio de Corea del Sur ya se contaban por millones en los años sesenta, en plena época de despegue económico del tigre asiático, muchas más, desde luego, que en el territorio juche* de Corea del Norte, donde el mero hecho de poseer una radio constituía un delito. Escuchar, clasificar y traducir todas las transmisiones era virtualmente imposible, sobre todo para los escasos medios técnicos de aquel país atrasado y empobrecido. Así que aquella idea, después de dos años de trabajos y una inversión millonaria, había quedado discretamente apartada. Por su parte, el padre de la misma había visto su brillante carrera militar truncada bruscamente por una bala de 9 mm de calibre. Así se pagaban los fracasos en el Paraíso de los Trabajadores.

Durante más de treinta años las estaciones habían permanecido cerradas en su mayor parte; tan sólo se mantenían operativas unas cuantas, para controlar las conversaciones de la flota estadounidense que patrullaba el mar de Japón. No es que aquello fuese de mucha utilidad, por supuesto, pues la mayor parte de las conversaciones navales estaban codificadas, pero alguien había decidido que se hiciese de aquella manera, y la inercia de no hacer nada sin el conocimiento del Amado Líder era demasiado grande.

Y así habían permanecido las cosas durante décadas. Hasta que llegó el Apocalipsis.

* El juche es la ideología propia del Partido Comunista de Corea del Norte, una versión extrema, xenófoba y algo paranoica del marxismo.

Al principio, las noticias que llegaban desde las embajadas repartidas por todo el mundo eran ciertamente confusas. Se sabía que algún tipo de enfermedad se había desatado en Daguestán, y que se estaba propagando a la velocidad del fuego por medio mundo, pero no estaba claro de qué se trataba. No faltó quien afirmó que todo aquello no era más que una cortina de humo destinada a enmascarar un inminente ataque del sur contra el norte, y de hecho, la proverbial paranoia del régimen norcoreano activó todas sus líneas de defensa. El nivel de alerta del Ejército Popular fue elevado al máximo y las ya de por sí cerradas fronteras del país se clausuraron a cal y canto. Y aquella neurosis, por ridículo que parezca, fue lo que salvó a Corea del Norte.

Cuando la pandemia estuvo totalmente fuera de control, Corea del Norte ya estaba atrincherada, como lo había estado durante los últimos cincuenta años. Al principio las noticias del exterior tan sólo llegaban a través de las embajadas, pero pronto éstas fueron cayendo en un hermético silencio, a medida que la pandemia iba golpeando un país tras otro. Los últimos mensajes, en todos los casos, habían sido solicitudes urgentes de evacuación a casa, pero fueron sistemáticamente desoídas. Para aquel entonces ya estaba claro que el TSJ era altamente infeccioso, y lo que era aún peor, que sus consecuencias eran devastadoras.

En el momento en que finalmente el TSJ llegó a Corea del Sur, el caos se extendió por el país vecino en el plazo de tres semanas. Seúl se transformó en una ciudad maldita en apenas cinco días y el resto de las urbes no corrieron mejor suerte.

Los soldados y marines de las bases americanas, siguiendo un plan prefijado, trataron de abrirse camino hasta el mar por medio de una caravana blindada, que tuvo que abrirse paso a hierro y fuego a cada kilómetro. Sin embargo, en algún punto entre Seúl y el puerto de Ulsan, la caravana desapareció como si se la hubiese tragado la tierra. Haber escogido como punto de evacuación una ciudad de más de un millón de personas había resultado ser una decisión nefasta. Ni uno solo de los más de cincuenta mil soldados americanos desplazados en Corea del Sur sobrevivió.

A medida que las oleadas de refugiados huían hacia la frontera con el Norte la situación se fue volviendo más desesperada. El Politburó, tras una corta reunión, decidió con frialdad que todos aquellos ciudadanos del Sur no tenían derecho a disfrutar de la seguridad que brindaba Corea del Norte, así que las fronteras, simplemente, permanecieron cerradas.

Ya antes del Apocalipsis, la línea que separaba las dos Coreas era posiblemente uno de los lugares más herméticos y férreamente defendidos de todo el mundo. La guerra de Corea, que había terminado en 1953 (aunque en ningún momento se había firmado la paz, por lo que técnicamente los dos países seguían enfrentados), había dejado la península coreana partida en dos. A lo largo del paralelo 38, aproximadamente, corría la Zona Desmilitarizada, una franja de tierra de doscientos treinta y ocho kilómetros de largo y cuatro kilómetros de ancho que separaba los dos países. A lo largo de esa línea, y pese a su nombre, existían miles de muros, alambradas, campos de minas, búnkeres y posiciones defensivas que hacían prácticamente imposible que nadie pudiese cruzarla.

Así que cuando cientos de miles de civiles aterrorizados se plantaron en las fronteras se encontraron las puertas cerradas. Un buen ejemplo fue lo que sucedió en el Área de Seguridad Compartida de Panmunjon, posiblemente uno de los sitios más fotografiados de toda Corea. Más de noventa mil personas se congregaron allí en poco más de veinticuatro horas luchando por escapar del infierno, y enseguida trataron de negociar su pase.

Pero sólo obtuvieron silencio.

Poco a poco, la multitud se fue exaltando, pero unos civiles desarmados y asustados no eran rival para unidades militares perfectamente equipadas y organizadas. Las amenazas del principio se fueron transformando en ruegos a medida que pasaban las horas.

Pero lo único que obtuvieron a cambio fue el silencio más absoluto y atroz.

Los soldados del Norte, agazapados en sus posiciones, callaban y esperaban. Hasta los altavoces de propaganda, que habían estado radiando publicidad de manera obsesiva durante cincuenta años, estaban en silencio. Finalmente, una noche llegaron los primeros No Muertos. El caos se desató y la multitud se lanzó contra la frontera, huyendo en la oscuridad de las sombras ensangrentadas que literalmente arrancaban a familias enteras de los coches donde se habían refugiado para protegerse del frío de la noche.

Entonces, los soldados comenzaron a disparar.

A la mañana siguiente, miles de cadáveres se apilaban entre las ruinas del Área de Seguridad Compartida. La única manera de distinguir a los que habían sido civiles de los No Muertos era porque estos últimos tenían sin excepción al menos un balazo en la cabeza. Y al fondo, fuera del alcance de las ametralladoras, docenas de miles de No Muertos se balanceaban, en trance, dando los primeros pasos de su No Vida.

Ni una sola persona, viva o muerta, consiguió cruzar la línea en aquellos días. Las defensas, preparadas para el asalto de un ejército, eran demasiado potentes incluso para una marea de No Muertos. Durante unas cuantas semanas grupos errantes de No Muertos se acercaron hasta la línea, pero o bien caían en campos de minas o se enganchaban en las alambradas o eran abatidos desde los nidos de ametralladoras.

Tampoco pudo cruzar nadie por aire, ni por mar. En cinco o seis pequeños pueblos pesqueros llegaron barcos cargados de refugiados, pero las autoridades los bombardearon antes de que llegasen a tierra. En uno de los casos, el responsable local, incapaz de asesinar a sangre fría a más de seiscientos niños, permitió que tocasen tierra. En menos de tres horas, un destacamento del Ejército se presentó en el pueblo para solucionar aquel error. Y de paso, y por precaución, eliminaron también a los seis mil habitantes de la ciudad. El Amado Líder Kim Jong-il había decidido ser implacable, y el Ejército Popular cumplía las órdenes sin hacer preguntas.

No faltó quien lo intentase por su cuenta, en solitario o en pequeños grupos que a bordo de veleros tocaban tierra al norte de la línea de demarcación. Sin embargo, en un país cerrado al exterior desde hacía más de cincuenta años, destacaban como pulgas sobre una sábana blanca, y eran detenidos enseguida. Aquello suponía su muerte, y normalmente también la de la persona o personas que los habían localizado y detenido. Los Escuadrones Patrióticos de Limpieza y Contención (como llamaban a los grupos volantes que vigilaban la frontera) dispararon miles de cartuchos durante aquellas semanas convulsas. Toda precaución era poca.

Finalmente, la situación se fue normalizando. Los grupos de No Muertos que se acercaban a la frontera eran cada vez más reducidos y esporádicos, y se les eliminaba fácilmente. Por supuesto, en Corea del Sur quedaban millones de No Muertos, pero se encontraban casi todos ellos demasiado lejos de aquella frontera maldita. Además, estaban muy ocupados cazando a los pocos supervivientes que habían quedado en el Sur.

Y así se escribió la Historia. Gracias a la paranoia de Kim Jong-il y su régimen, y por una increíble carambola del destino, Corea del Norte fue el único país de la Tierra que sobrevivió al Apocalipsis sin que ninguno de sus ciudadanos se transformase en No Muerto dentro de sus fronteras. El atrasado régimen comunista se transformó de golpe y porrazo no sólo en una de las naciones más adelantadas de la Tierra, sino en la única nación superviviente.

Pero sabían, o al menos sospechaban, que tenía que haber más gente ahí fuera. Otros países tenían que haber sobrevivido, o al menos parte de ellos. Y era imprescindible saber quiénes eran y dónde estaban. El problema era cómo averiguarlo.

Irónicamente, aunque estaban seguros detrás de sus muros, eran prisioneros dentro de sus fronteras. No es que aquello importase mucho, naturalmente, ya que todos los ciudadanos de Corea del Norte llevaban siendo prisioneros desde hacía medio siglo. De hecho, la mayor parte de la población había seguido haciendo su vida diaria, sin haberse enterado ni siquiera de la existencia de los No Muertos y de la caída de la civilización. Pero el Politburó necesitaba saber.

Y entonces, alguien se acordó de la olvidada y polvorienta red Hangeul. Si quedaban supervivientes organizados tenían que comunicarse de alguna manera, y Hangeul podía detectar emisiones de radio o microondas en cualquier lugar del globo. Lo que antes había sido algo inútil, debido al exceso de señales en el aire, de repente se transformaba en el instrumento perfecto. Y la red había sido activada de nuevo.

El teniente Jung no sabía nada de esto, por supuesto. Un año y medio atrás lo sacaron en plena noche de un cuartel cercano a la frontera china y lo trasladaron a una escuela de telecomunicaciones, donde le impartieron un curso acelerado de tres meses antes de destinarlo a la Estación 9. Y no pasaba un solo día sin que Jung se preguntase si todo aquello no sería un castigo por alguna falta que había cometido.

Ciertamente, el trabajo en la Estación 9 era cualquier cosa menos divertido. En largos turnos de diez horas, los operadores permanecían ante sus pantallas, con los cascos puestos la mayor parte del tiempo, tratando de detectar alguna señal en el radioespacio. Sin embargo, lo único que se captaba era estática e interferencias, principalmente.

Habían localizado un total de mil ciento cincuenta y seis señales de radio estables en todo el mundo. La mayoría pertenecían a estaciones que funcionaban en modo automático y que seguían emitiendo un mensaje pregrabado una y otra vez. Muchas eran estaciones meteorológicas que radiaban su parte diario, y otras, como la del aeropuerto de Los Rodeos en Tenerife o la del Museo Nacional de Arte de Copenhague, eran señales organizadas de grupos de supervivientes, pero sin que interviniese ningún ser vivo en su mantenimiento. Incluso habían localizado una emisora de música country situada en algún lugar de Tennessee que, gracias a un potentísimo generador de emergencia, seguía lanzando música al aire de forma automática casi dos años después de que su último empleado hubiese muerto.

Lo que realmente interesaba eran las otras, las de los pocos asentamientos humanos que quedaban en pie. Pero la mayoría eran señales de pequeños grupos, miserables y aislados, o de islas que amenazaban con hundirse en el caos y la hambruna, como Tenerife, lugares que no tenían el menor interés para el Politburó. Seguramente habría muchas más, pero de una intensidad tan débil que no podían captarlas ni siquiera las enormes orejas de la red Hangeul. Aunque estaban seguros de que tenía que haber algún otro buen asentamiento en el exterior, y eso era lo que les interesaba.

Y por supuesto, las anomalías.

Jung se estiró y tras quitarse los cascos se pasó la mano por el pelo cortado al uno. Discretamente echó un vistazo alrededor. El capitán al cargo de su sección había salido un rato (Jung sospechaba que para poder echar un trago en la intimidad) y había dejado solos a los dos tenientes en la cavernosa sala de la Estación 9.

—¡Hey! ¡Park! ¡Park! —Jung tironeó de la manga del soldado situado a su lado, otro teniente que compartía con él uno de los aparatos de escucha y barrido.

—¿Qué quieres? ¡Como el capitán Kim vea que no estamos controlando el espectro de la escucha se nos va a caer el pelo!

—No te preocupes —replicó Jung—. El capitán ha tenido su habitual ataque de sed de media tarde. —Ambos jóvenes rieron—. Y no volverá hasta dentro de al menos media hora. Creo que podemos hacer una pequeña pausa para fumarnos un cigarrillo.

—¿Y qué pasa con la escucha? —preguntó Park, dubitativo, señalando el equipo de barrido de señal con la mano, mientras que con los ojos seguía el paquete de cigarrillos chinos que sostenía el sonriente Jung.

—Seguiremos escuchando —replicó Jung—. Pero a través de los altavoces, pedazo de tonto.

Jung pulsó una tecla del equipo de escucha, una reliquia de la era soviética llena de válvulas y luces, y de pronto toda la sala se llenó del sonido de fondo de la estática, la misma que los dos jóvenes soldados llevaban escuchando desde hacía horas.

—¿Lo ves? —dijo Jung, mientras encendía dos cigarrillos a la vez—. Podemos estar fumando y charlando y al mismo tiempo cumpliendo con nuestro deber. Es sencillo si sabes organizarte.

—Como nos pille el capitán... —Park seguía quejándose, pero la posibilidad de fumarse un cigarrillo era demasiado tentadora para decir que no. De un tiempo a esta parte resultaba cada vez más difícil conseguir tabaco, y nadie sabía explicar muy bien por qué. Tan sólo se podían encontrar marcas nacionales, rasposas y de sabor apestoso. Corea del Norte mantenía relaciones comerciales con poquísimas naciones, y China era una de ellas. Los cigarrillos chinos, mucho mejores, eran una auténtica rareza y se pagaban a precio de oro en el mercado negro. Eso no era un problema para Jung, cuyo padre era un cargo intermedio de cierta importancia.

—¿De dónde has sacado ese paquete? —preguntó Park, con los ojos brillantes.

—Es un regalo de mi padre, pero el viejo debe de estar volviéndose un roñoso, porque me ha dicho que lo estire al máximo, que no sabe cuándo podrá conseguir más. —Hizo un gesto desdeñoso mientras exhalaba una bocanada de humo—. ¡Como si resultase tan complicado para él ir a China y volver con unos cuantos cartones!

Park se quedó mirando el paquete en silencio, mientras disfrutaba del humo del cigarrillo. Una parte de su mente se preguntaba por cuántas provisiones podría cambiar aquel paquete en el mercado negro, y si se las podría arreglar para enviárselas a sus padres, unos pobres campesinos del oeste del país. El problema era que Jung no se lo daría jamás. Su compañero era un buen chico, pero de una familia del Partido, y no podía entender las privaciones y el hambre que podía pasar una simple familia de campesinos.

—¿Hace mucho que tu padre no viaja a China? —preguntó.

—Pues vaya, ahora que lo comentas, antes iba cada tres o cuatro meses, pero creo que no va desde... ¡Caray, desde hace un montón! No me había parado a pensarlo. Es extraño...

—No es lo único que es extraño —dijo Park, tras un instante de silencio—. ¿No te parece extraño nuestro trabajo? Quiero decir... ¿Qué hacemos aquí, escuchando a todas horas la nada?

—Pues hombre, lo que nos dijeron en el curso —contestó Jung, dibujando un gesto vago en el aire—. Capturamos las señales de los imperialistas para poder golpearlos con contundencia en el momento que...

—¿Señales? —le interrumpió Park—. ¿Qué señales? Llevamos aquí siete meses y todo lo que hemos captado son esas emisiones automáticas, en idiomas que no entendemos y una estúpida emisora de música yanqui. Por lo demás, nada. Sé que es una idiotez, pero es como si no quedase nadie vivo fuera de aquí.

—Lo dices para asustarme. —Jung abrió mucho los ojos, mientras daba una profunda calada a su cigarrillo.

—Lo digo totalmente en serio —contestó Park—. Todo esto es muy extraño. Creo que estamos solos, Jung. Creo que se ha muerto todo el mundo, y que únicamente quedamos nosotros.

Jung se dijo mentalmente que era la última vez que compartía un cigarrillo con aquel cenizo de Park. Las cosas que decía eran realmente extrañas y, además, le estaba asustando. Quizá lo que le hacía falta era un poco más de ortodoxia juche.

—¿Sabes una cosa? —comenzó a decir—, creo que lo que te pasa es que...

Pero Jung no pudo continuar, porque en ese momento los altavoces de la Radio Estación de Escucha Hangeul 9 comenzaron a sonar a todo volumen:

«... *Aquí Ithaca, llamando a Gulfport, aquí Ithaca llamando a Gulfport, la operación ha sido un éxito. Volvemos a casa...* [interferencia]... *con medio millón de toneladas de petróleo. Gulfport, respondan, cambio... Aquí Ithaca llamando a...*»

La puerta de la sala se abrió de golpe y el capitán Kim entró a toda velocidad, con los ojos desorbitados, tan asombrado por la señal de radio que ni siquiera fue consciente de la indisciplina de sus subordinados, de pie al lado de sus puestos y con un cigarrillo en la mano. Kim era capitán, entre otras cosas por sus nociones básicas de inglés, el idioma de los malditos imperialistas. Entre las interferencias había oído perfectamente la palabra «petróleo». Y sabía lo que tenía que hacer.

—Grabad la señal —ordenó a sus hombres—. Esto tiene que oírlo alguien de arriba.

10

Dos horas más tarde, un coche oficial recorría las calles desiertas de Pyongyang, la capital de Corea del Norte. Sentado en el asiento trasero, el coronel Hong Jae-Chol miraba distraídamente a través de la ventanilla, mientras el vehículo le llevaba a toda velocidad hacia el Ministerio de Defensa.

Pyongyang se extendía a su alrededor como siempre, grandiosa, hermosa y triste. Su vehículo cruzaba en ese momento uno de los puentes sobre el río Taedong por el carril reservado a los vehículos del Partido. Aquello era de todo punto innecesario, porque no se habían cruzado con más de media docena de coches y camiones en todo el trayecto. Nadie tenía vehículo particular en Corea del Norte.

Al pasar por debajo de la sombra del absurdo triángulo truncado del hotel Ryugyong se fijó que la poca gente con la que se cruzaban tenía un aspecto más desolado de lo habitual. En un callejón le pareció ver fugazmente a dos personas revolviendo en un cubo de basura. Hong sabía que las hambrunas habían estado azotando el país desde los años noventa, pero nunca hasta entonces había visto que los habitantes de la capital, funcionarios del Partido en su mayor parte, pasasen privaciones. Aquellas señales, ciertamente, no eran buenas.

El coronel Hong pertenecía al reducido y exclusivo grupo de oficiales norcoreanos que sabía que el Apocalipsis se había desatado sobre la faz de la Tierra. De unos cuarenta y cinco años, alto para la media del país, fibroso, las primeras manchas de canas comenzaban a aparecer en su pelo negro. Fervoroso seguidor de la ideología juche, había sido miembro de los escuadrones volantes encargados de eliminar a los pocos temerarios que habían conseguido cruzar la línea de demarcación que separaba el Sur del Norte, e incluso la frontera con China.

Si alguien quisiera saber cómo era realmente el coronel, muy pocos podrían responder con certeza, ya que casi nadie le conocía a fondo. Por un lado, sus compañeros de la escuela de oficiales dirían que Hong era un tipo experimentado, maniático y cumplidor, aunque muy reservado y silencioso. Los que habían servido bajo su mando, por su parte, afirmarían que era un cabrón sin entrañas capaz de hacerte reventar con tal de cumplir las órdenes. Los que se habían visto obligados a enfrentarse a él no dirían nada, por el sencillo motivo de que todos ellos estaban muertos. En lo que todos estarían de acuerdo, sin duda, era en que Hong era un militar disciplinado. Si le mandasen saltar de una ventana del último piso del Ministerio de Defensa, lo haría sin preguntarlo dos veces y con una expresión imperturbable en la cara. *El deber es lo primero.*

El coche se detuvo delante de la puerta del ministerio y un ayudante se apresuró a abrirle la puerta. Hong salió del coche y se estiró. Aún no hacía demasiado frío, pero las nieves del invierno pronto se dejarían ver. En poco más de cinco semanas tendría que cambiar el ligero capote de verano que llevaba por el equipo de invierno. Se preguntaba qué efecto tendría el frío extremo en las criaturas del otro lado de la frontera. El año anterior no pareció afectarles demasiado, pero después de los cambios que habían visto entre ellos ese verano quizá...

—¿Coronel Hong? —Un comandante, cubierto con la enorme gorra de plato reglamentaria del Ejército Popular se cuadró ante él.

—Ése soy yo —musitó Hong. Era un hombre de pocas palabras, y además, de manera inconsciente, miraba a la gente prácticamente sin parpadear. Tiene ojos de muerto, decían de él a sus espaldas. Su mirada carente de emoción solía poner muy nerviosos a sus interlocutores, y aquel pobre comandante no fue una excepción.

—Por favor, señor, sígame —tartamudeó, nervioso—. Le están esperando en el despacho del ministro.

El ministro en persona. Aquello era nuevo. Hong se desembarazó de la gorra y el capote al entrar en el edificio, mientras se preguntaba por qué motivo le habían llamado allí. No había vuelto a la capital desde que su grupo de asalto había terminado las tareas de limpieza en la zona sur del mar de Japón. Había sido una tarea sucia, pero necesaria. Lo peor, con diferencia, lo de aquellos seiscientos niños. Pero qué se le iba a hacer.

No se hacía ilusiones. Sabía que haber dirigido aquella operación le había transformado en una carta marcada de la baraja. Incluso en medio del horror del Apocalipsis, si algún día llegaba a trascender lo que había hecho en aquel pueblo, la gente le miraría con espanto. Y además, él sabía quién había dado la orden directa de las masacres, y por qué la había dado, por lo que a sus superiores su presencia les resultaba doblemente incómoda. Así que cuando, tras unos meses de silencio y abandono en un campamento aislado, le habían llamado aquella mañana, se imaginó que algo gordo iba a pasar. Hong no estaba seguro, pues no era un hombre demasiado imaginativo, pero suponía que al acabar el día tendría o bien una medalla o bien un balazo en la nuca. Se sorprendió a sí mismo al darse cuenta de que cualquiera de las dos posibilidades le resultaba indiferente.

—Espere aquí, por favor. Enseguida vengo a buscarle. —El edecán le dejó solo en la sala y se alejó hacia el despacho del ministro.

Hong miró por la ventana, ausente. La ciudad, gris, semivacía y con el inconfundible toque arquitectónico del Bloque del Este se extendía hasta el horizonte. Trató de imaginarse cómo sería caminar a través de una Pyongyang llena de aquellos No Muertos, pero no pudo. Definitivamente, Hong era un hombre con poca imaginación.

—Por favor, sígame. —El edecán había reaparecido por la otra puerta.

Echando un último vistazo a su uniforme, para estar seguro de que todo estaba en orden e impoluto, Hong entró en la habitación.

El vicemariscal Kim Yong-Chun, ministro de Defensa de la República de los Trabajadores del Corea del Norte, le esperaba sentado en la cabecera de una larga mesa de juntas. Sentados a su lado, estaban otros tres hombres, todos ellos uniformados, a los que Hong no conocía. Con una vaga inquietud se dio cuenta de que él era el militar de menos rango de los presentes en la sala.

—Coronel, tome asiento, por favor —le invitó el ministro, amablemente, mientras un ayudante le acercaba un grueso dosier—. Permítame que le presente a los generales Kim, Chong y Li. Forman parte del equipo asesor de nuestro Amado Líder Kim Jong-il para esta... situación especial.

Hong se sentó, sin prestar demasiada atención a los nombres. Era evidente que aquellos hombres sólo estaban allí como testigos de la reunión, para dar fe de lo que se dijera y de las respuestas correspondientes. Lo que fuera que tuvieran que decirle lo formularía el ministro, así que aquellos generales no importaban, pese a su rango. Por tanto, se limitó a asentir con la cabeza y clavó su mirada sin parpadear en el ministro.

—Permítanme que les presente a nuestro hombre —comenzó el ministro—. El coronel Hong es un miembro destacado y experimentado de las fuerzas especiales. Antes de esta situación «especial», ya tenía un dilatado currículum: tomó parte en tres incursiones al sur de la línea de demarcación y en otra en las costas de Japón, y en todas sus misiones se ha desempeñado con auténtico espíritu revolucionario. Sinceramente, creo que es la persona indicada para este delicado asunto que...

Hong se dejó llevar por sus pensamientos. Qué bonito sonaba todo aquello dicho alrededor de una mesa, en un confortable despacho. Lo cierto era que cada una de aquellas incursiones fuera de las fronteras había sido un infierno regado con sangre. Las tres de Corea del Sur habían tenido como objetivo realizar operaciones de espionaje y sabotaje, y en la última de ellas había vuelto con un balazo en la mano que le había hecho perder la mitad de dos dedos. Aquella herida todavía le dolía de vez en cuando. La misión de Japón había sido mucho más sucia y oscura. El objetivo era secuestrar a ciudadanos japoneses para llevarlos a Corea y poder utilizarlos como instructores de idioma y costumbres en las escuelas de espías. Aquella misión casi había acabado en fiasco. De los seis individuos capturados, tres hombres y tres mujeres, según las órdenes, sólo había podido llevarse consigo a los hombres. Una de las mujeres había empezado a gimotear cuando una patrulla japonesa pasaba muy cerca y se había visto obligado a estrangularla con sus propias manos. Las otras dos se habían puesto algo nerviosas al ver aquello, así que las había degollado limpiamente, para evitar problemas. Y aunque él no lo sabía, no había parpadeado ni una sola vez mientras hacía todo aquello. *El deber es lo primero.*

—... Y esto nos lleva a la situación actual, y a lo que nos ha reunido hoy a todos aquí —concluyó el ministro, mientras abría el dosier que le habían colocado delante.

Ahí vamos, pensó Hong.

—Hoy, a las tres y media de la tarde, hora local, la red de detección de señales Hangeul ha captado una señal de radio de dos minutos y veinte segundos de duración. La señal, que ha repetido el mismo mensaje varias veces, fue transmitida en inglés. Tienen ustedes una transcripción completa de la misma en su copia del informe.

Durante unos segundos, se oyó en la sala el sonido de hojas de papel. Entonces el jerarca coreano continuó hablando.

—La señal provenía de un punto situado a pocas millas de la costa africana. La emitía un barco estadounidense.

—¿Militar? —preguntó alarmado uno de los generales.

—No, el barco es civil, un petrolero, por el contenido de la señal.

—¿Cabe la posibilidad de que vaya escoltado? —preguntó otro de los generales, que por su edad tenía aspecto de haber luchado en la Edad Media, por lo menos.

—No lo sabemos, pero tampoco es importante —respondió el ministro, pasando una hoja—. Está demasiado lejos para que lo alcance cualquier barco de la Marina Popular, y además tampoco habría tiempo para interceptarlo.

—¿Y por qué querríamos interceptarlo? —preguntó Hong, cautelosamente. Era la primera vez que hablaba desde que se había iniciado la reunión, y todas las miradas se volvieron hacia él. Al cabo de un segundo, sin embargo, se desviaron. Los ojos carentes de vida del coronel eran demasiado inhóspitos para mirarlos durante mucho rato.

El ministro emitió un carraspeo incómodo, mientras miraba alternativamente a todos y cada uno de los generales. El más anciano de todos asintió levemente con la cabeza. El ministro Kim hizo acopio de valor y miró directamente a los ojos a Hong.

—Coronel, la situación es complicada. Pese a los sabios y siempre atinados consejos de nuestro Amado Líder, estamos llegando a un punto crítico. El desencadenamiento del Apocalipsis nos ha afectado mucho menos que a todos los decadentes imperialistas de alrededor, incluidos nuestros vecinos del Sur. Gracias a las sabias medidas de Kim Jong-il ni uno solo de esos monstruos ha traspasado nuestras fronteras, y la enfermedad no se ha extendido en Corea del Norte. En ese sentido, estamos a salvo.

La misma verborrea de siempre, pero ni una palabra del auténtico problema. Una manera muy burocrática de taparse el culo, pensó Hong, que decidió ser más directo.

—¿Y cuál es el problema, entonces? —preguntó Hong.

—Que, desgraciadamente, no estamos solos en el mundo. Pese a que nuestra política oficial ha sido la autarquía durante todos estos años, quiero decir, fabricar nosotros mismos todos nuestros productos de consumo y explotar únicamente nuestros propios recursos, hay determinadas cosas de las que sin embargo, y pese a todos nuestros esfuerzos, aún estamos lejos de tener un autoabastecimiento completo.

Hong cruzó las manos sobre la mesa, lentamente. Era un secreto a voces que el sistema fallaba y que las carencias eran gigantescas. Corea del Norte era un país eminentemente rural desde hacía décadas, y cuando se sucedían varios años de malas cosechas, las hambrunas eran espantosas. Años atrás, incluso se habían visto obligados a aceptar la humillante ayuda norteamericana, en forma de grano y medicamentos, para superar la amenaza de la muerte por inanición de zonas enteras del país. Aquello había salvado millones de vidas, pero para la gente como Hong había supuesto una afrenta mortal y una vergüenza difícil de soportar. El coronel era un juche convencido, y creía firmemente que Corea del Norte debía mantenerse por sí misma y permanecer ajena a las influencias imperialistas del exterior.

—¿Y bien? —dijo sin alterar ni en lo más mínimo su rostro—. Camarada ministro, creo que podemos vivir perfectamente sin cigarrillos chinos o cerveza japonesa de contrabando.

—Sin duda, coronel. Pero sin petróleo, estaremos de rodillas antes de tres meses.

El petróleo. El maldito petróleo. Es eso, claro.

—Entiendo —dijo lentamente, mientras asimilaba la información—. ¿Cómo de mala es la situación?

El ministro volvió a mirar nerviosamente al general anciano, que nuevamente sacudió la cabeza de forma casi imperceptible. A Hong le recordaba a una tortuga, una tortuga inmensamente vieja, fea y calva.

—Es catastrófica. El abastecimiento de petróleo a la República Popular de Corea era algo que hacían en exclusiva nuestros camaradas de China. Desde que se desató el Apocalipsis, no hemos recibido ni una gota.

—¿Los chinos nos han cortado el suministro?

—No exactamente —contestó el ministro, con la voz algo temblorosa.

—Entonces, ¿qué?

—Creemos que no queda absolutamente nadie con vida en China, descontando algún grupo disperso. Aparte de los No Muertos, las zonas industriales, donde estaban los depósitos y las refinerías quedaron arrasadas cuando Pekín intentó contener la plaga con explosiones termonucleares. No podemos obtener nada de ahí.

—¿Para cuánto nos queda?

—La industria pesada está prácticamente paralizada, y la industria ligera está funcionando solamente a un cuarto de su capacidad. La gasolina está totalmente racionada, incluso en el Ejército Popular, y estamos haciendo acopio para el invierno, pero, aun así, no será suficiente. Coronel, dentro de tres meses como máximo, habremos acabado con nuestras reservas. Este invierno, mucha gente morirá de frío.

—Es prioritario capturar ese barco y a su tripulación, coronel. —Hong se volvió hacia el viejo general Tortuga, que era quien había hablado con una voz quebradiza. El anciano continuó—: Tenemos que averiguar cuál es el puerto donde consiguen el petróleo y ponerlo bajo el control del Ejército Popular cuanto antes.

—Si obtenemos una fuente constante y fiable de petróleo, coronel —intervino el ministro—, la situación cambiaría radicalmente. No sólo garantizaríamos la viabilidad de la República de Corea, sino que tendríamos el impulso necesario para el plan maestro que nuestro Amado Líder ha trazado. Con petróleo, seremos invencibles.

—¿Invencibles?

—Piénselo, coronel. No queda ningún país como tal en el mundo, tan sólo Corea del Norte ha sobrevivido al Apocalipsis. —El ministro hablaba con voz entrecortada por la emoción—. Una vez que tengamos garantizada una fuente de combustible que mueva nuestros barcos, nuestros tanques y nuestros aviones, conquistar el mundo entero será un juego de niños. Esos pequeños restos de supervivientes asustados y dispersos que están por aquí y por allá aferrados a los restos de una bandera no supondrán rival para nuestras gloriosas fuerzas. Es el Destino Manifiesto de nuestro Amado Líder, coronel... ¡Expandir el juche por todo el mundo! ¡El camarada Kim Jong-il puede ser el primer gobernante de todo el mundo, todo un mundo unido bajo la ideología juche, y en el que los coreanos seremos la fuerza dirigente!

Los tres generales sentados a la mesa comenzaron a aporrear el tablero ruidosamente, para aplaudir las palabras del ministro, que resoplaba rojo de satisfacción. Hong advirtió las miradas entusiasmadas de los militares. El plan era ambicioso, pero si salía bien las implicaciones serían asombrosas. Por primera vez en la historia tan sólo existía una potencia en el mundo y ésa era Corea del Norte. Kim Jong-il tenía la posibilidad de conseguir aquello que Alejandro, Gengis Kan, César, Napoleón o Hitler tan sólo habían podido soñar. Ser el dueño del mundo. El amo total de la Tierra.

—Coronel, su misión es servir de punta de lanza. Por la transmisión sabemos hacia dónde se dirige ese barco. Va hacia Gulfport, una pequeña ciudad situada al sur de Estados Unidos. Usted y un grupo selecto de trescientos hombres volarán hasta allí y capturarán ese barco y a su tripulación, o al menos descubrirán cuál es la fuente de petróleo de la que se están nutriendo. Una vez que lo haga, nada se interpondrá entre el destino y nosotros.

—Cumpliré mis órdenes, camarada ministro, pero creo que se están olvidando de una cosa —dijo el coronel, escogiendo sus palabras con mucha cautela—. Los No Muertos. Están por todas partes, miles de millones de ellos. Ni siquiera el Ejército Popular puede acabar con esas criaturas. ¿Cómo pretende que conquistemos el mundo con esos seres deambulando por todas partes?

Una nueva mirada entre el ministro y el general anciano. Un nuevo asentimiento de éste.

—Verá, coronel —dijo lentamente el ministro Kim con una sonrisa de satisfacción—. Lo cierto es que a esos seres, a esos No Muertos, no les queda demasiado.

—¿Cómo dice? —Hong, estupefacto, parpadeó por primera vez en toda la reunión.

—Los No Muertos —Kim sonrió— se están muriendo. Todos ellos.

11

—¡*Lúculo*! ¡Ven aquí inmediatamente! ¡Maldito gato! —Lucía resopló furiosa mientras por enésima vez trataba de capturar al enorme persa que la observaba con un brillo divertido en los ojos. Durante la primera semana a bordo del *Ithaca*, *Lúculo* se había convertido en uno de los pasajeros más populares. Habían sobrevivido muy pocos gatos en todo el mundo, y los oficiales y marineros del barco habían caído seducidos de inmediato por el encanto felino de aquel pequeño bribón naranja. Durante días, *Lúculo* había paseado con entera libertad por todo el barco (al menos por la mitad trasera, ya que la zona delantera —la de los ilotas— estaba totalmente aislada), hasta que, tres días atrás, Enzo lo había sorprendido dentro del camarote del capitán, acostado sobre su chaqueta de gala... después de una larga excursión por la sala de máquinas, que había dejado su lustroso pelo naranja cubierto de una gruesa —y pegajosa— capa de aceite de motor. Ni que decir tiene que una generosa cantidad de ese aceite había impregnado profundamente la chaqueta, algo que no había gustado demasiado a Enzo... ni a Birley, naturalmente.

Desde ese día, y por orden directa de un enfadado Birley, *Lúculo* tenía «restringidos» sus movimientos, y Lucía tenía que velar por su cumplimiento. Y todo había ido bien hasta hacía apenas diez minutos.

—Vamos, *Lúculo*. —Lucía lo intentó de nuevo, esta vez con zalamerías. Sacó de su bolsillo una barrita de carne y la agitó tentadoramente de forma que el gato la viese—. Ven conmigo, bonito, vamos...

Lúculo, por supuesto, hizo lo que haría todo gato ante una oferta como ésa. Se giró, dio un salto y tras trotar unos metros por la cubierta se encaramó sobre un ojo de buey, fuera del alcance de Lucía. Definitivamente, aquel juego era genial. Se lo estaba pasando en grande.

Lucía suspiró, desalentada. La tarde se había encapotado y todo apuntaba a que iba a empezar a llover en cualquier momento. Lo último que le apetecía era estar correteando por la cubierta detrás del gato cuando empezase a diluviar.

—Venga *Lúculo*, sé bueno, anda...

Mientras decía esto se fue acercando lentamente al gato persa, pero, cada vez que lo hacía, *Lúculo* simplemente se alejaba unos metros y la esperaba, travieso. Lucía nunca había tenido un gato y no sabía que cuando uno de esos pequeños felinos no quiere ser atrapado es imposible hacerlo. Si simplemente hubiese fingido desinterés y se hubiese marchado, *Lúculo* habría salido trotando detrás de ella, pero Lucía desconocía ese extremo, así que lentamente fue cruzando toda la longitud del barco detrás del pequeño animal naranja hasta que finalmente llegó a la alambrada de proa.

—Ya te tengo, puñetero... —murmuró Lucía, al arrinconar a *Lúculo* contra la alambrada.

El gato, al darse cuenta de que el juego había acabado, se revolvió de un lado a otro, intentando de forma desesperada encontrar una salida. Entonces, entre dos apretados rollos de alambre de espino vio un agujero. No era demasiado grande, tan sólo tenía el tamaño justo para que un gato con algo de sobrepeso pudiese colarse por él, pero aquel día estaba resultando el más divertido en mucho tiempo. Como un rayo, *Lúculo* se lanzó por la hendidura de alambrada, dejándose un buen puñado de pelos naranjas en el intento.

Lucía hizo un último gesto desesperado para atraparlo, pero tan sólo pudo rozar su rabo. Frustrada, dio un puntapié a una tubería mientras soltaba una sarta de juramentos dignos del mejor camionero.

—¿Y ahora qué hacemos, *Lúculo*? Voy a decirle a tu dueño que se encargue él de ti, puñetero gat...

Lucía se quedó callada de golpe. Un hombre se había asomado por una de las escotillas de la cubierta de proa, al otro lado de la alambrada, y tras encender un cigarrillo caminaba con tranquilidad hacia el gato con las manos en los bolsillos. El hombre, de unos treinta años, vestía el uniforme de camuflaje reglamentario del Ejército americano y cojeaba ligeramente. Al llegar a la altura de *Lúculo* se agachó y pasó la mano por el lomo del animal, que inmediatamente comenzó a ronronear de satisfacción, mientras se estiraba todo lo que le permitían sus tendones. El gato había decidido que por aquel día dejaba de corretear.

El soldado sujetó a *Lúculo* en sus brazos y se acercó a la alambrada, mientras le rascaba tras las orejas. Buscó un hueco a través de la red de espino y con muchísimo cuidado pasó el gato a través de la alambrada hasta depositarlo en los brazos de Lucía.

Ella lo observó fijamente. Era alto, muy moreno, casi cetrino, de pelo negro y con unos profundos ojos marrones. Resultaba evidente que tenía sangre indígena, apache o azteca, lo más probable. Por eso Lucía se quedó muy sorprendida al leer «Dobzhansky» en la etiqueta de la solapa del uniforme.

—Muchas gracias... ehhhh, señor Dobzhansky. Si no es por usted nunca hubiese atrapado a este gamberro.

El hombre se quedó paralizado por un momento y de repente rompió a reír. Era una risa fresca, sana, liberadora. Miró a Lucía con expresión divertida y arrojó el cigarrillo al suelo.

—Mi nombres es Carlos, Carlos Mendoza —dijo en español con un marcado acento mexicano—. El Dobzhansky del uniforme no sé quién es. A mí me lo dieron así cuando llegué a Gulfport, por lo que supongo que el maldito güero* que llevaba antes este uniforme ya debe de llevar mucho tiempo muerto o paseando como esas jodidas almas en pena, si me permite la expresión. Pero ¿quién es usted, señorita?

—Me llamo Lucía y vengo desde España —musitó la joven con un hilo de voz, como hipnotizada ante la mirada profunda del soldado—. Nuestro barco naufragó en medio de la tormenta y la tripulación del *Ithaca* nos rescató, y entonces yo estaba siguiendo a *Lúculo*, que se había escapado, pero no me hacía caso y entonces... —De repente Lucía se dio cuenta de que estaba murmurando incoherencias, como cada vez que se ponía nerviosa. Se maldijo interiormente—. ¿Qué le ha pasado en la pierna? —preguntó bruscamente, para cambiar de tema—. Está usted cojeando.

—¿Esto? —replicó el mexicano, sin darle importancia—. Fue el otro día, cuando bajamos al puerto, para conectar esas pinches mangueras. No es nada.

—¿Un No Muerto le hirió? —Lucía dio un paso atrás, inconscientemente.

—Sí, pero no pasa nada, señorita. En un par de semanas como mucho, estará cicatrizado. Fue un mordisco muy superficial. El muy cabrón me atacó por detrás mientras estaba disparando. Ni le vi venir. Por suerte le faltaba

---

* Güero: rubio, en español mexicano. Por extensión, toda aquella persona de raza blanca.

media mandíbula, así que la dentellada no fue demasiado profunda.

Lucía se le quedó mirando, como alucinada. Sabía que el virus TSJ era terriblemente infeccioso, había visto cómo los infectados se transformaban en No Muertos en cuestión de minutos y allí tenía a aquel hombre, tan campante delante de ella, comentando que un maldito No Muerto le había mordido con la misma naturalidad del que cuenta «Oh, por cierto, no te vas a creer a quién vi en el supermercado».

—¿Eres inmune? ¿No te afecta el TSJ? ¡Eso es increíble!

El soldado volvió a reír, esta vez con una risa más amarga. Tenía una voz profunda que a Lucía le recordó la de Benicio del Toro.

—Oh, claro que no, señorita. Ya me gustaría. La pinche verdad es que no hay nadie inmune al TSJ. Nadie. Este virus es un cabrón de la peor especie, ya sabe. Una vez que te atrapa, te ha chingado para el resto de tu vida.

—Entonces, ¿cómo demonios...? —comenzó a preguntar Lucía, pero en ese momento oyó una voz a sus espaldas.

—Señorita, por favor, aléjese de la valla. Y tú, jodido ilota, tres cuartos de lo mismo. A más de dos metros de la alambrada, ya lo sabes. No nos obligues a tener que pedírtelo dos veces o haremos que las tripas te salgan por la espalda. Muévete.

Lucía se dio la vuelta. Dos marineros del *Ithaca* y uno de los oficiales de impoluto uniforme azul naval estaban de pie, envueltos en chubasqueros de tormenta y armados con fusiles M16. Llevaban las armas sin seguro, y Lucía se fijó que, aunque no apuntaban al soldado, los dedos estaban en los gatillos.

Carlos Mendoza levantó los brazos lentamente y se alejó de la alambrada caminando hacia atrás, sin apartar la vista de los marineros ni un segundo. Su expresión era una mezcla de orgullo, desprecio y angustia.

—No se preocupen. —Tal como lo pronunciaba sonaba «preocupeeen»—. No la he tocado, ni a ella ni al jodido gato. Sólo estábamos hablando, no más.

—¿Es cierto eso? —El oficial miraba al mexicano con una expresión inescrutable en el rostro—. ¿No les ha tocado?

—No —mintió Lucía, sin saber muy bien por qué lo hacía—. No nos ha tocado a ninguno de los dos.

—Bien, vuelva a popa, por favor, y no se acerque a esta zona sin comunicarlo primero. Estos hombres son criminales peligrosos, gente de la peor ralea.

—Hasta luego, Lucía —se despidió el soldado, mientras desenroscaba una petaca y le daba un trago—. No te olvides de Carlos Mendoza. Si me necesitas, di que eres de los Justos. Quién sabe, quizá volvamos a encontrarnos.

—¿Los Justos? ¿De qué me estás...? —Pero el hombre ya se había dado la vuelta y se introducía de nuevo en las entrañas del barco.

Lucía se volvió lentamente a popa, acariciando a *Lúculo*, mientras los primeros goterones de la tormenta caían sobre la cubierta con un sonido sordo contra el metal caliente. Su cabeza era un torbellino.

Una parte de su mente trabajaba a toda velocidad, pensando en la extraña conversación que acababa de tener. Aquel hombre no era inmune, pero sin embargo el virus no parecía afectarle. Aquello no tenía ningún sentido. Había visto cómo lanzaban al mar a varios de los soldados heridos después de una sencilla ceremonia. El TSJ los había matado. Y sin embargo aquel hombre y el gigantón negro del brazo tatuado seguían paseándose por allí, como si tal cosa, pese a haber sido infectados. Al menos aparentemente, claro.

Por otro lado, no era capaz de borrar de su mente la sonrisa descarada de aquel hombre y el brillo desafiante de sus ojos. Y cuanto más pensaba en ellos, más atractivos le resultaban.

12

El reverendo Greene nunca había sido un hombre atractivo, pero aquella mañana la expresión avinagrada de su rostro no ayudaba a mejorar el conjunto. De unos setenta años, más bien bajo, enjuto y con las primeras manchas de edad cubriendo su piel apergaminada, iba vestido con su sempiterno traje gris con hebilla de plata en el cuello y su sombrero Stetson sobre la cabeza, como todos los días desde hacía cuarenta años. Pero el reverendo no estaba feliz. Aunque el sermón de la oración de la mañana (*¡Alabado sea el Señor Jesucristo por siempre, amén, aleluya!*) había sido particularmente inspirado, sabía que algo no andaba bien. Mejor dicho, su rodilla *«sentía»* que algo no andaba bien. Y su rodilla siempre tenía razón.

Unos palurdos que habían bebido demasiada cerveza y a los que no les gustaba su presencia se la habían roto en Waynesboro, Virginia, en el año 74. No es que fuese una lesión excesivamente grave. Es una rotura muy común en deportistas, bailarines, escaladores... y víctimas de una panda de borrachos enfurecidos. La mayoría de la gente que sufre una lesión en esa articulación suele recuperarse sin complicaciones en pocas semanas. Algunos quedan lisiados para toda la vida pero otros (*¡Alabado sea el Señor, amén,* *aleluya!*) no sufren secuelas de ningún tipo. Al curarse, unos cuantos descubren que, como por arte de magia, esa rodilla rota se ha convertido en un infalible detector del cambio de tiempo y son capaces de adivinar, con varias horas de antelación, que ese maravilloso y primaveral día va a dar paso a una tarde de rayos y truenos.

El caso del reverendo Greene había sido ligeramente diferente. Tras cinco largas semanas en un hospital del condado de Rockbridge (había considerado que era más prudente arrastrar su culo fuera de Waynesboro mientras aún le quedaba algún trozo entero del mismo), finalmente le dieron el alta médica. Cuando salió a la calle por primera vez notó que la rodilla le empezaba a doler, al principio con una pulsación suave y larga, que se fue haciendo cada vez más acelerada y dolorosa a medida que pasaba el tiempo.

Cuando creía que iba a estallar de dolor y ya estaba pensando en regresar al hospital, sucedió todo aquello.

Dos hombres encapuchados salieron de una joyería de la acera de enfrente, disparando a diestro y siniestro, mientras la alarma del local estallaba con un sonido terrible. Un tipo bastante mayor, armado con una escopeta (*Probablemente el dueño*, pensó Greene), salió de la tienda tras los atracadores. Lo habían tenido encañonado hasta ese instante, pero en un momento de descuido había activado la alarma de la joyería, que sonaba tapando cualquier otro sonido. En aquel instante estaba en medio de la calle con un rifle que parecía pensado para cazar bisontes africanos, por lo menos.

—¡Venid aquí, hijosdelagranputa! —El hombre aullaba mientras se echaba el rifle al hombro y apuntaba a los atracadores que se escapaban—. ¡A mí no me jode nadieee!

Cuando disparó el fusil, el retroceso del arma le echó medio metro hacia atrás, pero el anciano volvió a correr el cerrojo del arma y disparó de nuevo. En la espalda de uno de los atracadores apareció de golpe una enorme flor roja que salpicaba sangre de manera arrítmica. El hombre cayó al suelo, justo cuando su compañero se giró y apuntó su revólver contra el anciano. El 38 que tenía en la mano parecía un juguete infantil comparado con el rifle de caza del joyero, pero a aquella distancia daba lo mismo. El primer balazo entró por un costado del anciano, mientras que el segundo le atravesó el ojo derecho, matándole en el acto. En un último gesto reflejo, el cerebro del joyero había mandado a su dedo índice la orden de agarrotarse sobre el gatillo y, aunque su dueño ya estaba muerto, lo hizo. La bala salió, lanzando el cuerpo desmadejado del anciano dos metros hacia atrás, mientras que la cabeza del atracador del 38 se convertía en algo parecido a un bote de jalea de moras, salpicando en todas direcciones.

No habían pasado más de diez u once segundos desde que empezó todo. La calle se quedó en silencio. Excepto por la maldita alarma, que no dejaba de sonar. Olía a pólvora quemada, a sangre y a mierda. Greene, que durante todo el tiroteo había permanecido de pie, pegado a una pared, comenzó a andar cautelosamente alejándose de los cuerpos caídos en la calzada. Las primeras sirenas de la policía ya sonaban a lo lejos.

Tan sólo en ese instante se dio cuenta de que la rodilla le había dejado de doler. Es más, la sentía mejor que nunca.

No le dio mayor importancia, ni siquiera cuando en Gainsville, a la semana siguiente, la rodilla comenzó a latirle de nuevo con fuerza, justo una hora antes de que un camión articulado se saltase un semáforo en el cruce donde Greene estaba tomando una taza de café mientras pensaba qué hacer con los últimos veintisiete dólares que llevaba en el bolsillo. Aquel camión se llevó por delante un Chevrolet en el que viajaba una familia de cinco miembros. Murieron todos, incluido el conductor del camión.

En ese preciso momento la maldita rodilla dejó de latir, aparentemente satisfecha con las muertes que había visto tan de cerca.

Al principio pensó que no era más que una condenada casualidad. Sin embargo, la experiencia se fue repitiendo una y otra vez, dondequiera que estuviese, sin importar lo que estuviese haciendo. Empezaba como una pulsación suave, que se iba transformando en un dolor sordo y caliente a medida que se aproximaba la hora. En ocasiones, bastaba con que se alejase del lugar en el que estaba para que el dolor fuese disminuyendo, hasta desaparecer. Si al día siguiente consultaba los periódicos o veía la televisión, descubría que el lugar donde había estado cuando empezó a latirle la rodilla había sido escenario de algún accidente terrible o de algún crimen espantoso. Siempre, pasara lo que pasase, había derramamiento de sangre.

En otras ocasiones, sin embargo, sucumbía a una fascinación morbosa. En cuanto empezaba a sentir el latido comenzaba a caminar, inquieto, siguiendo la dirección que le marcaba aquella rodilla macabra, guiándose por la intensidad del dolor como un murciélago se guiaría por el sonido, hasta que notaba que la punzada era tan fuerte que estaba a punto de desmayarse. Entonces se ocultaba y esperaba.

Y siempre acababa pasando algo.

A lo largo de los anteriores treinta y cinco años había sido testigo de al menos quince accidentes de tráfico, diecinueve asesinatos, una decapitación accidental y dos violaciones que acabaron en muerte. Y, para su sorpresa, había disfrutado en todas y cada una de aquellas ocasiones (aunque jamás lo reconocería, ni siquiera ante el mismísimo Dios).

El paso de los años había ido formando en la mente del reverendo Greene una extraña imagen de sí mismo. Había acabado por aceptar que aquella extraña capacidad de visión que poseía era un don concedido por el Señor (*¡Alabado sea por siempre su nombre, amén, aleluya!*).

Podía sentir el Mal. Más importante todavía, podía *anticipar* la llegada del Mal. Eso le transformaba sin ninguna duda en un Profeta, en un Elegido del Señor. Y si podía profetizar la llegada del Mal... ¿no le convertía eso en un heraldo para cuando se produjese la inevitable llegada del Anticristo a la Tierra?

Sus sermones cambiaron radicalmente. Greene, séptimo hijo de unos agricultores medio analfabetos de Alabama, nunca había tenido estudios. Se había lanzado a la carretera a predicar la palabra del Señor porque había sentido la llamada. *O más bien, porque así evitaba las palizas de un padre alcohólico y una madre con principios de esquizofrenia.* Pese a que tenía un verbo incendiario, su conocimiento de las Sagradas Escrituras era bastante deficiente. Y eso, para un predicador ambulante en el Bible Belt,* no era la mejor tarjeta de presentación.

Pero ser el heraldo del Apocalipsis lo cambiaba todo. Su mensaje se hizo febril, casi obsesivo. El Señor iba a castigar la iniquidad de sus hijos descarriados. La impiedad, la sodomía, los demócratas, los negros, los judíos, los hispanos, los musulmanes, los comunistas, la música tecno, todo cabía en el enorme caldero de brujo en el que Greene cocinaba sus prédicas. Todas esas cosas eran horribles y desagradables a los ojos del Señor, todo aquello que se apartase de los buenos y viejos principios del Sur. La llegada de un negro (*Un maldito negro*, se indignaba Greene) a la Casa Blanca no era sino una muestra más de la decadencia y depravación en la que se hundía el mundo.

---

* Término coloquial utilizado para referirse a una extensa región de Estados Unidos donde el cristianismo evangélico tiene un profundo arraigo social e influye prácticamente en todos los aspectos de la vida diaria.

Y el Señor (*¡Alabado por siempre sea su nombre, aleluya, amén!*) estaba enfurecido y presto a desencadenar su justa ira. Y entonces, un día, empezó el Dolor. La pulsación de su rodilla se hizo rítmica e intensa, de una forma que Greene no había experimentado nunca en casi cuarenta años. Al principio pensó que un crimen especialmente espantoso estaba a punto de ocurrir. Esperó durante unos días, expectante, pero nada sucedía, aunque el latido continuaba aumentando de intensidad. Comenzó a consumir Vicodina como si fuesen caramelos, pero el dolor no cesaba. Incapaz de aguantar más aquella tensión, decidió que no sería testigo de lo que fuera que anunciase aquel latido. Así que en medio de la noche desmanteló la tienda que utilizaba para sus sermones, la cargó en el techo de su autocaravana y emprendió la huida hacia el Sur.

Pero alejarse no sirvió de nada. El Dolor le seguía como un perro fiel a su dueño. Fuera a donde fuese, durante quince días, el Dolor permaneció pegado a él, como los restos de mierda que quedan pegados en el zapato. Fueron días confusos, en los que Greene, casi delirando, conducía medio inconsciente su enorme autocaravana hacia el Sur, de manera instintiva. Si hubiese sintonizado algo que no fueran emisoras cristianas se habría enterado de que una pandemia vírica se estaba extendiendo por todo el mundo y que ya había aterrizado en Estados Unidos. Por eso, cuando llegó a Gulfport, Misisipí, el reverendo Greene no tenía ni idea de que el Apocalipsis que se suponía que tenía que anunciar ya había empezado dos semanas atrás. Pero de lo que sí se enteró fue de otra cosa.

Nada más llegar a la ciudad, la rodilla dejó de latir. El Dolor desapareció. Por completo.

Aquello era sin duda una señal que tenía que significar algo, pero cuando llegó a Gulfport estaban pasando demasiadas cosas simultáneamente. La Guardia Nacional estaba intentando evacuar a todos los vecinos de la ciudad al

Punto Seguro que se había establecido en la cercana Biloxi. De los setenta mil habitantes que tenía Gulfport ya se habían ido dos terceras partes de manera caótica y desordenada, y los que quedaban estaban muy atareados recogiendo sus pertenencias para marcharse. Por eso, cuando la vieja autocaravana de segunda mano de Greene entró por la carretera principal de la pequeña ciudad, casi nadie advirtió su presencia.

Greene lo vio claro. Aquélla era la ocasión para la que estaba predestinado, para la que había estado esperando tanto tiempo. El Fin de los Días llegaba, pero él sabía dónde debían refugiarse los justos. Él sabía cuál era el lugar que estaría a salvo de la ira del Señor. Allí donde el Dolor no podía llegar.

Greene instaló su carpa en la salida de la ciudad, en la carretera que unía Gulfport con Biloxi, e inmediatamente se subió a su púlpito. Por primera vez en muchos años notaba una corriente de energía que le sacudía todo el cuerpo como una descarga eléctrica. Ni siquiera le dolieron los músculos mientras levantaba el poste de la tienda, porque notaba cómo ardía dentro de él la llama del Señor.

—¡Escuchadme! ¡Prestadme atención, buenas gentes de Gulfport! ¡No huyáis de aquí, pues nada habéis de temer! ¡Este lugar está santificado por el Señor y la pestilencia no llegará! ¡La pestilencia NO LLEGARÁ!

Siguió desgañitándose durante horas, aunque apenas consiguió que un par de docenas de curiosos o alguna gente demasiado agotada para seguir el camino se detuviese junto a su tienda para escuchar su sermón. Pero entonces el Señor decidió ayudarle, y cruzó en su camino a Stanley Morgan.

Stanley Morgan, conocido entre sus vecinos como el Viejo Stan, llevaba ejerciendo de alcalde de Gulfport de manera ininterrumpida desde hacía casi veinte años. Blanco, anglosajón, protestante y republicano hasta la médula,

Stan pensaba que sólo había una manera correcta de hacer las cosas: la suya.

Por eso, cuando un atildado coronel del cuerpo de marines, con acento de Rhode Island y aire del Norte se había plantado delante de su mesa para decirle que tenía que evacuar a toda la población de Gulfport hacia el Punto Seguro de Biloxi en cuarenta y ocho horas, Stan había tenido que hacer gala de todo su autocontrol para no pegarle un puñetazo que le hiciese saltar los dientes blancos a aquel tipo.

Nadie daba órdenes a Stan Morgan, y mucho menos un engreído coronelucho. ¿Evacuar su ciudad? ¡Y un huevo! Gulfport había resistido el paso de mil y una emergencias, entre ellas varios huracanes (el último de ellos, el *Katrina* en 2005, había dejado media ciudad en ruinas) y jamás había sido evacuada por completo. Y Stan quería ser recordado con una biblioteca con su nombre o un parque. *Me lo merezco, joder.* Y eso sería imposible si pasaba a la historia como el alcalde que tuvo que evacuar su amada ciudad.

Así que hizo todo lo que pudo por fingir que cumplía con las órdenes de evacuación, pero sin mover realmente un dedo, con un ojo en los militares y otro en la televisión, donde podía contemplar en directo cómo el mundo entero se estaba desmoronando en cuestión de horas.

Pero, al igual que lo veía él, cientos de vecinos observaban a través de la CNN cómo los No Muertos iban extendiéndose como una mancha de aceite por todo el país, y el pánico cundió. Docenas de familias cargaron apresuradamente sus pertenencias en sus coches y se lanzaron a la carretera, en dirección a Biloxi, donde los medios informaban que estaba el Punto Seguro más cercano. Naturalmente, al no haber una evacuación organizada, lo único que consiguieron fue colapsar rápidamente la Interestatal 10 que comunicaba las dos ciudades. Docenas de miles de per-

111

sonas quedaron atrapadas en un enorme embotellamiento de tráfico, que se convertiría al cabo de pocas horas en el escenario de una carnicería de dimensiones descomunales. Pero en aquel momento nadie sospechaba que los No Muertos estaban tan cerca.

Stan hizo gala de toda su fuerza de voluntad para impedir que sus vecinos se marchasen, pero aquello no era tan sencillo como convencerlos de que las carrozas de la Feria de la Calabaza del Condado debían medir seis pies más. El pánico había bloqueado cualquier atisbo de racionalidad. Argumentó, razonó, rogó y maldijo, pero la mayor parte de la gente, asustada y temiendo la inminente llegada de los No Muertos, simplemente le decía «Lo siento mucho, Stan, de veras, pero es que...» y se subía a sus coches sin mirar atrás.

Hasta que el destino puso en su camino a aquel predicador medio chiflado, que debajo de una carpa mal montada se desgañitaba al borde de la carretera. Y entonces Stan tuvo una idea.

El hombre de la carpa tenía pinta de ser uno de esos predicadores ambulantes que tanto abundaban en la zona, que vivían de la caridad, los donativos y, sospechaba, de los falsos milagros. En aquel momento estaba aullando algo acerca del Fin de los Días (un argumento bastante común en el Manual del Predicador, por otra parte), pero lo realmente interesante era lo que añadía a continuación. Gulfport. Gulfport era seguro. De hecho, era el único sitio seguro en miles de kilómetros a la redonda.

Gulfport. SU ciudad.

Así que, sin pensarlo, se subió a la roñosa tarima del predicador y le extendió la mano.

—Buenas tardes, reverendo —dijo mostrando su sonrisa de tiburón, que tantos negocios inmobiliarios le había ayudado a cerrar—. Soy Stan Morgan, el alcalde de Gulfport, y creo que Dios le ha puesto en mi camino.

Menos de dos horas después, la pequeña tienda mal montada del reverendo Greene había desaparecido y en su lugar se levantaba una enorme y moderna carpa con capacidad para más de cuatrocientas personas, de la que los empleados de Stan habían retirado apresuradamente los carteles de Promociones Inmobiliarias Morgan. Bajo ella, con un equipo de sonido que podía competir con el del estadio local de los Gulfport Merlins (de hecho era el equipo de sonido de los Merlins) el reverendo Greene, con Stan Morgan a su lado, hacía que fuese imposible avanzar por la interestatal sin fijarse en él.

La combinación del magnético discurso de Greene, junto con la impresionante figura de Stan Morgan, un hombre conocido por todos sus vecinos, hizo que los vehículos empezasen a detenerse; primero un par de coches, más tarde tres o cuatro camionetas y, en poco menos de media hora, una pequeña multitud se congregaba bajo la carpa, donde Greene se desgañitaba anunciando que Gulfport era el único lugar seguro de todo Misisipí. El ser humano, como bien sabía Stan, es de naturaleza gregaria. Tiende a hacer lo que hace la mayoría. Y al ver a aquella muchedumbre detenida bajo la carpa plantada en el arcén de la carretera, los vecinos de Gulfport comenzaron a hacer exactamente eso. Detenerse y escuchar.

Stan aprovechaba la ocasión para circular entre sus vecinos, a los que las palabras de Greene parecían hacerles el mismo efecto que una caricia suave en el lomo de un perro aterrorizado. Súbitamente, la histeria colectiva se fue apaciguando, y los que antes no eran capaces de ver más allá de la huida hacia el Punto Seguro de Biloxi de repente estaban en disposición de escuchar de nuevo a Stan.

—Es un hombre santo —susurraba Stan, mientras apretaba manos y repartía palmadas en la espalda—. Ha atravesado más de tres estados en esa maldita furgoneta, rodeado de millones de esos seres, y no ha sufrido ni un rasguño. Realmente tiene que estar bendito por el Señor.

Y la gente, asustada, comenzó a mirar al reverendo con otros ojos mientras bebían literalmente sus palabras. Después de semanas de intenso terror, en las que las únicas noticias que llegaban eran de muerte, devastación y de aquella misteriosa plaga de No Muertos acercándose, el verbo incendiario de Greene hablando de salvación y seguridad en su propia casa era música para sus oídos.

Y así, por primera vez en casi cuarenta años, gracias al Apocalipsis, el reverendo Josiah Greene se encontró ante una congregación dispuesta a escucharle con fervor.

Y durante muchos meses fue feliz.

Hasta que esa mañana, justo cuando el *Ithaca* entraba en el puerto, en medio de un estruendo de sirenas enloquecidas, su rodilla comenzó a latir de nuevo. Muy débilmente, es cierto, pero aquel latido era inconfundible.

Y de repente, el reverendo Greene sintió miedo.

13

—¡Lucía! ¡Viktor! ¡Venid a ver esto! ¡No me lo puedo creer!

Cuando el *Ithaca* entró en el puerto de Gulfport, no pude contener un grito de asombro. El barco navegaba muy lentamente por el canal de entrada a la dársena arrastrado por un par de pequeños remolcadores que respiraban fatigosamente enormes bocanadas de humo mientras tiraban del coloso hacia su amarradero definitivo. De cada uno de los barcos salían enormes chorros de agua hacia los lados, celebrando la llegada del petrolero. En las orillas, la gente se agolpaba, saludando y agitando los brazos, mientras que por el bulevar una caravana de coches circulaba con gente asomándose por las ventanillas y haciendo sonar sus cláxones. Daba la sensación de que la locura se había adueñado de aquella tranquila ciudad.

Y no es para menos, pensé. Con todo el petróleo que llevaba el *Ithaca* dentro de sus bodegas, la población tendría combustible suficiente para aguantar al menos un año más. O quizá un poco menos, sobre todo si seguían usando aquellos enormes Hummer negros, que tenían aspecto de consumir combustible a cubos. Precisamente una caravana de seis vehículos de ese tipo se acercaba a toda velocidad hacia el muelle, con un coche patrulla abriéndole camino entre la multitud alborozada que se agolpaba en el paseo. Con inquietud, observé que los dos últimos vehículos eran la versión militar del Hummer, sin puertas y que escoltaban un clásico autobús escolar americano. Dentro de cada uno de los Hummer se apelotonaba un grupo de hombres armados con fusiles de asalto y con un brazalete verde alrededor de su brazo derecho.

—Misión cumplida —dijo el capitán Birley con satisfacción, mientras observaba el muelle y encendía su pipa—. Gracias a la bendición de Dios Nuestro Señor Todopoderoso hemos atravesado medio mundo y hemos vuelto a casa sin sufrir un rasguño. Bendito sea el reverendo Greene y bendita sea esta nave, ¿no cree?

Estuve a punto de responderle que la media docena de hombres que habían muerto en el puerto de Luba y los otros cuatro que en aquel momento ya eran pasto de los peces en el fondo del océano posiblemente no estuviesen de acuerdo con su definición de «volver sin un rasguño», pero me mordí la lengua. La cautela nos había mantenido vivos hasta ese momento y me parecía la política más prudente.

—¿Quién viene en esa caravana? —preguntó Lucía, mientras señalaba a la columna de vehículos que ya se había detenido al pie del muelle donde íbamos a atracar—. ¿Es el reverendo Greene?

—Oh, no —bufó Birley—. Es la Guardia Verde del reverendo. Son los encargados de mantener la paz y el orden del Señor en la ciudad. Vienen hasta el *Ithaca* para llevarse a esa chusma que se apelotona en la proa. Y créame, señorita, en el momento en el que el último de esos chicanos apestosos abandone mi barco me sentiré mucho mejor.

—¡Oiga, no hable así de esa gente! —La voz de Lucía vibraba con una nota de cólera que me sorprendió—. Esa

116

gente se jugó la vida para poder llenar de petróleo su maldito barco. Sin ellos su viaje habría sido un completo fracaso. Además, ¿qué diablos importa si son chicanos, negros o esquimales? Esos comentarios son asquerosos.

El capitán Birley se quedó contemplando a Lucía durante un largo rato. La expresión de sus ojos era amenazadora; observaba a la chica como si no la hubiese visto hasta entonces y se hubiese materializado por arte de magia en el puente de su barco. Cuando habló lo hizo arrastrando las palabras y con un tono gélido en su voz.

—Controle lo que dice, jovencita. Sería una pena tener que darle una zurra a una muchachita tan encantadora como usted. Es usted mujer, y evidentemente no sabe lo que dice, pero los hombres que están a su cargo deberían tenerla más educada, si me permite la observación.

—Pero ¿quién te has creído que eres, pedazo de gilipollas? —La ira de Lucía explotó, incontrolable. Afortunadamente, estaba tan enfadada que sus insultos eran en español, idioma que Birley desconocía—. ¡Racista estirado de los cojones, soplapollas, animal, machista!

—Lucía, contrólate —susurré en su oído, mientras la sujetaba. Si no lo hubiese hecho no me cabe la menor duda de que habría saltado sobre Birley y le habría sacado los ojos con sus propias manos.

—¿Has oído lo que me ha dicho? ¿Has oído lo que ha dicho de esa gente? ¡Si ésa es su forma de pensar, este tipo es un enfermo retorcido! —Lucía se debatía en mis brazos, tratando de soltarse.

—Estoy totalmente de acuerdo contigo, pero escúchame. ¡Escúchame! No sé de qué diablos va esta gente, y está claro que si el color de tu piel no es blanco tienes todas las papeletas para acabar como carne de cañón —le dije, mientras le sujetaba la cabeza para que me mirase a los ojos—. Pero esta gente es la que nos ha salvado, estamos lejos de cualquier sitio que podamos llamar hogar y nuestras vidas dependen de su voluntad. Así que, por favor, trata de disimular un poco y discúlpate con el capitán.

Lucía escupió un bufido de furia y se zafó de mis brazos. Encolerizada, se alejó a grandes zancadas hacia el otro extremo del puente, cruzándose con un sorprendido Pritchenko que se la quedó mirando, atónito.

—¿Qué ha pasado? —preguntó el ucraniano—. Parecía un tigre siberiano cabreado.

—Créeme, Viktor, un tigre siberiano es un gatito comparado con Lucía en este momento. —Me giré hacia Birley, que había contemplado toda la escena en silencio y me disculpé—. Perdone la reacción de Lucía, capitán Birley. Es una chica joven, e impulsiva, y además creo que no se siente demasiado bien.

—Oh, no se preocupe, joven amigo —dijo Birley, haciendo un gesto con la mano como para quitarle importancia al asunto—. Al fin y al cabo tan sólo es una mujer. Su opinión no tiene mayor importancia, y además todo el mundo sabe que el carácter femenino es muy variable, sobre todo si está en «esos días». ¿No es cierto? Átela corto, amigo, átela corto, hágame caso.

Birley remató su frase con una carcajada mientras me palmeaba la espalda. Yo sonreí, aliviado al ver que el conato de enfrentamiento se había abortado. Viviríamos para ver un día más.

Pero no pude evitar sentirme sucio y miserable.

Mientras tanto, el *Ithaca* ya se había arrumbado al muelle y con unos enormes cabos del grosor de la cintura de un hombre lo sujetaron firmemente a los norays de la terminal. Un grupo de operarios tendió dos pasarelas a tierra, una a popa y otra a proa. El autobús escolar y los dos Hummer militares se detuvieron frente a la escalera de proa. Parte del grupo de hombres que iban a bordo de los Hummer descendió y formó un perímetro alrededor de los vehículos. Mientras tanto, otro grupo subió a bordo del *Ithaca* y con gritos secos, maldiciones y patadas obligó a formar en una compacta piña a los soldados de la proa. Resultaba sorprendente ver cómo aquellos hombres, que se habían batido con tanto valor y arrojo en el puerto de Luba, se comportaban de repente como un grupo de ovejas asustadas.

O más bien resignadas. En medio del grupo sobresalía el gigantón negro que había capitaneado el asalto, e incluso desde allí pude distinguir la ira brillando en sus ojos. Si las miradas matasen, al menos media docena de los tipos del brazalete verde hubiesen caído desplomados allí mismo. Sin embargo se limitaba simplemente a eso, a mirar. Cuando los hombres de brazaletes verdes comenzaron a arrearlos hacia la pasarela, agachó la cabeza como los demás y se unió al grupo que marchaba.

Una vez en tierra, uno de los guardias verdes deslizaba un detector de metales por todo su cuerpo, sin duda para cerciorarse de que no llevaban ningún arma oculta entre las ropas. Otro de los guardias les pasaba un botellín de agua y un tercero punteaba una lista a medida que iban subiendo al autobús.

—¿Tú entiendes algo, Viktor?

—No tengo ni idea —contestó mi amigo—. Pero si de algo estoy seguro es de que esos mexicanos serían capaces de hacer picadillo a los guardias en menos tiempo que tardo en decirlo. Y sin embargo, ahí los tienes, como ovejas camino del matadero.

—Es sorprendente, ¿no es cierto? —La voz de Strangärd, el oficial sueco, sonó de golpe a nuestras espaldas, sobresaltándonos, o al menos a mí. Dudaba mucho de que Viktor no se hubiese dado cuenta de que se había acercado alguien por detrás. El ucraniano tenía ojos en la espalda.

—¿Quién es esa gente? —preguntó Viktor, con voz seca, señalando a los guardias verdes.

—¿Ésos? —Strangärd miró discretamente a ambos lados, para cerciorarse de que nadie más nos oía antes de seguir hablando—. Son chusma. Escoria. Mala gente. Expresidiarios, casi todos ellos. Si quieren un consejo, procuren no cruzarse en su camino. Y si por desgracia lo hacen, intenten no cabrearlos demasiado. Golpean primero y preguntan después. Pero son la autoridad aquí. O mejor dicho, son el ejército privado del reverendo, y cumplen fielmente sus órdenes. Además, la mayor parte de la población de Gulfport los adora. Sienten que son ellos los que les permiten vivir en paz y seguridad.

Asentí como si comprendiese, aunque aquello no tenía ningún sentido para mí. Observé detenidamente a aquellos hombres. Todos ellos eran corpulentos, con el tipo de musculatura que delata muchas horas levantando pesas. La mayoría vestían pantalones militares y llevaban camisetas blancas de asas, con el fajín verde envolviéndoles uno de los bíceps. Todos iban rapados, y unos cuantos lucían unas barbas recortadas de aspecto siniestro.

—Parece que el tatuador les ha hecho precio de grupo —comentó Pritchenko, sarcástico, mientras señalaba discretamente a los más cercanos. No había ni uno solo de ellos que no llevase alguna parte de su cuerpo cubierto de tatuajes. Cruces gamadas se alternaban con telarañas, calaveras e inscripciones en letras góticas. Uno de ellos incluso llevaba la leyenda «White Pride» tatuada en la parte de atrás de su cabeza. Un escalofrío recorrió mi espalda.

Orgullo Blanco. Aquellos tipos armados del brazalete verde eran de la Nación Aria. Los supremacistas blancos del fondo del pozo social de América. La Nación Aria, un grupo racista que hacía que el Ku Klux Klan pareciese el Club de la Tolerancia. Estaban implicados en extorsión, narcotráfico, asesinatos y tráfico de armas. Ni una sola cárcel del sistema federal de prisiones estadounidense se libraba de su grupo de la Nación Aria. Y resulta que en Gulfport eran la ley. Aquello cada vez pintaba peor.

Tres de ellos subían en aquel momento por la pasarela de popa, justo hacia nosotros. Encabezaba el grupo un gigantón rubio de espectrales ojos azules, de unos cuarenta años. Aquel individuo llevaba un águila de plata prendida en su brazalete verde y su camiseta blanca se empezaba a tensar sobre su abdomen, señal de una incipiente barriga cervecera. Una esvástica negra asomaba por su cuello y en cada uno de sus nudillos llevaba tatuada una letra. Si cerraba los puños y los ponía juntos podía leerse «*hate jews*». Un auténtico angelito.

Al llegar a nuestra altura se plantó en jarras delante de nosotros y nos miró de arriba abajo con detenimiento, recreándose con calma en el cuerpo de Lucía, que instintivamente cruzó los brazos y bajó la cabeza. Aquel tipo resultaba intimidador.

—Así que éstos son los pescados que Birley ha traído de alta mar —dijo, sin dirigirse a nadie en concreto—. Cuando me dijeron que hablaban español pensé que serían alguna de esas mierdecillas mexicanas, pero sin embargo no tienen pinta de chicanos. El de bigotes incluso tiene un aire ario, pese a ser tan bajito. ¿Cómo es que habláis el idioma de los panchos, «amigos»?

—Europeos. Somos europeos. —Me adelanté, antes de que cualquiera de mis compañeros pudiese abrir la boca—. Él es ucraniano y nosotros venimos de Galicia. Allí también se habla español.

Dudaba que el gigantón tatuado supiese localizar Ucrania en un mapa, y posiblemente era la primera vez que oía hablar de un sitio llamado Galicia, pero aquella explicación pareció bastarle.

—Me da igual de dónde vengáis, mientras seáis blancos, cristianos y no le toquéis los huevos al reverendo Greene —dijo encogiéndose de hombros—. Soy Malachy

121

Grapes y dirijo la Guardia Verde del reverendo. Velamos para que las buenas gentes blancas de Gulfport puedan vivir en paz y tranquilidad. Si os comportáis según las reglas, disfrutaréis de todo tipo de comodidades. Si decidís ir por libre, entonces tendremos un problema.

Preferí no preguntar qué tipo de problema podríamos tener, aunque me lo podía imaginar. Grapes, mientras tanto, había clavado sus ojos en Pritchenko, que le devolvía la mirada tranquilamente, sin arredrarse lo más mínimo. El gigantón acercó su cara a la de Viktor hasta que sus narices prácticamente se tocaron, pero el ucraniano ni siquiera pestañeó.

—Vaya, veo que tenemos un gallito por aquí —murmuró Malachy Grapes con voz amenazante—. ¿Quieres tener problemas conmigo, enano? —Un coro de risas cómplices se elevó de los otros dos cabezas rapadas que le acompañaban.

Victor inspiró profundamente, arrastrando un gargajo desde el fondo de su garganta. Por un segundo pensé horrorizado que iba a escupirle un moco verde en la cara a aquel tipo, pero finalmente el ucraniano se limitó a eructar suavemente.

—Esos negros y chicanos a los que tanto desprecias se han jugado el culo de manera admirable, ¿sabes? —respondió el ucraniano con el mismo tono de voz que si estuviese hablando del tiempo—. Por cierto, en ese autobús de ahí abajo hay un par de tipos que si te pillasen sin tu escolta podrían dejar tu blanco culo como la bandera de Japón, así que creo que sería muy prudente por tu parte no insultarles gratuitamente si están cerca. Y no, no quiero tener problemas contigo, «amigo»... de momento.

El tiempo pareció detenerse por un segundo. La cara de Grapes se puso de varios colores, pero finalmente soltó una carcajada y se separó de Viktor.

—He de reconocer que tienes cojones, enano. Pero más te vale no jugar conmigo o con mis hombres. Hoy es tu día de bienvenida y no debes tener problemas, pero no siempre seré tan paciente. Ahora vamos, el reverendo nos espera.

Seguimos al grupo de guardias verdes por la pasarela hasta el muelle. No teníamos ningún equipaje que llevar, aparte de un *Lúculo* ingobernable, feliz de estar de nuevo en tierra tras tantos días en el mar, un lugar que claramente no estaba pensado para un gato. Strangärd, el oficial sueco, nos acompañaba «como enlace» según nos indicó mientras se subía a nuestro lado en la parte de atrás de uno de los Hummer. El capitán Birley estaba muy ocupado encargándose de la maniobra de atraque y el reverendo quería oír de primera mano la historia de nuestro rescate por parte de uno de los miembros de la tripulación. Era el segundo oficial de a bordo, así que le había correspondido la misión. Mientras los Hummer arrancaban entre un rugido de motores me alegré mucho de que viniese con nosotros.

Era el único amigo que teníamos allí. O por lo menos, algo parecido a un amigo. Y algo me decía que en las próximas horas íbamos a necesitar toda la ayuda posible.

14

Gulfport siempre había sido una ciudad pequeña, casi un suburbio al lado de Biloxi. Pocas veces había aparecido en los noticiarios nacionales, y a decir verdad, no es que pintase demasiado en el grandioso estado de Misisipí («¡*El estado de la Magnolia, visítenos de nuevo!*»), pero sus vecinos estaban terriblemente orgullosos de su ciudad por tres cosas: los Marlins, su Feria de la Calabaza y por ser una de las bases permanentes de los Sea Bees.

Los Sea Bees formaban parte del Cuerpo de Ingenieros del Ejército de Estados Unidos desde los años cuarenta. El sobrenombre se lo habían ganado por el trabajo titánico que habían llevado a cabo en la Segunda Guerra Mundial, montando prácticamente desde la nada bases y pistas de aterrizaje en cualquier atolón del Pacífico donde hiciesen falta, en el camino hasta derrotar a Japón. Tras la guerra, el cuerpo había seguido creciendo y dotándose de más y mejores medios, hasta transformarse en una de las unidades más curiosas del Ejército estadounidense. Sus hombres posiblemente jamás ganasen un concurso de tiro (de hecho, la mayoría ni sabría agarrar bien un rifle, si a eso vamos), pero sin embargo eran capaces de montar la infraestructura que hiciese falta en cualquier lugar del mundo. Y Gulfport era su hogar.

Cuando se desató la plaga, la mitad del personal de la base estaba en Afganistán organizando una ruta de abastecimiento hasta Kabul. Se planeó su repatriación urgente, pero las plazas de avión escaseaban en aquel momento, y las unidades de combate, en una situación en la que el mundo entero se sumía en el caos, tenían preferencia. Lo cierto es que los aviones que tendrían que haber ido a buscarlos jamás despegaron. Si quedaba vivo alguno de ellos, seguramente estaría perdido en una montaña afgana, huyendo de los talibanes, de los No Muertos o, lo más probable, de ambas cosas.

La otra mitad fue desplazada con carácter urgente a las principales ciudades del país, para colaborar en la construcción apresurada de las infraestructuras de los Puntos Seguros. Y no hacía falta demasiada imaginación para adivinar cuál había sido su triste destino.

Así que cuando Stan Morgan, el alcalde de Gulfport, se asoció con aquel predicador roñoso que se desgañitaba en las afueras de la ciudad, en la base de los Sea Bees de Gulfport apenas quedaban dos docenas de militares encargados del mantenimiento. Sin embargo, había material, enormes montañas de material, acumulado pacientemente desde hacía décadas.

Stan Morgan podía ser un tipo terco y ambicioso (además de sistemáticamente infiel a su mujer desde hacía más de veinte años y curiosamente aficionado a las fotos de jovencitas asiáticas menores de trece años), pero sobre todo era un tipo despierto e ingenioso. Cuando volvió de la guerra de Vietnam, pobre como una rata, vio la oportunidad que suponía el incipiente mercado inmobiliario. Promociones Inmobiliarias Morgan fue su siguiente paso y en menos de dos años se había transformado en uno de los vecinos más ricos de Gulfport.

Cuando Stan contempló a través de la vacilante señal de la CNN que los No Muertos comenzaban a arrasar los

Puntos Seguros se dio cuenta de que la única posibilidad de proteger su ciudad no era defenderla a tiros, como en el resto del país, sino creando un obstáculo alrededor de ella, un obstáculo tan grande y formidable que ni siquiera una marea de No Muertos pudiese atravesarlo.

Y entonces se acordó de los depósitos de los Sea Bees.

El resto fue fácil. En los almacenes militares no había nadie, y miles de toneladas de acero y cemento esperaban pacientemente a que alguien los usara. Desde la devastación causada por el *Katrina*, los Sea Bees habían tenido tiempo para pensar un modo de evitar que los ríos se desbordasen y las inundaciones arrasaran de nuevo campos y ciudades. Sus ingenieros habían desarrollado un ingenioso sistema para crear diques de contención a base de varillas de metal y cemento Portland modificado. Se llamaba Unidad Móvil de Creación de Diques de Contención Autofabricados. Los soldados de la base, más irreverentes, lo bautizaron el Cagamuros.

El Cagamuros era un engendro horrible, un vehículo que parecía el fruto de una noche loca entre un camión volquete y una locomotora. Podía fabricar un módulo de cemento de tres metros de alto por dos metros y medio de largo en el asombroso tiempo de quince minutos, y lo mejor era que el muro ya salía medio fraguado. Menos de veinticuatro horas después de haber sido depositado en su lugar por el Cagamuros, el módulo era una pared de cemento tan rocosa y dura como si llevase años allí colocada. Y en la base de Gulfport había nada menos que veinte Cagamuros.

Los operarios de Stan, obreros con muchos años de experiencia en la construcción, no tardaron más de seis horas en aprender a manejar aquellos monstruos (con la impagable ayuda de los manuales y de uno de los técnicos que afortunadamente aún permanecía en la base) y en otras seis, los veinte Cagamuros estaban trazando un enorme perímetro de acero y cemento alrededor de toda la ciudad.

Así, en tan sólo setenta y dos horas, Gulfport estaba rodeada por completo de una sólida muralla de hormigón de tres metros de altura, totalmente infranqueable para cualquier No Muerto. Era tosca, fea, gris y parecía la hermana bastarda del Muro de Berlín, pero cumplía a la perfección su misión: los vivos dentro, y los No Muertos fuera. Y eso, para Stan Morgan, era el objetivo.

Además del Muro, los habitantes de Gulfport contaban con varios factores adicionales que ayudaban a defender su vida. El sur de Misisipí no era un lugar excesivamente habitado, y aunque la zona era muy llana, muchas partes estaban cubiertas por pantanos y lodazales tan impenetrables que ni siquiera un No Muerto con mucha fuerza de voluntad podría llegar a cruzarlos.

Strangärd nos iba explicando todo esto mientras los Hummer recorrían las calles de la ciudad a toda velocidad. El banderín verde que ondeaba en el capó del coche que abría la marcha parecía dotarnos de un poder especial a la hora de sortear las normas de tráfico, pues no aminorábamos la velocidad ni siquiera cuando pasábamos por un cruce, pese a que había bastante tráfico. Casi no podíamos dar crédito a lo que veíamos. La ciudad tenía un aspecto normal, extraordinariamente tranquilo y próspero. La gente paseaba por las calles, limpias y ordenadas, y cuando se cruzaban se detenían a saludarse y a charlar, riendo y bromeando como si el infierno no se hubiese desatado nunca sobre la tierra. Las tiendas estaban abiertas, los jardines limpios y cuidados y para mi sorpresa, incluso las cafeterías y los restaurantes estaban funcionando con total normalidad. Todo era limpio, pulcro, bello y perfecto.

Excepto por el pequeño detalle de que tan sólo se veía a personas de raza blanca mirara donde mirase.

—Esto es... Parece... —balbucí, tratando de digerir la escena.

—Resulta increíble ¿verdad? —dijo Strangärd con una media sonrisa—. Es como el escenario de una teleserie. Esta ciudad ya era un barrio residencial blanco de calidad antes del Apocalipsis, pero ahora lo es más que nunca. La mayoría de la gente que ve son jubilados, profesionales liberales con sus familias o divorciadas ricas, que escapaban de la vida estresante de Biloxi para venirse a vivir aquí, y que tuvieron la suerte de asistir a la debacle final desde el lado bueno de esa pared de cemento. —Torció el gesto con una mueca—. Y ahora son el germen de la sociedad del futuro. Tiene gracia, ¿verdad?

Si tenía gracia, yo no se la encontraba por ninguna parte. Todas las personas que veía, jóvenes, adultos y viejos, tenían un aspecto próspero, sano y bien alimentado, a años luz del aspecto famélico y depauperado que tenían los supervivientes de Tenerife. Claro que en Gulfport no debía de haber más de treinta mil personas, tirando por lo alto, mientras que en Tenerife se hacinaban varios millones de refugiados llegados de toda Europa, que habían llevado al límite la capacidad de suministro de la isla.

Pero no era sólo eso. Todas aquellas personas tenían un aspecto relajado y displicente, muy lejos del espíritu fatalista y atemorizado que teníamos aquellos que nos habíamos enfrentado en persona con el hambre, la destrucción y los No Muertos durante algún tiempo. Tenían aspecto de *gente de bien*, que se las había apañado para seguir dentro de su Arcadia feliz mientras el resto del planeta se deslizaba por el sumidero de Satanás.

—Hay una cosa que no entiendo —pregunté—, ¿cómo es posible que esta gente tan... tan... clásica haya aceptado como guardianes de la ley y el orden a estos tipos duros? —Señalé hacia Malachy Grapes y uno de sus acompañantes, que iban sentados en el asiento delantero, envueltos en una nube de humo de cigarro—. Parecen expresidiarios.

—*Son* expresidiarios —respondió Strangärd, bajando la voz de nuevo—. Todos y cada uno de ellos, antiguos inquilinos del Centro de Máxima Seguridad de Parchman.

—¿Y qué rayos hacen aquí? —preguntó Lucía. Aún estaba enfadada conmigo, y no me había dirigido la palabra ni una sola vez desde que habíamos bajado del barco.

—Iban camino de Biloxi, para trabajar como mano de obra gratis en el acomodamiento de miles de refugiados. Por algún error administrativo, cuatro autobuses abarrotados con esos tipos acabaron en Gulfport. Cuando llegaron, nadie sabía muy bien qué hacer con ellos y a los conductores de los autobuses, por su parte, les importaba un carajo lo que les pasase. Tan sólo querían dejar su cargamento aquí y salir pitando cuanto antes hacia el Punto Seguro de Biloxi. Simplemente cerraron los transportes, dejaron las llaves en la oficina del jefe de policía y salieron corriendo. Los presos estuvieron veinticuatro horas encerrados dentro de los autobuses, aparcados a pleno sol en la explanada de carga del puerto. Los tipos de la Nación Aria eran más numerosos, y estaban más organizados que el resto de los presos, así que cuando abrieron las puertas, tan sólo bajaron ellos de los autobuses. El resto de reclusos se quedaron dentro para siempre.

—¿Los asesinaron? —preguntó Lucía.

Strangärd no contestó y se limitó a mirar por la ventanilla, claramente avergonzado.

—Eso explica cómo llegaron hasta aquí, pero no por qué son los soldados de Greene —insistí.

Malachy Grapes, sentado en el asiento delantero, dio una calada a su cigarro, mientras una sonrisa feroz asomaba a su rostro. Oh, él recordaba perfectamente cómo había sido aquel día...

15

Gulfport, dos años antes

—¡Guardias! ¡Guardias! ¿Dónde cojones os habéis metido! ¡Aquí dentro hace un calor infernal, joder!

Mientras vociferaba, el preso golpeaba la puerta enrejada que separaba el asiento del conductor de la parte trasera del vehículo. Sus gritos se mezclaban con el barullo creado por otros cuarenta individuos que gritaban, golpeaban las ventanillas del autobús y maldecían en todos los tonos posibles. Llevaban casi un día entero aparcados en aquella maldita explanada y el calor estaba a punto de volverlos locos.

Durante las primeras horas los guardias se habían tomado la molestia de llevarles agua e incluso algunas raciones de comida, pero habían pasado horas desde la última vez que se habían dejado caer por allí y la situación se estaba volviendo cada vez más explosiva a medida que transcurría el tiempo. Uno de los presos, un tipo gordo y con la piel enrojecida, había muerto un par de horas antes de un ataque al corazón, y su cadáver había sido lanzado de cualquier forma a la parte trasera del vehículo. El preso que estaba encadenado a él, un negro con aspecto de pandillero, había perdido de golpe su pose de tipo duro y lloriqueaba sin cesar mientras tironeaba inútilmente de la cadena que le mantenía sujeto al cadáver del gordo, que empezaba a inflarse a causa del calor.

—Ayudadme a soltarme, joder —suplicaba—. Ayudadme, por favor. Este tipo va a reventar y me va a contagiar su maldita cosa. ¡No quiero morir! ¡Ayudadme, por favor!

Malachy Grapes, sentado varias filas más adelante, hizo un gesto despectivo. Podría haber soltado fácilmente a aquel negrata si hubiese querido, cortando la mano del gordo con el cuchillo que llevaba escondido debajo de su uniforme naranja de preso, pero no se movió. Por un lado despreciaba a aquel tipo, como a todos los de su raza, y por otro lado, guardaba el cuchillo para una ocasión mejor. El Día del Cerdo estaba a punto de comenzar.

Los habían sacado de Parchman la jornada anterior junto con el resto de los presos, y tras conducir durante varias horas los habían dejado abandonados en aquella explanada. Grapes sabía que no era un traslado. En la cárcel se sabía todo (y más si eras el líder del grupo local de la Nación Aria); además, nunca había oído hablar de un traslado que afectase a todos los presos de un penal.

En aquel autobús había unos quince integrantes de Nación Aria. El resto eran negratas de la banda de los Creeps, unos cuantos chicanos y un par de tipos asiáticos, uno de ellos el gordo polinesio que acababa de reventar y se pudría al fondo del autobús. Grapes confiaba en que la composición del resto de los autobuses fuese más o menos la misma. Desde su ventanilla podía ver otros tres transportes aparcados ordenadamente al lado del suyo. Los presos del interior de aquellos vehículos estaban en la misma situación que ellos, o incluso peor.

Aunque los guardias trataban de impedirlo, había muchas formas de comunicarse dentro de la cárcel, si uno sabía cómo. Sin guardias que vigilasen, y dentro de unos autobuses aparcados costado con costado, era pan comido. Tan sólo había que gritar un poco fuerte. Así que a lo largo de las últimas horas había ido madurando un plan. Era la ocasión perfecta para un Día del Cerdo, así que dio las instrucciones oportunas, que pronto volaron a los otros autobuses.

—¿Cuándo empezamos, Malachy? —Seth Fretzen, el preso sentado al otro lado del pasillo, se inclinó hacia él con ojos ansiosos.

—En un momento, Seth, en un momento —murmuró Grapes entre dientes.

Un líquido blancuzco había empezado a deslizarse por la comisura del labio del gordo muerto y al pandillero encadenado al cadáver le entró un ataque de histeria.

—¡Este cabrón va a explotar! ¡Soltadmeeee! ¡SOLTAD-MEEE, JODER!

Un preso quiso levantarse para echarle una mano, pero estaba encadenado a un Nación Aria que aprovechó el momento para pegar un tirón a la cadena que los unía. El preso cayó al suelo en un revoltijo de eslabones y de repente se organizó una bronca descomunal en la parte trasera del autobús.

—Ahora —dijo simplemente Malachy Grapes—. Vamos allá.

Seth Fretzen encendió un pedazo de papel con una cerilla que llevaba escondida y sacudió la llama de arriba abajo, al lado de la ventanilla enrejada. En el autobús de al lado alguien recibió la señal e hizo lo mismo para el siguiente.

Grapes no esperó a que la llama se apagase para empezar el Día del Cerdo. Con un gesto fulgurante, deslizó el cuchillo casero por su manga y le asestó una puñalada en el cuello al puertorriqueño que tenía sentado a su lado. El tipo, sorprendido, sólo tuvo tiempo de abrir mucho los ojos y emitir un borboteo apagado, mientras se ahogaba en su propia sangre.

132

Seth Fretzen, mientras tanto, había cogido su cadena y estaba estrangulando con ella a su compañero de banco, un negro de la costa Oeste que arrastraba las erres al hablar. El tipo se debatió durante unos segundos, pero estaba perdido. Cuando Seth lo soltó, sus brazos cayeron inertes, como si estuviesen rellenos de serrín.

Malachy se dio la vuelta, para ayudar en la parte de atrás del autobús, pero sus muchachos ya tenían la situación controlada. Eran la banda mayoritaria dentro de aquel autobús, estaban armados y además contaban con el factor sorpresa, así que habían acabado con el resto de los presos en menos de un minuto sin apenas esfuerzo. Tan sólo uno de sus hombres tenía un profundo corte en el brazo, causado por su propio cuchillo al rebanarle el pescuezo a otro de los presos.

Con el cuerpo cargado de adrenalina, rugieron, se felicitaron, sacaron pecho y escupieron sobre los cadáveres caídos. Después, simplemente se sentaron a esperar.

No fue hasta dos horas después cuando Malachy Grapes pensó por primera vez que a lo mejor no había sido una buena idea apiolar a los negratas y a los chicanos. Normalmente, en una situación así, tan sólo se tenía tiempo de deshacerse del arma homicida antes de que llegasen los guardias.

Sin embargo allí no había aparecido nadie. Y los cadáveres empezaban a apestar.

Grapes aplastó de un manotazo una mosca golosa que se le había posado en el cuello. Su mente trabajaba a toda velocidad, ideando un plan alternativo, cuando de repente alguien abrió la puerta del autobús. Instantáneamente, los quince cabezas rapadas empezaron a vociferar insultos contra los guardias, pero su voz se fue acallando poco a poco, hasta que un pesado silencio se hizo dentro del vehículo.

En vez de los guardias armados con el equipo antidisturbios que esperaban, al otro lado de la reja había un hombrecillo de unos sesenta años, vestido con traje y con un enorme sombrero Stetson en la cabeza. El hombre sujetaba una biblia entre sus manos y observaba el escenario de la carnicería con una expresión inescrutable en su rostro.

Ese cabrón está rezando, pensó Grapes, al ver que los labios del anciano se movían sin emitir sonido alguno. Finalmente, el hombre del sombrero se frotó distraídamente la rodilla derecha, sacó un montón de llaves de su bolsillo y se dirigió hacia la puerta. Súbitamente, se detuvo, como si de repente se hubiese acordado de algo.

—¿Sois hombres temerosos de la ira de Dios? —preguntó.

Grapes sacudió la cabeza, dudando si había oído bien.

—¿Cómo dice, reverendo? —contestó, mientras se preguntaba si todo aquello no sería una alucinación debida al calor.

—He preguntado si sois hombres temerosos de la ira de Dios —replicó Greene, pacientemente.

Grapes se puso de pie y el cadáver del puertorriqueño cayó a sus pies, como un pesado fardo. Hizo un gesto amplio que abarcaba todo el autobús y se volvió de nuevo hacia el hombrecillo del otro lado de la verja.

—Reverendo, mire a su alrededor. Nosotros somos la maldita ira de Dios.

Por algún motivo, aquella respuesta pareció gustarle al anciano, que asintió satisfecho.

—Veo que habéis limpiado de escoria e iniquidad este vehículo. Esos hombres de razas bastardas e inferiores no tienen lugar en la Nueva Jerusalén. —Su voz tenía un tono hipnótico, que hacía que hasta los arios más despectivos permaneciesen callados escuchándole—. Pero la auténtica maldad está ahí fuera, a punto de abalanzarse sobre este rincón protegido de Dios. Por eso yo os pregunto: ¿queréis que os libere para ser el instrumento de la ira del Señor?

—Seremos lo que usted quiera, reverendo, pero sáquenos de este puto autobús de una vez.

—Bien. —La cara de Greene se iluminó como si hubiese hallado la solución de un acertijo especialmente difícil—. Pero, antes, recemos para iluminar vuestras almas. Arrodillaos.

—¿Qué coño dice este chalado? —preguntó Seth con brusquedad.

—Cállate. —La voz de Grapes era cortante, mientras sus ojos permanecían fijos en Greene, incapaces de apartarse de la figura del predicador—. Haced lo que dice. Arrodillaos y rezad. Al que no lo haga le sacaré los dientes por el culo a patadas.

Obedientes, los integrantes de Nación Aria se arrodillaron y comenzaron a rezar, siguiendo las oraciones que Greene susurraba, con los ojos cerrados y los brazos levantados hacia el cielo. Una expresión de éxtasis deformaba su rostro.

Al acabar el rezo, Greene abrió la puerta con el pesado fajo de llaves que había conseguido en la comisaría. Después, comenzó a caminar por el pasillo, abriendo los grilletes de los presos. Mientras caminaba, pasaba por encima de los cadáveres empapados de sangre de los reos asesinados como si no fuesen más que montones de basura. Cada vez que liberaba a uno de los arios, le ofrecía su biblia para que la besase, al tiempo que imponía las manos sobre su cabeza.

Grapes tuvo que agacharse para que el pequeño reverendo pudiera apoyar su mano sobre su calva. En el momento en el que Greene lo tocó, Grapes sintió como si una corriente eléctrica le sacudiese de pies a cabeza. Jadeó, sorprendido, mientras abría mucho los ojos y miraba fijamente a Greene. Tuvo que apoyarse en el asiento, para no caer. Los ojos del reverendo eran un pozo negro lleno de fuego. En medio de las llamaradas, Grapes creyó adivinar chispas de locura, pero todo estaba sepultado en medio de una oscuridad malvada y asfixiante, tan densa que Malachy Grapes hubiese jurado que se podía tocar.

Había algo aterrador en aquel reverendo, pero al mismo tiempo la fuerza oscura que anidaba allí transmitía la sensación más atrayente que Grapes había experimentado jamás. En la cárcel había conocido a algunos de los hombres más locos, crueles y malvados que se pudiera imaginar, pero se quedaban en nada comparados con la energía que irradiaba aquello que estaba dentro de los ojos del reverendo. Grapes lo comprendió, lo temió y desde ese mismo momento cayó completamente hechizado por aquel poder. Fuera lo que fuese, lo amaba.

—¿A quién hay que cargarse, reverendo? —preguntó, respetuosamente.

—Seguidme y os lo mostraré —replicó Greene mientras bajaba del autobús arrastrando ligeramente su pierna derecha. Grapes lo observó, sorprendido. Hubiese jurado que el predicador no cojeaba cuando había subido al vehículo.

En el exterior, Grapes descubrió que el resto de sus hombres ya estaban siendo liberados de sus transportes. En total eran cuarenta y cuatro arios los que se concentraban en la explanada, bizqueando y mirando a su alrededor como si no se pudiesen creer que estaban al aire libre, sin cadenas, muros ni guardias que los vigilasen.

Una furgoneta estaba aparcada justo enfrente de ellos. En sus laterales se leía la inscripción

SERVICIOS MUNICIPALES
GULFPORT
¡La ciudad que mira al mar con alegría!

Junto a ella se encontraban dos personas. Una era un tipo alto y corpulento, con el aspecto de las personas que están acostumbradas a que las obedezcan sin discutir. El otro era un sheriff de unos cincuenta años, más bien bajo, algo tripón y con una calva incipiente, que parecía estar sumamente nervioso. *No es para menos* —pensó Grapes—. *Seguro que está pensando qué coño hará si de repente decidimos ponernos agresivos.* Pero allí nadie iba a ponerse agresivo. El reverendo había dicho que los necesitaba para acabar con alguien. Y, en aquel momento, Grapes mataría a su propia madre con tal de poder ver una vez más la fuerza negra que dormía en la mirada de aquel hombre.

—No sé si esto es buena idea, reverendo Greene —dijo el tipo alto con pinta de importante.

Greene. Se llama Greene.

—Es una revelación del Señor en persona, alcalde Morgan. Dios me dijo que Gulfport estaría a salvo como la Nueva Jerusalén y ahora me ha dicho que estos pecadores forman parte de su plan divino —replicó el reverendo, muy seguro de sí mismo, mientras cogía a Grapes por el hombro y lo acercaba—. Este hombre que se llama...

—Malachy Grapes —se oyó decir Grapes a sí mismo. La voz del reverendo parecía ejercer el mismo embrujo en el alcalde Morgan que en él mismo.

—Malachy. —Greene masticó el nombre bíblico, con delectación—. Es un soldado de Cristo y acabará con esos seres sin problemas.

—No sé si es buena idea armar a estos tipos... —La voz del sheriff sonó de pronto, quejumbrosa, mientras se retorcía las manos con nerviosismo.

Gulfport siempre había sido un lugar tranquilo, alejado de las grandes ciudades. Con lo peor que habían tenido que lidiar sus agentes era con algún que otro adolescente travieso o un borracho terco, y la expectativa de tener a cuarenta pandilleros armados con fusiles de asalto circulando por la ciudad no le inspiraba precisamente confianza. Y menos si se tenía en cuenta que tan sólo quedaban él y un ayudante en la comisaría para hacerles frente en caso de que las cosas no saliesen bien. Pero el reverendo parecía TAN seguro... Y, desde que había llegado, lo cierto era que las cosas habían ido estupendamente bien, mientras en el resto del mundo todo parecía haberse ido al carajo. Hasta que esa mañana el barrio de Bluefont, al sur de la ciudad, se había visto invadido de golpe por aquellos seres.

Stan Morgan miró durante unos segundos al enorme pandillero ario y tomó una decisión.

—En esta furgoneta hay fusiles de asalto y munición. A cinco minutos de aquí hay un barrio de la ciudad que tiene problemas. Han aparecido al menos quince de esos seres y no sabemos cómo están los vecinos. Tenéis que entrar ahí, liquidar a esos engendros y sacar a mi gente. ¿Os veis capaces? —preguntó.

Por toda respuesta, Grapes abrió el portón trasero de la furgoneta, sacó un M16 y un cargador y con la destreza propia de alguien con mucha práctica lo cargó y amartilló en un abrir y cerrar de ojos.

—No sé quiénes son esos tipos —dijo—. Pero le doy mi palabra que esta noche van a estar cenando con Satanás.

Grapes repartió las armas entre sus hombres. En el fondo de la furgoneta había una lona verde arrugada que algún operario se había dejado allí abandonada. En un rapto de inspiración, Grapes la sacó y empezó a romperla en tiras. Se anudó una de ellas en el bíceps y pasó el resto a sus chicos, que inmediatamente le imitaron.

—Ya que somos los soldados de Dios del reverendo Greene, qué mejor que una cinta verde, ¿no le parece? —dijo, con una sonrisa lobuna.

Greene asintió con expresión complacida, aunque a Stan Morgan aquella idea pareció sentarle como un trago amargo. No le gustaba perder la iniciativa, y le daba la sensación de que lo estaban dejando de lado.

—No quiero ni una queja de los vecinos. Nada de robar, saquear o destrozar. Simplemente, acabad con esos monstruos y volved aquí. ¿De acuerdo?

—Lo que usted diga, patrón —musitó Grapes con tono irónico, mientras hacía un gesto para reunir a sus hombres—. ¡Vamos, chicos! ¡Hay que patear unos cuantos culos!

Menos de diez minutos después estaban en la entrada del barrio de Bluefont. La urbanización, compuesta por unas trescientas casas, estaba situada al otro lado de un profundo canal que desaguaba en las marismas cercanas, y sólo podía cruzarse por dos puentes. El del lado sur, donde se encontraban, estaba custodiado por el ayudante del sheriff, un chico que tenía pinta de haber salido del instituto la semana anterior, y por un puñado de cincuentones armados con fusiles de caza y con cara de estar a punto de cagarse en los pantalones.

—Los No Muertos entraron por el puente norte —dijo uno de ellos—. El Muro aún no está cerrado por ese lado, y se colaron. Se suponía que Ted Krumble y sus muchachos tenían que estar vigilando el puente, pero no sé qué diablos ha pasado. Los estamos llamando por radio desde hace una hora y no contestan. Hemos oído disparos y una explosión, pero no sabemos nada más.

Grapes asintió, circunspecto.

—¿Quiénes son esos... cómo le ha llamado, No Muertos? —preguntó.

Los demás le miraron con cara alucinada. Molesto, Malachy les explicó que en la cárcel no llegaban muchos periódicos y no tenía ni idea de lo que estaba pasando. Rápidamente, le pusieron al corriente. El pandillero encajó con tranquilidad la información. No es que no creyese a aquellos viejos asustados, pero seguramente la cosa no era para tanto. Si sólo se trataba de tipos con rabia, o algo por el estilo, no tendrían ningún problema. No había nada que no se curase con una inyección de plomo de siete gramos.

—En la radio dicen que hay que dispararles a la cabeza —dijo con voz asustada uno de los vecinos.

—Recordaré su consejo —replicó Grapes, mientras cruzaba el puente a paso ligero, seguido de sus hombres.

Al llegar al otro lado se dio cuenta enseguida de que algo no andaba bien. Bluefont era una típica urbanización de extrarradio americana, formada por una serie de casas con jardín donde los blancos ricos se iban a vivir en cuanto tenían la oportunidad. Pero a medida que avanzaban no veía a nadie por la calle. En una acera, un cortacésped tumbado de lado seguía funcionando. La cestilla se había soltado y el césped recién cortado se esparcía por la acera al compás de una suave brisa.

Un pequeño Subaru estaba plantado en medio de la calzada, con el motor en marcha y todas las puertas abiertas. Grapes se acercó con cuidado y metió el brazo dentro del coche. Giró la llave de contacto y apagó el motor. El silencio que siguió fue realmente aterrador. Tan sólo se oían algunos vagos gemidos, provenientes de algún lugar al norte, a poca distancia.

—Trent, llévate a Bonder, a Kim y a tres más y cubrid esas casas. Los demás, formad grupos de tres e id entrando casa por casa para aseguraros de que están vacías. Si alguien roba algo, aunque sea un bolígrafo, me aseguraré de arrancarle los cojones a bocados. ¿Queda claro?

Los arios asintieron, obedientes, y se dividieron en grupos. Grapes siguió avanzando por el centro de la calzada, con todos los sentidos alerta. Detrás de él caminaban otros tres arios, Seth Fretzen, un tipo pequeño y silencioso llamado Crupps, y un gordo de barba al que llamaban Sweet Pussy, sólo Dios sabía por qué.

Al pasar por delante de una casa se detuvo de golpe. La puerta estaba abierta, aunque entornada, y había un charco de sangre fresca en el suelo. En el marco de la puerta alguien había dejado la marca de una mano empapada en sangre al apoyarse. Una gota resbalaba lentamente desde la mancha, trazando un sinuoso sendero sobre la madera blanca.

Algo cayó al suelo dentro de la casa, haciéndose añicos. Grapes miró a sus hombres y les indicó que caminasen pegados a él hacia el porche. Subió los escalones lentamente, tratando de no hacer ruido, aunque éstos crujieron levemente al apoyarse.

Al llegar a la puerta, la empujó con el cañón de su M16. El interior estaba oscuro y fresco. Desde allí podía ver un zaguán que daba paso a un salón al fondo. En el lado derecho, una escalera arrancaba hacia el piso superior. Las manchas de sangre salpicaban varios escalones, y quienquiera que fuese había ido arrastrando con su cuerpo todos los cuadros colgados en la pared de la escalera, pues estaban en el suelo, hechos pedazos.

Por gestos indicó a Seth y a Crupps que subiesen las escaleras. Él, con Sweet Pussy pegado a los talones, cruzó el zaguán y entró en el salón.

Era un salón que decía a los cuatro vientos «*Mírame, mi dueño es un tipo jodidamente rico*». Los muebles eran de la mejor calidad, y había un sofá que parecía diseñado para acomodar a una docena de personas, por lo menos. En la pared colgaba un televisor monstruoso y las alfombras eran tan espesas que si una moneda cayese sobre ellas se perdería para siempre.

Sweet Pussy le tiró de la manga y le señaló el suelo. En una esquina, al lado de un enorme aparador, un jarrón estaba hecho pedazos. Aquello debía de ser lo que habían oído caer cuando pasaban por delante.

Algo rasposo sonó dentro de la cocina. Evitando pisar los trozos rotos del jarrón, Grapes se fue acercando lentamente a la puerta. Y allí se detuvo, atónito.

Una chica de veintipocos años, alta, delgada, de cuerpo escultural y vestida únicamente con un minúsculo tanga se balanceaba en medio de la estancia, con la mirada perdida.

Está totalmente colocada, fue lo primero que pensó Grapes, tratando de apartar la mirada de las tetas operadas de la muchacha. El pelo rubio y lacio le colgaba sobre la mitad del rostro, ocultando su expresión, y no parecía haberse dado cuenta de que los dos hombres habían entrado en la habitación.

Aquí hay algo que no está bien. Su cerebro lanzaba señales de alarma por doquier, pero no era capaz de localizar la pieza que no encajaba. Sweet Pussy entró detrás de él y al ver a la chica desnuda abrió los ojos como platos.

—¡Joder! ¡Hola, guapa! —exclamó, mientras se acercaba a la chica—. ¿Te has fijado, Grapes? Menudo par de...

Todo pasó en una fracción de segundo. Sweet Pussy estiró su mano hacia los pechos de la chica (*Están cubiertos de venas, de venas reventadas*), con un brillo lujurioso en la mirada. La chica levantó la cabeza (*Los ojos, los ojos están muertos, joder*) y antes de que le diese tiempo a reaccionar, clavó los dientes en el cuello de Sweet Pussy.

El pandillero lanzó un rugido de sorpresa, mientras apartaba a la chica de un empujón. Con la culata del arma le arreó un golpe en la cabeza, que le reventó la boca. Grapes observó, fascinado, que en vez de caer como un plomo la chica se lanzaba de nuevo hacia Swett Pussy, como si no hubiese pasado nada.

Para Sweet Pussy las cosas se complicaron enseguida. Trató de golpear a la chica de nuevo, pero el mordisco le había seccionado la carótida, y aunque él todavía no lo sabía, su cerebro ya se estaba muriendo por falta de riego. Mareado, lanzó un golpe flojo y desviado, pero no pudo evitar que la muchacha se abalanzase de nuevo sobre él. Ambos rodaron por el suelo, arrastrando una montaña de platos en su caída, que se rompieron con estruendo. De un empujón, pudo apartarla un par de metros y disparó su M16 contra la chica.

Las balas de punta hueca reventaron al impactar contra el cuerpo de la muchacha, abriendo un enorme agujero en su abdomen. El impulso del disparo la proyectó contra la pared con violencia. Su cuerpo golpeó con fuerza el muro y fue resbalando lentamente, mientras sus intestinos empezaban a desparramarse.

—Grapes... —gorgoreó Sweet Pussy desde el suelo, mientras se ponía la mano en el cuello—. Grapes... necesito... ayuda.

Grapes le observó, sabiendo que estaba condenado. La sangre manaba a chorros regulares, mientras su corazón seguía bombeando sin cesar, tratando de alimentar un cerebro que se moría por momentos. La luz de la vida se escapaba de los ojos de Sweet Pussy, pero Grapes no le prestó atención.

Porque la muchacha desnuda *se había vuelto a levantar.*

Con un gemido ininteligible, comenzó a caminar hacia él a trompicones, pisando restos de platos rotos, mientras sus pies se enredaban entre una hilera de intestinos que salían sin cesar de su abdomen.

Grapes alzó su arma y disparó contra la cabeza de la chica. La frente de la muchacha se abrió como una naranja podrida y en la pared situada detrás de ella apareció de golpe un enorme *graffiti* de sangre y huesos pulverizados. Sólo entonces la chica cayó al suelo, definitivamente muerta.

—Levántate ahora de nuevo si puedes, zorra. —Grapes se acercó a la chica con precaución y le propinó una patada en las nalgas. Sus disparos le habían arrancado de cuajo la parte superior de la cabeza. Estaba muerta y bien muerta. De improviso, oyó un ruido a su espalda.

Sweet Pussy se estaba levantando trabajosamente, braceando como un borracho después de resbalar. Grapes se dio la vuelta y casi se cayó de espaldas de la impresión. El cuello del pandillero estaba desgarrado y su mono naranja de preso totalmente empapado de su propia sangre. Pero lo peor era que la piel de Sweet Pussy se estaba cubriendo por momentos de miles de pequeñas venitas reventadas que no cesaban de extenderse por toda su cara.

—Hey, Sweet Pussy —dijo Grapes, notando un temblor desconocido en su voz—. Tienes un aspecto realmente malo, amigo. Creo que deberías ir a que te echasen un vistazo a esa herida...

Sweet Pussy no respondió. En vez de eso, levantó la cabeza y miró directamente a Grapes. Tenía la misma expresión carente de vida que la chica. Con un gruñido sordo se abalanzó sobre Grapes, pero tropezó con una de las piernas de la chica y cayó al suelo, terminando de destrozar los platos que aún no se habían roto.

Ahora es como ella. Son como vampiros, o algo por el estilo. La mente de Grapes funcionaba a toda velocidad, mientras levantaba de nuevo su arma. A menos de un metro no podía fallar, y disparó tres tiros bien colocados en el pecho y el corazón de Sweet Pussy. El ario (o lo que quedaba de él) se incorporó de nuevo, como si en vez de tres balazos Grapes le hubiese lanzado besos.

—¡Estás muerto! ¡Tienes que estar muerto, joder! —gritó Malachy Grapes, sintiendo miedo por primera vez desde que había entrado en el reformatorio, a los dieciséis años. Con el sabor amargo del pánico en la boca, colocó el rifle en modo de disparo automático y con el cañón a menos de veinte centímetros de la cara de Sweet Pussy abrió fuego de nuevo.

La cara de Sweet Pussy simplemente desapareció en una masa de gelatina roja. Cayó hacia atrás con fuerza y se derrumbó sobre el cadáver de la chica, donde dejó de moverse definitivamente.

Toda la habitación olía a sangre y pólvora. Grapes se apoyó en el aparador, temblando de la impresión. *No es posible, no es posible*, se decía sin cesar. Entonces oyó disparos en la planta superior de la casa y una explosión lejana tres o cuatro calles más allá.

De pronto, Malachy Grapes se dio cuenta de que patear aquellos culos iba a ser bastante más difícil de lo que había pensado.

Seis horas más tarde, treinta y tres arios agotados, temblorosos y cubiertos de sangre se reunieron en la entrada del puente sur. Habían limpiado Bluefont, pero la experiencia había sido costosa y terrorífica. El reverendo Greene les esperaba, con una sonrisa radiante, y los vecinos allí presentes le miraban con algo cercano a la veneración. Sus muchachos habían salvado Bluefont. Los muchachos de Greene habían salvado Gulfport. Realmente, el reverendo tenía que ser alguien especial. Alguien bendecido por Dios.

Mientras Grapes se acercaba al reverendo, cansado y cubierto de restos de sangre, se preguntó si había sitio para él y sus hombres en aquel lugar. Pero, de pronto, fue consciente de que el exterior tenía que ser peor, mucho peor. Y la mirada de Greene (*esa mirada, esa increíble fuerza negra*) le impactó con una violencia casi física, que le hizo boquear, tratando de conseguir aire.

Fue en ese momento cuando Malachy Grapes se dio cuenta de que había encontrado su lugar en el mundo.

Y era un lugar jodidamente divertido.

16

—Reverendo, ya están aquí. —Susan Compton, su secretaria particular, entró anadeando sobre sus cortas piernas. Cincuentona, era rechoncha, miope y más fea que un dragón, pero era tremendamente eficiente y mantenía la oficina del Ayuntamiento en orden con mano férrea desde hacía dieciséis años.

—Haga que pasen, Susan —contestó Greene mientras rodeaba su mesa y se sentaba en el enorme sillón que un día había pertenecido a Stan Morgan (*Que Dios lo tenga en su Gloria, amén, aleluya*). El antiguo alcalde de Gulfport había tenido el buen gusto de morir de un vulgar infarto la semana siguiente de haber nombrado a Greene su primer consejero, poniéndole al reverendo la ciudad en bandeja de plata. La rodilla llevaba latiéndole intermitentemente todo el día, pero la intensidad del dolor había aumentado un grado.

La puerta se abrió de nuevo y un grupo de cinco personas entró detrás de la señora Compton. Abriendo la marcha iba Malachy Grapes, su brazo derecho, seguido de Strangärd, aquel marinero sueco que había llegado a Gulfport después de un azaroso viaje desde Virginia, donde le había sorprendido el Apocalipsis. Pero lo más interesante eran las tres personas que entraron inmediatamente detrás.

Encabezaba el grupo un individuo alto y delgado, con el pelo negro alborotado y una expresión desconfiada en el rostro. Le seguía un tipo rubio, con un poblado mostacho justo debajo de unos extraños ojos azules, pero lo mejor del trío era sin duda la chica que cerraba el grupo, alta, joven, muy guapa y con un enorme gato naranja dormitando entre sus brazos.

Y lo más importante, los tres eran blancos.

—¡Bienvenidos, hijos míos, a esta Nueva Jerusalén! ¡Bienvenidos a Gulfport, hogar de los justos, fortaleza del Señor y punto de partida del inminente Segundo Advenimiento de Cristo! —El reverendo se acercó y les impuso las manos. La expresión de los recién llegados era confusa ante aquel recibimiento, pero se dejaron hacer.

—Ha sido un viaje muy largo hasta aquí —replicó el tipo alto y moreno.

—Estoy deseando oír esa historia de vuestros propios labios, pero antes me gustaría que el oficial Strangärd me contara cómo Dios os puso en el camino de la Salvación—. El reverendo hizo una señal a Strangärd para que se acercara, mientras que con la otra mano indicó discretamente a Grapes que abandonase la habitación. *Que tu mano derecha no sepa lo que hace tu izquierda, dijo el Señor.*

El oficial sueco comenzó a relatar cómo en medio de una tormenta habían visto elevarse unas bengalas de emergencia muy cerca del *Ithaca*, y le contó el subsiguiente rescate. Strangärd narraba las cosas de una manera ordenada, seca y eficiente, de un modo muy profesional. Cuando finalizó su informe se relajó ligeramente y esperó con paciencia a que el reverendo hiciese alguna pregunta.

Para Greene era suficiente. Estaba seguro de que el informe que le facilitaría el capitán Birley más tarde coincidiría plenamente con el del sueco, pero era mejor estar totalmente seguro. Ten ojos en todas partes y oídos en más partes todavía. No era de la Biblia, pero su padre lo decía siempre, y era una de las pocas enseñanzas aprovechables de aquel loco borracho.

—Ya es suficiente, querido Strangärd. —Greene le cogió del brazo y lo acompañó hasta la puerta—. No quiero robarle más tiempo. Estoy seguro de que el capitán Birley necesitará de su inestimable ayuda para la descarga del *Ithaca*.

El sueco protestó, pero Greene fue inflexible. Una vez que estuvieron solos en el despacho, invitó a los tres náufragos a que tomasen asiento.

—Bien, ahora pueden empezar —dijo mientras se reclinaba en su silla.

El tipo alto y moreno, que según decía era abogado antes del Apocalipsis, llevaba la voz cantante. De vez en cuando el rubio bajito añadía algo, y la chica se limitaba a asentir, mientras acariciaba al gato con aire distraído.

—... entonces fue cuando llegamos a Tenerife —estaba diciendo el abogado en aquel momento—. Fue una sorpresa descubrir que la isla estaba llena de refugiados procedentes de toda Europa que...

—¿Llena de refugiados? —Greene saltó como un resorte al oír aquello—. ¿Qué quiere decir con llena? ¿No había No Muertos en la isla?

—No, la isla estaba a salvo, como Gulfport, pero las condiciones eran mucho más penosas. Toda aquella muchedumbre consumía cantidades enormes de recursos, y había una gran carestía, pero aun así se podía vivir con cierta dignidad.

—Y no había nadie aplicando leyes de pureza racial al estilo de Hitler —añadió secamente la chica, con una mirada ofendida en sus ojos.

El abogado lanzó una mirada cargada de advertencia a la muchacha, pero Greene no le prestó atención. Su mente funcionaba a toda velocidad. ¡Una isla llena de refugiados! ¡Había otro lugar aparte de Gulfport que había sobrevivido al Apocalipsis! Un sudor frío recorrió su espalda. Si existían otros puntos donde aún resistían los humanos, entonces eso significaba que Gulfport podría no ser la Nueva Jerusalén. No eran los únicos corderos salvados del sacrificio por el Señor.

Entonces... si no eran los únicos... No, eso era imposible. Él era el Profeta. Él era el salvador de los Justos. Todo el mundo en Gulfport creía y respetaba aquella idea, que había repetido una y otra vez a lo largo de sus sermones diarios. Y ese convencimiento era lo que hacía que nadie discutiese su papel como líder de la comunidad. Si la gente de Gulfport se enteraba de que existían más lugares, alguien podría plantearse que su salvación no dependía únicamente de la intervención divina a través del reverendo. Y eso llevaría inevitablemente a que, en algún momento, alguien pusiera en tela de juicio el liderazgo de Greene. Y que a lo mejor sus ideas no eran Revelaciones del Señor.

Eso no era posible. *No podía ser posible.*

El abogado terminó su relato. Greene los miró en silencio, durante unos instantes, y finalmente se inclinó hacia ellos con una sonrisa enorme en su rostro.

—¡Hermanos, hermanos! Sois como el hijo pródigo. Habéis caminado por el largo valle de las sombras, pero finalmente estáis en el lugar de la leche y la miel, donde el ciervo y el león duermen a la misma sombra. Que no os quepa duda que de ahora en adelante la República Cristiana de Gulfport será vuestro nuevo hogar.

—Se lo agradecemos enormemente, reverendo —dijo el abogado con una expresión aliviada en su rostro—. Por supuesto, estamos dispuestos a ayudar en lo que haga falta. Si hay algo que podamos hacer...

—Pues sí, hijo mío —replicó Greene—, tengo que pediros un inmenso favor.

—¿Qué es?

—Tengo que pediros que no le contéis a nadie vuestra historia. Y cuando digo a nadie, me refiero a absolutamente nadie ¿Se la habéis dicho ya a alguien?

—El capitán Birley lo sabe —replicó el abogado, tras pensar un rato—. Pero tan sólo él. Ahora que lo dice, ninguno de los demás oficiales de a bordo preguntó nada. No había caído hasta ahora.

Bien hecho, Birley —pensó el reverendo Greene—, sabes lo que te conviene. Y también sabes mantener a raya a tus hombres. Ahora entiendo por qué ese maldito sueco quería quedarse a toda costa.

—Bien —continuó Greene chasqueando la lengua, mientras hilvanaba una excusa—. Eso es bueno. Necesito que mantengáis el secreto por un sencillo motivo: si las buenas y piadosas gentes de Gulfport se enterasen de que hay necesitados en Tenerife, o en la otra punta del mundo, insistirían en emprender una expedición para ir hasta allí, hasta que los rescatásemos a todos de la oscuridad y del pecado.

—Comprendo —dijo el abogado. Una luz de alarma se había encendido en sus ojos.

A Greene, acostumbrado a las mentiras y las medias verdades, no se le escapó la leve vacilación del abogado y las miradas nerviosas que se cruzaron entre ellos. Le estaban ocultando algo. *No quieren saber nada de Tanerife, o como diablos se llame ese sitio —pensó—. Estaban huyendo de allí cuando se cruzaron con el* Ithaca. *Tienen miedo.*

—Los buenos habitantes de Gulfport emprenderían el viaje aun a riesgo de perecer todos en el intento, pues son fieles seguidores de Cristo. —El reverendo abrió los brazos, como abarcando una muchedumbre imaginaria—.

150

Pero son mi rebaño, y he de velar por todos ellos. No puedo permitir que se lancen a una misión suicida, para traer aquí, a la seguridad de Gulfport, a todas esas gentes. Por eso pido su silencio. Lo comprenden, ¿verdad?

—Por supuesto, reverendo —se apresuró a contestar el abogado—. Puede contar con que nuestros labios estarán sellados.

—¡Pero la gente tiene derecho a saber que hay más supervivientes por el mundo! —protestó la chica, indignada—. ¡Si no lo saben, al fin y al cabo, serían como prisioneros de esta ciudad! ¡Toda esa gente, esos ilotas, tienen derecho a poder decidir si quieren vivir en otra parte, y no como vulgares presidiarios!

—Lucía, creo que no es el momento para eso —la cortó el abogado, tajante—. El reverendo nos ha pedido un favor, tan sólo un favor a cambio de su hospitalidad, y creo que se lo debemos.

Lucía abrió la boca para añadir algo más, pero al ver la expresión severa del abogado se lo pensó dos veces y se calló. En vez de eso comenzó a acariciar al gato con tanta fuerza que éste, sorprendido, lanzó un maullido de protesta. La tensión entre ellos era evidente.

—Hija mía, hija mía —los interrumpió Greene, con voz piadosa—. Déjame contarte una historia. Hace mucho tiempo, en la época de los griegos, existía una ciudad llamada Esparta. Por supuesto, eran todos unos idólatras impíos que adoraban a falsos dioses de barro y estaban lejos de la luz de Nuestro Señor, sin embargo, en muchos aspectos, eran una sociedad admirable. Los espartanos vivían rodeados de enemigos que pretendían verlos muertos a toda costa, tal como nos ocurre a nosotros hoy en día. Por ello, para sobrevivir, crearon una casta, a los que llamaron ilotas, que se encargaban de cultivar sus campos, cuidar su ganado y facilitarles todas las cosas materiales que necesitaban para que los espartanos pudieran dedicarse única y exclusivamente a defender sus murallas. Eso mismo hacemos nosotros aquí, y por eso precisamente tenemos a nuestros ilotas.

—¿Y quién decide que una persona es ilota o no? —preguntó Lucía, con un hilo de voz.

—Dios nuestro Señor, por supuesto —replicó Greene, auténticamente sorprendido—. Adán y Eva eran blancos, como los Apóstoles, como Moisés y todos los profetas que aparecen en la Biblia. Fue Dios quien lo decidió así. El resto de las razas o bien son mezclas bastardas, como esos sucios chicanos, o bien son fruto directo del pecado, como los negros. Por eso lo llevan marcado en su piel. Al permitirles vivir bajo nuestra santa protección, les estamos haciendo un favor, pues así pueden expiar sus culpas.

Lucía hizo un esfuerzo titánico para controlar la respuesta afilada que se formaba en su boca. El ucraniano, por su parte, se removió incómodo en su silla. Tan sólo el abogado mantenía una expresión impenetrable en su rostro, sin dejar traslucir la más mínima emoción.

—Reverendo —comenzó a decir, tratando de controlar el tono de su voz—. De donde nosotros venimos esa forma de pensar estaría muy mal considerada. Espero que entienda...

—¡No! —cortó Greene, tajante, dando una fuerte palmada sobre la mesa—. ¡Eso es así y no hay nada que discutir! ¡Por culpa de la dejadez, la tolerancia y el hedonismo Dios ha castigado a la raza humana! ¡Llevo años anunciando que esto iba a pasar, y no me hicieron caso! ¡No me hicieron caso! ¿Me entiende? ¡No me hicieron caso hasta que fue demasiado tarde! ¡Yo tengo razón! ¡Yo soy el Profeta! —Greene se había levantado y gesticulaba al hablar, con ojos enfebrecidos. El lazo de su cuello se había deshecho y lanzaba minúsculas partículas de saliva al hablar—. ¡Por convivir con maricones, comunistas, negros, indios y chicanos! ¡Por aceptar a un negro como presidente de este país! ¡Dios ha desatado su ira, y hasta que retomemos la recta senda no se producirá su Segunda Venida! ¡Si no aceptáis esa verdad, entonces no hay sitio en Gulfport para vosotros!

Greene se desplomó en su silla, jadeando. Cogió una jarra de agua y se sirvió un vaso con mano temblorosa. Al beber, derramó unas cuantas gotas sobre su pechera.

—¿Y bien? —preguntó—. ¿Cuál es vuestra respuesta? ¿Cuál es vuestro lado del Muro?

—Nosotros... —comenzó a decir el ucraniano.

—Nosotros aceptamos su hospitalidad y sus normas, reverendo Greene —le interrumpió rápidamente el abogado—. Seremos buenos habitantes de Gulfport, se lo prometemos.

—Pero esto es... —intervino Lucía, aunque se calló de inmediato. El abogado le miraba con un elocuente «*Cállate de una vez*» escrito en sus ojos.

—¿Es su mujer? —preguntó el reverendo.

—Es mi pareja, sí, pero no veo que...

—Será mejor que aprenda a meterla en cintura cuanto antes, querido amigo. «Porque no permito a la mujer enseñar, ni ejercer dominio sobre el hombre, sino que debe estar en silencio», Timoteo, 2, 11 —recitó de memoria el reverendo Greene acariciando su biblia—. El propio Señor nos indica cuál es el sitio de las mujeres. Son madres y esposas, pero no tienen capacidad para opinar, ni para tomar decisiones. Su cerebro no está hecho para pensar, como es evidente.

—No se preocupe, reverendo, aprenderá a controlar su lengua —contestó el abogado, mirando expresivamente a Lucía.

Ésta, roja de furia y humillada, mantenía la cabeza gacha y acariciaba con fuerza al gato, que maullaba incómodo.

—Bien, en ese caso, creo que ya hemos acabado. La señora Compton les indicará cuál es su nueva casa cuando salgan. Hay un montón de espacio libre en Gulfport y creo que cuando vean dónde van a vivir estarán...

La puerta se abrió de golpe, interrumpiendo al reverendo. *Y ahora qué pasa*, rumió Greene. Aquélla estaba siendo una reunión mucho más difícil de lo que había pensado.

Malachy Grapes permanecía de pie en la puerta, con aspecto nervioso. El ario se balanceaba inquieto sobre sus pies, como si le hubiesen entrado unas ganas urgentes de orinar.

—¿Qué sucede, Malachy? —preguntó Greene, sin molestarse en ocultar el tono molesto de su voz. Todo el mundo sabía que nadie debía interrumpir al reverendo salvo causa de fuerza mayor.

—Son los ilotas del *Ithaca*, reverendo. Hay problemas. Un grupo de chicanos se niega a aceptar el pago convenido. Están reclamando algo, pero no tengo ni idea de lo que dicen. No hablan inglés, sólo esa jerga de mierda de español. —Grapes se llevó la mano a la boca—. Disculpe mi lenguaje, reverendo.

—¡Cómo se atreven! —El reverendo se levantó y apuntó con su dedo calloso a Grapes—. ¡Dales una lección! ¡Diézmalos! ¡Mata a la mitad de ellos para que aprendan cuál es su lugar!

—¡No! —gritó Lucía de golpe—. El abogado y el ucraniano se volvieron hacia ella, sorprendidos por la nota de pasión que temblaba en su voz—. ¡No los mate, reverendo, se lo ruego!

—¡Cállate, niña! —atajó el reverendo—. Grapes, ya sabes lo que tienes que hacer.

—Como usted ordene, reverendo.

El ario se dio la vuelta y se dispuso a salir de la habitación, pero en ese momento el abogado se levantó. *Y tú qué quieres ahora*, pensó Greene.

—Espere un momento, reverendo —terció—. Yo hablo español perfectamente. De hecho, es mi lengua nativa. Si me permite hablar con ellos, quizá pueda saber qué es lo que reclaman y así evitaríamos un derramamiento innecesario de sangre.

Greene se sentó, meditando las palabras del abogado. Tenían cientos de ilotas y eran fácilmente sustituibles, pero la situación entre ellos ya era muy explosiva. Una purga no ayudaría a calmar los ánimos, y no podía correr el riesgo de enfrentarse a una rebelión abierta. No en aquel momento.

—De acuerdo —asintió, mientras se ponía el sombrero—. Venga conmigo. Su mujer y su amigo pueden dirigirse a su nuevo hogar. La señora Compton los acompañará.

Y, sin más, salió de la habitación. El abogado cruzó unas palabras apresuradas con sus acompañantes, repletas de aspavientos y gestos enfurecidos, pero Greene estaba demasiado enfadado como para detenerse en ese detalle. *Que arregle en casa sus propios problemas. Yo tengo que arreglar los míos ahora.*

Grapes los esperaba en la puerta del Ayuntamiento, al volante de los Hummer con el motor encendido. El reverendo se subió en el asiento trasero, mientras el espigado abogado se sentaba en el delantero. Circularon hacia el norte durante unos minutos, en un silencio total, cada uno sumido en sus propios pensamientos. Cuando finalmente llegaron, el Hummer se detuvo junto a un puente que cruzaba un ancho canal. Las dos orillas del brazo de agua estaban cercadas por un alto muro de cemento cubierto de alambres de espino. En el puente, junto a una señal oxidada y cubierta de agujeros de bala que decía «¡Bienvenidos a Bluefont!», se levantaba una enorme torre de acero con reflectores en su parte superior, que recordaba a una barbacana medieval. En lo alto de la atalaya, dos arios, apostados detrás de sendas ametralladoras M60 cubrían la puerta de acero que cerraba el puente. Al otro lado de la puerta un grupo de unos cincuenta ilotas gritaba y gesticulaba, al tiempo que arrojaban cascotes y botellas vacías contra la torre. Ninguno de ellos iba armado, ya que los ilotas tenían restringido el acceso a las armas dentro de los límites de Gulfport.

—Bien, hijo mío —dijo Greene, bajándose del vehículo—. Ésta es tu oportunidad. Demuéstrame qué sabes hacer.

El abogado salió del Hummer y caminó hacia la pesada puerta de acero. Un ario apostado en la parte baja abrió una portezuela para franquearle el paso. En cuanto atravesó la puerta, se apresuró a cerrarla tras él.

Los ilotas situados al otro lado del puente se fueron quedando en silencio en cuanto vieron la figura inquieta del abogado. Respirando hondo, caminó hacia ellos, aparentando más seguridad de la que realmente tenía.

—Hola a todos —saludó en español—. Vengo en nombre del reverendo Greene. ¿Qué es lo que sucede aquí?

Un tipo alto y moreno, con un uniforme militar en el que ponía «Dobzhansky» en el bolsillo superior derecho se adelantó desde el grupo.

—Soy Carlos Mendoza —dijo en tono desafiante—. ¿Quién eres tú, y qué quieres?

—Soy la persona que puede evitar que los tipos de ahí detrás —levantó su brazo y señaló a los dos arios de las ametralladoras— os eliminen a todos en menos de un minuto, a no ser que me digáis qué diablos queréis. Ese Greene tiene pinta de estar lo suficientemente loco como para ordenarles abrir fuego, y le falta muy poco para hacerlo, así que vuelvo a preguntar: ¿qué es lo que sucede aquí?

—¡Nos han engañado! —rugió una voz desde la multitud—. ¡Nos prometieron diez litros por persona, y sólo nos han dado tres!

Un coro de voces comenzó a protestar al unísono, apoyando aquellas palabras. El hombre llamado Carlos Mendoza hizo un gesto para que guardasen silencio. Una vez que lo consiguió se volvió de nuevo hacia el abogado.

—Ya los ha oído —dijo—. Nos deben siete litros de Cladoxpan por persona, a todos los que hemos ido en el *Ithaca*. Dile a tu reverendo que mientras no nos dé lo que nos pertenece no pensamos movernos de aquí.

—¿Cladoxpan? —preguntó el abogado, confundido—. ¿Qué es eso? ¿Un licor?

La cara de Mendoza se transformó de la sorpresa al oír aquello.

—¿Me tomas el pelo? ¿Cómo es posible que no sepas qué es el Cladoxpan? ¿De dónde has salido? Espera un momento... Tú no serás uno de los náufragos que rescató el *Ithaca* en alta mar, ¿no?

El abogado asintió, inquieto. El otro, al ver el gesto, soltó una risotada lúgubre.

—Esos huevones chingados son tan cobardes que ni siquiera se atreven a venir en persona a este lado de la valla. Mandan a un pobre estúpido que ni siquiera sabe de qué habla. *No mames, güey.*

—Si me cuentas de qué estamos hablando quizá pueda ayudarte —contestó el abogado con calma—. De otro modo, será imposible.

—El Cladoxpan es un medicamento —aclaró el otro pacientemente, como si le hablase a un niño—. Mantiene las concentraciones de TSJ en niveles muy bajos y nos permite seguir viviendo como personas. Todos estamos infectados por ese pinche virus, y si no bebemos al menos medio litro de esa solución al día, entonces estamos chingados. ¿Lo entiendes ahora, chico blanco?

El abogado inspiró aire, pensativo.

—O sea, es como un paliativo ¿no? Es decir, ese Cladoxpan no elimina el TSJ, pero lo debilita lo suficiente como para que no haga efecto.

—Veo que eres listo —dijo Mendoza con voz amarga—. Es algo parecido a la insulina para los diabéticos. Mientras lo consumamos todo irá bien, pero si dejamos de ingerirlo entonces... se acabó. ¡Y ese cabrón nos debe siete litros por persona! ¡Nos prometió diez litros si viajábamos en ese pinche barco y hemos cumplido! ¡Ahora le toca a él!

—¿Cómo os habéis infectado? —preguntó el abogado, curioso, sin prestar atención a las demandas de Mendoza.

—¿Y cómo crees tú que ha sido, pendejo? —replicó Mendoza, subiéndose una de las mangas de su uniforme. En el hombro lucía una enorme cicatriz de algo que no podía ser otra cosa que un mordisco humano. Incluso le faltaba parte de la masa muscular.

—Dile a tu reverendo chingón que, si no nos da lo que nos debe, no pensamos movernos de aquí. ¿Entendido?

El abogado asintió y se alejó lentamente hacia el portón de acero sobre el puente. Una vez que estuvo al otro lado caminó hacia Greene, que le esperaba impaciente junto al vehículo. A su lado, Malachy Grapes ladraba órdenes a un grupo de arios fuertemente armados que se estaban encaramando a la torre.

—¿Y bien? ¿Qué quieren? —preguntó el reverendo.

—Dicen que les debe siete litros por persona de algo llamado Cladoxpan. Dicen que usted se lo prometió a cambio de intervenir en la operación de Luba. Y también dicen que, mientras no se los dé, no piensan moverse de ahí.

El reverendo enrojeció súbitamente, preso de la ira. Su labio inferior empezó a temblar, incontrolable.

—Pero ¿qué se han creído que son? ¡Atajo de hispanos sucios y malolientes! ¡Los mataré a todos! ¡Acabaré con ellos! ¡Haré que la ira del Señor los castigue a sangre y fuego! ¡No pienso permitir semejante insolencia!

158

—Espere, reverendo —le interrumpió el abogado—. No creo que sea buena idea. Matarlos no solucionará el problema, y Gulfport perderá a un montón de hombres valiosos a cambio de nada. Yo vi personalmente cómo peleaban en el puerto de Luba y puedo asegurarle que son auténticos jabatos. Si los mata, tardará un montón en adiestrar a otros hombres que sean tan buenos como éstos y la ciudad se quedará sin un buen grupo de ilotas. —De repente añadió, como si fuera fruto de una inspiración repentina—: Además, sería una ofensa para Dios destruir de forma necia una herramienta tan útil como la que ha puesto en sus manos, reverendo.

No me des lecciones, muchacho, fue el primer pensamiento del reverendo Greene. Sin embargo, supo apreciar la validez del razonamiento de aquel hombre. Quizá no fuese mala idea, después de todo.

—De acuerdo —accedió, amenazante—. Pero sólo les daremos cinco litros por persona. Ni uno más. Y no es negociable. O aceptan eso u ordenaré a mi Guardia Verde que los extermine sin contemplación. Seré como el viñador arrancando la mala hierba de entre sus vides. —Diciendo esto, se metió de nuevo en el Hummer, sin mirar a nadie más.

Satisfecho, el abogado corrió de nuevo al otro lado del muro, donde los ilotas le esperaban, expectantes. Al llegar les transmitió la oferta del reverendo Greene en pocas palabras. Los ilotas debatieron durante unos segundos, con gestos hoscos y finalmente, aceptaron.

—De acuerdo —dijo Mendoza—. Dile a tu reverendo Greene que aceptamos. Pero esto no ha acabado.

El abogado asintió, aliviado. Mientras se alejaba, oyó que Mendoza le llamaba a sus espaldas.

—¡Por cierto! —El mexicano aún permanecía en el mismo sitio, con una sonrisa orgullosa en la cara—. Dele recuerdos a Lucía de parte de Carlos Mendoza. Dígale que la recuerdo con mucho cariño y que espero poder verla muy pronto. Su visita será bienvenida.

Y dicho esto se alejó, dejando al abogado con una expresión confundida y un remolino de sentimientos inquietos bailando en su corazón.

17

Cuando uno de los hombres de Grapes me dejó delante de la casa que nos habían asignado, ya casi era noche cerrada sobre Gulfport. Una suave llovizna caía, dibujando extrañas formas sobre los charcos de luz de las farolas. Hacía frío y sentía cómo la lluvia calaba mis huesos, pero una sensación aún más fría inundaba mi interior.

Estaba sucio, cansado y emocionalmente agotado, pero aun así remoloneé un rato, evitando entrar. Trataba de retrasar lo inevitable. Me sentía sin ánimos para el enfrentamiento que me esperaba en el interior. Finalmente, subí los escalones del porche y entré en mi nuevo hogar.

Era la típica casa de suburbio acomodado, de dos plantas, césped delante de la puerta, porche de madera y garaje adosado a un lado. El interior era acogedor y amplio, con un mobiliario elegante, aunque con un punto entre hortera y estrafalario. De una pared colgaba una enorme foto enmarcada de Charlton Heston dirigiéndose a una multitud de la Asociación Nacional del Rifle y sosteniendo un arma sobre su cabeza.

—Por fin has llegado —dijo Viktor Pritchenko, asomándose desde la puerta de la cocina—. Estábamos preocupados por ti. ¿Dónde has estado?

—Es muy largo de explicar, Víctor —contesté—. Sólo sé que he evitado que esta tarde muriesen al menos cincuenta personas a manos de esos lunáticos religiosos.

—Bueno, al menos hoy has hecho algo bien —contestó el ucraniano con una nota de tristeza en su voz—. Deberías hablar con Lucía. Está muy enfadada contigo.

Suspiré, desalentado. Estaba claro que no iba a poder esquivar aquella conversación hasta el día siguiente, como era mi intención.

—Hablaré con ella. —Le di una palmada en el hombro—. No te preocupes, viejo amigo.

Entré en el salón. Lucía estaba sentada en un mullido sofá, con el gato jugueteando con un par de calcetines a sus pies. Tenía un libro sobre el regazo, pero no había leído ni las primeras páginas. Su expresión se endureció al verme.

—Estás aquí —dijo con una voz gélida.

—Pues sí —contesté mientras me dejaba caer sobre otro de los sillones—. He estado en el Ayuntamiento con Greene hasta hace apenas media hora. —*Cuanto antes se lo sueltes, mejor*—. Me ha propuesto entrar a formar parte del equipo de gobierno de Gulfport.

—¿Cómo dices? —Lucía me contempló, atónita.

—Necesita a alguien que pueda hacer de intermediario con los ilotas que viven en Bluefont. Es en un barrio residencial separado por alambradas, al otro lado del río, aunque se encuentra dentro del perímetro del Muro. Más de la mitad de esa gente es de origen hispano, pero no hay nadie a este lado de Gulfport que hable castellano, así que cree que soy el hombre indicado.

—Le habrás dicho que no, por supuesto.

Respiré hondo. *Ahí va.*

—He aceptado el cargo. Empiezo mañana.

—Pero ¿se puede saber qué coño te pasa? ¿Cómo has podido?

—Lucía, hoy he salvado la vida de un montón de gente —dije. *Aunque a uno de ellos no me habría importado que le pegasen un tiro allí mismo*—. Y lo he hecho precisamente por lo que te he dicho. Si ocupo ese cargo, tendré la oportunidad de velar por los intereses de los ilotas, de mejorar sus condiciones de vida.

—¿Velar por ellos, dices? ¿Y en qué condiciones? ¿Vas a conseguir que ese predicador pirado te escuche y dejen de ser ciudadanos de segunda? ¿Que dejen de ser los únicos que arriesguen el pellejo?

—Aún no lo sé —contesté tercamente—. Pero estoy seguro de que se me ocurrirá la manera.

Era incapaz de confesarle que esa tarde, mientras evitaba una masacre en el puente que conducía al gueto de Bluefont, una vieja sensación de euforia que no disfrutaba desde hacía años había vuelto a recorrer mi cuerpo. Antes del Apocalipsis, yo era un abogado de prestigio, capaz de cerrar acuerdos imposibles y de negociar condiciones extremas. Aquel sentimiento de invencibilidad, de poder lograr casi cualquier cosa simplemente argumentando... suponía una droga tan fuerte y poderosa que había sido mi principal motor anímico durante años.

Pero un día llegaron los No Muertos y todo aquello desapareció de golpe. Llevaba desde entonces arrastrándome por medio mundo, sobreviviendo de milagro y descubriendo, de forma amarga, que todos mis conocimientos y habilidades dialécticas no valían absolutamente para nada en aquella nueva sociedad en ruinas.

Y de repente, esa tarde, la vieja magia había vuelto a fluir. Lo había vuelto a hacer. Por primera vez en mucho tiempo me sentí realmente útil, en medio de toda aquella devastación.

Pero sabía que Lucía no entendería nada de aquello, o por lo menos no sería capaz de aceptarlo en aquel momento. Estaba demasiado enfadada, con el reverendo Greene, con la odiosa sociedad racista de Gulfport y sobre todo, conmigo. Tenía que intentar razonar con ella.

—Lucía, para bien o para mal, estamos aquí. Tenemos que intentar encajar lo mejor que podamos en este sitio.

—¿Por qué?

—Porque no sé si Gulfport va a ser nuestro hogar definitivo o no, pero de lo que estoy seguro es de que vamos a pasar al menos una temporada en esta ciudad. Y también sé que si tuviésemos que irnos lo pasaríamos muy mal ahí fuera.

—Puede ser. —Lucía me cogió las manos y me miró a los ojos, suplicante—. Pero saldríamos adelante, como siempre hemos hecho. Este sitio está enfermo, esta gente está enferma, y tú lo sabes. Gulfport no es nuestro lugar, nosotros no somos como ellos. Vámonos de aquí, hoy mismo, los tres.

—¿Y adónde iríamos? —pregunté—. No podemos salir de aquí y simplemente empezar a caminar sin rumbo. Estamos en América, maldita sea, y esto es enorme. Hay millones de No Muertos ahí fuera. No tenemos más remedio que quedarnos aquí.

—¡Pues si nos quedamos, enfrentémonos a Greene y sus desvaríos!

—¿Y cómo quieres que nos enfrentemos a él? ¡Nos ha ofrecido su hospitalidad! ¡Nos ha salvado la vida! ¡Se lo debemos!

—¡No le debemos nada! ¿Es que estás ciego? ¿No has visto cómo tratan a esa gente?

—¿Y tú no has visto cómo está el mundo fuera de este sitio? —exploté, furioso, mientras me volvía hacia ella—. ¿No has tenido ya suficiente dosis de sangre, muerte y destrucción? ¿No estás cansada de dormir todas las noches con un ojo abierto, de pasar frío, miedo y penurias? ¿No estás harta de ir huyendo permanentemente de un lugar a otro desde hace dos años? ¿No ves que este lugar es un si-

164

tio bueno y seguro para vivir? ¡Nos están ofreciendo su hospitalidad, y tú les escupes en los ojos, joder!

—¿A qué precio es esa hospitalidad? ¿Al precio de vivir en una especie de pequeña Sudáfrica del *apartheid*? ¿Al precio de ver cómo maltratan a los ilotas? —De los ojos de Lucía salían auténticas llamaradas.

—¡Al precio de poder seguir vivos! —grité, desencajado—. ¡De poder tener un futuro!

—Yo no quiero ese futuro —contestó Lucía, con los ojos brillantes. Estaba a punto de echarse a llorar—. No así.

—Pues no tenemos alternativa. —Me levanté del sofá y abrí los brazos—. ¡Mira a tu alrededor! ¡No tenemos nada! ¡Incluso la ropa que llevamos puesta es un regalo, por el amor de Dios!

—Nos tenemos los tres —replicó Lucía—. Viktor, tú y yo.

—Al parecer tú tienes a alguien más —contesté, irritado y empachado de celos—. Un tal Carlos Mendoza me ha mandado saludos para ti. No has necesitado ni llegar a Gulfport para granjearte admiradores.

Lucía palideció y sus ojos se redujeron a dos ascuas incandescentes. Me arrepentí al instante de haber hecho aquel comentario. Era injusto con Lucía, no venía al caso y era algo cruel, pero estaba cansado e irritable, y además en mi fuero interno me sentía terriblemente sucio por hacerle el juego al reverendo Greene. El problema de las palabras es que una vez lanzadas ya no hay fuerza humana capaz de hacerlas volver.

—Al menos Carlos Mendoza tiene la suficiente dignidad para despreciar a Greene en su cara —dijo muy despacio.

—Él no tiene que preocuparse de mantener a salvo a una mujer, a un gato y a un ruso loco —contesté con acritud.

—Por la mujer no hace falta que te preocupes más —respondió Lucía, altiva—. A partir de ahora cuidaré de mí misma.

Se levantó evitando mirarme, recogió al gato del suelo y tras plantarle un beso enorme entre sus ojos lo apoyó en mi regazo. Después, sin mirar atrás, salió del salón dando un portazo.

Lúculo me miró sorprendido. La cara del gato persa estaba húmeda de las lágrimas de Lucía. Y yo me sentí totalmente desgraciado.

18

El coronel Hong se desperezó, con un dolor sordo palpitando en su cabeza. El Ilyushin-62 no era precisamente el más cómodo de los aviones diseñados por el hombre, y su versión militar aún menos. El ruido de los motores se filtraba a través del fuselaje, y hacía que fuese recomendable llevar cascos protectores para los oídos durante todo el viaje. La única manera de poder mantener una conversación era a gritos y, aun así, resultaba complicado.

Después de casi trece horas de vuelo, el coronel sentía como si alguien le hubiese metido dos kilos de algodón a presión por las orejas. Se levantó para estirar las piernas, y para despejar un poco la cabeza. Al ponerse de pie, la carpeta que estaba sobre sus rodillas resbaló y cayó al suelo. Hong se inclinó para recogerla y la metió cuidadosamente en un maletín de acero con dos cerraduras. Dentro de aquel maletín iba un sobre que había abierto nada más subir al aparato, con las instrucciones detalladas de la operación y una caja con pastillas de cianuro que debía repartir entre todos sus hombres al tomar tierra.

Además, estaba aquel informe, por supuesto. No le habían permitido llevarse una copia, ya que estaba calificado como Alto Secreto. No podían arriesgarse a que cayese en manos equivocadas, o peor aún, en manos del enemigo imperialista yanqui. Pero Hong no podía apartarlo de su cabeza, mientras caminaba lentamente por el pasillo central del avión, hacia la cabina de los pilotos.

«Los No Muertos se están muriendo», había dicho el ministro de Defensa en la reunión. Sonaba muy raro, y Hong al principio pensó que no había oído bien. Pero el resto de generales sentados a la mesa no se movió ni un pelo cuando el ministro volvió a repetirlo. O sea, que debía de ser cierto.

Al principio pensó que habían descubierto alguna manera de acabar con ellos. «No es eso —había contestado el ministro con aire contrito—. No existe nada en el mundo capaz de matar a algo que ya está muerto. Y todos los intentos que hemos hecho para desarrollar un antídoto o vacuna contra el virus TSJ han sido totalmente inútiles. Es un prodigio de la ingeniería genética. Sin embargo, el propio éxito del virus se ha transformado en su debilidad.» Y entonces le habían puesto aquella carpeta con las palabras «Alto Secreto» debajo de las narices.

Hong se había pasado la siguiente media hora leyendo y aprendiendo más sobre el TSJ. Al parecer, el virus era una mutación de laboratorio del virus ébola, al que le habían añadido elementos propios de otras cepas. Aunque su velocidad de propagación era enorme y su capacidad de contagio era altísima (tenían documentados algunos casos de personas infectadas incluso por el mero contacto con saliva de un No Muerto) el TSJ tenía un punto débil. Y era que, sencillamente, había sido demasiado bueno haciendo su trabajo.

Los investigadores que habían redactado el informe estimaban que no quedaban más de treinta millones de habitantes en todo el planeta, veintitrés de los cuales estaban dentro de las fronteras de Corea del Norte. El TSJ había sido capaz de borrar del mundo de los vivos a más de seis mil millones de seres humanos en menos de treinta días de pandemia. Eso, a efectos prácticos para un virus, era un éxito en toda regla.

El problema para el TSJ surgió cuando se le acabaron los humanos, sus agentes portadores naturales. Fuera de un organismo, el TSJ tan sólo sobrevivía unos cuantos minutos antes de quedar reducido a una sopa de proteínas. Ya que el TSJ había colonizado el cuerpo de prácticamente todos sus portadores potenciales, estaba virtualmente atrapado dentro de los No Muertos. No podía salir de ellos, ni saltar a otro portador.

El cuerpo de los No Muertos no tenía circulación sanguínea, ni respiración, y apenas algo de actividad eléctrica y neuronal. El TSJ, de manera hábil, inhibía la acción de las bacterias responsables de la putrefacción, manteniendo los cuerpos muertos en un estado de conservación similar al que tendrían dentro de un congelador. De aquella manera podría permanecer durante años, o siglos, esperando pacientemente el momento para saltar sobre cualquier otro posible huésped.

Pero entonces, la naturaleza, en un giro cruel, le puso las cosas aún más difíciles. Porque aunque el TSJ anulaba la acción de las bacterias, no podía hacer nada contra los hongos. Y los hongos, una de las estructuras pluricelulares más antiguas de la creación, se encontraron de golpe con miles de millones de No Muertos vagando por el mundo, un caldo de cultivo perfecto para ser colonizado. Enormes trozos de carne ambulante preparados para convertirse en su nuevo hogar.

El informe que leyó Hong incluía docenas de fotos de No Muertos en diversos estados de invasión por hongos. Más del setenta por ciento de las infecciones se habían producido en el plazo de las cuatro primeras semanas de la pandemia, así que la mayor parte de los No Muertos tenían más o menos el mismo tiempo. Al principio, las colonias de hongos no eran evidentes, tan sólo unas pequeñas pelusas doradas o verdosas asomando por la comisura de la boca, o en las cuencas de los ojos. Sin embargo, a medida que iban pasando los meses, las colonias prosperaban y se expandían. Hong recordaba con horror algunas imágenes de No Muertos tan cubiertos de hongos que parecían seres monstruosos sacados de alguna pesadilla.

El informe calculaba que en el plazo aproximado de dos años la mayor parte de los No Muertos estarían tan consumidos por los hongos que, simplemente, se desmoronarían bajo su propio peso. Después, simplemente seguirían pudriéndose allí donde hubiesen caído hasta quedar reducidos a un montón de huesos amarillentos. En menos de cuatro años, seguía el informe, no quedaría ni un No Muerto sobre la Tierra.

Y entonces será nuestra oportunidad, comprendió Hong. Sin No Muertos en el escenario, el mundo entero quedaba a los pies de la República Popular de Corea del Norte. Los seis millones de supervivientes que el informe calculaba que vivían dispersos por el planeta no supondrían un rival serio para el Ejército Popular.

Tan sólo tenían que aguantar cuatro años. Pero sin petróleo serían incapaces de hacerlo. Sería irónico haber superado a los No Muertos para acabar muriendo de hambre.

Hong pasó al lado de un soldado profundamente dormido al que se le habían escurrido los cascos de protección hasta el cuello. Con cuidado de no despertarlo, volvió a colocárselos en su sitio y siguió avanzando hasta la proa. Sus hombres le temían, por supuesto, pero también sabían apreciar que era el mejor oficial bajo el que podían estar y que cuidaría de ellos con celo. El coronel se había permitido el lujo de escoger personalmente a los casi trescientos soldados que componían su compañía, y por eso tan sólo los mejores y más preparados participaban en aquella expedición. Hong sabía que le seguirían hasta las puertas del infierno si fuese necesario.

Al llegar a la cabina, abrió la puerta sin llamar y pasó al interior. Cuando cerró la portilla a sus espaldas se encontró sumido en un agradable y placentero silencio. Hong descubrió que la cabina sí que estaba convenientemente aislada. Era evidente que los rusos habían tenido claras las prioridades al diseñar el Ilyushin en los años setenta.

—Coronel. —El piloto del avión se dio la vuelta y saludó a Hong, que se colocó en el asiento vacío del navegante. Tan sólo uno de los seis Il-62 que componían la expedición llevaba un navegante. El resto de los aparatos se limitaban a seguir al guía en su camino a la costa Oeste de Estados Unidos.

Aquél era un vuelo de ida, nada más. Ninguno de los aviones de transporte de la Fuerza Aérea de Corea del Norte tenía suficiente autonomía para llevarlos hasta el territorio de Estados Unidos y después volver, así que la presencia de los demás navegantes era superflua. El abastecimiento en el aire también había quedado descartado, por lo que la única posibilidad seria consistía en un vuelo de un solo sentido. Por supuesto, cabía la remota posibilidad de localizar en alguna parte suficiente combustible para repostar los aviones para el viaje de vuelta. Habían estado estudiando aquella opción durante semanas, pero finalmente la habían descartado. La información de la que disponían era muy precaria y fragmentaria, y la mayor parte se había obtenido meses o años antes de la pandemia. Aunque sabían dónde estaban los depósitos más cercanos a su objetivo, desconocían por completo en qué estado se encontraban... si es que aún estaban allí.

En definitiva, era demasiado arriesgado confiar el retorno de la expedición a un repostaje incierto, así que los mandos del coronel habían trazado un plan alternativo, mucho más arriesgado.

—¿Cuánto falta para que lleguemos? —preguntó Hong.

—Estaremos sobre nuestro destino primario en menos de una hora. Después, en un lapso de veinte minutos, podríamos volar a los destinos dos, tres y cuatro. El destino número cinco..., bueno, mi coronel —El piloto tragó saliva antes de continuar—. Vamos muy justos de combustible.

Hong asintió, mientras realizaba unos cálculos mentales. El Il-62 era el avión de más largo rango que disponía el Ejército norcoreano, y tan sólo tenía capacidad para llevarlos hasta la costa Oeste de Estados Unidos. El plan consistía en aterrizar en algún aeropuerto de la zona cuya pista no estuviese obstruida u ocupada por No Muertos, y de ahí en adelante él y sus hombres tendrían que abrirse camino por sus propios medios.

Cuando Hong había escuchado el plan por primera vez había puesto el grito en el cielo. Lo que le estaban pidiendo era, básicamente, que cruzase Estados Unidos de costa a costa sin ningún tipo de apoyo.

—¡Eso es una insensatez, con todos mis respetos! —había exclamado—. Ni siquiera sabemos en qué estado se encuentran las carreteras. Será conducir a ciegas durante miles de kilómetros, por un territorio infestado.

—Lo sabemos, coronel —había respondido pacientemente uno de los generales.

—Hagamos algo más práctico —propuso Hong—. Carguemos de combustible hasta los topes la bodega de un par de aviones y, una vez que aterricemos, podemos trasegar ese combustible a los tanques. Así podríamos volar hasta Gulfport sin tener que arriesgar la vida, y sería mucho más rápido.

—Eso es imposible, coronel —contestó el ministro—. Cuando antes le dije que la situación de nuestras reservas era crítica, creo que no entendió realmente hasta qué punto estamos desesperados. Tenemos tan sólo un dos por cien-

172

to del combustible que necesita nuestra Fuerza Aérea en una situación normal. Hemos desviado la mayor parte a la industria y a la población civil, y los depósitos están casi secos. Podemos proporcionarle queroseno para volar hasta la costa Oeste de América, pero ni un litro más.

—¡Pero tan sólo estamos hablando de unos cuantos miles de litros! —imploró Hong.

—No hay nada que hacer. —El ministro fue categórico—. El Amado Líder Kim Jong-il, en su proverbial sabiduría, ha ordenado que guardemos reservas suficientes para poder hacer volar todos nuestros cazas durante al menos dos días consecutivos, en caso de ataque. Necesitamos hasta la última gota de combustible, coronel. No insista.

Hong sacudió la cabeza, como si no hubiese oído bien.

¿Hacer volar todos nuestros cazas? Pero ¿contra quién? ¡Es la cosa más estúpida que he oído en mi vida!, pensó desesperado, pero se abstuvo de abrir la boca. Sabía que una orden directa del paranoico Kim Jong-il, aunque fuese totalmente absurda, no podía ser discutida bajo ningún concepto.

—Tardaremos semanas en llegar hasta Gulfport si vamos por tierra —intentó, como último recurso—. Será extremadamente difícil.

—Por eso le hemos escogido a usted, coronel —replicó el ministro, satisfecho—. Culmine su misión con éxito y espíritu juche, y le prometo que a su vuelta será recompensado de una forma que no puede ni imaginar.

Y por todo aquello, el coronel Hong y doscientos ochenta y nueve hombres escogidos estaban volando en seis Il-62 con los depósitos casi secos cuando los aparatos comenzaron a sobrevolar el territorio estadounidense.

—Luz roja —exclamó de golpe el piloto—. A partir de este momento nos quedan treinta minutos de autonomía.

—¿A cuánto queda el punto primario? —preguntó, ansioso.

—Deberíamos verlo dentro de un... ¡ahí está! —gritó el piloto, con entusiasmo, pero la emoción de su voz se truncó de golpe.

El aeródromo escogido, el pequeño aeropuerto de una ciudad de treinta mil habitantes, contaba con una única pista. En medio de ella, el inmenso esqueleto carbonizado de un gran avión comercial yacía atravesado. Era imposible tomar tierra allí. Trazando un amplio círculo en el aire, los aviones se dirigieron al siguiente aeródromo de la lista.

En los puntos número dos, tres y cuatro encontraron el mismo resultado. Cuando no eran restos carbonizados de aviones estrellados, eran docenas de No Muertos tambaleándose por la pista.

—Aterrice entre ellos —había ordenado Hong.

—Imposible, mi coronel —respondió el piloto—. Si tomamos tierra entre los No Muertos, alguno acabará aspirado por el efecto de succión de las turbinas. Entonces el motor explotará, nosotros volcaremos y acabaremos el viaje convertidos en una gran bola de fuego.

Y Hong había tenido que esperar hasta la pista número cinco, sintiendo cómo la ansiedad y el temor al fracaso le atenazaban la garganta.

19

El aeródromo de Titusville, California, nunca había sido gran cosa. Tenía una de las pistas más largas del estado, sin duda, pero muy pocos viajeros querrían aterrizar en una población de menos de tres mil habitantes situada justo al borde del desierto. Construida como pista militar de apoyo durante la Guerra Fría, el aeródromo había estado languideciendo durante años, sirviendo únicamente como pista de aterrizaje para pequeños vuelos locales y alguna ocasional carrera de *dragsters*.

Su aspecto después del Apocalipsis no era muy diferente del que tenía antes. En un costado de la pista, situada a un kilómetro del pueblo, media docena de esqueletos sin alas de DC-7 se pudrían lentamente sobre bloques de cemento, entre montañas de chatarra que en algún momento habían estado atornilladas a un avión. Al otro lado, una ruinosa torre de emergencia amenazaba con derrumbarse cada vez que una ráfaga de viento del desierto golpeaba la pista, cubriéndola con un manto de arena fina.

Sin embargo, aquella mañana, la pista de Titusville iba a tener la jornada más movida de toda su historia. Y la última.

Al principio tan sólo fue el ruido silbante de un montón de turbinas lejanas. A medida que el ruido se fue transformando en un estruendo, los cristales sucios y mal colocados de la torre de control comenzaron a vibrar como dientes cariados en una encía suelta, hasta que de repente la silueta de un enorme avión de transporte, con una brillante estrella roja dibujada en la panza, seguido de otros cinco, apareció en el horizonte. Cada uno de los aparatos guardaba una distancia de unas cinco millas entre sí.

Los pilotos norcoreanos se enfrentaban a un difícil reto. Tenían que aterrizar aquellos transportes sin ayuda de ningún control de tierra, en una pista desconocida y cubierta por una fina capa de arena. Y con apenas un par de minutos para apartarse y dejar paso al siguiente aparato, lo que suponía que toda la maniobra tenía que ejecutarse con la precisión de un ballet.

El primer Ilyushin rebotó ligeramente al tomar tierra, pero el piloto era un profesional muy experimentado y consiguió detener la marcha del avión. Justo cuando llegaba al extremo opuesto de la pista y se hacía a un lado, el siguiente aparato comenzaba su maniobra de aproximación.

Todo fue perfecto con los cinco primeros aviones. Sin embargo, cada vez que uno de ellos se posaba, levantaba una enorme cantidad del polvo y arena del desierto depositada sobre la superficie de la pista. En condiciones normales, el siguiente aparato habría sobrevolado el aeropuerto durante unos minutos, hasta que aquella densa nube se disipase, pero el sexto avión no tenía suficiente combustible para esperar. Así que el piloto, casi sin opciones, decidió arriesgarse e iniciar la maniobra de aterrizaje.

Aquello fue un inmenso error.

El Il-62 impactó contra la pista en un ángulo incorrecto y al menos a sesenta millas por hora más rápido de lo aconsejable. A consecuencia de esto, el eje delantero del tren de aterrizaje se partió como una ramita y el morro del avión comenzó a arrastrarse sobre el asfalto levantando una cascada de chispas. Una de las alas se enganchó en la base de la torre de aterrizaje y arrancó de cuajo la estructura medio podrida. La parte delantera del Il-62 se levantó como si pretendiese dar una voltereta, rodó sobre sí mismo tres veces seguidas y finalmente explotó en medio de una enorme y cegadora bola de fuego.

Hong, desde la cabina de su aparato, contempló impotente todo aquello y lanzó una maldición. Aunque no había conseguido queroseno de aviación, se las había apañado para que le suministrasen suficiente diésel para sus transportes de tierra. Ahora, todas aquellas toneladas de precioso y caro combustible ardían con furia en el extremo de la pista, lanzando enormes oleadas de calor.

Esto complica las cosas —pensó—. *Tendremos que conseguir el combustible para los blindados por el camino.*

—No vale de nada lamentarse —murmuró para sí mismo—. ¡Kim!

—Sí, mi coronel. —El teniente Kim Tae-Pak era uno de los hombres de confianza de Hong, veterano de muchas incursiones en el vecino del sur.

—Comiencen a descargar los blindados —ordenó—. Esta maldita explosión debe de haberse oído en cincuenta kilómetros a la redonda. Quiero estar muy lejos de aquí cuando empiecen a aparecer curiosos, ya sean vivos o muertos.

El teniente saludó y se fue a cumplir sus órdenes. Hong miró a su alrededor, pensativo, mientras caminaba por la pista. Se agachó y recogió un puñado de arena. La observó durante un segundo y después dejó que se escurriese lentamente entre sus dedos.

Arena americana. Suelo americano. Estaban en el territorio del enemigo más odiado de su patria, y no había nadie que pudiese impedírselo. Hong sintió un escalofrío recorriendo su espalda. No sabía cómo acabaría aquella aventura, pero ya estaban haciendo historia. Por primera vez, en casi doscientos años, soldados de un país enemigo ponían pie en suelo americano. Estaban invadiendo Estados Unidos. O al menos lo que quedaba de aquel odiado país.

Veinte minutos más tarde, una larga caravana de quince vehículos blindados y dos *bulldozers* modificados abandonaban el aeropuerto de Titusville en dirección este. Tras ellos, todos los aviones de la fuerza aérea norcoreana ardían entre furiosas llamas.

Hong había quemado sus naves. Ante él, sólo las ruinas de Estados Unidos y millones de No Muertos se interponían en su camino a Gulfport.

20

Gulfport

Al día siguiente me levanté con la boca pastosa y un persistente dolor de cabeza. Me había quedado despierto hasta muy tarde, agarrado a una botella de whisky y bañándome en un mar de autocompasión. Viktor me había acompañado, sin abrir la boca, pero sabiendo que su mera presencia servía para aliviar un poco mi angustia. El ucraniano era consciente de que hay ocasiones en las que no se puede decir nada, y ésa era una de ellas.

Estaba atrapado en un dilema. Por una parte el mundo limpio y aséptico de Gulfport me resultaba tan repugnante como a Lucía, pero por otro lado sabía que permanecer allí era la única opción que teníamos. Solos en el páramo lleno de No Muertos en que se había transformado Estados Unidos no teníamos ni una maldita oportunidad.

—¿Qué piensas tú, Viktor? —le había preguntado a mi amigo.

Viktor removió la cucharilla de la taza de café que tenía en sus manos mientras ordenaba sus pensamientos. El ucraniano quería escoger cuidadosamente sus palabras.

179

—Cuando yo era pequeño vivía en un koljos en medio de la estepa. Tenía una escuela, un bonito edificio de madera pintado de rojo. Allí nos enseñaban que nuestra forma de vida era la máxima realización a la que podía aspirar el ser humano, que el espíritu soviético era la esencia del paraíso del trabajador. Por supuesto, no sabíamos nada de Occidente, excepto que era el enemigo de la Madre Patria. Un día, cuando tenía ocho años e iba camino de la escuela, vi cómo la policía se llevaba a un hombre. Al principio pensé que sería un ladrón, o algo por el estilo. —Pritchenko sonrió con tristeza, mientras aquel recuerdo de la infancia cobraba vida—. ¡Al fin y al cabo tan sólo tenía ocho años! Más tarde me enteré de que habían detenido a aquel hombre porque su hijo, que era un militar destinado en Berlín, había desertado a Occidente.

Viktor calló, por un instante, con su mente muy lejos de Gulfport.

—Siempre me pregunté qué podía haber motivado al hijo de aquel hombre a desertar, sabiendo que las consecuencias de su huida las pagarían sus familiares. Me preguntaba qué era lo que impulsaba a un hombre a tomar decisiones tan drásticas con consecuencias tan dolorosas. Y cuál era el punto de sufrimiento interno, o el grado de necesidad que debía de tener para tomar tal decisión.

El ucraniano levantó la cabeza y me miró directamente al rostro.

—Hoy sé mucho más de sufrimiento que entonces, como todos, pero también sé que para tomar una decisión drástica una persona tiene que haber llegado a un punto en el cual no vea más alternativa, por muy duras que sean las consecuencias de su decisión. Creo que tú no has llegado a ese punto todavía, o que la responsabilidad que sientes por todos nosotros te pesa demasiado. —Pritchenko sacudió la cabeza—. Soy tu amigo, más allá de cualquier consideración, y daría la vida por ti si fuera preciso, pero, al igual que te entiendo a ti, entiendo a Lucía. Pese a todo, quiero que sepas que, sea cual sea tu decisión, yo estaré contigo, a tu lado.

Emocionado, observé al ucraniano. Apenas había envejecido en los dos años que habían pasado desde que nos conocíamos y, excepto por aquellos dedos perdidos de la mano derecha y un puñado de arrugas alrededor de los ojos, seguía siendo el mismo individuo cascarrabias y algo loco que me había acompañado en medio de las ruinas del puerto de Vigo.

—Gracias, Prit —musité, con lágrimas en los ojos. Era un ruso medio chalado, pero, aun así, una de las mejores personas que me había encontrado en la vida.

Pasamos media noche hablando de los viejos tiempos, riéndonos de todas las veces que habíamos burlado a la muerte y de las cosas que haríamos si algún día los No Muertos desaparecían para siempre. Finalmente nos quedamos dormidos mientras unos leños crepitaban en la chimenea.

Cuando me levanté, Pritchenko roncaba como una locomotora, tumbado sobre el sofá, con *Lúculo* arrebujado entre sus piernas.

Me arrastré hasta el baño y me di una larga ducha de agua hirviendo. Al salir, me afeité y me puse uno de los trajes que colgaban en un armario. Eran de una talla más grande que la mía, pero me sentaban bastante bien. Al verme con traje y corbata por primera vez después de tanto tiempo me sentí un poco raro.

Me acerqué hasta la puerta de la habitación de Lucía. Estaba cerrada a cal y canto. Golpeé suavemente con los nudillos, pero no me respondió.

—Lucía —le dije a la puerta cerrada—. Sólo quiero que sepas que lamento mucho si dije algo que te pudiese herir ayer por la noche. Todo lo que hago es para garantizar que podamos tener un futuro. Yo... —Me callé, sin saber cómo seguir—. Esta noche, cuando llegue, volveremos a hablar. Y entonces lo arreglaremos todo. Te quiero, amor.

Salí de casa sintiendo un enorme vacío. Había un precioso Lexus en el garaje, con las llaves en el contacto. Supuse que iba incluido en el lote de la casa; además, el Ayuntamiento quedaba a demasiada distancia para ir andando vestido con traje y corbata, así que me subí y encendí el motor.

Mientras circulaba por las calles vacías me di cuenta de que era la primera vez en mucho tiempo que conducía un coche sin estar huyendo de algo o de alguien. Pese a todo, cada poco rato me sorprendía a mí mismo volviendo la cabeza desesperadamente o acelerando en los puntos más estrechos, como si temiese verme rodeado de una turba de No Muertos en cualquier momento.

El Apocalipsis me había cambiado. Me preguntaba si todos esos cambios eran buenos. Y si durarían siempre.

21

Cuando llegué al Ayuntamiento, la señora Compton me esperaba entre un revuelo de funcionarios que entraban a trabajar.

—Buenos días —me dijo—. Espero que haya descansado bien, porque hoy le espera un montón de trabajo. El señor Wilcox era el encargado de gestionar la Oficina de Ilotas Hispanos, pero murió hace tres meses de un aneurisma mientras jugaba al golf. El señor Talbot, de la Oficina de Ilotas Negros, se ha estado encargando de gestionar los dos departamentos mientras tanto, pero no tiene ni idea de español y, la verdad, creo que lo ha dejado todo hecho un lío. Espero que usted sea capaz de apañarse entre todo este papeleo.

—¿Papeleo? —pregunté, algo confundido.

—Ya lo verá —contestó la mujer—. Sígame por aquí.

La señora Compton me condujo a un amplio despacho situado en la esquina noroeste del edificio. Cuando abrió la puerta sentí que se me caía el alma a los pies. Había montañas de carpetas y archivadores apilados en casi cualquier superficie sólida a la vista, algunas de ellas en un equilibrio tan precario que amenazaban con derrumbarse sobre nosotros.

—Anne Sue será su secretaria particular. —La señora Compton señaló hacia una chica rubia, de unos veintipocos años y expresión bovina, que me miraba con una sonrisita nerviosa desde una mesa cercana—. No dude en pedirle cualquier cosa. Está aquí para servirle.

Tras cinco minutos de charla con Anne Sue me convencí de que sería mejor no encargarle a aquella chica nada que fuese más complicado que hacer fotocopias o traerme un café. Aunque de indudable aspecto ario, lo cual la hacía perfecta para aquel trabajo según la escala de valores de Gulfport, el Creador se había olvidado de dotarla de cerebro cuando la concibió.

—Bien —dije—. Empezaremos por clasificar un poco toda esta montaña de papeles, para averiguar cuáles son los temas prioritarios y cuáles pueden esperar. Necesito que tomes nota del título de todas las carpetas y crees un índice, ¿de acuerdo?

Anne Sue me miró con expresión confundida, como si le hubiese pedido que se mease dentro de un vaso y después se lo hiciera beber a la señora Compton. Hasta dejó de mascar el chicle que tenía en la boca.

—Sabes lo que es un índice, ¿verdad, Anne Sue?

—Es un tipo de música, ¿no? —respondió mientras asentía, muy segura de sí misma—. La Música Índice. A mi prima Norma le encanta.

—Déjalo, cielo —suspiré desalentado—. Mejor búscame un café que sea algo mejor que esta basura.

En cuanto Anne Sue se marchó (*Oh, Dios, haz que el café sea algo muy, muy difícil de encontrar, por favor*) me senté en medio del despacho y empecé a clasificar las carpetas. Al principio era algo lioso, pero enseguida pillé la mecánica.

Al cabo de una hora tenía tres montones claramente diferenciados en cada una de las esquinas del despacho. Por una parte estaban todos los expedientes relativos a las altas y bajas dentro del grupo de ilotas de origen hispano. Después estaba el montón referido a los suministros y condiciones de vida de los ilotas dentro del gueto de Bluefont y por último tenía el montón que hacía referencia al suministro regular de Cladoxpan.

A medida que iba clasificando aquellas carpetas, me iba haciendo una clara imagen mental del verdadero funcionamiento de Gulfport.

Había veintitrés mil personas de raza blanca viviendo dentro de Gulfport, y en el barrio de Bluefont, en el gueto de los ilotas, vivía la increíble cantidad de siete mil personas. Un rápido cálculo me permitió comprobar que en cada una de las aproximadamente trescientas casas del barrio cercado vivían una media de veinticinco personas. Eso era demasiado, incluso para casas tan grandes y espaciosas como las que solían construirse en aquel antiguo suburbio. Bluefont estaba dentro del Muro, pero estaba separado del resto de la ciudad por una alambrada y un brazo de agua que tan sólo cruzaba aquel puente donde había negociado con Carlos Mendoza.

Todas las semanas, los ilotas se presentaban en el puente sur, donde la Guardia Verde de Greene les entregaba el armamento necesario. Después, salían de la ciudad por el puente norte y se dirigían en expediciones móviles de varios días de duración a todos los núcleos de población en un radio de doscientos kilómetros, para cargar sus camiones con todo tipo de suministros para la insaciable y opulenta Gulfport. En cuanto volvían, debían dejar los camiones cargados en los almacenes de la ciudad, donde entregaban las armas. A cambio, recibían una cantidad justa de Cladoxpan, que les permitía seguir manteniendo su humanidad y no transformarse en un podrido ambulante más.

Cada una de aquellas expediciones acarreaba, inevitablemente, un determinado número de bajas. El TSJ no suponía ningún problema (prácticamente el cien por cien de los ilotas ya estaba infectado) pero las terribles heridas que causaban los No Muertos eran letales en muchas ocasiones.

Sin embargo, pese a las continuas bajas, el número de ilotas se mantenía más o menos estable, ya que cada cierto tiempo, como un goteo constante, seguían apareciendo individuos solitarios o grupos de pocas personas, como el mío, que se acercaban a Gulfport o se cruzaban con alguna de las expediciones que buscaban alimentos. Pese a la certeza de tener que vivir en un régimen de semiesclavitud, si eran negros, indios, chicanos o asiáticos, la posibilidad de dormir en un refugio seguro casi todas las noches y sobre todo, poder compartir su destino con más gente y no tener que seguir errando en solitario, suponía una tentación demasiado grande, por lo que la mayoría acababa recalando en Bluefont. Sólo unos pocos escogidos, como Lucía, Viktor y yo engrosábamos la población del otro lado de la alambrada. Todo dependía del color de la piel.

A pesar de todo, el número de ilotas era elevado, muy elevado, teniendo en cuenta que la seguridad de Gulfport corría a cargo de la Guardia Verde de Greene, compuesta por unos cuarenta arios y por la Milicia Blanca de no más de ciento cincuenta soldados. Para ellos resultaba virtualmente imposible controlar a una multitud de ilotas infectados que no dejaba de crecer día a día. Por eso, de vez en cuando se realizaba una «limpieza» dentro del gueto, al más puro estilo nazi. A medida que iba leyendo, noté un sudor frío bajando por la espalda. Eran muy numerosos los documentos con la referencia «expulsado» escrita en grandes letras rojas, pero no había nada más. Tras dudar un momento levanté el teléfono y llamé a la señora Compton.

—Oh, eso son los ilotas que vulneran las normas y son procesados. Criminales, borrachos, ladrones y violadores, la escoria de la escoria —me contestó alegremente—. Esos expedientes los lleva la Oficina de Justicia.

—Me gustaría verlos —respondí. El abogado que llevaba dentro se había despertado, inquieto, tratando de averiguar qué clase de justicia retorcida podía aplicar el reverendo Greene.

—Me temo que no será posible —contestó la secretaria—. Ese departamento funciona bajo la dirección personal del reverendo y sus informes son confidenciales.

Colgué el teléfono, intrigado. Salí al pasillo y, tras cerciorarme de que Ann Sue aún no había vuelto, me deslicé con cuidado hasta la Oficina de Justicia. La puerta estaba cerrada con llave y además había un montón de gente circulando por delante. Si me quedaba demasiado rato por allí o trataba de forzar la puerta me vería metido en un buen lío en mi primer día de trabajo. Aquélla no era la solución.

Volví a mi despacho, meditabundo. Uno de los armarios estaba rotulado como «Certificados de residencia». Lo abrí y empecé a revisar carpeta tras carpeta. Al cabo de un rato me detuve, jadeando de horror. En aquellos papeles se reflejaba una monstruosidad de tamaño criminal.

Greene y sus secuaces eran conscientes de que no podían dominar a los ilotas por la fuerza. Por supuesto, tener el control exclusivo del Cladoxpan garantizaba cierto grado de sumisión, pero no era suficiente. Además, no resolvía el problema de qué hacer con los miles de ilotas que sobraban, sobre todo las mujeres, niños y ancianos que eran inútiles para realizar incursiones de aprovisionamiento.

Así que habían tramado un plan diabólico para eliminar cualquier posibilidad de una rebelión.

Al principio, los guardias verdes hacían redadas aleatorias. Los ilotas, desarmados, contemplaban con impotencia cómo docenas de residentes de Bluefont eran detenidos sin motivo aparente y llevados a juicio. Todos ellos, sin excepción, acababan desapareciendo y en sus papeles aparecía la palabra «expulsado». Cuando la tensión en el gueto alcanzó niveles explosivos, los «técnicos» de Greene dieron el siguiente paso. Entregaron certificados de residencia a la mitad de la población ilota y a la otra mitad no.

A partir de ese día, las redadas sólo afectaron a aquellos que no tenían el certificado. Desde ese momento, el campo de Bluefont quedó dividido en dos, aquellos que dormían tranquilamente por las noches y aquellos que temían que de repente sonase su puerta y los guardias verdes los arrastrasen a lo desconocido. Para los privilegiados, ése era el inicio de la sumisión a Greene. Cuando había una redada, presentaban su certificado y automáticamente dejaban de solidarizarse con aquellos ilotas que no tenían documentación.

Pero aquello tampoco era suficiente. Un día empezaron a repartir dos tipos distintos de certificados de residencia, con foto y sin foto, a elección del propio ilota. Muchos pensaron que «con foto» sería mejor que «sin foto», ya que parecía tener un carácter más oficial. La siguiente redada se abatió sobre los «sin foto» y los que no tenían certificado. Los que tenían foto respiraron aliviados, pensando que se habían salvado, pero a la semana siguiente los certificados «con foto» fueron sustituidos por unos certificados rojos, también a elección de los propios ilotas. Muchos desconfiaron de aquel nuevo documento, por lo que no tuvo mucho éxito, pero dos semanas después hubo una gran redada que arrasó con todos aquellos que no tuviesen certificado rojo, y el resto de los certificados fueron suprimidos.

Aquello sumió al gueto en la desesperación y la desconfianza. Sin embargo, poco después, los certificados rojos fueron sustituidos por otros azules, de los que había dos clases: «Soldados Cualificados» o «Sin Cualificación». Como la elección de cada clase dependía del propio ilota (bastaba con declararse cualificado para que le dieran el documento correspondiente), las dudas volvieron a atenazar a Bluefont. ¿Qué era mejor?

Muchos se olieron una trampa y decidieron declararse «Sin Cualificación», mientras otros muchos pensaron que era mejor ser un elemento útil, ya que así Gulfport no podría prescindir de ellos. Tres días después, todos los declarados «Sin Cualificación» dejaron de recibir su ración de Cladoxpan. Más de mil quinientas personas se transformaron en No Muertos en pocas horas, y el gueto tuvo que ser limpiado a sangre y fuego por los propios ilotas, cada vez más rencorosos y desconfiados entre sí.

Finalmente la Oficina de Justicia emitió un comunicado diciendo que sospechaban que muchos ilotas se habían inscrito fraudulentamente como «Soldados Cualificados», por lo que procedían a anular todos los documentos existentes. Una nueva *razzia* cayó sobre Bluefont, y los lamentos fueron terribles. Lamentos mucho más terribles por cuanto muchos ilotas se sentían culpables de haberse inscrito en la categoría incorrecta.

Y de nuevo, un certificado distinto, seguido de otro y otro, pasando por todos los colores posibles. El gueto, debilitado y sumiso, aceptaba la situación, rezando por tener el documento acertado en la siguiente batida. Aun infectados, el ansia de seguir viviendo los hacía aferrarse a cualquier esperanza, por mínima que fuese.

Y así, de esa manera cruel y despiadada, Greene tenía el control absoluto de Bluefont. Los ilotas estaban firmemente sujetos bajo su bota.

Me recosté en la silla, demasiado enfermo para seguir leyendo. Era el mismo sistema, casi punto por punto, que habían aplicado los alemanes en los guetos judíos de la

Polonia ocupada. Era cruel y atroz, pero terriblemente efectivo.

Dios mío, ¿en qué mierda me he metido? Lucía tenía razón —pensé—, *es preferible correr el riesgo de internarse en lo desconocido antes que seguir aquí un solo día más.*

Teníamos que salir de allí cuanto antes. Aquella misma noche, si era preciso. Cuando iba a levantarme para dejar el despacho, oí la voz de Ann Sue al otro lado de la puerta.

—¡Eeeeh, que no puede entrar si no tiene cita!

La puerta se abrió de golpe. En el umbral, Viktor Pritchenko me observaba, jadeante y cubierto de sudor. Debía de haber venido corriendo desde casa. Al observar su rostro supe que traía malas noticias.

—Lucía —dijo, mientras recuperaba el resuello—. Se ha ido. Ha escapado a Bluefont.

22

La decisión no había sido fácil. Se había pasado toda la noche sin poder dormir, dando vueltas en la cama, demasiado furiosa con su novio y terriblemente dolida. Lucía sabía que las intenciones de su alto y sonriente abogado eran buenas, pero las consecuencias de sus actos eran deleznables, en medio de aquel pueblo enfermo. No se trataba tan sólo de que fuese una sociedad racista y que reducía a las mujeres al mero papel de florero. Era la sensación de que su opinión no se tomaba en cuenta. Desde que se habían conocido, todas las decisiones importantes las había tomado él o Viktor Pritchenko.

Y además estaba aquel reverendo.

A Lucía le daba escalofríos simplemente pensar en Greene. Había algo en su mirada que era profundamente perturbador, una oscuridad espesa y sucia como el aceite quemado de un coche que parecía querer envolverte cada vez que el reverendo posaba sus ojos sobre ti. Y toda aquella tropa lúgubre que le rodeaba. Aquella Guardia Verde tan amenazante. Definitivamente, había algo repulsivo en todos ellos.

Cada vez que recordaba la discusión de la víspera, Lucía se maldecía por haber sido tan condenadamente fría.

Debería haberle escuchado pacientemente, razonar con él y hacerle ver que aquel sitio estaba maldito. En vez de eso se había comportado como una reina de hielo, negándose a mirarle a la cara y para colmo había dejado que su mal genio se desatase. En más de una ocasión, aquella noche, mientras oía el rumor de la conversación en el piso de abajo, estuvo a punto de saltar de la cama, bajar corriendo las escaleras y abrazarlo con tal fuerza que le cortase la respiración.

«*Te perdono —le diría—, te quiero, te quiero tanto que iré a cualquier lugar del mundo si tú estás allí.*» Pero en lugar de eso se había quedado en la cama, pensando. Y la oportunidad pasó, porque su orgullo femenino herido no le permitió dar su brazo a torcer.

De repente se dio cuenta, asustada, de que al día siguiente no sabría cómo tratarle. ¿Qué decir, después de las palabras que se acababan de cruzar? ¿Cómo arreglarlo? Si tan sólo tuviese un argumento definitivo que le permitiese demostrar que tenía razón... Y de repente una idea estalló en su mente con la fuerza de un neón: ¡un ilota! Si hablase con uno de ellos, si viese en realidad lo dolidos y tristes que se tenían que sentir... Entonces lo entendería todo.

Al pensar en ello, la cara sonriente de Carlos Mendoza apareció flotando delante de sus ojos. Un hombre tan guapo, tan decidido y con aquella mirada de desprecio cuando aparecieron los marineros amenazándole... Una sensación de ahogo asaltó de repente a Lucía y apartó las mantas de la cama de una patada. De repente tenía calor, mucho calor.

Tenía que localizar a aquel hombre y hablar con él.

Antes de que se diese cuenta se había levantado y estaba vistiéndose en silencio. Su habitación estaba en el primer piso, sobre el tejado del porche, así que sería fácil salir por la ventana. En el último minuto, una vocecita dentro de su cabeza le gritó que aquello era una solemne tontería y que dejase de comportarse como una cría de dieciocho años con la cabeza llena de pájaros. Pero entonces oyó la risotada gutural de Pritchenko desde el salón riéndose de algo que le estaba contando él.

Se están riendo de mí —pensó furiosa—, *seguro que se están partiendo de risa a mi costa.*

Aquél era el empujón que le faltaba. Armándose de valor, abrió la ventana y sacó una pierna. De repente se dio cuenta de que si desaparecía sin más les daría un susto de muerte. Eso tampoco era justo, por más que ellos se estuviesen comportando como gilipollas. Así pues, volvió a entrar de nuevo y cogió una libreta que estaba sobre el aparador.

Me voy a Bluefont. Espero volver pronto, no os preocupéis por mí. L.

Dejó la nota sobre el colchón y salió por la ventana. Caminó cuidadosamente sobre el tejado del porche hasta llegar a la esquina de la casa, donde un jazmín trepador se enrollaba en torno a una espaldera. Apoyando los pies con cuidado en los huecos, bajó lentamente hasta llegar al suelo.

Una vez allí, miró a su alrededor. La lluvia fina del principio de la noche se había transformado en un aguacero que caía con un suave rumor. Al mirar las ventanas iluminadas de la casa, la voz lanzó un último grito ahogado: «¡No te vayas!».

Pero ya era demasiado tarde. Encogiéndose bajo la lluvia, Lucía comenzó a caminar hacia Bluefont, mientras sus lágrimas se mezclaban con las gotas que caían sobre su cara.

Tardó casi cuarenta minutos en llegar al límite del barrio segregado. Su casa estaba casi en el otro extremo del pueblo, y además se había perdido un par de veces. Hubo un momento, al doblar una esquina, en el que su aventura estuvo a punto de finalizar antes de tiempo. Un Hummer con cuatro soldados de la Milicia Blanca de Gulfport patrullaba lentamente por el centro de la calzada, paseando un foco perezoso sobre las fachadas de las casas. A Lucía le dio el tiempo justo a ocultarse detrás de unos contenedores de basura. Contuvo el aliento cuando el chorro de luz se detuvo sobre su escondite. Por un instante pensó que la habían descubierto, pero finalmente el foco continuó su camino, a medida que el Hummer se alejaba entre la lluvia.

Lucía esperó un rato para cerciorarse de que estaba sola antes de abandonar su escondrijo. Al cabo de diez minutos llegó al borde del canal que separaba Bluefont del resto de la ciudad. Su mirada se detuvo en el cauce, que bajaba con bastante rapidez. La lluvia estaba alimentando el canal y el agua rugía, con rizos de espuma negra encabritándose en su superficie.

Paseó durante un buen rato por la orilla del canal, buscando un punto por donde cruzar. Al cabo de un rato se dio cuenta, desalentada, de que el cauce corría a lo largo de todo el perímetro. Cuando el canal llegaba al Muro desaparecía bajo un módulo de cemento armado que tenía un gran aliviadero enrejado en su parte inferior. Lucía apoyó su mano sobre la rugosa superficie. Estaba frío y empapado por la lluvia. Al otro lado, alguien (algo) emitió un gemido, seguido de inmediato de otra media docena. A la joven se le erizaron los cabellos. Los No Muertos estaban fuera de la ciudad, incapaces de sortear la barricada, pero, aun así, expectantes.

Volvió sobre sus pasos, dispuesta a localizar algún punto por donde poder cruzar. El puente quedaba descartado. Los guardias verdes apostados en la barbacana no la dejarían pasar bajo ningún concepto. De vez en cuando su mirada se dirigía hacia la otra orilla. El lado del gueto estaba sumido en sombras, en contraste con las calles de Gulfport, brillantemente iluminadas. Sólo de vez en cuando se veían débiles luces a lo lejos, que parpadeaban como si estuviesen a punto de extinguirse.

Cuando ya estaba a punto de desesperarse, la vio.

Era una chica de unos veintiocho años, guapa, menuda y muy morena. Tenía su largo cabello negro anudado en una coleta que caía sobre su espalda. Vestía un uniforme militar que le quedaba dos tallas grande y estaba sentada debajo de un cobertizo de chapas de latón. Delante de ella tenía una fogata sobre la que colgaba un gran caldero hecho con medio bidón cortado, en el que hervía agua. De vez en cuando la chica sacaba prendas de ropa de una bolsa y las introducía con un palo en el agua hirviendo. Toda aquella ropa estaba empapada en sangre reseca.

—¡Hola! —gritó Lucía.

La chica morena, abstraída en su labor, pareció no oírla. Cuando Lucía volvió a gritar se levantó de un salto y miró a su alrededor, alarmada, sosteniendo el palo como si fuese un garrote.

—¡Aquí! ¡En esta orilla! —exclamó Lucía, agitando los brazos.

La chica, al verla, pareció tranquilizarse. Se acercó hasta el borde del canal, que en su lado estaba cubierto por una alta alambrada de espino.

—¿Qué quieres? —dijo, sobre el rumor del agua—. ¿Vendes o compras?

—Ninguna de las dos cosas —replicó Lucía, confundida—. Quiero pasar a ese lado del río. ¿Por dónde puedo hacerlo?

La chica morena se quedó estupefacta al oír a Lucía. De repente soltó una carcajada amarga.

—¿Por qué quieres pasar a este lado? ¿Te has vuelto loca o qué?

—Tengo que hablar con alguien que está en Bluefont.

—Pues habla con tu reverendo o con los pinches nazis que están en el puente. Yo no puedo ayudarte. —Y se dio la vuelta, dirigiéndose de nuevo al cobertizo.

—¡No te vayas, por favor! ¿Cuál es tu nombre? —En la voz de Lucía vibraba una nota de urgencia.

—Me llamo Alejandra, pero todo el mundo me llama Ale. —De repente la chica se giró, extrañada—. ¿Cómo es que hablas español?

—Vengo desde España —aclaró Lucía—. Acabo de llegar.

—Estás muy lejos de tu casa, gachupina* —dijo, pensativa—. Pero no sé para qué carajo quieres venir a este lado. Estás mejor ahí, créeme.

—Tengo que hablar con un hombre llamado Carlos Mendoza. ¿Lo conoces?

—¿Qué tienes que ver tu con el *Gato* Mendoza? —Había auténtica curiosidad en la voz de Alejandra.

—Lo conocí en el *Ithaca*.

La joven permaneció unos segundos en silencio.

—¿Cómo sé que no es una trampa? —replicó Alejandra, mirando hacia la oscuridad, como si en cualquier momento una tropa de guardias verdes fuera a irrumpir de improviso.

Lucía pensó a toda velocidad. De repente se acordó de la conversación que había sostenido con Mendoza a bordo del petrolero.

—Me dijo que si lo necesitaba alguna vez dijese que era de los Justos.

Al oír aquello algo en la mirada de la joven pareció cambiar.

* Gachupín: término coloquial y algo despectivo usado en México para referirse a los nacidos en España.

—Muy propio del *Gato* —murmuró mientras meneaba la cabeza—. Está bien. Sígueme.

La mexicana comenzó a caminar por su lado del canal, mientras Lucía hacia lo propio por su orilla. Al cabo de un rato, Alejandra se detuvo al lado de los hierros retorcidos y oxidados de una bicicleta, que se pudría lentamente en la alambrada.

—Es por aquí —dijo—. Cruza.

Lucía miró a su alrededor y no vio cómo hacerlo. Había pasado ya en dos ocasiones por ese punto y nada de aquel lugar le había llamado la atención. La margen estaba totalmente desierta, y el borde del canal descendía en un ángulo suave hasta el agua, que formaba remolinos alrededor de las piedras depositadas por una riada en la orilla.

—¿Qué tengo que hacer? —preguntó, confundida.

—Fíjate bien y, simplemente, camina —replicó Alejandra, con paciencia.

Lucía caminó hasta el borde del canal, justo hasta el punto donde el agua lamía la punta de sus zapatos. Tardó unos segundos en ver una serie de tablones debajo del agua, a unos veinte centímetros de la superficie.

—Es un puente vietnamita. —Alejandra se sentó en el borde del canal y señaló hacia el agua—. Es como un puente normal, pero en vez de estar sobre la superficie está dos palmos por debajo del agua. Deberías sacarte los zapatos para cruzar.

Lucía se descalzó e introdujo los pies en el agua. Estaba fría y la corriente tenía mucha fuerza, pero aun así el camino sobre el puente sumergido parecía sorprendentemente fácil. Cuando iba por la mitad del recorrido comprendió que jamás hubiese podido cruzarlo a nado. La fuerza del agua era demasiado intensa.

De repente una rama arrastrada por la corriente la golpeó en un tobillo. Lucía sorprendida, trastabilló, tratando de mantener el equilibrio. Estiró las manos tratando de sujetarse a algo, pero ya era demasiado tarde. Con un sonoro chapoteo cayó al agua de cabeza.

La corriente del canal la empujó contra la estructura sumergida del puente con tanta fuerza que uno de los pilotes se clavó en sus costillas. Lucía profirió un grito ahogado bajo el agua e inmediatamente se atragantó con el agua que inundó su boca. En la oscuridad perdió por un momento el sentido de la orientación y durante unos interminables segundos no supo dónde estaba la superficie. La joven notó el pánico reptando por su garganta. Si no salía rápido a la superficie se ahogaría sin remedio.

No quiero morir así. No quiero morir ahogada en un sucio canal en medio de la noche.

Dando una patada, se impulsó hacia la superficie. Asomó la cabeza y respiró ansiosamente, mientras tosía de manera incontrolable a causa de toda el agua sucia que había tragado. Se agarró al puente y, tras apartarse el pelo mojado de la cara, miró hacia la orilla del gueto. Para su sorpresa, la joven mexicana había desaparecido, como si se la hubiese tragado la tierra.

Antes de que pudiese pensar en nada más, el rugido de un motor acercándose sonó en la orilla que acababa de abandonar. Aterrorizada, vio cómo un vehículo patrulla seguía el borde del canal, paseando el proyector sobre la alambrada y el cauce de agua. Estaban a menos de quinientos metros. No le daría tiempo a subirse de nuevo al puente, y mucho menos llegar hasta cualquiera de las orillas.

Tan sólo tenía una alternativa. Inspiró profundamente varias veces seguidas, para hiperventilarse, y cuando el haz de luz estuvo a menos de cinco metros de su cabeza se sumergió de nuevo. Los primeros diez segundos pasaron muy lentamente. El agua estaba tan fría que notaba cómo le dolían las venas al contraerse. La corriente arrastraba toda clase de desechos que le golpeaban al pasar a su lado. Algo con una textura viscosa le rozó el rostro y Lucía estuvo a punto de dejarse llevar por el pánico. Cuando ya no pudo aguantar más, salió de nuevo a la superficie, procurando hacer el menor ruido posible.

El coche patrulla se alejaba lentamente, corriente abajo. Le había ido de un pelo. Agotada, física y emocionalmente, trató de encaramarse de nuevo al puente. Su ropa mojada parecía pesar una tonelada, y tuvo que realizar tres intentos antes de poder apoyarse de rodillas en la superficie sumergida.

—¡Gachupina! ¡Espabila! ¡Volverán en menos de tres minutos! —Alejandra se había materializado de nuevo entre las sombras y le hacía gestos urgentes para que se diese prisa.

Apoyando los pies con cuidado, recorrió el resto del camino. Al llegar al otro lado escaló el terraplén hasta alcanzar la alambrada. La mexicana ya había abierto un hueco ingeniosamente oculto entre los alambres de espino, lo suficientemente grande para que Lucía se deslizase a rastras por él. En cuanto estuvo al otro lado, Alejandra soltó el resorte que mantenía abierto el hueco y la alambrada se cerró detrás de ella como si jamás hubiese existido un paso.

La mexicana la observó de arriba abajo, con las manos en la cintura. Incluso con su corta estatura, su figura emanaba determinación y carácter.

—Bienvenida al infierno, gachupina. No sé qué demonios te trae a este lado, pero espero que te merezca la pena. No creo que vuelvas a cruzar este río nunca más.

23

Bethsaida, Misisipí, cinco meses antes

—¡Por allí va uno! ¡Dispárale! ¡Dispárale, cabrón!

Carlos Mendoza se giró a toda velocidad, siguiendo las indicaciones del *Chino* Cevallos. Por la otra acera de la calle principal de aquel pueblo había aparecido de repente un No Muerto tambaleándose. Era un hombre de unos cuarenta años, vestido con vaqueros y una camiseta a la que le faltaba un buen trozo. Sobre el pecho, cerca de la base del cuello, lucía una aparatosa herida, allí donde le habían mordido. O al menos debería estar allí, aunque lo cierto era que la herida estaba cubierta por una masa peluda de hongos anaranjados que no dejaban ver la piel. Parte de los hongos ya se habían ramificado y trepaban ansiosamente por el cuello del sujeto hasta sus fosas nasales. El conjunto resultaba entre repulsivo e hipnótico. Cada vez resultaba más común ver a No Muertos cubiertos de hongos, aunque Mendoza y su compañero no sabían por qué.

Carlos levantó su rifle de caza. Como hacía siempre, mojó su dedo pulgar, lo pasó sobre el punto de mira y a continuación apuntó cuidadosamente. El No Muerto ocupó todo su punto de mira durante unos segundos, hasta que apretó el gatillo. Un instante después, un lateral de la cabeza del sujeto se abrió como un surtidor y el No Muerto cayó al suelo, liquidado.

—Y con éste van quince —murmuró el *Chino* Cevallos, mientras se acercaba.

Habían entrado en aquel pueblucho perdido hacía dos horas y habían podido saquearlo tranquilamente, hasta que en los últimos diez minutos los No Muertos, atraídos por su presencia, habían rodeado la pequeña tienda donde se habían refugiado. Se los habían cepillado a todos, pero la aventura estaba resultando un desastre. El pueblo ya había sido saqueado con anterioridad por algún grupo de forrajeadores, y ellos dos apenas habían encontrado un par de latas de sopa Campbell caducada, ocultas debajo de una estantería. Tras un breve debate, habían decidido correr el riesgo de consumirlas, pese al peligro del botulismo. Habían visto morir a varias personas a causa de comer alimentos en mal estado, pero el hambre apretaba. Con aquél, ya eran seis días sin llevarse nada a la boca, y empezaban a estar débiles.

Dos latas de sopa caducada —pensó Mendoza—, *y la mitad de nuestra reserva de munición malgastada. Un par de días más como éste y podemos darnos por muertos.*

Fernando *el Chino* Cevallos y él llevaban más de un año juntos. No sabían cuánto tiempo habían pasado de aquel lado de la frontera estadounidense, pero de lo que estaban seguros era de que en esa ocasión se habían internado dentro de territorio gringo mucho más que en cualquier incursión anterior. Su búsqueda de alimentos era cada vez más desesperada y, por otra parte, las fronteras ya no significaban nada en aquel momento.

Cuando estalló la pandemia, Carlos Mendoza se enroló como voluntario en uno de los grupos armados que se dedicaban a la «caza del güero» a lo largo de la frontera. Durante tres largas semanas, grupos de civiles y voluntarios patrullaron incesantemente la frontera entre México y Estados Unidos, interceptando a todos los norteamericanos que trataban de escapar del TSJ huyendo al país vecino. Disparar primero y preguntar después había sido la consigna. Y maldita sea si no se habían aplicado a conciencia.

Pero aquello no sirvió de nada. El TSJ triunfó y México, como el resto del mundo, se fue al carajo un par de semanas más tarde. Mendoza, el *Chino* Cevallos y otros cien hombres armados se vieron de repente aislados, sin órdenes y sin una misión que cumplir. Al menos la mitad de aquellos voluntarios abandonó el grupo y se dirigió apresuradamente hacia sus casas, para proteger a los suyos (aunque muchos sabían en su fuero interno que ya era demasiado tarde). Otros pensaron que separarse en aquella situación era un suicidio. Por último, algunos como Carlos Mendoza no se fueron porque, sencillamente, no tenían otro sitio mejor adonde ir.

Los cincuenta «cazadores de güeros» pasaron los siguientes meses recorriendo la frontera, tratando de sobrevivir entre hordas de No Muertos que los acosaban de un lado y de otro. Poco a poco se fueron quedando sin munición, vehículos y alimentos. A medida que pasaban los días eran cada vez menos.

Y en aquel momento tan sólo quedaban ellos dos.

—Esta sopa tampoco está tan mala... —comentaba el *Chino* Cevallos, mientras sorbía ruidosamente una cucharada—. Creo que voy a... ¡Hey, cabrón, ¿adónde va?!

Mendoza saltó hacia atrás justo cuando la ventana situada sobre su cabeza explotó hacia dentro en una lluvia de cristales rotos y astillas de madera. Un hombre enorme, cubierto de sangre coagulada, intentaba entrar por el hueco mientras gemía de forma ininteligible. Al mismo tiempo dos mujeres y una niña habían aparecido de golpe por la puerta trasera, y un ruido en el porche delantero los advertía de que uno o más No Muertos se acercaban por esa dirección.

Es una encerrona. Mendoza se maldijo a sí mismo por haberse descuidado de esa manera. Mientras calentaban aquellas malditas latas de sopa un grupo de No Muertos había rodeado la casa.

El *Chino* desenfundó su arma y voló la cabeza del hombre de la ventana con la frialdad de un profesional (antes del Apocalipsis había sido un pistolero del cártel de Tijuana). A continuación se volvió para hacer frente a las mujeres que ya se tambaleaban en medio de la habitación. Una de ellas había pisado la hoguera donde habían estado calentando la sopa, y las llamas le consumían la pierna derecha, cubierta de hilachas de hongos, pero no parecía ni darse cuenta. El *Chino* Cevallos disparó con rapidez tres veces, antes de que su Beretta se quedase atascada.

—¡Chinga a tu madre! —maldijo, mientras trataba de correr el percutor. Aquéllas fueron sus últimas palabras.

Dos o tres No Muertos introdujeron sus brazos por la ventana que había destrozado el Hombre Gordo y sujetaron al *Chino* Cevallos por la espalda. Antes de que Mendoza pudiese hacer nada, contempló, aterrado, cómo el cuerpo de su compañero desaparecía por el hueco. Un alarido ahogado, seguido de un ruido sordo, como de un trapo empapado cayendo al suelo, y las piernas del *Chino* dejaron de moverse, mientras una mancha oscura y húmeda se extendía por su entrepierna.

Carlos Mendoza no tuvo demasiado tiempo para entretenerse meditando sobre la suerte del antiguo pistolero, porque tenía sus propios problemas. Había disparado los dos últimos cartuchos de la escopeta de corredera contra un No Muerto que asomaba por la ventana, y mientras tanto, la única mujer superviviente (aquella a la que le estaba ardiendo una pierna) se le había echado prácticamente encima.

Mendoza sujetó la Mossberg como una maza y de un golpe seco abrió la cabeza de la mujer con un ruido sordo. Cerró los ojos instintivamente un segundo antes del impacto, para evitar que las salpicaduras le impregnasen las pupilas. Dos meses antes, uno de sus últimos compañeros se había infectado así, y se habían visto obligados a rematarlo sobre la marcha, pese a sus súplicas.

Notó cómo un chorretón de sangre fría y pastosa le salpicaba la cara. Un par de grumos resbalaron sobre su nariz, deslizándose lentamente. Carlos cerró la boca con fuerza y espiró aire, tratando de mantener despejadas las fosas nasales. El pánico le asaltó, con una sensación fría que encogió sus testículos al tamaño de dos canicas. Si dejaba que aquella sangre podrida entrase en contacto con alguna de sus mucosas estaba listo. Pero para evitarlo tenía que permanecer con los ojos totalmente cerrados, en medio del Carnaval del No Muerto Loco del Pueblo sin Nombre, al menos hasta que fuese capaz de limpiar por completo toda aquella miasma contaminada. Un plan horrible.

Cojonudo, Carlitos, peleando a ciegas con tres de estos podridos, sin poder abrir los ojos ni respirar. ¿Puedes chingarla un poco más, compadre?

Carlos se arrojó al suelo y comenzó a gatear a ciegas, tropezando con piernas de No Muertos mientras se deslizaba con la velocidad de una anguila. Notaba manos torpes en su espalda, tratando de sujetar su ropa, pero Mendoza se sacudía como un mastín enloquecido, abriéndose paso a ciegas. Sus manos barrían la tarima destrozada, buscando la cantimplora que había dejado apoyada sobre su mochila.

Tengo que lavarme la cara, tengo que lavarme la cara, tengo que... ¡JODER!

Carlos fue incapaz de contener un grito al apoyar su mano sobre una brasa de la hoguera que se había dispersado por todo el suelo de la habitación con la refriega. De repente, sus dedos se cerraron sobre la lata de sopa que estaba a punto de comerse cuando empezó el asalto. Sin pensárselo dos veces, se la arrojó sobre la cara.

El espeso caldo le abrasó la piel, pero arrastró toda la mugre que había salido proyectada del cerebro de la mujer. Mendoza aulló de dolor, mientras frotaba con furia, retirando hasta el último gramo de materia gris de su rostro. Abrió los ojos con esfuerzo, y casi al instante deseó no haberlo hecho. La Mujer Ardiente se había transformado en una pira sobre el suelo y había propagado las llamas a media habitación. Un par de brasas de la hoguera habían salido disparadas contra un montón de periódicos viejos apilados y aquel montón de papel apolillado se había encendido como la yesca, llenando la sala de humo, mientras las llamaradas lamían el techo de madera.

Esto va a arder hasta los cimientos, pensó con furia mientras la cara no dejaba de latirle, dolorida y achicharrada.

Retrocedió hasta la salida, retorciéndose de dolor. En medio del humo tropezó con una figura. Mendoza le dio un empujón y aquella cosa cayó hacia atrás con un gruñido. Un destello de claridad le indicó la dirección de la puerta. Iba a conseguirlo.

Voy a conseguirlo.

Fue tan sólo por un segundo. Si se hubiese asomado un momento antes, aquel No Muerto (que atendía al nombre de Charles Richmond cuando aún estaba vivo, un viejo encantador, cariñoso con los pocos niños del pueblo, veterano de la guerra de Corea y Estrella de Bronce) habría estado demasiado lejos. Y un instante después el No Muerto ya se habría alejado, huyendo de las llamas. Sin embargo, Carlos Mendoza asomó su cabeza enrojecida de la casa justo entonces. Y el señor Richmond (aunque ya no era, ni de lejos, el viejo señor Richmond) le dio una profunda dentellada en el hombro con los pocos dientes que le quedaban.

Carlos gritó, en una mezcla de dolor, miedo y furia. Sujetando al viejo señor Richmond por los hombros, lo levantó y lo arrojó dentro de la tienda en llamas (algo que no le resultó muy difícil, pues Carlos Mendoza era un hombre alto y musculoso y el señor Richmond, incluso cuando estaba vivo, ya no era más que un anciano encogido y tembloroso de no más de cincuenta kilos).

El mexicano se volvió para estudiar su herida. Era una incisión pequeña, pero profunda. Uno de los dientes medio podridos del señor Richmond se había quedado incrustado en la piel de Mendoza, clavado profundamente en su carne. Tiró de él hasta que lo sacó y lo arrojó al suelo.

Estoy acabado. Es el fin.

Carlos Mendoza, el hombre que había sobrevivido al resto de sus compañeros, se derrumbó sobre el polvo de la calle. Estaba exhausto y, además, estaba condenado. Que acabasen con él cuanto antes. Sería mucho más piadoso que levantarse al cabo de un rato convertido en uno de ellos.

La madera de la casa ardiente crepitaba a medida que las llamas la iban devorando. De vez en cuando sonaban pequeñas explosiones, como disparos, cuando los nudos resinosos del piso eran consumidos por el fuego. Aquellos petardazos punteaban el sueño de Carlos, a medida que se iba deslizando hacia la inconsciencia.

Petardazos como disparos.

Como disparos. Disparos. Eran disparos.

Carlos Mendoza trató de incorporarse, pero estaba demasiado débil. De repente, una sombra se proyectó sobre su cara. Un No Muerto le contemplaba a contraluz, listo para abalanzarse sobre él.

Está bien. Que acabe todo de una vez.

De repente, el No Muerto se inclinó sobre él, palpó todo su cuerpo y chasqueó la lengua. Cuando Mendoza pensaba que aquello no podía ser más sorprendente, el No Muerto levantó la cabeza y gritó.

—¡Eh, aquí hay uno que está vivo! —exclamó una voz.

—¡Ha salido de esa casa en llamas! ¡Joder! —dijo otra voz.

—Y no sólo eso —replicó la primera mientras acercaba una cantimplora llena de un líquido espeso a la boca del mexicano—. Toda la calle está llena de No Muertos reventados. Este cabrón vende muy cara su vida.

—Sus vidas, querrás decir —replicó el otro con voz jocosa—. Si ha sobrevivido a esto, tiene más vidas que un gato.

24

Mendoza se incorporó de golpe en su camastro, empapado en sudor. Por unos instantes fue incapaz de orientarse, mientras su mente se desprendía de las últimas telarañas del sueño.

Otra vez. He vuelto a soñar con eso otra vez.

Se levantó y con cuidado de no pisar a nadie se acercó hasta el barreño lleno de agua. Todas las noches, desde el día que había llegado a Gulfport, la escena del día en que había sido rescatado le asaltaba en sueños. El mexicano sumergió la cabeza en el barreño y después levantó la cabeza de golpe, proyectando su pelo hacia atrás.

Es sólo un sueño. Un maldito recuerdo que vuelve, una y otra vez.

No había pasado ni una noche desde que había llegado a Bluefont sin que el recuerdo del día en que una patrulla errante de ilotas le había encontrado agonizando asaltase su mente. Era su monstruo particular, su sombra del pecado.

Me acompañará mientras viva. Cuanto antes lo acepte mejor.

Carlos Mendoza odiaba Gulfport y todo lo que representaba. Su odio tenía la fuerza y la intensidad de la llama de un soplete, y era esa ira lo que le mantenía vivo y le permitía seguir adelante. Era adicto al Cladoxpan desde el día en que aquel anciano No Muerto le había mordido. No era el único; de hecho eran muy pocos los habitantes de Bluefont que no necesitaban de aquella extraña bebida para sobrevivir. Carlos no podía vivir sin ella, pero aquella vida de esclavitud física le resultaba odiosa, casi tanto como las redadas en el gueto.

Se puso rápidamente una chaqueta militar y se abrochó las botas. Después se recogió el largo pelo mojado en una coleta que le caía por la espalda y evitando hacer ruido salió de la habitación que compartía con otras siete personas. Era un jefe de grupo, y por derecho le correspondía una cama (la única cama de la habitación, en realidad, lo cual le venía muy bien para echar un polvo rápido de vez en cuando), pero aquel día se lo había cedido a la mujer embarazada de un brasileño del cual no sabía ni siquiera el nombre. Carlos siempre se preguntaba cómo diablos aquellos dos habían acabado tan lejos de su país. En la mente del mexicano, incluso con No Muertos, cualquier playa brasileña era mucho mejor que aquel agujero dejado de la mano de Dios.

Bajó las escaleras y cruzó la calle a la carrera. La lluvia arreciaba, inundando el asfalto de Bluefont, que hacía tiempo que había perdido el fabuloso estado que tuvo en su día. Enormes socavones aquí y allá se transformaban en piscinas bajo la lluvia, y el mexicano tuvo que sortearlas con cuidado antes de llegar a la puerta del Gallo Rojo, una de las varias cantinas clandestinas del gueto.

Al entrar, una bofetada de calor humano, áspero y húmedo, le asaltó la nariz. Olía a ropa mojada, sudor, tabaco y alcohol. Aunque en el gueto faltaba casi de todo, cada vez que salían de expedición para abastecer a la Ciudad Blanca de Gulfport, varias cajas se «perdían» antes de llegar al almacén, por lo que las bebidas alcohólicas y el tabaco circulaban con facilidad. Incluso se había organizado una especie de mercado negro entre los dos lados de la valla, ya que el reverendo Greene no veía con buenos ojos que «el humo de Satanás y la sangre de Belcebú» entrasen en Gulfport.

—Hola, *Gato* —le saludó afectuosamente la camarera, una mujer gruesa y de grandes pechos que parecían mantener el escote de su vestido al límite de su resistencia—. Menuda nochecita, ¿verdad?

—Y que lo digas, Morena —replicó el mexicano mientras se sacudía el agua de la ropa. Muchos de los clientes le saludaron y, sin que él lo pidiese, le hicieron un hueco en la barra—. Dame una botella de tequila y consígueme algo para comer, preciosa.

La mujer puso una botella de José Cuervo delante de Mendoza y un plato de frijoles que parecían haberse peleado con el mundo.

—Vamos —se quejó Carlos Mendoza—. ¿No tienes nada mejor?

—Es lo que hay, Carlitos —replicó la otra, dándole un palmetazo en la mano—. Bebida, mujeres y tabaco, todo lo que quieras, pero de esto vamos justos.

El mexicano se encogió de hombros, resignado, y vació de un trago el primer chupito de tequila de la noche. Quince minutos más tarde, con los frijoles en el estómago y un cuarto de botella de tequila calentándole el cuerpo, empezó a sentirse bien por primera vez desde que se había despertado en medio de la noche.

Y fue entonces cuando su vida comenzó a complicarse de verdad.

La puerta de la cantina se abrió de golpe por segunda vez en la noche y una ráfaga de viento y lluvia se coló dentro del local, haciendo temblar las llamas de las lámparas de aceite que iluminaban el recinto. Varios clientes gruñeron y se quejaron, pero las dos figuras de la puerta no parecían decididas a entrar. Finalmente, la más baja de las dos cruzó la puerta, arrastrando a la otra.

—¡*Gato!* —dijo la más baja—. ¡Por fin te encuentro, pendejo! Tengo una sorpresa para ti, *güey*.

Mendoza se quedó clavado en la silla, preguntándose si el tequila no le estaría provocando alucinaciones. Y es que junto a Alejandra se erguía la figura de Lucía, con la ropa empapada pegada a la piel, los brazos cruzados sobre el pecho y una mirada de cierva asustada en los ojos.

—Por favor, señorita. —El mexicano se bajó del taburete y sin apartar la mirada de Lucía abrió un espacio en la barra—. ¡Morena! Trae algo caliente para mi amiga, y una maldita toalla para que se pueda secar. ¡*Órale!*

—Te he encontrado —murmuró Lucía mientras se secaba la cara, demorándose con la toalla. Notaba las miradas de todos los clientes del local clavadas en su espalda. La mayoría de las expresiones eran de estupefacción, pero unas cuantas eran torvas, algunas incluso desafiantes. La joven fue dolorosamente consciente de que su piel era la más blanca de toda la sala.

—Me alegro de que haya decidido visitarme —dijo Mendoza, luciendo su mejor sonrisa.

—No es una visita de cortesía. Al menos, no en el sentido que puedas imaginar.

—Vaya.

El mexicano dio un trago a su bebida mientras estudiaba a la joven por encima del borde del vaso. Por un segundo había pensado que la joven había ido allí seducida por el atractivo de un *affaire* con un guapo ilota. Saber que no era así hería profundamente su orgullo de macho latino, aunque él no quisiera reconocerlo.

¿Qué diablos quiere? —pensó—. *¿Drogas? No, no tiene pinta. ¿Alcohol? No creo...*

—Y dígame, ¿qué puedo hacer por usted, señorita?

—Necesito que hables con alguien.

—Que hable con alguien —repitió él, como si no la hubiese oído bien.

—Sí, con mi... con alguien muy especial para mí.

—¿Y qué se supone que tengo que decirle a esa persona especial, exactamente? —preguntó, mientras el tequila le zumbaba en los oídos.

—Tienes que explicarle que esto está mal. —La chica levantó los brazos y apuntó a su alrededor—. Que es horrible que en Gulfport les hagan esto, que ese Greene es un cerdo inmoral y que...

El mexicano no pudo aguantar más y estalló en carcajadas. Cada vez que intentaba dominarse contenía el aliento, pero la expresión ofendida de Lucía le obligaba a empezar a reír de nuevo, de forma incontrolable. Finalmente, con lágrimas en los ojos, se incorporó y dio una palmada en la barra.

—¿Han oído, cuates? La señorita quiere que cruce el canal, que me cuele en Gulfport y que ilumine el alma de algún pobre perdido. —Comenzó a imitar la voz de Lucía—. Está mal, muy mal, señor Greene, tiene que tratar mejor a los pobrecitos ilotas...

Lucía enrojeció de furia y arrojó la toalla empapada contra la cara del mexicano.

—¡Ya está bien de gilipolleces! ¡Ya he tenido suficientes broncas esta noche, joder! —explotó—. Lo que trato de hacer os ayudará tanto o más a vosotros que a mí. La persona a la que tienes que convencer está en una posición en la que puede ayudaros mucho. Él es...

Mendoza la cortó en seco con una bofetada en la cara que hizo girar a la joven como una peonza. Lucía se le quedó mirando, estupefacta, como si no pudiese creer que acabasen de pegarle. Se llevó la mano a la mejilla derecha, que empezaba a hincharse.

—A mí no me grita nadie —dijo Mendoza con voz aterciopelada, al tiempo que la agarraba de un brazo—. Y menos una gachupina llegada del otro lado del canal que no sabe ni siquiera en qué clase de infierno se está metiendo.

—*Gato*, espera —intervino Alejandra—. La chica casi se ahoga cruzando el río. Creo que al menos deberías escuchar lo que dice.

—Tú, calladita —siseó Mendoza—. Por lo que yo sé esta chava podría ser perfectamente una espía del reverendo. Y ahora que lo pienso, tú te libraste en la última redada sin tener ni siquiera los papeles en regla.

—¡No soy una espía! —gritó Lucía, indignada.

—¿Me estás llamando traidora, pinche cabrón? —La cara de Alejandra parecía lanzar llamaradas.

Carlos Mendoza levantó las manos, dando un paso hacia atrás.

—De una en una, señoritas, de una en una. —Un coro de carcajadas alcohólicas punteó la frase mientras la pequeña mexicana apretaba los puños, impotente—. Muchachos, lleven a la gachupina a la bodega mientras discutimos qué hacer con ella. Y tú, vete a lavar trapos, que es lo tuyo... ¡Vamos!

Aterrada, Lucía sintió cómo un chicano y un tipo de color la arrastraban hasta una trampilla sucia que estaba escondida debajo de una alfombra. Mientras la introducían en la bodega, pudo ver que Alejandra era expulsada del local. La mexicana lanzaba maldiciones y patadas a diestro y siniestro mientras un tipo musculoso la sacaba en volandas.

La trampilla se cerró de golpe sobre su cabeza y Lucía se quedó envuelta en tinieblas. Oyó cómo alguien arrastraba algo pesado sobre la alfombra; al cabo de un rato el rumor del bar recuperó su tono habitual, con entrechocar de vasos, gritos y carcajadas.

Apenada, la joven se hizo un ovillo entre dos montañas de cajas y empezó a llorar en silencio. Se maldecía por haber sido tan estúpida y haber confiado a ciegas en un tipo con el que sólo había cruzado cuatro palabras.

Pero sobre todo sentía miedo. Un miedo atroz.

25

A la mañana siguiente, el cielo seguía plomizo sobre Gulfport. Con la luz del día, la miseria y las montañas de deshechos del gueto quedaban a la vista, poniendo de relieve la auténtica naturaleza de aquel lugar. No había demasiadas ratas, sin embargo. Las que no cazaban las bandas de niños hambrientos caían en las fauces de alguno de los muchos perros que vagabundeaban entre las casas, mendigando algún despojo. Casi todos los perros habían sobrevivido al Apocalipsis, pero apenas quedaban gatos vivos. Ése era un misterio que todavía nadie había acertado a resolver.

Carlos Mendoza se despertó con la sensación de que un enano psicópata con un martillo lleno de púas se había instalado dentro de su cabeza y se divertía aplastando su cerebro. Se había quedado dormido sobre una de las mesas del local. El suelo estaba lleno de parroquianos que roncaban o se desperezaban mientras Morena, la patrona del establecimiento (que no tenía mucho mejor aspecto que el propio Carlos) los iba despertando a patadas.

—¿Qué hora es? —murmuró con voz pastosa mientras sacaba un cigarrillo arrugado y se lo ponía en la boca.

—Eso ya no importa mucho, Carlitos —contestó Morena mientras propinaba un puntapié a un tipo barbudo y lleno de tatuajes—, pero desde luego, ya es de día.

El mexicano gruñó y, de repente, se acordó de la chica encerrada en el escondrijo oculto.

—Tomás, Adrián, sáquenme a la gachupina del agujero, muchachos.

Los dos hombres apartaron una mesa (y al tipo que dormía sobre ella) para poder abrir la trampilla. El primero de los dos comenzó a bajar las escaleras mientras el otro aguardaba arriba. De repente, un aullido de dolor despertó del todo a los que aún quedaban durmiendo.

—¡Aaaaargg, pinche cabrona, me ha rajado! —gritó el hombre.

Se oyó una lucha furiosa en el agujero y de pronto apareció de nuevo, mientras subía la escalera con Lucía a rastras. El tipo tenía un profundo tajo en el brazo izquierdo, y sujetaba a Lucía por el cuello con su brazo derecho. La joven blandía el gollete roto de una botella, pero la falta de oxígeno estaba a punto de dejarla inconsciente.

—¡Órale, Tomás, suelta a la chava que la vas a matar! —masculló Mendoza mientras se enjuagaba la boca con un trago de licor. El mexicano sentía renacer su enfado de la noche anterior al ver el rostro pálido de la joven tumbada en el suelo.

Lucía trató de arrastrarse hasta la puerta, pero de repente notó que alguien la cogía por el pelo y la ponía en pie de un fuerte tirón. El dolor fue tan intenso que sintió cómo los ojos se le llenaban de lágrimas.

—¿Adónde vas, zorrita? —Era el hombre llamado Tomás—. Aún tenemos que hablar contigo.

—Suéltala, Tomas —dijo Mendoza, con voz cortante—. Estás sangrando y puedes salpicar a la muchacha.

El hombre miró a Lucía con resentimiento durante unos segundos, pero, obediente, la soltó. De repente, y como si hubiese tenido una idea de última hora, cogió el borde de la camiseta de la chica y se la desgarró de arriba abajo, dejándola con los pechos al aire.

—Me quedo con esto —dijo, levantando el trozo de camiseta que había quedado en su mano—. Para envolverme la herida.

Lucía sólo tuvo tiempo de cruzar los brazos sobre sí misma para tapar sus pechos cuando Mendoza la sujetó de nuevo.

—Bien, ahorita vas a contarme qué diablos estás haciendo aquí... —gruñó, amenazador—. Y más vale que me gusten las respuestas, porque...

El mexicano se interrumpió cuando la puerta del local se abrió de golpe, en medio de un torbellino de aire húmedo y lluvia. Una figura chorreando agua se detuvo en la penumbra mientras observaba la escena. Era bajo y fornido, pero eso era todo lo que se podía adivinar desde el interior.

—Si aprecias en algo tus cojones será mejor que te alejes de ella ahora mismo, «*amigo*». —La voz de la figura en sombras era suave, pero amenazadora. Sonaba como un generador sobrecargado de tensión a punto de explotar.

—¡Viktor! —El alivio en Lucía era tan evidente que casi se podía tocar.

—Lucía, cariño, ven hacia mí. —El ucraniano se erguía amenazador en medio de la estancia, con el aspecto de un pequeño bull terrier cabreado, mientras observaba sin parpadear a Mendoza y a los demás hombres de la sala. Un charco de agua se estaba formando a sus pies, pero nadie parecía reparar en ello.

—Y una mierda —replicó el *Gato*, soltando a Lucía—. La señorita no se va hasta que yo lo diga.

—Eso no es una buena idea —contestó Pritchenko mientras se rascaba detrás de una oreja con la punta de su enorme cuchillo.

—Ah, ¿no? ¿Y eso por qué? —Sin esperar respuesta, Mendoza continuó hablando mientras hacía una discreta seña a los hombres situados en una de las mesas—. Hay que reconocer que tienes cojones. Es la primera vez que veo que un ario se mete en solitario en el gueto.

—No soy uno de esos estúpidos arios —contestó Viktor, con un tono de voz sospechosamente calmado—. Y te he dicho que sueltes a la chica. Es la última vez que te aviso.

—¡Eso cuéntaselo a ellos! —gritó Mendoza haciendo una rápida señal.

Dos hombres situados junto a la puerta saltaron a la vez sobre Viktor, uno desde cada lado. Prit, en una décima de segundo, parpadeó dos veces, separó los pies y, sin inmutarse, giró ligeramente su brazo derecho de forma que la hoja de su cuchillo se clavó hasta el fondo en el pecho del individuo que le atacaba desde ese lado. El tipo emitió un gorgoreo apagado y cayó en brazos del ucraniano con la incredulidad pintada en su cara. Sin soltarlo, tiró del cuerpo y lo utilizó para cubrirse del navajazo que le lanzaba el otro. Aprovechando el momento de desconcierto del sicario, que contemplaba confundido la navaja asomando por la espalda de su compañero, disparó el brazo contra su mentón. El puño del ucraniano impactó con un chasquido seco y la cabeza del hombre salió despedida hacia atrás. El tipo trastabilló, con los ojos en blanco, y se derrumbó en el suelo como un fardo de trapos.

Viktor lanzó el cadáver contra otros dos tipos que se incorporaban a la refriega, antes de lanzar una patada demoledora contra la entrepierna de un gigantón negro cubierto de tatuajes que se le acercaba de forma amenazadora. El tatuado soltó un chillido ahogado y se dejó caer sobre el piso hecho un ovillo, apretando sus maltratados testículos.

Al ucraniano le dio tiempo a golpear a otros dos individuos (y a partirle a uno de ellos el brazo, con un escalofriante chasquido seco) antes de que un puñetazo le alcanzase en la sien.

Viktor se tambaleó mientras su visión se volvía borrosa a causa del golpe. Lanzó dos patadas, pero de repente notó un dolor agudo en un costado, cuando un bate de béisbol golpeó su pecho. El ucraniano boqueó, sintiendo una punzada aguda al respirar. *Me han roto un par de costillas*, le dio tiempo a pensar antes de que una patada bestial en la espalda lo lanzase de rodillas al suelo. Desesperado, sujetó una botella que había rodado por el suelo en medio de la refriega y la partió en la cara de otro tipo que se inclinaba sobre él con otra navaja. Los cristales rotos provocaron media docena de cortes en el rostro del sujeto, que se retorció de dolor, tratando de arrancarse una astilla de cristal de uno de sus ojos. Viktor intentó levantarse, aprovechando el breve espacio que había creado el Tuerto al retroceder, pero ya tenía demasiados adversarios a su alrededor.

Sus rivales sólo conocían técnicas de pelea de taberna, pero eran demasiados. De golpe, el ucraniano comprendió que iba a morir allí.

Con un último esfuerzo, lanzó un rugido y se abalanzó contra los tres tipos que estaban más cerca. Éstos, sorprendidos, dieron un paso atrás y Pritchenko aprovechó ese pequeño instante de vacilación para golpear de forma salvaje el cuello del primero de ellos con el canto de una mano, con un golpe seco que dejó al pobre diablo tratando de respirar a través de su tráquea rota. De repente, algo le golpeó en la cara con tanta fuerza que notó cómo su tabique crujía de manera ominosa. Cayó de espaldas, a causa del impacto, y en ese momento lo rodearon y comenzaron a patear su cuerpo ovillado.

—¡Lucía! ¡Corre! —pudo gritar entre espumarajos de sangre, antes de que una patada certera en el cuello le hiciese caer redondo.

Mendoza contemplaba la pelea, atónito. Aquel tipo pequeño y de aspecto bonachón al que estaban moliendo a patadas había matado a dos hombres y dejado fuera de combate a otros tres en menos de un minuto.

De repente, un disparo atronó dentro del pequeño espacio de la taberna. Todos se volvieron sobresaltados, excepto Pritchenko, que ya yacía inconsciente en el suelo. En la puerta, Alejandra, con un AK-47 humeante en las manos, apuntaba hacia el techo, pero de tal manera que con un simple gesto podía bajar el cañón y ametrallar a todo aquel que estuviese dentro del local. Morena, la camarera, pegó un gritito asustado y se escondió detrás de la barra como si de repente se hubiese abierto una trampilla bajo sus pies.

—¡Quieto todo el mundo! —gritó la mexicana, con voz temblorosa—. ¡Apartaos de él! ¡Y tú, *Gato*, mucho cuidado! Sé que llevas una pistola escondida en la bota, así que no mames, ¿de acuerdo?

Los tipos que estaban pateando a Pritchenko se apartaron del cuerpo caído del ucraniano sin perder de vista la boca del cañón de Alejandra. Por su parte, Lucía aprovechó el momento de distracción general para correr al lado de la mexicana.

—¿Te has vuelto loca? —siseó Mendoza, furioso—. Se supone que no hay armas de fuego dentro del gueto, pedazo de estúpida. Ese disparo debe de haberse oído en la otra punta de la ciudad. En menos de diez minutos toda la jodida Guardia Verde de Greene estará por aquí.

—El que se ha vuelto loco eres tú, Mendoza —replicó Alejandra, altiva—. Encierras y desnudas a una muchacha y después le dais una paliza a este hombre hasta casi matarlo. Eso es algo que harían Greene y sus pinches arios, pero no *nosotros*. Eso es algo propio de los cerdos que viven al otro lado de la valla, pero no de *nosotros*. Te comportas como si tuvieses el cerebro tan podrido como esos

No Muertos de ahí fuera. ¿Y después te atreves a decir que nosotros somos los justos y los otros son los malvados? ¿Qué cojones os pasa?

La mayoría de los presentes bajaron la mirada, confundidos o avergonzados. Sin embargo, Mendoza seguía con sus ojos clavados en Alejandra, lanzando chispas de furia.

—Pueden ser espías —barbotó.

—Ella ha venido porque la invitaste TÚ. Y lo que de verdad te pasa es que jode tu orgullo de macho mexicano que no haya venido a abrirse de piernas para ti, sino a negociar contigo. Y en cuanto a él —Alejandra señaló el cuerpo de Viktor con el mentón—, si fuese un espía ya estaríamos rodeados por los hombres del reverendo.

Mendoza gruñó, reacio a dar su brazo a torcer. Sin embargo bajó los brazos y se sentó de nuevo en el taburete. De inmediato, la atmósfera dentro de la sala se relajó varios grados.

—Está bien —dijo mientras se volvía hacia Lucía—. Ayudad a esos de ahí. Y tú, Morena, busca algo que pueda ponerse la señorita, a la que creo que le debo una sincera disculpa...

Lucía no prestó atención a las palabras del mexicano, ya que se había arrodillado al lado de Pritchenko. La joven no pudo contener las lágrimas al contemplar el rostro de su amigo. La nariz estaba terriblemente desviada hacia un lado y la boca no paraba de sangrar. Sin percatarse de que tenía el pecho al aire, rasgó un jirón de su camiseta destrozada y limpió como pudo la sangre de la cara del ucraniano.

—Viktor, por favor —rogó con voz temblorosa—. Viktor no te mueras, por favor.

El ucraniano gimió y tosió varias veces. Apoyado en un codo, escupió un pedazo de diente en medio de un esputo de sangre, antes de gemir de dolor al palparse las costillas.

—No me voy a morir —gruñó—. No de ésta, al menos. Estos tipos pegan como nenazas.

—¡Oh, Viktor! —Lucía, emocionada, propinó un abrazo a Pritchenko que arrancó un nuevo gruñido de dolor del ucraniano.

—Lo siento, Viktor —dijo, aliviada—. Dime, ¿cómo sabías que estaba aquí?

—Esta mañana al despertarme vi que te habías ido y leí la nota. —El ucraniano miró hacia los lados antes de continuar, bajando la voz—: Avisé *a-quien-ya-sabes* y después me acerqué hasta Bluefont. No fue difícil encontrar el puente. Anoche llovía y dejaste un rastro en el barro fresco de la orilla que encontraría hasta un ciego. Tu amiga del fusil —señaló a Alejandra, que se había arrodillado a su lado y que estaba restañando las heridas de la cara de Viktor con una expresión sonriente en su boca— me indicó el resto del camino, no sin antes hacerme limpiar todo el rastro.

—¿Y qué vamos a hacer ahora? —dijo Lucía con las lágrimas a punto de saltarle de los ojos de nuevo. Luego cogió una blusa algo ajada que le pasaba Morena—. Lo siento todo tanto que...

De repente, el aullido de una sirena a lo lejos los interrumpió. Era un gemido que subía y bajaba con una cadencia particular. Aquel sonido parecía haber agitado a todo el mundo, pues la gente corría de un lado a otro, con el aroma del pánico flotando en el aire.

—¿Qué es eso? —preguntó Lucía.

—Son malas noticias —replicó Alejandra—. Tenemos que ocultarnos.

—¿Por qué? —murmuró Viktor, mientras trataba de incorporarse.

—Es una redada —contestó Alejandra—. Y esta vez van a venir enfadados de verdad.

26

Gulfport, edificio del Ayuntamiento
Cinco horas antes

El día estaba siendo una auténtica pesadilla. Descubrir que era colaborador involuntario en una operación planificada de asesinato masivo ya era bastante malo de por sí, pero cuando me enteré de que mi pareja había huido de casa rumbo al corazón del gueto, sentí de repente que el mundo dejaba de girar. Viktor se apoyaba en el quicio de la puerta, jadeante y cubierto de sudor y me contemplaba con una expresión de impotencia en su rostro. Aquello hacía que me sintiese mil veces peor.

—¿Cómo que se ha ido? ¿A Bluefont? ¿Cuándo ha sido eso? ¿Cómo lo sabes? —comencé a ametrallar a preguntas al pobre Pritchenko, sin darle casi tiempo a respirar.

Prit se dejó caer en una silla, resoplando, mientras me contaba cómo había encontrado la nota en la habitación de Lucía. Yo le escuchaba a medias, porque mi cabeza estaba tramando un plan alternativo a toda velocidad. El problema estaba en que mi plan alternativo era una auténtica basura, por decirlo de una manera suave.

—Viktor, tenemos que salir de aquí cuanto antes —dije

mientras comenzaba a revolver frenéticamente los papeles encima de mi mesa—. Tendremos que dividirnos. Tienes que localizar a Lucía en el gueto y traerla de vuelta a este lado de la valla. Yo, por mi parte, intentaré conseguir un medio de transporte, provisiones y armas. Estando dentro del Ayuntamiento debería ser fácil.

—¿Irnos? —El ucraniano arqueó las cejas, perplejo.

—Ya te lo explicaré después. Sólo puedo decirte que Lucía tenía razón. Este sitio está enfermo, podrido, y no podemos quedarnos aquí ni un minuto más. —Comencé a arrojar carpetas al suelo con furia, a medida que las iba descartando—. Estoy seguro de que por aquí he visto algo parecido a un pase, ¡joder!

Pritchenko apoyó la mano en mi brazo y me detuve, jadeando. Notaba algo parecido al pánico. Si a Lucía le pasaba algo por mi culpa no me lo perdonaría nunca. Además, todas las alarmas que me habían mantenido con vida hasta aquel momento estaban zumbando a todo volumen. Algo malo estaba a punto de suceder. Y estaba perdiendo los nervios.

—No te preocupes por el pase —dijo, con tranquilidad—. Nuestra muchachita es muy lista, pero si ella ha podido pasar sin ayuda al otro lado de la alambrada, yo también podré hacerlo. No puede ser peor que en Chechenia.

—Puede ser peor, Viktor, créeme —repliqué, sombrío.

Viktor me miró con sorpresa, pero no dijo nada más. El ucraniano se fiaba plenamente de mí, y sabía que el tiempo de las explicaciones vendría más tarde. Nos dimos un fuerte y largo abrazo antes de despedirnos. Por un momento nos miramos, consternados. Éramos conscientes de que aquélla era la primera vez que nos separábamos desde que nos habíamos conocido.

—Ten cuidado —le dije—. Piensa que estaré a tu lado para cubrirte el culo si la cagas.

—Ten cuidado tú —me replicó con una sonrisa que transmitía más confianza que la que realmente debía de sentir—. Aunque, al fin y al cabo, no sé de qué me preocupo. Tan sólo tienes que robar un cochino barco. Eso lo haría hasta mi tía Ludmila, que estaba medio ciega y oía sólo por las mañanas.

Nos estrechamos las manos con fuerza y sonreí, adivinando el intento de Viktor por tranquilizarme. El teléfono de la mesa comenzó a sonar de golpe, rompiendo el hechizo.

Mientras descolgaba el auricular y volvía a colgarlo sin atenderlo, el ucraniano se dirigió hacia la puerta, pero cuando estaba a punto de salir se volvió. Nos miramos y por un instante sentí que una sombra oscura planeaba sobre el despacho. Tenía un mal presentimiento, pero no quería preocupar innecesariamente a mi amigo.

En cuanto Viktor se marchó, me puse la chaqueta y me fui sin prestar atención a mi secretaria, que sacudía un montón de notas en una mano y una taza de café en la otra. Si todo iba bien, por la noche Viktor ya debería de estar de vuelta junto con Lucía, y mientras tanto yo debería haber conseguido un barco. Había descartado desde un principio el transporte terrestre, por demasiado peligroso, y el aéreo, porque no sabía dónde estaba el aeropuerto, si es que había; además, los helicópteros estarían seriamente vigilados. Eso me dejaba apenas doce horas y un montón de cosas por hacer entre tanto.

Lo primero de todo era cubrir mi rastro. Di la vuelta y tras beber un sorbo de la taza de café (que era igual de malo que el otro y además estaba tibio) le dije a Anne Sue que me sentía mal y que me iba a casa a descansar. Era una excusa muy débil, pero para unas pocas horas sería suficiente, en el caso de que a alguien se le ocurriese ir a buscarme al despacho. A continuación, salí y comencé a recorrer los pasillos atestados del Ayuntamiento, fijándome en los carteles de las puertas. Tardé tres minutos en encontrarme frente a un despacho donde ponía «Servicio de Transportes».

Llamé a la puerta, pero nadie contestó. Cauteloso, giré el pomo y asomé la cabeza al interior. Era la hora del almuerzo, (*Por eso hay tanta gente en los pasillos, idiota*) y allí no parecía quedar nadie. Era el momento perfecto.

Sintiéndome como un ladrón, me deslicé detrás del escritorio más grande de aquel despacho compartido por al menos cuatro personas. Me senté delante del ordenador y suspiré aliviado al contemplar la pantalla. Todo el sistema estaba protegido por claves personales, pero el usuario de aquel puesto, como la mayor parte de la gente que trabaja habitualmente delante de un ordenador, había abandonado el asiento sin preocuparse de cerrar la sesión. Comencé a navegar por la base de datos de Gulfport, buscando un medio de transporte que pudiera solucionar nuestro problema. Al cabo de un instante una sonrisa lobuna asomó en mi cara.

Ahí está —pensé—. *Justo lo que necesitamos.*

Tal y como sospechaba, en una ciudad de residentes acomodados como Gulfport tenía que haber a la fuerza un montón de veleros de recreo amarrados en un muelle deportivo. Delante de mí tenía una lista de media docena de barcos calificados como «veleros auxiliares de vigilancia», fondeados en la dársena doce. Eso quedaba muy cerca de donde había echado el ancla el *Ithaca*.

Uno de ellos, el *White Swan*, tenía todas las papeletas para ser el elegido. Era un enorme yate de más de veinte metros, mucho mayor que cualquier otro barco que nunca hubiese patroneado, pero resultaba perfecto para navegar por las traicioneras aguas del Caribe. En la ficha aparecía una clave de diez dígitos, que se correspondía con los documentos de autorización. «Imprescindible acompañar documentos con el permiso», rezaba el cartel de aviso de la pantalla.

Maldije por lo bajo. Sin los documentos, los guardias del puerto no nos permitirían acceder hasta el barco. Por supuesto, podríamos intentar llegar por la fuerza, pero eso llamaría inevitablemente la atención. Y eso contando con que consiguiésemos abrirnos paso a tiros. Tenía que localizar aquellos papeles como fuera.

Con el sudor corriendo por mi espalda, comencé a revolver en todos los cajones de las mesas. De vez en cuando echaba una mirada hacia la puerta, temiendo que en cualquier momento alguien la abriese y me pillase con las manos en la masa. Sería muy difícil explicar qué estaba haciendo allí si me cogían.

Al cabo de un rato resoplé furioso. Había abierto todos los archivadores y cajones y, aunque había encontrado los papeles de permiso y el cuño correspondiente, aún me faltaban los documentos de autorización del barco. Por un momento temí que estuviesen a buen recaudo en otra parte (incluso en el despacho del propio Greene), pero aquello no tenía ningún sentido. Había demasiados vehículos en la ciudad para que el reverendo llevase aquel asunto menor personalmente. De golpe, mi mirada se detuvo en una caja fuerte empotrada en una pared. *Por supuesto, pedazo de burro.*

Apoyé la mano en el tirador de la caja. Era un modelo moderno, no demasiado grande, pero con aspecto de ser muy robusto. Después de elevar una oración silenciosa giré la manija.

Evidentemente, estaba cerrada.

Una bola de hielo se formó en mi estómago. Aunque sabía cómo abrir cerraduras sencillas con un alambre y un par de radiografías, aquella cerradura quedaba mucho más allá de mis posibilidades. De repente, una idea absurda se materializó en mi mente. Me dirigí de nuevo al escritorio más grande y comencé a revolver cajones y papeles, buscando algo que ni siquiera sabía si existía. Cuando levanté el teclado del ordenador y le di la vuelta, tuve que hacer un esfuerzo para contener un grito de alegría. Allí pegada había una tira de papel con una combinación. Típico de un funcionario demasiado agobiado por el trabajo y sin tiempo para molestarse en memorizar una clave.

Con el teclado debajo del brazo, me planté de nuevo delante de la caja e introduje la combinación. Un chasquido seco sonó desde dentro de la puerta cuando el circuito electrónico desbloqueó los barrotes y la puerta se abrió.

En el interior de la caja había un montón de papeles cuidadosamente plastificados y ordenados. Me llevó tan sólo unos segundos localizar los documentos del *White Swan*. Y entonces, justo cuando acababa de metérmelos en un bolsillo y estaba cerrando la caja, el pomo de la puerta se giró y alguien entró en el despacho.

Tuve el tiempo justo de lanzarme dentro del pequeño aseo compartido del despacho antes de que un hombre calvo de unos cincuenta años entrase. El tipo sujetaba una hamburguesa grasienta en una mano, mientras que en la otra sostenía un teléfono móvil por el que no dejaba de hablar.

—Ya lo sé, ya lo sé. Escúchame, cariño, en cuanto llegue a casa te prometo que te llevo a cenar por ahí. Lo que pasa es que... sí, claro que te escucho.

El hombre mantenía una cháchara intranscendente mientras se sentaba en uno de los puestos y buscaba algo encima de su mesa. De repente me di cuenta de que aún tenía el teclado del ordenador de la otra mesa debajo de mi brazo. Si a aquel tipo se le ocurría levantar la vista y mirar el puesto de trabajo de su compañero, posiblemente le sorprendería un montón con el hecho de que un teclado hubiese salido a dar una vuelta.

Afortunadamente, el hombre parecía estar bastante más ocupado hablando con la persona al otro lado del teléfono que en fijarse en lo que le rodeaba. Desde el interior del baño, con la puerta abierta tan sólo un milímetro, le observaba mientras esperaba a que se largase de allí. El baño se había readaptado como improvisado almacén de archivadores y carpetas, y la atmósfera estaba impregnada de minúsculas motas de polvo. Tuve que hacer un esfuerzo heroico para contener un estornudo mientras el funcionario continuaba charlando sin cesar. Cuando ya estaba pensando que tendría que salir de golpe y reducir a aquel tipo antes de que llegase más gente (algo más fácil de decir que de hacer, pues el calvo era una auténtica montaña de carne y grasa), el tipo se despidió con un beso de la otra persona, recogió su hamburguesa y una carpeta de encima de su mesa y salió de la habitación.

Esperé unos segundos, para cerciorarme de que no había olvidado nada (y de paso calmar un poco los latidos de mi corazón) antes de atreverme a salir de nuevo. Coloqué el teclado en su sitio, hice una última inspección por si se me pasaba algo por alto y salí con cuidado de no cruzarme con nadie.

Mientras caminaba por el pasillo, notaba cómo me temblaban las piernas. La primera parte estaba lista. Ya sólo me quedaba conseguir armas y provisiones.

Al girar una esquina me tropecé de golpe con la señora Compton. La rechoncha secretaria del reverendo me contempló con suspicacia.

—Ah, señor, acabo de hablar con Ann Sue. Me ha dicho que no se sentía usted demasiado bien y que se iba para casa. Lo cierto es que tiene mal aspecto.

Sonreí tembloroso. Tenía el rostro lleno de sudor, y sospechaba que parte del polvo de aquel cuartucho debía de haberse depositado sobre mi piel, dándome un aspecto grisáceo. Sin duda un aspecto poco tranquilizador.

—Debería pasar por el hospital, antes de irse a casa. Puede que esté incubando una gripe, o algo por el estilo.

—Oh, no creo que sea necesario —me excusé—. Esto es algo que se cura solo. Además, el hospital está en la otra punta de la ciudad, por lo que he podido ver, y seguro que pierdo más tiempo en ir y esperar allí que en...

—Insisto en que le vea un médico —me interrumpió la señora Compton. De repente, el rostro de la secretaria se iluminó—. ¡Espere un momento! No será necesario que vaya al hospital.

—Ah, ¿no? —murmuré, esperanzado. El tiempo corría y tenía que deshacerme de aquella pesada cuanto antes sin levantar sus sospechas.

—Tengo una idea estupenda —dijo la señora Compton mientras me cogía del brazo y prácticamente me arrastraba por el pasillo—. En el ala sanitaria del Ayuntamiento están los médicos del equipo del doctor Ballarini. Aunque sea un italiano papista es una excelente persona y un gran médico. Estoy segura de que no le importará echarle un vistazo, pese a lo ocupado que está con su trabajo. El reverendo le tiene en gran estima, ¿sabe?

—¿Y eso por qué? —pregunté.

—Ballarini y su gente llegaron del Center for Disease Control and Prevention (CDC)* de Atlanta a las dos semanas de haber cerrado el Muro en torno a Gulfport, alabado sea el Señor. Fue una suerte que una patrulla de nuestros chicos los encontraran ahí fuera. Esas criaturas del Anticristo, esos No Muertos, los habrían reducido a trozos de carne en pocos días. Los científicos siempre están pensando en sus cosas y no se fijan en lo realmente importante. —La secretaria frunció el ceño—. Y estoy segura de que ni siquiera rezan lo suficiente.

* Centro de Control y Prevención de Enfermedades de Atlanta: la principal organización que investiga y trabaja con elementos infecciosos en Estados Unidos. Su importancia es tal que su director depende directamente del presidente.

—¿Científicos? —Comenzaba a sospechar que la pieza que me faltaba del puzle estaba a punto de encajar—. ¿Y por qué son tan importantes?

La señora Compton me miró con los ojos muy abiertos, como si sospechase que le estaba tomando el pelo.

—¿No lo sabe? —me preguntó—. El Cladoxpan es cosa de ellos. Ha sido Ballarini y su equipo quienes lo han desarrollado.

La impresión que me causó aquella revelación me dejó en silencio durante un buen rato, mientras la mujer me arrastraba por pasillos y escaleras. El Cladoxpan. Aquel producto misterioso que permitía ralentizar la infección del TSJ, pero que era incapaz de curarla. Me había estado rompiendo la cabeza, pensando cómo un predicador fanático como Greene había llegado a poseer semejante producto, pero sólo en ese momento lo comprendí. El CDC de Atlanta era el centro de investigación vírico más importante del mundo antes del Apocalipsis. Se suponía que únicamente en algún lugar desconocido de la antigua Unión Soviética podría existir algún lugar con instalaciones y conocimientos semejantes. Si en algún sitio se podía encontrar un remedio contra el TSJ era allí.

Y resulta que un equipo de aquel centro había acabado en Gulfport después de que Atlanta fuese arrasada. Desde luego, había que reconocer que el jodido Greene había tenido suerte. Con aquella gente en sus manos, le había tocado la Lotería Más Grande del Mundo.

Mientras pensaba todo esto, habíamos llegado a una puerta custodiada por dos arios de la Guardia Verde. Los dos *skin heads* descansaban tras una mesa, con un aspecto muy poco formal. Uno de ellos ojeaba con aire aburrido un viejo ejemplar de *Playboy*, mientras el otro se dedicaba a limpiarse meticulosamente las uñas con un mondadientes. Tenían un aspecto aburrido en aquel pasillo, y sospechaba que ése era uno de los peores destinos al que un ario podía ser destinado dentro de la ciudad. Sin embargo, el par de M16 apoyados sobre una mesa y los pesados revólveres que colgaban de sus cinturones hacían que cualquier objeción sobre su aspecto quedase en un segundo plano.

—Señora Compton, buenos días. —Al ver a mi acompañante, el ario de la revista la hizo desaparecer debajo de la mesa a tal velocidad que por un instante pensé que se había volatilizado. El otro tipo, el de las uñas, arrojó el mondadientes al suelo y se puso en pie, obsequioso.

—Buenos días, chicos. ¿Cómo estáis? —dijo Compton, observándolos con los brazos en jarras—. No os habréis metido en ningún lío estos días, ¿verdad?

—No, señora Compton —respondieron ambos a dúo. Resultaba cómico contemplar a aquellos dos tipos brutales y tatuados comportándose como niños regañados ante la figura pequeña y regordeta de la señora Susan Compton.

—Ah, ¿no? —contestó ésta, hiriente—. Entonces me pregunto por qué el señor Grapes os ha endilgado esta guardia. Seguro que no ha sido por vuestra belleza sin par.

Los dos arios farfullaron una respuesta ininteligible mientras agachaban la cabeza. De golpe comprendí que a quien temían no era a la señora Compton, sino a lo que ésta pudiera contarle al reverendo Greene o a Malachy Grapes, el líder de los arios.

—Tengo que pasar a ver a Ballarini y su gente. Abridme, por favor.

—Verá, señora Compton —murmuró uno de los arios—, no hay problema en que usted pase, pero este hombre —el tipo levantó el brazo y me señaló, como si hubiese alguien más allí y fuese necesario aclarar a quién se refería— no puede pasar. No está autorizado.

—Tonterías. —La señora Compton movió la mano como si apartase una mosca molesta—. Este caballero trabaja en el Ayuntamiento. Lleva la Oficina de Ilotas Hispanos.

Y además es el jefe directo de mi sobrina Ann Sue. Yo respondo por él.

Los arios la miraron confusos durante unos segundos. Finalmente, el tipo de las uñas, que parecía llevar la voz cantante, se encogió de hombros.

—De acuerdo... si usted lo ordena —dijo mientras sacaba un pesado fajo de llaves y abría las tres cerraduras de la puerta—. Pero tienen que firmar en el registro.

Obediente, estampé mi firma en el registro, justo debajo de la de la secretaria de Greene. A continuación, cruzamos el umbral mientras me preguntaba con qué demonios me iba a encontrar un poco más allá.

27

Lo primero que noté al caminar por aquel pasillo fue el olor. Era un olor dulzón, con un punto ácido. No resultaba desagradable, más bien al contrario, y además tenía un punto ligeramente familiar que no era capaz de identificar. La señora Compton, irradiando autoridad, me guiaba a través de una serie de pasillos vacíos.

—Ahora ya no estamos en el Ayuntamiento, sino en un edificio de oficinas anexo —me iba explicando la gruesa mujer—. Antes había aquí un banco, pero desde que no hay conexión interbancaria, ni dinero propiamente dicho, no tenía mucha utilidad. Sin embargo, es uno de los edificios más seguros de Gulfport.

Asentí educadamente mientras lo observaba todo con atención. Eché un vistazo preocupado al reloj. El tiempo seguía corriendo y aún no había conseguido armas ni provisiones. A esas alturas, Viktor ya debía de haber logrado colarse en el gueto. Si conocía bien a mi amigo, no tardaría demasiado en localizar a Lucía y traerla de vuelta. Y yo, mientras tanto, estaba dando un paseo absurdo siguiendo a una vieja parlanchina para ver a un médico que no necesitaba.

—Por cierto —la señora Compton se detuvo y se giró, mirándome muy seriamente—, quiero que sepa que esto que estamos haciendo es algo absolutamente excepcional. Los doctores del equipo de Ballarini no atienden a nadie, excepto al propio reverendo. Si hago esto por usted es porque espero que nos llevemos bien y, sobre todo, confío en que trate bien a mi sobrina. Ya sé que no parece una chica muy despierta, pero es muy lista y proviene de una familia muy brillante. Será una secretaria fenomenal si le da una oportunidad.

—Señora Compton —puse una mano sobre mi pecho mientras me disponía a decir una mentira monstruosa con mi mejor voz de abogado—, le prometo que Ann Sue no podría tener un jefe más cuidadoso y honesto que yo. Tiene mi palabra.

—Sabía que nos entenderíamos —añadió la mujer, satisfecha, y abrió la puerta de lo que en algún momento tuvo que haber sido una sala de juntas.

Los directivos de aquel banco sin duda se habrían quedado muy sorprendidos si hubiesen podido ver en qué se había transformado su preciosa sala. La enorme mesa de reuniones de madera de nogal había sido arrimada a una pared sin miramientos, y sobre ella se alineaban tres enormes microscopios electrónicos, una centrifugadora, un autoclave y media docena más de aparatos que no era capaz de identificar. Por otra puerta, al fondo, se adivinaba otra sala con el mismo aspecto que aquélla. Entre los instrumentos, media docena de hombres y mujeres con batas blancas se movían circunspectos y concentrados en su trabajo.

—*Signore* Ballarini —Compton se dirigió a un hombre alto que estaba enfrascado delante de un espectrógrafo—, necesito su ayuda.

El doctor Ballarini se volvió hacia nosotros. Era un hombre apuesto, cercano a la cincuentena, con unos ojos expresivos en medio de un rostro enmarcado entre una cabellera canosa y una breve perilla cubierta a su vez de pelos blancos. Parpadeó un par de veces al vernos y dejó sobre la mesa una libreta cubierta de un galimatías de cifras y signos químicos, con aire enojado.

—Dígame qué puedo hacer por usted, señora Compton —contestó educadamente en un inglés correcto y lleno de musicalidad italiana. Se notaba, pese a todo, que la interrupción le había molestado.

—¿Podría perder cinco minutos de su tiempo y hacerle una revisión a este caballero? —Compton me señaló—. Creo que está incubando una gripe.

—No supondrá ningún problema, si no queda más remedio —contestó el doctor, tras observarme durante unos instantes con expresión neutra—. Será mejor que vayamos al...

De repente sus palabras quedaron interrumpidas por el sonido de una sirena ululante, con una cadencia especial que subía y bajaba. Por un instante pensé, aterrado, que alguien había descubierto el robo de los papeles del velero. Sentí cómo la sangre huía de mi rostro. En cualquier momento, imaginé, los guardias verdes entrarían al galope y me detendrían. Al mismo tiempo, el móvil de la señora Compton comenzó a sonar. La secretaria lo descolgó, escuchó con atención unos segundos y a continuación añadió: «Voy para allí» antes de colgar.

—¿Qué sucede? —conseguí preguntar, aparentando un aspecto tranquilo.

—Disturbios en Bluefont —contestó secamente—. Los guardias han oído al menos un disparo, pese a que las armas de fuego están prohibidas dentro de la ciudad. Tengo que irme urgentemente. —Me contempló, vacilante. No podía dejarme allí a solas, pero tampoco podía ausentarse cuando Greene la llamaba. La mujer estaba en un dilema.

—No se preocupe —le dije—. En cuanto acabe el chequeo volveré sobre mis pasos. Me he fijado en el camino y es fácil.

—¿Haría eso por mí? ¡Estupendo, estupendo! Váyase a su casa y acuéstese después. Le veré mañana en la oficina. —La señora Compton levantó la mano mientras se iba tan rápidamente como le permitían sus pequeñas piernas—. ¡Y cuide de mi Ann Sue!

Cuando desapareció por la puerta, me volví hacia Ballarini. El médico me observaba con semblante serio.

—Usted no está enfermo —me dijo—. O al menos no tiene gripe.

—No —confesé.

—Entonces, ¿quiere explicarme qué hace aquí? Tengo mucho trabajo, ¿sabe?

En aquel momento tenía la posibilidad de pedir disculpas por la interrupción e irme inmediatamente. Podría haberme girado, caminar de vuelta por el pasillo, cruzar el control y mezclarme con la multitud. Si lo hubiese hecho, posiblemente habría tenido tiempo de conseguir las armas y las provisiones, y nada de lo que sucedió a continuación habría sucedido. Pero las cosas no fueron así. Estaba al lado de la persona responsable del único remedio —aunque tan sólo fuese parcial— al virus que había destrozado a la humanidad. Necesitaba saber más. Y sobre todo, necesitaba hacerme con algo de aquel remedio. Si íbamos a salir de allí, una botella de aquel líquido tendría más valor que todas las armas y alimentos que pudiésemos llevar.

—La verdad es que estoy haciendo un trabajo de supervisión dentro del Departamento de Ilotas Hispanos, ¿sabe? —La mentira fluía fácilmente de mi boca, a medida que me la iba inventando—. Necesitamos saber cuál es la... ehhhh... aceptación del Cladoxpan entre los pacientes. El reverendo me ha pedido que hagamos esto de una manera discreta, de ahí la excusa de la gripe. Nadie debe saber que estoy aquí.

—¿Ilotas? ¿De qué me habla? —La expresión de Ballarini era de confusión. El buen doctor no tenía ni la más remota idea de lo que le estaba hablando.

Me quedé perplejo. Si el creador de Cladoxpan no sabía de qué puñetas hablábamos, ¿cuánto sabía realmente de lo que pasaba en el exterior?

—Doctor Ballarini, ¿sabe usted qué uso se le da al Cladoxpan?

—Por supuesto que sí. —Me miró con cara de «no me toques las narices»—. La cepa 15b, o el Cladoxpan, como le llaman habitualmente, no es más que un paliativo retardante de la proliferación del virus TSJ. Es una mezcla de un supresor vírico y un inmunorreforzador, por medio de una variación de las enzimas de las aminasas que...

—Vale, vale —le interrumpí, levantando las manos—. Ya sé para qué sirve, doctor. La pregunta es si usted sabe a quién se le está suministrando.

—Pues a los infectados recientes, por supuesto. —Su cara era el perfecto reflejo del desconcierto—. Es absolutamente inútil en otros sujetos, incluso tóxico, ¿adónde quiere usted llegar?

Estuve a punto de explicarle la aberración genocida en la que se había convertido Gulfport, pero no tenía tiempo. En cualquier momento alguien revisaría el libro de entrada del complejo y descubriría que estaba allí. Sin la secretaria de Greene a mi lado sería muy difícil escabullirme sin tener que responder a un montón de preguntas. Si aquel italiano y su equipo debían enterarse de la verdad, tendrían que hacerlo por su cuenta y riesgo, como yo.

—No importa, doctor —contesté—. Lo cierto es que en el marco de mi investigación necesito que me facilite unos cuantos litros de Cladoxpan. Ya sabe, para valorar su eficacia y todo eso.

—¡Esto es indignante! —explotó Ballarini—. ¡No voy a permitir que otro laboratorio nos haga un estudio de control mientras aún no hemos desarrollado completamente la cepa! ¡Ya se lo he dicho a Greene en más de una ocasión! Ni un solo cultivo del hongo saldrá de aquí sin nuestra supervisión.

¿Hongo? ¿Cultivo? ¿De qué diablos habla?

—¿Por qué no intenta explicarse, doctor Ballarini? —Puse mi mejor voz de interrogador dotado de autoridad, fingiendo tomar notas. Cuanto más tiempo pensase Ballarini que estaba allí en una inspección oficial, mejor que mejor.

—La cepa 15b no es más que la primera cepa operativa de una variación sobre la que empezamos a investigar en Atlanta. —El médico se sentó de nuevo mientras se lanzaba de carrerilla a contarme una historia de la que sin duda estaba muy orgulloso. Sospechaba que no era el primero en oírla y que disfrutaba con la posibilidad de tener un nuevo auditorio.

—Yo ya estaba en Atlanta cuando la pandemia comenzó —relató Ballarini—. Había sido becado por la Universidad de Bolonia y estaba estudiando una mutación del virus de la gripe asiática. Sin embargo, cuando comenzó todo, nos pidieron que todo el personal presente en los laboratorios, ya fuesen residentes o invitados como yo, nos dedicásemos por completo a investigar sobre el TSJ. Nadie se negó, por supuesto. Era una enfermedad nueva, y por lo tanto, fascinante. Las posibilidades eran enormes.

No me sorprendió aquel enfoque tan académico. Al fin y al cabo, estaba delante de un investigador. Un virus nuevo era la puerta abierta a un premio, una cátedra, publicaciones... aunque el TSJ acabó con todo eso en su primera semana de vida libre.

—Al principio no podía creer lo que veíamos. Era tan... perfecto... —Los ojos de Ballarini brillaban de excitación—. No sé quién lo creó, y no creo que lo sepamos nunca, pero el TSJ es una auténtica maravilla. Une las mejores partes del ébola, de la gripe y de tres cepas víricas más que no tienen nada que ver entre sí, y no sólo no se rechazan, sino que encajan con una precisión únicamente al alcance de un orfebre... *È un lavoro dell'arte magnifica.* ¿Me comprende?

—Le comprendo, le comprendo, pero el Cladoxpan... —dije, tratando de ganar tiempo.

—Todo a su momento, todo a su momento. —Ballarini rememoraba; tenía la mente en otro lugar—. Cuando nos facilitaron las primeras muestras, no sabíamos cuál era su efecto. Tan sólo cuando nos trajeron a unos cuantos soldados infectados desde Ramstein empezamos a comprender que aquello era más grande de lo que podíamos abarcar.

—Y tan grande —murmuré para mí, irónico.

—¡Usted no lo comprende! —El tono de voz del médico se elevó dos octavas—. En aquel laboratorio estábamos sesenta de los cien mejores virólogos del mundo y, durante casi un mes no hicimos más que dar palos de ciego. El TSJ era una máquina tan perfecta que nada de lo que intentábamos para atajarlo funcionaba. ¡Nada funcionaba! Era como tratar de resolver un puzle de miles de piezas con los ojos vendados y sin saber si teníamos todas las fichas. Resultaba frustrante. —Ballarini dio un puñetazo sobre la mesa al recordar todo aquello—. Frustrante.

—Bueno, pero al final, el Cladoxpan...

—El Cladoxpan, por mucho que me duela decirlo, surgió casi por casualidad. —El doctor se colocó las gafas sobre el puente de la nariz—. ¿Sabe usted qué es un *Cladosporium*?

—Pues lo cierto es que no tengo ni idea, doctor.

—Es un hongo, un género de hongo de los más comunes que pueda usted imaginar. Es tan común que no resulta extraño que se produzcan contaminaciones por *Cladosporium* en los laboratorios. Y eso fue precisamente lo que sucedió. Un trozo de carne en una placa de Petri se contaminó con el hongo, y nadie se dio cuenta. Cuando más tarde, en una batería de potenciales vacunas, inoculamos TSJ en más de ciento cincuenta placas de Petri, tan sólo en una de ellas el virus no pudo multiplicarse. ¿Adivina en cuál fue?

—¿En la del hongo? —aventuré, sabiendo de antemano la respuesta.

—Efectivamente. Por algún motivo, la presencia del *Cladosporium*, mezclado con la cepa 7n de la vacuna ralentizaba la infección del TSJ casi hasta detenerla... pero no lo eliminaba. Estábamos trabajando en eso cuando el Punto Seguro de Atlanta se derrumbó y nos evacuaron a todos del CDC.

—¿Y cómo acabó usted aquí?

—En el caos de la salida de la ciudad, nuestro transporte, junto con otros seis más, se separó del resto del convoy. No sé qué ha sido de los demás, porque se dirigían hacia Austin, en Texas y, por lo que me han comentado, los vuelos fotográficos recientes han confirmado que Austin ya no existe. Vagábamos sin rumbo cuando oímos la señal de la Emisora Cristiana de Gulfport. Era la única señal que seguía en el aire, así que decidimos probar suerte... y aquí estamos —concluyó el médico, con un gesto teatral.

—Y desde entonces están produciendo esa cepa 15b...

—El Cladoxpan, eso es. Es la cepa más estable de todas las que hemos desarrollado hasta ahora.

—Y es un líquido —aventuré.

—No exactamente. El Cladoxpan no es más que el subproducto de la proliferación del hongo genéticamente modificado en una base de agua. —La voz de Ballarini se llenó de orgullo—. Ésa es mi auténtica aportación. He conseguido que la producción de ese subproducto sea algo fácil, industrial y poco costoso, mediante la modificación proteínica. Para conseguir cincuenta mililitros de Cladoxpan se necesitaban cinco días. Ahora podemos fabricar cincuenta litros por hora.

—¿Cómo se hace eso? —pregunté, asombrado.

—Sígame. —Se levantó de su silla y salimos del laboratorio. Una vez más, miré mi reloj. El tiempo corría, inexorable, pero estaba muy cerca de hacerme con un par de litros de Cladoxpan, al menos. Merecía la pena correr el riesgo.

El doctor me llevó hasta la planta baja del edificio, donde no hacía mucho tiempo había estado la cámara acorazada del banco. Habían retirado las puertas blindadas y en su lugar habían instalado una enorme sala industrial en la que se alineaban, como enormes sarcófagos, varios barriles de acero inoxidable.

—Los rescataron de una destilería de bourbon —me explicó el investigador—. No es lo más ortodoxo para una investigación, por supuesto, aunque cumplen su cometido a las mil maravillas.

—¿Funciona?

—Lo cierto es que el Cladoxpan podría fabricarse hasta en un cubo de plástico, si se dan las condiciones adecuadas de humedad y temperatura. Con treinta y siete grados centígrados la cepa comienza a producir Cladoxpan.

Me asomé a uno de los tanques y tuve que contener una exclamación. En el fondo del recipiente de acero, sumergida en cientos de litros de agua, descansaba una forma bulbosa de color blancuzco, llena de nódulos y ramificaciones, del tamaño de un cerebro. Aquella cosa tenía un aspecto extraterrestre y de vez en cuando segregaba una especie de suero blanquecino que, en contacto con el agua, se transformaba de inmediato en una sustancia lechosa que, más densa, acababa en la superficie de la cuba.

—Eso es una cepa de 15b sumergida en agua con glucosa —señaló Ballarini, orgulloso—. Con una de este tamaño se podría generar suficiente Cladoxpan para cincuenta personas durante décadas. Y lo mejor de todo es que si le arrancamos un pedazo y la sumergimos en otra cuba, al cabo de tres meses tendrá el mismo tamaño que ésta. Es autorreplicante, como el bacilo del kumis o del kéfir.

—O sea, que podría fabricarlo cualquiera, en cualquier parte. —Las implicaciones de aquel descubrimiento eran enormes. Con el Cladoxpan, el TSJ se transformaba en una infección residente, algo así como un resfriado crónico..., con el pequeño matiz de que si cesabas de consumir el antígeno estabas condenado.

—Eso es —concedió Ballarini.

—Debería distribuir esto por todo el mundo de inmediato, doctor.

—¡Ni hablar! No hasta que hayamos desarrollado una versión definitiva y la hayamos patentado. No pienso permitir que otro se lleve el mérito de mi investigación.

—Pero, doctor... ¡ese mundo ya no existe! —supliqué, angustiado.

Sin embargo, nada de lo que le dije a lo largo de los siguientes diez minutos hizo cambiar de opinión a Ballarini. El científico era un auténtico genio pero, como muchas mentes brillantes, vivía de espaldas a la realidad. Para él, el mundo empezaba y terminaba en las cuatro paredes de su laboratorio, y no había más que hablar.

—Bien, pero por lo menos permítame que me lleve unos cuantos litros de Cladoxpan. —Tenía que largarme de allí cuanto antes. Me había parecido oír una explosión a lo lejos, y algo me decía que se avecinaban problemas.

—¿Para qué los quiere? —preguntó Ballarini—. Usted no está infectado de TSJ.

Gemí, desesperado. Hablar con aquel tipo era como hacerlo con una pared. De repente, oí que alguien entraba en la sala de investigación.

—Estate muy quieto, cabronazo. Como te muevas un solo centímetro te meto media docena de balas en los sesos antes de que puedas respirar. —Cuando la voz que pronunció aquella frase sonó a mis espaldas, noté que se me caía el alma a los pies. Estaba jodido y bien jodido. Me di la vuelta, lentamente, con el rostro crispado.

—Hola, Grapes —saludé, cortés, mientras observaba al líder de los arios, acompañado de dos guardias verdes armados con M16.

—*Porca putanna, figlio di troia, ma che cazzo vuoi?* —El doctor Ballarini se giró hacia mí, escupiendo las palabras. No quedaba nada del agradable y educado científico con el que estaba conversando cinco minutos antes. La transformación era tan sorprendente que sólo podía obedecer a algún tipo de desequilibrio. El peligro imaginario de ver que otro se apoderaba de su trabajo le alteraba tanto como para perder el control.

—No deberías haber venido, sobre todo después de que las cámaras de seguridad te grabasen abriendo la caja fuerte de un departamento que no es el tuyo, pedazo de gilipollas —apostilló Malachy Grapes, con una siniestra sonrisa y las manos colgadas en su cinturón.

El ario estaba disfrutando con la escena. Me recordaba al típico abusón del colegio cuando acorrala a una de sus víctimas, pensando cómo hacerle sufrir. Probablemente, esa escena había sucedido en su vida en más de una ocasión.

—No soy ningún idiota, ¿sabes? —Grapes arrastraba las palabras al hablar. Daba la sensación de estar algo colocado, pero con todos los sentidos alerta—. Desde que llegaste, supe que no eras trigo limpio. El informe del capitán del barco ya decía que cuestionabas algunos métodos. Has estado bajo vigilancia todo el rato, imbécil.

—Mire, Grapes, esto no es lo que parece. Todo es un malentendido, y estoy de acuerdo en que no encajamos aquí. Así que lo mejor será que nos vayamos cuanto antes, ¿vale? —Mientras hablaba me iba acercando lentamente hacia la puerta de salida, pero los dos arios se colocaron de forma estratégica. No tenía ni la más remota posibilidad, a no ser que los distrajese con algo. Pero ¿con qué?

Ballarini me miraba, confuso. Hasta apenas un minuto antes, el científico estaba convencido de que yo era un colaborador de Greene y, de repente, Grapes aparecía diciendo que era un espía traidor. Su rostro pasó por varios colores hasta llegar al púrpura intenso cuando cayó en la cuenta de que le había engañado como a un niño. Con un rugido, Ballarini se me echó encima, tratando de golpearme. El doctor era un genio científico, pero no tenía ni idea de cómo pelear. Paré su golpe con insultante facilidad y le propiné un empujón que hizo que cayese sobre Malachy Grapes, que en esos momento subía la escalera. Ambos cayeron en un montón confuso de brazos y piernas, entre gruñidos ahogados de dolor.

Aquél era el momento que estaba esperando. Aprovechando que todas las miradas se concentraban en la figura desmadejada de Grapes, me lancé en un ágil quiebro hacia la derecha, tratando de sorprender al guardia verde apostado más cerca de mí. El ario lanzó su brazo tratando de interceptarme, pero yo ya me había escurrido por el hueco de la pared.

Si hubiese sido un héroe de acción, el otro guardia se habría quedado con un palmo de narices mientras lo esquivaba. La culminación perfecta de un plan ingenioso.

El problema es que en la vida real los héroes de acción no existen.

El otro guardia impactó contra mí con un placaje digno de un partido de la liga de fútbol americano. Mis ochenta kilos de peso resultaban ridículos comparados con los ciento cuarenta kilos de ario cabreado que me enganchó por las rodillas y me arrastró dos metros hasta que chocamos contra una de las cubas. Mi cabeza se golpeó contra una de las aristas de acero que sujetaban los depósitos, y por un instante una explosión de luz blanca acompañada de un intenso dolor ocultó cualquier otra imagen en mi retina.

Traté de incorporarme, pero Malachy Grapes aprovechó aquel instante para acercarse hasta mí, con una expresión de satisfacción perversa en el rostro.

—Tenía ganas de hacer esto desde que nos conocimos, listillo —gruñó—. Nunca me han caído bien los abogados.

Entonces me propinó una patada en la cabeza que me hizo ver remolinos de colores por unas décimas de segundo. Después, una enorme ola de oscuridad se tragó la luz y yo me desmayé.

28

*¿Qué podría haber peor que
ser inmortal y tener que
comportarse correctamente?*

RAMEAU, *Platée*

Cuando abrí los ojos lo primero que noté fue una sustancia pegajosa sobre mi cara. Por un segundo pensé que habían vertido sobre mi cabeza el suero base del Cladoxpan, pero cuando una gota cayó en mi boca enseguida noté el sabor cobrizo de la sangre. Mi sangre.

Tenía una brecha de un tamaño considerable en la cabeza, a consecuencia del golpe. Y no estaba muy seguro, pero me daba la sensación de que uno de mis dientes estaba un poco más flojo que antes. Por no mencionar que apenas podía abrir el ojo derecho. Definitivamente, me habían zurrado bien.

Estaba sentado en una silla, en el despacho de Greene. Por la luz que entraba a través de la ventana me di cuenta de que era tarde, muy tarde. Angustiado, comprendí que el sol estaba a punto de ponerse. Si no conseguía salir de aquel lío cuanto antes, no llegaría a tiempo al punto de en-

247

cuentro en nuestra casa. Un aparato de aire acondicionado ronroneaba en algún lugar cercano, pero estaba a solas. Tenía las manos esposadas a mi espalda, de tal forma que no podía levantarme sin arrastrar el asiento. Moví las muñecas y oí el tintineo de una cadena. Grilletes de presidiario. Con los arios de por medio, debí haberlo sospechado.

Estuve en esa posición durante un rato, tratando de pensar algo positivo. No tardé mucho en descubrir que resultaba muy difícil. Por lo menos alguien había tenido el detalle de sacarme la corbata, para que pudiese respirar mejor. Mi traje nuevo estaba arruinado, empapado de sangre y desgarrado en tres o cuatro sitios. Como si eso fuese a importarme demasiado.

De golpe la puerta se abrió y el reverendo Greene entró en la habitación, seguido de Malachy Grapes y la señora Compton, con una cara de profunda preocupación. El ario tenía un aspecto estupendo y me hizo un gesto burlón al entrar en el cuarto. El reverendo, por su parte, tenía una cara aún más demacrada que de costumbre. Los tics le recorrían las mejillas de forma incontrolable y un par de derrames habían aparecido en su nariz, dándole el aspecto de un borrachín enfermizo. Lo que más me impresionó fueron sus ojos. Una especie de velo opaco, como el de alguien con cataratas, parecía extenderse por momentos.

—Hola, reverendo —saludé, tratando de sonar burlón—. ¿Qué tal le va el día? Tiene usted un aspecto horrible. Debería cuidarse más, como yo.

—Cállate, capullo. —Grapes me dio un sopapo con el revés de su mano y a continuación acercó una silla al otro lado de la mesa para el reverendo.

—Reverendo, le juro que yo no sabía... yo pensaba...
—La señora Compton se retorcía las manos, angustiada, mientras trataba de explicar cómo yo había conseguido cruzar el control de seguridad.

—Cálmese, señora Compton —dijo el reverendo con voz amable—. Sé que usted ha actuado pensando que hacía lo mejor. Afortunadamente, el Señor siempre vela por nosotros y hemos descubierto a tiempo a este siervo de Satanás. Ahora, siéntese en ese rincón y tome nota de lo que se diga, por favor.

La señora Compton, aliviada, se colocó detrás de una máquina taquigráfica, dispuesta a tomar nota. El reverendo se sentó mientras tosía de forma cavernosa.

Greene apoyó encima de la mesa una botella de cristal llena de un líquido lechoso a un lado y su biblia al otro.

—¿Sabe qué es esto? —preguntó, señalando a la botella.

—Supongo que es su bilis —contesté—. Aunque también puede ser que esa Guardia Verde que tiene haya decidido hacerle un regalo biológico colectivo. No me extrañaría que se juntasen y...

El puñetazo de Grapes no me pilló por sorpresa pero, aun así, me dolió una barbaridad. Pese a todo, mostré una sonrisa ensangrentada, como si aquello fuera lo más normal del mundo.

—Esto es una botella de Cladoxpan —dijo Greene, tranquilamente—. Lo que usted pretendía robar.

No contesté y me limité a mirarle en silencio. No sabía adónde quería ir a parar.

—Es una auténtica bendición del Señor —continuó Greene—. Si estás infectado de la ponzoña de los No Muertos, te da la vida, o al menos evita que la pierdas. Sin embargo, si estás sano y bebes aunque tan sólo sea un poco, resulta tremendamente tóxico y mueres a los pocos minutos en medio de terribles dolores. Son como las dos caras de una misma moneda.

De repente, la presencia de aquella botella encima de la mesa comenzó a resultarme muy incómoda. Uno piensa que está preparado para enfrentarse a la muerte, pero cuando la Parca llega te das cuenta de que todo tu ser chilla por vivir, aunque sólo sea cinco minutos más.

—Me encantaría iluminar su alma pecadora, pero usted ya está más allá de toda Salvación. Además, lo primero es lo primero.

Con una mano temblorosa, el reverendo Greene abrió la botella que contenía aquel líquido lechoso y vació una dosis generosa en un vaso de plástico. A continuación, lo colocó en medio de la mesa mientras juntaba las manos y susurraba una oración. Yo apreté las mandíbulas y tensé todo mi cuerpo. Si pretendían hacerme beber una sola gota de aquel producto tóxico tendrían que romperme todos los dientes.

El reverendo concluyó su oración con un sonoro «amén», se levantó de su asiento, con el vaso en la mano, me miró fijamente...

Y se bebió el vaso de un trago.

Me quedé atónito. Por un momento creí que aquel chalado había decidido acelerar el encuentro con su Dios. Pero de repente lo comprendí todo.

Los temblores de las manos del reverendo habían cesado por completo. Su piel recuperaba por segundos su tono natural, mientras las venas eran reabsorbidas por la epidermis. El fuego oscuro de sus ojos, que un instante antes estaba velado por una capa blancuzca, volvía a llamear con toda su malevolencia y locura.

—Usted... —jadeé—. Está infectado... ¡Tiene el TSJ!

—El abogado es listo, reverendo. —Grapes parecía encontrar aquello más que entretenido. Tan sólo le faltaban las palomitas.

—El doctor Ballarini es un genio y, además, muy buena persona, pero está loco, completamente loco, cuando se le saca de su reino de cordura científica —dijo el reverendo, con un tono de voz mucho más firme que un minuto antes; luego se secó los restos de sudor de la frente—. De hecho, está tan obsesionado con su trabajo sobre el Cladoxpan que ni siquiera es consciente del interesante efecto secundario que tiene.

—¿Qué efecto? —conseguí preguntar.

—El Cladoxpan no sólo ralentiza el efecto del TSJ, sino que por algún motivo que sólo nuestro Señor sabe va más allá y ralentiza todos los efectos degenerativos del cuerpo humano. El pelo no cae, la piel no envejece, las arrugas no aparecen...

—¿Te vuelve inmortal? —pregunté, estupefacto.

—¡Oh, claro que no, estúpido ignorante! —replicó el reverendo, indignado—. Eso es algo que tan sólo está en la mano de Nuestro Señor Jesucristo, cuando nos concede la Vida Eterna. Aunque tomes el Cladoxpan puedes morir igual, como es natural. —Hizo una pausa, embargado por la emoción—. Simplemente, envejeces muchísimo más despacio. Las pruebas realizadas en ratas lo confirman y los experimentos en humanos no dejan lugar a dudas. —Su rostro brilló de emoción mientras se inclinaba hacia delante—. ¡Por primera vez desde el Diluvio, Dios nos concede la posibilidad de tener la longevidad de los Patriarcas! ¡Vivir tanto como Enoc, como Lamec, como Matusalén! ¡Llegar a los mil años, si es necesario! ¡Es una bendición! ¡Es un regalo divino! ¡Es un regalo directo a mí, Su Profeta! ¡Por eso acepté infectarme voluntariamente! ¡Tenía que tomar el Cladoxpan para poder llevar su Palabra durante siglos, conducir a la humanidad en su Segundo Renacimiento!

—Está usted loco, Greene. —Meneé la cabeza, asqueado—. Total y completamente loco. Cuando los ilotas se den cuenta de este efecto, usted no será distinto en nada a ellos, excepto en el color de su piel. Y entonces, sus fieles de Gulfport le abandonarán, asqueados.

—Ni un solo ilota vivirá más de dos años —replicó el reverendo, enfebrecido—. Los jóvenes y los viejos son eliminados rápidamente, por caridad cristiana, y el resto normalmente no dura muchos meses ahí fuera. Y si alguno dura más que la media, será exterminado, como los impíos de Sodoma. ¡Sólo nos salvaremos aquellos que tengamos la marca del Cordero, los Elohim, los Puros, los Ángeles Blancos de Dios! El resto serán pasto del Infierno.

Miré fijamente a Greene. Las llamas de sus ojos ardían de manera incontrolable, llevándose su cordura y su alma a pasos agigantados. La fuerza oscura que bullía en su interior era terriblemente poderosa... Y estaba hambrienta.

Se oyó un ruido en el rincón de la habitación. La señora Compton, de la que todo el mundo parecía haberse olvidado, se había puesto en pie y contemplaba al reverendo muy pálida, mientras se tapaba la boca con su mano derecha.

—Oh, Dios —gemía—. Esto no puede ser verdad, no puede ser verdad. Reverendo, dígame que todo esto no es cierto, por favor. Usted no puede... no puede...

Greene hizo un gesto cansado hacia Grapes. El ario se levantó con calma, desenfundó su revólver, agarrándolo de lado, al estilo de los gángsters, y sin mediar palabra disparó una rápida sucesión de tres tiros contra la señora Compton.

La primera bala le atravesó el pulmón y proyectó a la anciana contra la pared. El segundo y tercer disparo le entraron en el corazón y en un ojo, respectivamente. El cuerpo de la señora Compton cayó desmadejado sobre la cara alfombra de lana turca del despacho. De la herida de su cara salía un continuo latido de sangre que iba dibujando extraños arabescos sobre la alfombra.

—Esta maldita idiota debería saber que no tolero que la gente tome decisiones por su cuenta —masculló Greene—. Llevo soportándola demasiado tiempo. «Reverendo esto, reverendo aquello...» Se tenía demasiado creído su papel. El Señor habla por mi boca y Su palabra es Ley. Todo lo demás sobra.

Estaba demasiado paralizado por el terror. Toda mi pose chulesca se había evaporado en el momento en que la primera bala salió del cañón de Grapes.

—La señora Compton era muy querida en Gulfport. —Grapes sacó los casquillos usados de su arma y los introdujo en el tambor de un revólver de aspecto roñoso que sacó de una bolsa. Una vez que hizo eso, lo tiró al suelo, al lado del cadáver de la secretaria—. Cuando la gente vea el vídeo de seguridad en el que apareces robando los documentos, sabrá que la vieja te descubrió y trató de detenerte. Y tú, como eres un cabrón, le pegaste tres tiros tratando de huir. Van a pedir tus cojones a gritos, amigo mío.

Mierda. Voy a morir. Me sorprendía poder pensar con tanta claridad en los últimos instantes de mi vida. Sentía un dolor muy intenso por Viktor, por Lucía y por *Lúculo*. De repente deseé haber podido dedicarle más tiempo a mi pequeño amigo peludo aquella mañana. *Al menos no moriré convertido en una mierda monstruosa. Será algo rápido. Me pregunto si dolerá...*

—Bien, y ahora vamos a impartir justicia sobre esta rata pecadora. —Greene levantó su biblia y leyó por una página que tenía una marca—. «Así dice el Señor Yahvé: Te echaré en tierra seca y te dejaré en medio del campo. Haré venir sobre ti a todas las aves del cielo y saciaré de ti a todas las bestias de la tierra. Esparciré tu carne por los montes y llenaré de tu carroña los valles.» Ezequiel, treinta y dos, tres. —Cerró la biblia, con un golpe seco—. Dios ha hablado a través de mí.

—¿Qué debo hacer, reverendo? —preguntó Grapes, obsequioso.

—Expulsadlo de Gulfport, tal y como Dios expulsó a Adán del Paraíso tras el pecado primigenio. Abandonadlo en medio del páramo, sin agua, ni alimentos, ni armas. Que los No Muertos, los animales salvajes y la sed acaben con él. Que su muerte sea larga, lenta y dolorosa, como penitencia para su alma.

—Greene, eres un bastardo. Puede que me jodas, pero me alegro de no ser de los tuyos. —Mi voz temblaba de rabia y alivio a partes iguales, al saber que no iba a morir de un disparo.

—Hasta en eso te equivocas, necio. —El reverendo se acercó a pocos centímetros de mi cara, hizo un ruido con su garganta y, apuntando cuidadosamente, escupió un lapo amarillo y cargado de pus sobre la herida abierta de mi frente. Noté un escozor increíble cuando la saliva del reverendo inundó mi herida.

—Ahora eres de los marcados a fuego por el Señor. —Mientras hablaba me apartó el pelo de la frente con suavidad, casi con delicadeza—. Y tu muerte será aún más larga de lo que pensabas.

Y dándose la vuelta, salió de la habitación mientras Grapes llamaba a gritos a un par de arios.

Yo estaba demasiado conmocionado para resistirme. Una lágrima solitaria rodaba por mi mejilla.

Dos años. Había aguantado dos años.

Pero finalmente, el TSJ me había atrapado.

Estaba infectado.

29

Cuando Lucía quiso recordar más tarde cómo había sucedido todo, no fue capaz. Tan sólo tenía fragmentos, breves fogonazos de información, que únicamente le permitían componer un mosaico roto, como una película montada apresuradamente en la que faltaban trozos enteros de metraje.

En el momento en que sonó la alarma, los ilotas comenzaron a correr alrededor de Viktor y de ella. Tan sólo Alejandra se quedó a su lado, sosteniendo la mano del ucraniano, al que miraba con una expresión de intensa concentración.

—¿Adónde va todo el mundo? —preguntó Viktor.

—¡Es una redada! —exclamó Alejandra, con preocupación—. Lo más seguro para cualquiera es no cruzarse en el camino de las tropas de Greene. Sobre todo si no tienes papeles.

—Yo no tengo papeles —contestó Lucía, inocentemente—. Ni Viktor.

—Yo tampoco los tengo —replicó la mexicana—. Ni la mitad de esta gente, si vamos al caso. Y aunque los tuviésemos eso no aseguraría nada.

—Y entonces, ¿qué hacemos?

—Lo que hace todo el mundo: esconderse. —La mexicana levantó a Viktor del suelo con un enorme esfuerzo—. ¡Vamos!

Salieron a la calle. El habitual desorden de Bluefont había cambiado radicalmente. Tan sólo se veían grupos de personas corriendo a lo lejos, entrando en las casas y tratando de hacerse invisibles. Unos cuantos, sin embargo, permanecían donde estaban, con una expresión rígida en el rostro. Eran los que tenían su documentación en regla (aquella semana, documento rosa con franja morada y foto) y que en teoría no tenían nada que temer. Pero sólo en teoría. Las cosas podían cambiar muy rápido en el gueto de Bluefont, de un día para otro. Por eso algunos, aun teniendo los papeles en regla, preferían desaparecer discretamente, mezclándose en la multitud de fugitivos. La prudencia era una madre que tenía muchos hijos.

—¿Adónde vamos? —preguntó Viktor, respirando con dificultad. Cada vez que hacía una inspiración, un rictus de dolor le cruzaba la cara. Las costillas rotas le estaban pasando factura.

—No lo sé. —La voz de Alejandra temblaba; la mexicana se estaba estrujando el cerebro—. Tengo un refugio, cerca de la valla, pero es muy pequeño. Sólo cabe una persona.

—¡Metamos a Viktor allí y busquemos otro sitio donde ocultarnos nosotras dos! —propuso Lucía.

—Imposible. —Alejandra meneó la cabeza—. En su estado no llegaríamos allí antes de diez minutos. Y dentro de mucho menos esto va a estar lleno de guardias verdes y de milicianos de Greene. Necesitamos hablar con el *Gato*.

—¿Con ese cabrón? —Lucía se retorció, incrédula—. ¡Ni de coña! Casi nos mata.

—Escúchame, *carnal*. Si alguien puede ayudarnos en este sumidero, ése es Mendoza. —Alejandra resopló y se

256

acomodó de nuevo el AK-47 a la espalda. El arma parecía enorme a su lado y atraía un montón de miradas rencorosas de la mayoría de la gente que se cruzaba con el pequeño grupo—. Así que no mames y agarra a tu amigo por ese lado.

Mendoza, mientras tanto, se había sentado de nuevo a su mesa y acababa con tranquilidad su botella de tequila, como si todo aquel revuelo no fuese con él. El mexicano estaba furioso, pero no dejaba que su estado de ánimo fuese visible. Aquella redada podía echar por tierra su operación, pero también podría lanzarla hacia delante, si se jugaba bien.

—*Gato*, necesitamos bajar a tu hoyo —dijo Alejandra cuando estuvieron frente al mexicano—. Por favor.

—A mí me vale madre lo que ustedes hagan, Alejandra —replicó—. Todo este lío es por tu culpa.

La mexicana enrojeció hasta la raíz del cabello, pero hizo un esfuerzo ímprobo por controlar su ira.

—Tú tienes tanta culpa como yo. Tú organizaste la pelea y casi desnudas a esta muchacha —dijo—. Así que ayúdanos, por favor.

El mexicano dio una calada a su cigarrillo, con una expresión inescrutable. Finalmente, tiró la colilla al suelo, suspiró y se levantó.

—Vamos por aquí —dijo—. Aún no se por qué diablos hago esto. Espero no arrepentirme.

Mendoza salió a la calle, sin ofrecerse a ayudar a las chicas que arrastraban a un tullido Pritchenko. Caminaron durante un rato hasta llegar a una casa que en un tiempo anterior había sido un bonito domicilio de estilo Tudor, un tanto incongruente en aquel barrio. La falta de cuidados y el hacinamiento habían ajado su antigua belleza. Le faltaban todos los cristales de las ventanas, y el césped del jardín había desaparecido para transformarse en una triste huerta de tomates, marchitos por la humedad.

El mexicano entró en la casa y bajó unas escaleras que llevaban a un sótano. Los bajos olían a gasóleo, humedad y podredumbre. Desde un rincón, el esqueleto fosilizado de un ratón sonreía a los visitantes con una mueca sardónica.

Carlos Mendoza deslizó su mano por el muro de ladrillo hasta encontrar lo que estaba buscando. Con un gruñido de satisfacción tiró de una palanca escondida y se apartó de la pared.

Después de un chasquido, una sección entera del muro se desplazó unos cuanto centímetros, dejando ver un cuarto oculto al otro lado. El mexicano les indicó con un gesto que entrasen. Cuando pasaron al cuarto escondido a Lucía se le escapó un grito de sorpresa. Una enorme cama ocupaba un lateral de la habitación, justo debajo de un enorme espejo colgado del techo. De la pared pendían unas esposas de cuero, unos arneses y una parafernalia completa de vibradores, látigos y juguetes sexuales.

—El anterior dueño guardaba su pequeño secretito en el sótano —dijo Mendoza con una risita sardónica—. No quería que sus vecinos supiesen lo que le gustaba hacer aquí con jovencitos. Si tuviésemos tiempo os podría enseñar unos vídeos muy interesantes que grabó aquí. Gracias a ellos descubrimos la existencia de este picadero. Eso sí, tiene que gustaros un tipo de sexo muy sucio.

—Guárdatelo para después —gruñó Alejandra, agotada tras llevar a Viktor tanto tiempo—. Ayúdame a tenderlo en la cama.

Acostaron a Pritchenko sobre las sábanas de raso (con unas sospechosas manchas aquí y allá que las chicas evitaron tocar) y después se sentaron en el suelo a esperar en silencio.

Al principio no pasó nada. Lo primero que oyeron fue el motor de los Hummer rugiendo por las calles y una voz que gritaba algo ininteligible por megáfono. Después, durante un rato, el silencio. Un grifo mal cerrado goteaba, con un «chop, chop» cadencioso que dejó los nervios de Lucía a punto de estallar.

De repente sonaron varios disparos en rápida sucesión, muy cerca. Todo quedó en silencio de nuevo, pero entonces el rugido de un motor a toda velocidad les llegó claramente.

—Están en esta calle —susurró Mendoza, mientras apagaba la luz y los dejaba a oscuras—. Ahora, silencio todo el mundo. Si alguien habla, estamos muertos.

En el piso de arriba se oyó un ruido de maderas astilladas, como si hubiesen lanzado un mueble contra el suelo. Golpes, gritos y varios disparos. Una mujer gritó, angustiada, pero su grito se ahogó de golpe, de una manera antinatural.

En el refugio, el silencio era sepulcral. Olía a sudor concentrado y a miedo. Incluso Mendoza había abandonado su habitual pose de macho y se mantenía en silencio, con los labios apretados y las manos juntas, como en una oración silenciosa.

De repente, uno de los escalones que bajaba al sótano crujió levemente, y poco después, el siguiente. Alguien estaba bajando las escaleras. Fuera quien fuese, silbaba por lo bajo una versión desafinada de *Hey Jude*, de los Beatles. De vez en cuando hacía una pausa en medio de una estrofa, se oía el ruido de muebles arrastrados y a continuación la melodía seguía en el punto donde la habían abandonado, monocorde. Aquello ponía los pelos de punta.

Lucía miró a Víctor y se apartó un mechón de pelo empapado de sudor de la cara. El ucraniano hacía un esfuerzo sobrehumano para controlar su respiración. No tenía demasiada buena cara, pero trató de hacer algo parecido a un gesto tranquilizador.

La persona que estaba al otro lado había acabado de revisar el suelo del sótano y golpeaba las paredes al azar con algo duro, buscando un sonido hueco que le indicase la presencia de un cuarto oculto. Los golpes empezaron por el otro extremo de la sala. Con algo parecido al horror, Lucía contempló cómo Mendoza echaba mano del AK-47 de Alejandra y comprobaba el cargador. La mirada del mexicano no dejaba lugar a dudas. No dejaría que le cogiesen vivo. Aquello implicaba que el resto de los ocupantes del zulo morirían con él, si fuese necesario.

«*Tumb, tumb, tumb.*»

Los golpes sonaban cada vez más cerca. Lucía se mordió el borde de la mano, para contener sus ganas de gritar.

«*Tumb, tumb, tumb.*»

El tipo había dejado de silbar. Tenía toda su atención puesta en el sonido de la pared.

«*Tumb, tumb, ¡¡TUMB!!*»

Alguien gritó de repente desde el piso de arriba. Los golpes cesaron de inmediato y oyeron cómo aquel tipo subía las escaleras pisando con fuerza. Al cabo de un rato, el motor se encendió de nuevo y su sonido se fue alejando hasta perderse en la distancia.

Estuvieron esperando a oscuras y en silencio durante al menos una hora más. No era la primera vez, susurró Alejandra que los guardias verdes simulaban que se iban y se quedaban sentados, en silencio, esperando que los ilotas más confiados fuesen saliendo de sus refugios. En esos casos los fusilaban sin piedad allí mismo.

Lucía ni siquiera la oyó. Se sentía demasiado cansada, y emocionalmente exhausta. La tensión estaba a punto de acabar con ella.

Las siguientes horas pasaron como en un sueño. En algún momento, alguien le acercó una botella de agua y un bocadillo, pero no comió ni bebió. Simplemente recostó su cabeza sobre las piernas de Viktor y se dejó llevar por su mente a un lugar muy lejano y mucho mejor que aquel sótano sórdido y mugriento.

Finalmente, la noche cayó y Mendoza decidió que ya era prudente salir del agujero. Con cuidado, abrió la puerta y se asomó al exterior procurando hacer el menor ruido posible. Si aún había hombres de Greene en el piso de arriba (algo poco probable, pues no se había oído un solo ruido en las últimas seis horas) no quería darles la oportunidad de que los cazaran como a conejos en la puerta de su madriguera. Tras cerciorarse de que no había moros en la costa dio la señal al resto del grupo para que saliesen.

Parecía que hubiera pasado un huracán por la casa. Docenas de muebles destrozados se mezclaban en el suelo con trozos de vajilla rota y restos de ropa. Habían vaciado los armarios por las ventanas, como si un *poltergeist* enloquecido hubiese arrasado a conciencia todo el barrio. En algunos lugares se veía el parquet o las tablas del techo arrancadas, allí donde los guardias verdes habían localizado algún escondrijo oculto. Pero lo más perturbador, sin duda, era la sangre.

—¿Qué le va a pasar a toda esa gente? —preguntó Pritchenko, entre toses sanguinolentas.

—Se los llevan al tren. —Mendoza maldijo por lo bajo—. Pero esta vez han ido demasiado lejos. La Ira de los Justos está a punto de llegar.

30

Lo primero que sentí fue calor, mucho calor. La tarde anterior me habían sacado a rastras del despacho de Greene y me habían encerrado en uno de los calabozos de la comisaría de Gulfport. Había pasado toda la noche allí, mientras en el exterior se concentraba una multitud cada vez más grande, exigiendo mi cabeza. El calabozo, situado en el sótano de la comisaría, era un estrecho pasillo con celdas alineadas a los dos lados. Por algún extraño motivo era el único inquilino de aquellas enormes celdas de barrotes, con el techo pintado de color verde lima y un váter de acero sin remaches situado en medio de cada calabozo, sin ninguna intimidad.

Los dos guardias verdes me encerraron en la jaula que estaba situada más al fondo de la fila de la derecha y, tras pegarme un par de patadas como regalo de despedida, se marcharon. En un rapto de maldad, colocaron una jarra de agua y un trozo de pan mohoso en el pasillo, justo delante de mi celda. Quedaba a la distancia suficiente para que no pudiese alcanzarlo con mis manos, pero por muy poco. No rozaba la jarra por tan sólo un par de centímetros.

—¿Tienes sed, cabronazo? —me dijo uno de ellos—. Pasarás más sed en el infierno, no lo dudes.

—Debería haberlo pensado mejor antes de apiolar a la vieja Compton —masculló el otro—. Era una arpía hija de puta, pero era la secretaria del viejo. —Meneó la cabeza y remachó, como si me anunciase una sorprendente novedad—. Los de ahí fuera te van a quemar vivo.

El primero de ellos escupió un gargajo verdoso sobre el pan.

—Toma, para que tenga algo más de sustancia. —El tipo me miró con una sonrisa torva en la cara, aunque con un extraño brillo de conmiseración en los ojos que le daba un aspecto extraño—. Y será mejor que no le hagas ascos, porque va a ser lo mejor que comas en lo que te queda de vida. Me han dicho que te van a arrojar al Páramo con todos esos ilotas de mierda. Ahí fuera sólo hay escorpiones y No Muertos. No me gustaría estar en tu pellejo, capullo.

—Me buscaré la vida, no te preocupes —murmuré, sin levantar la cabeza. No era un desafío, simplemente deseaba que aquellos dos idiotas se largasen de allí cuanto antes. Necesitaba estar solo.

El ario me contempló un instante mientras su cerebro procesaba lentamente si lo que le acababa de decir contenía algún tipo de ofensa. Finalmente dio una última patada al trozo de pan y, satisfecho, se largó del pasillo junto con su compañero, dejándome a solas.

Al principio me sentí terriblemente desgraciado. No era capaz de entender cómo todo se había ido al infierno tan rápido. Aquella misma mañana tenía un barco, un plan y estaba a punto de conseguir una sustancia que valía su peso en oro. Tan sólo doce horas después me estaba pudriendo en el calabozo de la ciudad, a punto de ser condenado a muerte.

Cojonudo, colega, te has lucido con tu plan. ¿Qué será lo siguiente?

Aquel sótano parecía estar a unos treinta grados, así que comencé a sudar enseguida. Corría el riesgo serio de deshidratarme. Intenté alcanzar la jarra haciendo un lazo con mi camisa, pero lo único que conseguí fue volcarla y derramar todo su contenido. Maldije, furioso. El pasillo central estaba inclinado hacia un sumidero interior (seguramente para cuando, antes del Apocalipsis, tenían que baldear los restos que dejaban los borrachos en las celdas) así que contemplé, impotente, cómo desaparecía hasta la última gota.

Me dejé caer de rodillas contra la reja, desolado. Sentía la boca como si fuese un trozo de esparto. La sed era tan horrible que ni siquiera me dejaba pensar con claridad. Por eso tardé una buena media hora en darme cuenta de que en el fondo de la taza del inodoro había un charco de agua. Tenía un sabor salobre, y el color era sospechoso, además de que no dejaba de estar bebiendo de un cagadero, pero al menos era líquido.

Me pasé los siguientes tres minutos bebiendo a pequeños sorbos. Aquella pequeña cantidad de agua no mitigó del todo mi sed, pero al menos hizo que volviese a sentirme vivo. Cuando estuve más hidratado y tranquilo, empecé a pensar en cómo salir de aquel horrible atolladero.

Escapar de la comisaría quedaba fuera de mi alcance. Las cerraduras de la celda eran mucho más complejas que las que mis limitados conocimientos me permitían abrir. Y eso sin contar a los guardias que estaban arriba, y al populacho enfurecido que rodeaba la comisaría y que en cuanto me viese se lanzaría sobre mí como una jauría de perros, listos para despedazarme, por culpa de un crimen que yo no había cometido. La estrategia de Greene había sido inteligente, retorcida y malvada. Al matar a la señora Compton no sólo eliminaba a un testigo incómodo y molesto para él, sino que me transformaba en el personaje más odiado de Gulfport con carácter inmediato. Nadie creería ni una palabra de lo que dijese, ya que todo sonaría como una especie de excusa fantástica ideada por un asesino desesperado pillado in fraganti. No, definitivamente, no tenía ni un solo amigo fuera de aquellos muros, exceptuando a Lucía y a Viktor... y eso si estaban vivos, o no los habían detenido como cómplices.

Me dolían todos los moratones que cubrían mi cuerpo. El traje estaba totalmente destrozado y cubierto de sangre acartonada y reseca. Mi sangre. Mi sangre infectada. Al recordar aquello sentí un leve mareo y unas ganas de vomitar incontrolables. Me apoyé en la taza y arcada tras arcada vacié lo poco que había en mi estómago. Me abracé al inodoro, temblando.

Alguien tendrá que desinfectar todo esto una vez que me vaya, pensé mientras miraba las diminutas gotitas de saliva que había dejado en el borde del retrete. Aún no sentía nada, pero sabía que el TSJ corría por mis venas con fuerza, y que en pocas horas comenzaría a mostrar los primeros síntomas. Me pregunté, vagamente sorprendido por mi curiosidad, cómo sería eso de convertirse en No Muerto. ¿Sería consciente de ello? ¿Y después? Sin embargo, la imagen de mí mismo transformado en uno de esos seres, con toda mi piel reventada y cubierta de pequeñas venas, fue demasiado. Volví a aferrarme al inodoro mientras me sacudían las arcadas de nuevo, pero ya no tenía nada que expulsar.

Lo más fácil sería acabar con aquello de una vez por todas. Ahorrarme la tremenda indignidad de convertirme en un ser sin control sobre mí mismo.

Lo estás haciendo, estás pensando en suicidarte.

¿Y qué más da? Sería lo mejor.

No puedes. Estás demasiado aferrado a la vida. No puedes hacerlo.

Siempre será mejor salida que... lo otro.

No lo sabes.

Cállate, joder. Cállate, cállate. ¡¡CÁLLATE!!

Me aferré la cabeza con las dos manos mientras gemía en el suelo. Tenía que hacer algo o me volvería loco yo solo. El problema era qué hacer. Ni siquiera podía acabar con mi sufrimiento por la vía rápida. Al entrar en la celda me lo habían quitado todo, desde el reloj a los cordones de los zapatos y el cinturón, para evitar que me suicidase. Los arios habían pasado demasiado tiempo entre rejas como para que se les pasase por alto el más mínimo detalle en aquel aspecto.

Lo que más me dolió perder fue el reloj. Era un viejo Festina baqueteado, pero era el último objeto que podía llamar mío y que me había acompañado desde el inicio de mi odisea, dos años atrás. Sin él, me sentía un poco desnudo. Además, no tenía la menor manera de controlar el paso del tiempo. En aquel sótano, la luz estaba siempre encendida, contribuyendo a mi agonía.

Al cabo de un rato muy largo que no pude calcular, pero que debió de superar las dos horas, comencé a sentir las primeras molestias. Era como un leve calambre muscular, similar a cuando te has quedado dormido en una posición extraña y una mano te ha quedado atrapada debajo del cuerpo. Sentía una especie de hormigueo que me recorría en ondas los dos brazos. Era una sensación desconcertante, más que dolorosa. Pero era perfectamente consciente de su significado.

Aquello había empezado.

Me sequé el sudor de la frente con un trozo de tela que había arrancado del faldón de la camisa. De repente me pregunté si aquel calor tan sofocante que sentía desde que había llegado no sería la primera manifestación de la infección. Recordaba perfectamente que Greene parecía sudar a mares antes de tomar el Cladoxpan.

Entonces, una idea horrible se me pasó por la mente: me iban a dejar allí. Iban a dejarme encerrado en aquella celda como a un animal rabioso, hasta que la infección se apoderase de todo mi cuerpo y me transformase en un No Muerto. Después, me convertirían en una atracción de feria,

266

en un monstruo, un espantajo que los papás de Gulfport enseñarían a sus hijos desde el otro lado de los barrotes, para mostrarles cómo eran los monstruos que habitaban el otro lado del Muro, mientras le tiraban palomitas y trozos de verdura podrida.

Iba a volverme loco. Comencé a rascarme con furia el brazo derecho, pero no sabía si aquel picor era el siguiente paso de mi transformación o simplemente que la angustia me estaba impulsando a hacer cosas extrañas.

De repente, el ruido de un cerrojo sonó desde la parte superior, seguido del ruido de pisadas de una persona que bajaba las escaleras. Empecé a buscar algo con lo que defenderme, como un animal acorralado. Era inútil. No había nada en aquella celda que no estuviese firmemente atornillado o soldado a las paredes, o que pudiese utilizar. Entonces, de golpe, caí en la cuenta de que mi infección podía ser también mi única defensa. Sin pensarlo dos veces arranqué la costra fresca que se estaba formando sobre la herida de mi frente. Me dolió un horror, pero enseguida un reguero de sangre caliente comenzó a fluir de nuevo sobre mi cara. Empapé mis dedos en la sangre y aguardé, expectante. Al primero que apareciese delante de mi celda, le caería una buena salpicadura de sangre infectada. Si yo caía, por lo menos me llevaría a alguno por delante.

Los pasos sonaban cada vez más cerca. Me arrodillé, ocultando las manos tras mi espalda, listo para saltar como un muelle. De golpe, la luz del pasillo se oscureció ligeramente cuando la figura de Malachy Grapes se interpuso entre el fluorescente y el interior de mi celda.

—Hola, abogado. —La voz de Grapes sonaba zumbona, porque el muy cabrón sabía que me tenía atrapado.

En sus brazos, un asustado *Lúculo* se revolvía, mirando con ojos enloquecidos de terror a la figura ensangrentada que le contemplaba, derrotado, desde el otro lado de los barrotes.

31

Me quedé paralizado. Aquello era lo último que me esperaba. *Lúculo* gimió al reconocerme y trató de liberarse del abrazo de hierro de Grapes, pero el ario le tenía muy bien sujeto.

—¡Suelta a mi gato, pedazo de cabrón! —grité enfurecido—. ¡Suéltalo de inmediato o...!

—¿O qué? —preguntó Grapes—. ¿Qué me harás? ¿Quieres que le retuerza el pescuezo delante de ti?

—¡No! —se me escapó—. No, no lo hagas, por favor.

—Entonces siéntate en el fondo de la celda, donde pueda verte bien —dijo Grapes—. Y las manos a la vista, sin sorpresas.

Obediente, me senté sobre el camastro mientras mi mirada iba de Grapes a *Lúculo*, que al oír mi voz había redoblado sus esfuerzos por liberarse. En el brazo del ario destacaban dos profundos arañazos, señal inequívoca de que mi pequeño amigo peludo no se había dejado atrapar sin luchar. *Bien por Lúculo*, pensé.

—¿Sabes? —dijo Grapes con una sonrisa horrible—, habitualmente, en la cárcel, mi abogado siempre estaba a *este* lado de los barrotes. Resulta muy refrescante el cambio.

—Me resulta sorprendente que alguien te visitase en la cárcel —respondí—. Incluso un abogado.

Grapes se rio, con aire satisfecho.

—Me hubiese gustado traer conmigo a tu zorrita o al pequeñajo soviético, para que se despidiesen de ti, pero han sido más listos que tú y parece que la tierra se los ha tragado. Sólo encontré a esta bestia pulgosa en tu casa, así que supuse que te gustaría volver a verla.

—No le hagas daño, por favor —imploré.

—Eso depende —contestó Grapes. Me fijé que el musculoso sicario del reverendo había tenido la precaución de ponerse unas gafas de seguridad, ante la eventualidad de que le pudiera salpicar con algo. Hiciera lo que hiciese, aquel cabrón siempre parecía ir un paso por delante de mí.

—Mañana por la mañana te meteremos en el tren de deportación —dijo despacio, como si se lo estuviese explicando a un alumno especialmente lento—. Y quiero que te portes muy bien hasta entonces. —Se rascó detrás de una oreja, con parsimonia—. Yo ya te hubiese pegado dos tiros, pero el reverendo tiene unas ideas propias y muy peculiares acerca del castigo, y ha decidido que revientes a solas, lentamente, para que te dé tiempo a pensar en la magnitud de tu cagada.

—Dime algo que no sepa —respondí, con acritud.

—No, dime algo tú —replicó Grapes—. ¿Por qué lo hiciste? Quiero decir, lo tenías todo para vivir de puta madre en Gulfport. Una buena casa, un trabajo sin peligro, una tipa que te calentaba la cama por las noches..., hasta tenías esta mierda de gato, y mira que son difíciles de encontrar hoy en día. No me entiendas mal, me alegro de haber podido joderte. Me caíste mal desde el primer momento en que te vi, pero no suponía que fueras a ponérmelo tan fácil. Dime, ¿por qué lo hiciste?

—Quizá porque no soy una mala bestia como tú —respondí—. Porque todo este lugar es una aberración, porque es inmoral e insano y tarde o temprano todo esto os explotará en las narices. Porque no quiero vivir en un sitio que salva mi cuerpo pero destruye mi alma y mi conciencia. Por todo eso lo hice. Lo único que me jode es no poder estar presente cuando los ilotas se levanten y un par de esos negros del gueto te sujeten a una cama y te violen hasta que no puedan más. Aunque, pensándolo bien, seguramente ya has disfrutado de sus atenciones en la cárcel, dado tu historial.

El rostro de Grapes enrojeció de furia y por un momento pensé que había ido demasiado lejos. Su mano se cerró sobre el cuello de *Lúculo* y zarandeó al pobre gato como si fuese un muñeco de trapo. El animal se debatía sin fuerza, entre débiles maullidos de dolor, al borde de la asfixia.

—Mañana me aseguraré de encerrar a unos cuantos negratas flipados de crack en tu vagón —murmuró, rencoroso—. Quién sabe, puede que el que acabe con el culo roto seas tú.

Callé, sin nada que decir. Grapes tenía todas las cartas ganadoras en la mano, y ambos lo sabíamos perfectamente.

—No es una visita de cortesía, de todas formas —dijo el ario, mientras rebuscaba algo en los profundos bolsillos de su pantalón cargo—. Ten, esto te permitirá aguantar hasta mañana.

Grapes me arrojó algo al interior de la celda. Lo agarré al vuelo y contemplé el objeto. Era un bote, no mucho mayor que una lata de refresco, hecho de plástico transparente. En su interior había un líquido blancuzco y turbio.

—Es el Cladoxpan —dijo Grapes—. Llevas ocho horas infectado, por lo que los primeros síntomas deben de estar a punto de manifestarse. —Me contempló, pensativo—. Aunque ya veo que estás sudando como un cerdo a pesar del frío que hace aquí abajo.

No dije nada, pese a que sus palabras confirmaban mis peores presentimientos. El calor que llevaba sintiendo toda la tarde era completamente antinatural. El TSJ triunfaba sobre mis defensas.

—¿Qué debo hacer? —pregunté, con voz apagada.

—Tienes dos opciones —contestó el guardia verde—. La primera es que me devuelvas ese bote y así, cuando venga a buscarte mañana, no serás más que un apestoso No Muerto. Te dispararemos una bala de nueve milímetros a la cabeza, quemaremos tu cuerpo en el basurero del pueblo y todo se acabará para ti. La otra opción es que te lo vayas bebiendo lentamente, dosificándolo. Cuanto más consigas que dure, más durarás tú, aunque eso no te llevará a ningún otro sitio más que a morir en el páramo. —Grapes se encogió de hombros—. Tú decides.

—Escojo vivir —repliqué con voz débil, mirando al suelo. En toda mi vida había estado tan derrotado.

—¿Cómo dices...? No te oigo.

—Escojo vivir —repetí, algo más fuerte.

—Suponía que dirías eso —contestó Grapes—. Por eso quiero tener una garantía suplementaria de que te portarás bien.

El ario sacó una navaja de la caña de su bota, y antes de que me diese tiempo a parpadear colocó a *Lúculo* sobre sus rodillas y el filo de la hoja sobre el rabo de mi gato.

—¡NO!

Con un gesto rápido Grapes deslizó la navaja y, en dos movimientos, cortó el rabo de *Lúculo* por la mitad. El gato profirió un profundo maullido de dolor mientras de repente todo parecía transcurrir a cámara lenta. El gesto de la muñeca de Grapes trazando un arco ascendente. El filo de la navaja cubierta de sangre. Esa misma sangre saliendo a chorros del muñón de la cola de *Lúculo*. Los ojos desorbitados de dolor y pánico de mi gato persa. La expresión sádica de satisfacción de Grapes. Los nudillos de mis manos, blancos como la cal, mientras sacudía las rejas.

—¡Cabrón, cabrón, cabrón, CABRÓN! ¡Te mataré! ¿Me oyes? ¡Te juro que te voy a matar, pedazo de hijo de puta!

—Eso cuéntaselo a otro. —Grapes se puso tranquilamente en pie y guardó de nuevo la navaja en su bota—. No te preocupes por tu gato, haré que le pongan una venda o algo por el estilo en ese trozo de rabo que le queda. —De repente, su tono de voz se volvió amenazante—. Pero si no quieres que me pase esta noche apostándome trozos de gato persa en una mesa de póquer, más te vale que te portes bien hasta mañana. ¿Estamos?

La sangre de *Lúculo* goteaba sobre el suelo de linóleo sucio, dejando enormes goterones en forma de flor. Yo era incapaz de apartar la mirada de aquellas manchas. En mi vida había sentido tanto odio hacia alguien como en aquel momento.

—Te dejo a solas, para que medites. Que pases buena noche.

Y aquel maldito bastardo de Malachy Grapes se alejó silbando por el pasillo, mientras en sus manos los gemidos de dolor de *Lúculo* sonaban cada vez más débiles.

Finalmente, me quedé a solas, con el bote de Cladoxpan en una mano y el trozo de cola amputado de *Lúculo* en la otra, mientras mi corazón sangraba a borbotones.

Sólo entonces descubrí que ya no era capaz de llorar. Y que lo único que deseaba era venganza.

32

Bluefont
Al día siguiente de la redada

Las dos primeras horas de la mañana fueron las más anima-
das. Mendoza instaló su cuartel general en la planta alta del
Gallo Rojo y comenzó a mandar mensajeros en las cuatro
direcciones del gueto. Los mensajeros eran críos, niños en
algunas ocasiones, de piernas rápidas y mirada hambrienta.
A ninguno de ellos les entregó un mensaje físico, sino que
los obligó a que memorizasen el contenido de la misiva. De
su velocidad y habilidad dependía que las posibles patrullas de la Milicia Blanca o de la Guardia Verde no los cap-
turasen, y en todo caso, si caían en manos de los hombres
de Greene, no debían llevar nada comprometedor encima.

Lucía y Viktor contemplaban la escena desde un rincón,
algo atemorizados. Alejandra había sacado de alguna parte
un botiquín y había curado con delicadeza los cortes y moratones del ucraniano, ya bastante recuperado. Aún le dolían las costillas (y lo más probable era que tuviese una
o dos rotas), pero era algo que el exmilitar podía soportar
perfectamente. Su mirada se paseaba por aquel organizado alboroto, como tratando de descifrar el patrón de to-

dos aquellos movimientos, mientras daba buena cuenta de un plato de estofado de origen incierto.

—¿Qué está pasando, Viktor? —murmuró Lucía, inquieta, sentándose al lado del ucraniano.

—No estoy seguro —replicó Pritchenko—. Pero esto tiene toda la pinta de una rebelión.

—¿Una rebelión? —Lucía volvió la cabeza, alarmada—. ¿Cuándo?

—Creo que en pocas horas —contestó Viktor—. Supongo que es algo que ya estaba planeado, pero la redada de hoy parece haber adelantado los planes.

El ucraniano no podía saber hasta qué punto estaba en lo cierto. El plan llevaba gestándose meses. Los ilotas de Bluefont, o al menos una buena parte de ellos, aunque estaban sometidos y controlados, no estaban ni mucho menos vencidos. El levantamiento era una posibilidad que Greene y sus hombres tenían muy en cuenta, y que temían. Al menos en cuatro ocasiones había estado a punto de ocurrir y en otras tantas la habían abortado a última hora. El gueto estaba plagado de informadores, soplones y agentes a sueldo de Greene, que mediante el soborno o la extorsión siempre encontraban a alguien dispuesto a trabajar para ellos. Mendoza sospechaba incluso que en cada una de las redadas los guardias verdes aprovechaban para dejar determinadas casas plagadas de cámaras y micrófonos. Uno de los motivos de haber instalado su cuartel en aquel edificio era porque lo habían inspeccionado a fondo y creían que estaba totalmente limpio. Pero aun así, las posibilidades de que los arios estuviesen al corriente de sus planes eran reales, y muy presentes.

Por eso aquella redada imprevista había hecho volar por los aires toda la planificación. Tenían que actuar, y tenían que hacerlo ya.

Cuarenta minutos más tarde, treinta personas, entre hombres y mujeres, se apretujaban en aquella habitación

274

tratando de hacerse oír en medio del creciente barullo. A medida que habían ido llegando, cada uno contaba una historia más espeluznante que la anterior. Aquella redada había sido con diferencia una de las peores. No tenían manera de calcularlo, pero creían que los verdes se habían llevado al menos a seiscientas personas del gueto.

—¡Esta vez ha sido peor que nunca! —rugía un chicano alto y correoso con la voz cargada de ira—. ¡No han ido sólo a por los más débiles! ¡Se han llevado incluso a hombres y mujeres adultos!

—Ha sido indiscriminado —se quejaba otro—. No han respetado ni siquiera a los que tenían la documentación en regla.

—¿Cuándo ha sido eso un problema para ellos? —contestó amargamente una voz desde el fondo—. Nos están exterminando, joder, como en aquella maldita película en blanco y negro de Spielberg.

—¡Pero teníamos un acuerdo! —replicó el primero, tercamente—. ¡La documentación en regla! ¡La documentación en regla!

—Eres un soplapollas si te crees toda esa patraña. Y un jodido vendido de mierda, ya que estamos en ello. Sé que has perdido el culo por conseguir esos trozos de papel que no valen nada, y ahora vienes lamentándote.

—¿A quién has llamado vendido, cabrón? —contestó el hombre, echando mano del cuchillo que le pendía de la cintura.

Todo el mundo comenzó a vociferar a la vez de forma que resultaba imposible oír nada. Mendoza se subió sobre la mesa, tratando de imponerse sobre la multitud. Su esfuerzo resultó inútil, por mucho que se desgañitaba. Finalmente, agarró una inútil pantalla de ordenador, la levantó en brazos y la arrojó por la ventana, destrozando los últimos cristales intactos que quedaban en todo el edificio.

Al oír el estruendo todas las voces se callaron de golpe y miraron en dirección al mexicano. Éste permanecía de pie sobre la mesa, lanzando chispas por los ojos.

—Sois un hatajo de cretinos —barbotó—. No sé por qué Greene se molesta en enviar a sus hombres aquí, si nos las podemos arreglar nosotros solos para matarnos. Callaos de una vez, y escuchadme, si queréis que tengamos alguna oportunidad de vivir.

Un coro de murmullos y toses siguió a estas palabras. Unas cuantas miradas cruzadas entre los asistentes decían bien a las claras que había muchos temas pendientes entre ellos, pero todo el mundo obedeció la orden del *Gato* Mendoza.

—Ha llegado el momento —comenzó Mendoza, tras aclararse la garganta—. El momento que temíamos y deseábamos. No podemos aguantar ni un minuto más esta maldita opresión. Los verdes nos tratan como si fuésemos carneros para el sacrificio. Las redadas son cada vez peores y más frecuentes. Tenemos que actuar ya.

—No sé si es lo más prudente. —Un viejo anciano de color, ataviado con una apolillada chaqueta de tweed y gruesas gafas, se adelantó para hablar. Antes de la pandemia había sido un respetado profesor de filosofía en una universidad del Medio Oeste. Por su manera de moverse daba la impresión de que era una persona acostumbrada a hacerse oír y respetar—. La violencia sólo engendra violencia. El caos lleva al caos. Sólo con la concordia y el entendimiento podemos encontrar soluciones a largo plazo. Estoy seguro de que si tratamos este asunto directamente con el reverendo y le explicamos la situación, él se encargará de que esto no vuelva a repetirse y castigará a los culpables. O, por el contrario, podemos aplicar una política de resistencia pasiva, al estilo de Gandhi. Pero no creo que una resistencia armada sea la mejor solución.

A sus palabras siguió un aluvión de contestaciones a favor y en contra; todo el mundo trataba de hablar a la vez.

—Profesor Banksted —prosiguió Mendoza cuando consiguió acallar a todos los presentes—, sé que es usted una de las personas más sensatas de todo el gueto, pero lamentablemente esto no es la universidad donde usted trabajaba. Ni siquiera es el mismo jodido mundo. El problema es que no se da cuenta de que nosotros no somos una pandilla de estudiantes reclamando mejoras en el menú del comedor. Estamos hablando de salvar nuestras vidas.

—Nuestras vidas son preciosas para la gente del otro lado del Muro —contestó Banksted sin amilanarse—. Nos necesitan para que salgamos ahí fuera a conseguir alimentos, combustible, ropa y medicinas. ¡Sin nosotros no pueden vivir!

Un murmullo de aprobación siguió a las palabras del anciano, que cruzó los brazos, satisfecho.

—Eso sólo es verdad a medias, profesor —replicó Mendoza—. En primer lugar, no todos los habitantes del gueto salen a conseguir artículos. Los niños, los enfermos y los ancianos como usted son prescindibles a los ojos de Greene. Desde que ha llegado al gueto, ¿ha salido alguna vez al exterior? No, ¿verdad? Es una boca inútil, como la de muchos de los que viven en este lado. —Banksted se encogió, visiblemente incómodo ante aquellas palabras—. Y además, ¿cuántos ilotas son necesarios para mantener Gulfport funcionando? Nunca hay más de quinientos de nosotros ahí fuera y, la verdad, creo que con mil o dos mil esclavos les bastaría. Y serían más manejables.

Un nuevo estallido de frases cruzadas siguió a estas palabras.

—Eso no son más que suposiciones tuyas —contestó Banksted, terco—. Yo viví la segregación racial en los años sesenta, y puedo asegurarte que si nos hubiésemos levantado en armas las consecuencias habrían sido fatales.

—Déjeme hacerle una pregunta: ¿en los disturbios raciales de los sesenta metían a cientos de negros en un vagón de tren y se los llevaban en dirección desconocida para no volver nunca jamás? —preguntó Mendoza con acritud.

El anciano profesor calló, inseguro, y miró al suelo antes de contestar con un casi inaudible «no».

—Nos están exterminando, y eso es un hecho, nos guste o no —continuó Mendoza. El silencio en la sala en ese momento era total. Todos y cada uno estaban pendientes de las palabras del mexicano—. Frente a eso podemos hacer dos cosas: o nos dejamos llevar mansamente al matadero, como hicieron los judíos durante el Holocausto, o nos levantamos y luchamos por nuestras vidas con las armas en la mano. Lo peor que nos puede pasar es que nos maten en el intento... pero la muerte ya la tenemos asegurada.

Un coro de sombríos asentimientos le acompañaron. Las dudas del grupo se estaban disipando.

—¡Ha llegado la Hora de los Justos! —La voz de Mendoza tronaba, imbuida de un espíritu vengativo—. ¡Ha llegado la hora de que la justicia y la libertad se impongan a la tiranía y la opresión! ¡Ha llegado el momento de que volvamos a tener el control de nuestras vidas! ¡Es ahora o nunca, camaradas, compañeros. Tomemos las armas y asaltemos ese maldito Muro! ¡Atravesemos Gulfport a sangre y fuego y démosle a esos gordos y holgazanes blancos una lección que nunca olvidarán... ¡Luchemos juntos! ¡Luchemos por nuestra libertad!

Un aullido de aclamación siguió a estas palabras. Los presentes gritaban, alzaban sus puños y parecían poseídos de repente por una fiebre salvaje e insensata. Hasta el prudente y timorato profesor universitario parecía haberse contagiado de la excitación. Algunos incluso alzaban sus cuchillos en el aire, apuñalando a unos inexistentes y fantasmales guardias verdes.

Un aplauso sonó con fuerza entre los gritos, que se fueron apagando hasta convertirse en un murmullo. Todas las cabezas se giraron en dirección al sonido de los aplausos y enmudecieron de repente. Viktor Pritchenko, de pie junto a una pared batía las palmas con energía y con una sonrisa amarga en la boca.

—¡Bravo! —dijo, con un tono de voz cargado de ironía—. ¡Bravo! Un discurso cojonudo, de verdad. Francamente, me has sorprendido. Esto es algo con lo que no contaba. Un matón barato convertido en líder revolucionario. Si no hubieses estado a punto de matarme hace unas horas te respetaría mucho más, en serio. Aun así, estoy impresionado. —Y continuó aplaudiendo.

—¿Tienes algo que decir, güero? —replicó Mendoza, visiblemente molesto.

—Algunas cosas, sin duda —contestó Viktor, mientras se subía a la mesa donde estaba el mexicano—. La primera de todas es que tenéis toda la razón del mundo. Esos cabrones del otro lado del Muro quieren acabar con vosotros, y van a conseguirlo. Pero también sé que vuestra pequeña revolución está condenada al fracaso de antemano.

—¿Por qué dices eso? —le interpeló una mujer, en un inglés estropajoso—. Somos más numerosos que ellos, y no tenemos miedo a morir.

—No sois más numerosos que ellos, en primer lugar —contestó pausadamente el ucraniano—. Al otro lado del Muro hay mucha más gente que a este lado, mucho mejor alimentada y en mejor estado físico, y sobre todo, mucho mejor armada. ¿Acaso pensáis atacar a la Guardia Verde y a la Milicia Blanca con cuchillos?

—Tenemos armas. —Mendoza echó el mentón hacia delante, desafiando a Prit—. Y los integrantes de la Milicia Blanca y la Guardia Verde son menos de trescientos en total.

—Sin duda —contestó Viktor—, pero estoy seguro de que en caso de necesidad Greene podrá armar a un par de miles de hombres tan sólo quince minutos después de que haya empezado vuestro asalto. Vengo del otro lado, y sé de lo que hablo.

Un murmullo incómodo recorrió la sala, pero nadie interrumpió al ucraniano.

—Además, ¿qué armas tenéis? Por lo que me han contado, los guardias verdes os desarman cada vez que volvéis de una incursión.

—Hemos conseguido escamotear unas cuantas armas —dijo el chicano alto—. Y de vez en cuando encontramos armas de fuego en las incursiones y las entramos en el gueto, escondidas entre los pertrechos. Tengo una lista. —Y le tendió un par de folios escritos a mano al ucraniano.

Pritchenko ojeó los papeles rápidamente y se le escapó una carcajada sarcástica.

—Lo que sospechaba —dijo, mientras daba vueltas a los folios—. Tenéis menos de dos docenas de rifles de asalto, una colección enorme de armas de caza e incluso alguna que otra pieza de museo. —Se detuvo en una de las líneas del papel y levantó la cabeza con incredulidad—. ¿Una Thompson? ¿En serio? ¿Una metralleta de gángster de los años veinte? ¿De dónde coño la habéis sacado? Eso tiene que ser digno de verse...

—Son armas, y matan igual que las modernas —contestó el hombre, rígido.

—No matan «*igual*», créame. —Le devolvió los folios mientras meneaba la cabeza—. Y lo que es peor, ni siquiera tenéis munición suficiente para abastecer toda esta artillería tan variopinta. En menos de diez minutos de combate real os habréis quedado secos. —Sonrió irónico—. Supongo que el plan en ese caso es matarlos a escupitajos, o tirándoles piedras. Y eso por no hablar de que la mayor parte de vosotros no tiene la más mínima formación militar, y ya no digamos sus mandos revolucionarios. —Se giró hacia Mendoza, que escuchaba rojo de ira—. Sin ánimo de ofender, *Gato*. O sí, qué cojones. Acaban de romperme una costilla por tu culpa, cabrón.

—Tenemos el factor sorpresa —murmuró Mendoza, iracundo, mientras hacía caso omiso de las pullas de Pritchenko—. Y podemos apoderarnos de la munición de los verdes que matemos.

—Un plan cojonudo —replicó Viktor—, si me explicas cómo pretendéis asaltar ese muro de hormigón y alambradas y esas barbacanas con ametralladoras pesadas. Además, estás olvidando un elemento fundamental: Greene tiene el control total del Cladoxpan. Si el plan no sale a la primera, tan sólo tiene que cortaros el suministro durante un par de días para convertiros a todos en un hatajo de No Muertos. Lo cierto es que os tiene cogidos por los huevos.

—Eso no es del todo cierto —dijo una voz educada y profunda al fondo de la sala.

Por primera vez desde que se había subido a aquella mesa, Viktor Pritchenko vaciló durante unos instantes mientras contemplaba incrédulo a la persona que acababa de hablar.

Porque con los pantalones de su elegante uniforme todavía empapados de agua, y una expresión seria en el rostro, Gunnar Strangärd acababa de entrar en la sala.

33

Los cobardes mueren muchas veces
antes de su verdadera muerte;
los valientes prueban la muerte
sólo una vez.

W. SHAKESPEARE

—¿Qué? Pero ¿qué...? —tartamudeó el ucraniano—. ¿Qué haces tú aquí?

—Eso mismo podría preguntar yo —contestó el sueco, que al ver a Lucía inclinó la cabeza y la saludó cortésmente—. Aunque debo decir que me alegro de ver que están sanos y salvos.

—Yo no diría que esto sea estar sano y salvo —gruñó Viktor, mientras se señalaba el ojo morado y los hematomas de la cara.

—Hay mucha gente que está peor ahora mismo, créame. —El sueco se abrió paso entre la multitud, saludando con familiaridad a la mayoría de los presentes. Estaba claro que era una cara conocida allí.

—Hola, Gunnar —le dijo Alejandra mientras le plantaba un par de besos en las mejillas—, ¿cómo estás?

—Hola, Ale —contestó Strangärd, con una nota de alivio en la voz—. Me alegro de verte. Esto es una auténtica pesadilla.

—Dímelo a mí —replicó la mexicana—. ¿Qué está pasando al otro lado del muro?

—Están organizando el embarque —respondió el oficial—, y no tenemos mucho tiempo. —Se volvió hacia Lucía y Viktor, con una expresión terrible en el rostro—. Me temo que traigo muy malas noticias: tienen a su amigo.

Por un instante, el tiempo se detuvo dentro de la habitación. Lucía dio un paso adelante mientras la sangre se le escapaba del rostro.

—¿Cómo que lo tienen? —La voz de Lucía temblaba—. ¿Qué quiere decir?

—Lo han encerrado en el calabozo. Dicen que ha asesinado a alguien mientras trataba de robar una cepa de Cladoxpan. Van a meterlo en el convoy que sale en dos horas, junto con todos los detenidos en la redada del gueto.

—¡Tenemos que hacer algo! —Lucía se giró hacia Viktor, ansiosa—. ¡Prit, tenemos que rescatarlo ahora mismo!

—Imposible. —Strangärd meneó la cabeza—. Está fuertemente vigilado, y además hay una multitud alrededor de la comisaría, deseando lincharlo en cuanto asome la cabeza. Por otro lado, han puesto precio a la vuestra. Si aparecéis al otro lado dispararán primero y preguntarán después.

Lucía sintió que sus piernas se transformaban en jalea, y se dejó caer contra una pared, deslizándose hasta el suelo. Un reguero incontrolable de lágrimas amenazaba con ahogarla.

Lo van a matar. Primero la matanza del gueto y ahora él. Oh, Dios, todo es culpa mía. Cómo puedo haber sido tan jodidamente estúpida...

Alejandra pasó un brazo sobre los hombros de Lucía y trató de reconfortarla, pero la joven era inconsolable. No podía parar de sollozar.

—Bueno, y ahora, ¿qué hacemos? —preguntó Alejandra, paseando su mirada por la sala. Viktor permanecía en pie, con el aspecto de alguien al que le acaban de dar el puñetazo más fuerte de su vida, Mendoza aún trataba de controlar su ira y el resto de los asistentes parecían tan perdidos y confusos como ella.

—Ha llegado el momento, Gunnar —dijo Mendoza, quedamente—. Necesitamos la ayuda de los Justos.

—Tendréis nuestra ayuda, no lo dudes —contestó Strangärd con calma—. Podemos preparar el alijo en cuanto vuelva al otro lado.

—Espera un momento —dijo Viktor, tratando de recuperarse—. ¿De qué estáis hablando? ¿Qué alijo? ¿Quiénes sois los Justos?

—No todo el mundo al otro lado del Muro comparte las ideas de Greene —contestó Strangärd—. No somos muchos, pero sí los suficientes para darnos cuenta de que Gulfport está podrido hasta la médula. Nos hemos organizado de forma clandestina. Si Greene se enterase de que existimos, o de que estoy aquí, los que estaríamos dentro de esos vagones de tren seríamos nosotros.

—Los Justos nos han ayudado desde el principio —intervino Alejandra—. Se encargan de avisarnos de los cambios de documentación, de facilitarnos copias falsas, medicamentos, alimentos e incluso armas. El puente sumergido que cruzasteis anoche no podría haberse construido sin su ayuda.

—Estamos obligados a ser muy discretos —dijo Strangärd—. Greene tiene ojos y oídos en todas partes. Desde el momento en que los vi supe que ustedes no eran como esa gente del otro lado. Traté de hablar con su grupo y explicarles la auténtica situación de la ciudad, pero me fue imposible. Birley y toda la tripulación del *Ithaca* es absolutamente fanática, y los vigilaban muy de cerca. Después tampoco tuve ocasión.

—¿Sois muchos? —preguntó Viktor.

—Ni siquiera yo podría contestar a esa pregunta —replicó el sueco—. Estamos organizados en células independientes, de forma que, si atrapan a alguno, el resto de la organización permanezca a salvo. Pero tenemos gente en casi todas partes, y a este lado del Muro pueden contar con nuestra ayuda.

—¿Y cómo vais a ayudarnos? —preguntó el ucraniano.

—Vaya, ahora ya no te parece tan ridícula la idea del levantamiento —le interrumpió Mendoza, irónico.

—Sigue pareciéndome igual de ridícula y suicida —contestó Viktor—. Pero no queda otra opción, por lo que veo.

—Me temo que no —dijo Strangärd—. En el Cuartel General de Greene se han oído rumores de que en menos de un mes se va a proceder a una liquidación general del gueto, y que tan sólo dejarán a unos dos mil ilotas con vida. Si vamos a hacer algo, hay que hacerlo ya.

—El Cladoxpan... —dijo Pritchenko.

—Ya he oído lo que decías —replicó el sueco—. Eso no será ningún problema. Tenemos ocultos casi cuatro mil litros de Cladoxpan en un depósito subterráneo. Nuestra gente de dentro del laboratorio se ha jugado la vida durante meses para sacarlo poco a poco. Aunque Greene os corte el suministro, podréis sobrevivir durante unos cuantos días, el tiempo suficiente, si Dios quiere, para que el alzamiento triunfe.

—¿Y si no triunfa? —interrumpió el anciano profesor negro—. ¿Y si el alzamiento fracasa? ¿Qué pasará cuando se acabe esa reserva?

—Si el alzamiento fracasa, ése será el menor de nuestros problemas, porque ya estaremos todos muertos —contestó Mendoza fríamente—. ¿Cómo pensáis hacérnoslo llegar, Gunnar?

—Cruzarlo a través del Muro es imposible —dijo Strangärd, tras reflexionar un instante—. Es una cantidad demasiado grande para pasarla de una sola vez, y si lo hacemos en varios viajes tardaríamos demasiado y correríamos muchos riesgos.

—Lo ideal sería que lo introdujésemos nosotros en el gueto —pensó Mendoza en voz alta—. Si lo dejaseis en un sitio en el que pudiésemos cogerlo más tarde...

—Sí, es una buena idea —dijo Strangärd—. Pero ¿dónde?

Un silencio pesado invadió la sala. Habían llegado a un callejón sin salida.

—Fuera —intervino Pritchenko, de repente—. Al otro lado de la muralla exterior.

—No es mala idea. —Strangärd sonrió, por primera vez—. Si camuflamos los bidones entre los residuos de la ciudad...

—Cuando nuestra gente vaya a recogerlos para llevarlos hasta el vertedero exterior ya serán nuestros —acabó la frase Mendoza—. Los ocultaremos dentro de los camiones de la basura. Los verdes jamás registran esos camiones.

—Perfecto. —Strangärd se volvió hacia Viktor Pritchenko y le sonrió—. Ha sido una idea brillante, amigo.

—Tengo mis momentos —replicó Viktor, incómodo—. ¿Cuándo podremos hacer eso?

—No está programada una salida de residuos hasta dentro de una semana, por lo menos —dijo el sueco—. Además, necesitamos tiempo para llevar los bidones de forma discreta hasta el vertedero interior de la ciudad.

—¿Una semana? —Viktor se agitó, inquieto—. ¡Eso es demasiado tiempo! ¡Acaba de decir que ese tren de deportación va a salir en dos horas!

—Ya no podemos hacer nada por esa gente. —Strangärd meneó la cabeza, compungido—. Pero podemos salvar la vida de los que aún están aquí.

—¡Ya lo habéis oído! —gritó Mendoza a los asistentes en la sala—. Tenemos siete días para organizarlo todo. Reunid a vuestros grupos, preparad las armas y estad listos para la señal. ¡Dentro de una semana, la Ira de los Justos caerá sobre esos cabrones de Gulfport!

Un murmullo de aprobación sacudió toda la habitación. Como suele suceder habitualmente tras tomar una decisión trascendental, todos se sentían extrañamente tranquilos, como si hubiesen cruzado un puente y lo quemasen tras ellos. Se lo jugarían todo a una carta, pero al menos acabarían con aquella sensación de terror permanente.

Mientras la gente comenzaba a abandonar la sala, Strangärd sintió que alguien le sujetaba por un brazo. Al girarse vio la cara de Lucía, arrasada por las lágrimas, que le contemplaba implorante.

—Por favor —sollozó—, por favor, tiene que ayudarle. Yo... le quiero más que a nadie en este mundo. Si él muere nada tiene sentido para mí. ¡Nada! Es usted de los Justos, ha dicho que es usted justo. Por favor, ayúdeme. Ayúdele.

Strangärd titubeó, mientras contemplaba a la joven.

—No puedo hacer nada por él —dijo—. No puedo sacarlo del tren, ni de la cárcel. Es demasiado peligroso.

—Escúcheme. —Lucía se irguió, reuniendo toda la energía que le quedaba en el cuerpo, y tratando de controlar el temblor de su voz—. Sé que le pido algo muy difícil, pero en ese tren está el hombre que amo. Si usted no puede ayudarme cruzaré otra vez ese maldito puente e iré caminando hasta esa estación y me subiré en el vagón con él, si es necesario. Si tiene que morir, moriré con él. Si va a vivir, por favor... ayúdeme.

Strangärd tragó saliva, dudando. Lo que le pedía iba mucho más allá del riesgo asumible, pero el brillo implacable y decidido de los ojos de la muchacha le decía que hablaba en serio.

—«Los cobardes mueren muchas veces antes de su verdadera muerte; los valientes prueban la muerte sólo una vez» —recitó quedamente el sueco, con la mirada perdida.

—¿Qué significa eso? —preguntó Lucía con un hilo de voz

—Significa que lo haré —suspiró Strangärd—. Ayudaré a tu hombre.

—Gracias. —Los ojos de Lucía se volvieron a inundar de lágrimas—. Gracias.

—Pero aunque le ayude, eso no significa que salga con vida del lío inmenso en el que está metido —añadió Strangärd—. Tan sólo podré facilitarle algunas cosas. Después, todo dependerá de él.

—No se preocupe —replicó Lucía con una sonrisa temblorosa—. Es un superviviente nato, y ha salido de situaciones peores. Sé que lo conseguirá.

34

Kilómetro 177,5. Interestatal 196,
en algún lugar entre Misisipí y Louisiana

El coronel Hong estaba furioso. La caravana se había detenido por tercera vez en lo que iba de día. Y en aquella ocasión parecía que la pausa iba para largo. El obstáculo estaba en un puente sobre una quebrada de más de doscientos metros de largo, obstruido por dos camiones cruzados en medio de la calzada. Uno de los conductores había abandonado su vehículo cuando se había quedado sin combustible y el otro había impactado más tarde contra él, dejando un montón de hierros retorcidos en medio del puente. Parte del tráiler colgaba en equilibrio inestable sobre el borde, desafiando a la ley de la gravedad.

Tras dos semanas de viaje a través de lo que quedaba del sur de Estados Unidos, incluso el equilibrado Hong notaba que sus nervios estaban a punto de saltar en pedazos. Aunque el viaje había sido bastante rápido, no había estado exento de dificultades. La principal había consistido en encontrar el suficiente combustible para seguir avanzando. Si bien era cierto que las carreteras estaban llenas de vehículos abandonados que se pudrían lentamente a la intemperie, la mayor parte de ellos no tenían ni una gota de combustible en sus depósitos. Sus dueños habían circulado con ellos hasta que se habían quedado secos y, después, simplemente habían seguido andando, dejando sus coches abandonados de cualquier manera en la calzada.

Sin embargo, ésos constituían una minoría. La mayor parte de los vehículos no eran más que un amasijo de hierros y cristales rotos. Hong sospechaba que la rápida expansión del virus había provocado que sus conductores ya estuviesen infectados en el momento de salir huyendo de sus hogares. El TSJ no se contagiaba tan sólo con una mordedura, sino que el mero contacto con cualquier mucosa (un beso, el sexo) hacía que un portador infectase a toda una familia en el lapso de horas. La mayor parte de los No Muertos habían llegado a su lamentable condición en los primeros días de la pandemia, sin haber sido nunca conscientes de ello. Cada vez que veía uno de esos vehículos estrellados, Hong podía imaginarse perfectamente a un tipo conduciendo un coche atestado, con toda su familia dentro, huyendo de su ciudad natal presa del pánico, y cómo a medida que iban pasando las horas se iba sintiendo cada vez peor, hasta que llegaba un momento en el que alguien dentro del coche... bueno, incluso para el duro coronel resultaba una visión desasosegante. Los restos carbonizados y arrugados en los arcenes, con sus sonrientes calaveras dentro, demostraban que su teoría era terriblemente cierta.

Aquello había supuesto que la búsqueda de combustible se transformase en una auténtica pesadilla. Los motores de sus blindados aceptaban gasolina normal, mediante unos filtros modificados, pero éstos tendían a obstruirse y los motores sufrían enormemente con aquella mezcla extraña. Por culpa de eso ya habían tenido que dejar abandonados dos de sus vehículos por el camino. Los tripulantes de aquellos blindados habían tenido que apretujarse en los vehículos supervivientes, y aquello había causado sus primeras bajas: dos soldados se habían acercado demasiado a la cubierta del motor, para estar más calientes, y se habían ahogado con el monóxido de carbono de los escapes.

Hong encendió otro cigarrillo, mientras observaba cómo uno de sus *bulldozers* traqueteaba por el puente en dirección a los restos retorcidos, guiado por un soldado que caminaba delante de la máquina. Veía esa maniobra al menos dos veces al día desde que habían llegado.

¿Cuántos coches había en Estados Unidos antes de la pandemia?, se preguntaba a menudo el coronel. A veces le daba la sensación de que cada americano tenía al menos tres vehículos, a juzgar por la cantidad de ellos con que se habían cruzado por el camino.

El coronel coreano miró su cigarrillo y le dio una profunda calada. Aquello era una de las pocas cosas buenas que, hasta el momento, habían sacado en limpio de la expedición. El tabaco americano era muchísimo mejor que la espantosa picadura china a la que estaban acostumbrados, y no faltaban lugares en la carretera donde abastecerse. Sus hombres eran fumadores, como la mayor parte de la población norcoreana; Hong estaba convencido de que se podría seguir el rastro de su expedición por el aroma a Lucky Strike que iban dejando tras ellos.

El *bulldozer* llegó junto a los restos de los camiones y levantó su pala modificada en forma de un gigantesco tenedor para comenzar a empujar. Al principio sólo se oyó el rugido del motor, pero poco a poco los restos de los camiones empezaron a deslizarse sobre el puente, en medio de un concierto de chirridos, arañazos y un penetrante aroma a plástico quemado. Con un último esfuerzo, el operario del *bulldozer* levantó la cabina del camión menos dañado y lo empujó sobre el borde del puente. La parte del tráiler que colgaba sobre el vacío osciló peligrosamente, pero la cabina se había quedado enganchada en un poste de acero que sobresalía del pretil del puente y los restos no se movieron ni un milímetro más. El conductor del *bulldozer* metió marcha atrás, ganó un par de metros y con un rugido de motor se lanzó de nuevo contra el chasis retorcido, como un carnero metálico de treinta toneladas dando un topetazo.

Cuando la pala impactó contra la cabina empezaron a suceder muchas cosas en cadena. El poste de acero que la mantenía sujeta al puente se desgajó como una brizna de hierba, y el camión quedó libre. Entonces comenzó a caer al vacío, arrastrando con ella al remolque; éste basculó sobre sí mismo como una peonza y golpeó los restos del otro vehículo, que salieron inesperadamente proyectados hacia delante sin que el conductor del *bulldozer* lo advirtiera.

Los restos achicharrados del segundo camión golpearon al vehículo coreano por un lateral con tanta fuerza que lo desplazaron medio metro. No era mucha distancia, pero la suficiente para que el *bulldozer* se ladease y cayese sobre el borde del puente a cámara lenta.

—¡No! —rugió Hong, arrojando su cigarrillo al suelo, impotente ante lo que estaba pasando justo delante de sus ojos.

El *bulldozer* vaciló unos instantes en el borde del puente, como si en el último instante el destino se lo hubiese pensado mejor. Sin embargo, su conductor, presa del pánico, abrió la puerta lateral reforzada y se encaramó sobre el chasis, tratando de escapar de una muerte casi segura. De haberse quedado sentado en su puesto, la propia inercia habría vuelto a colocar al *bulldozer* sobre sus cuatro ruedas, pero aquel movimiento repentino desestabilizó por completo el frágil equilibrio en el que se encontraba. Con un sonido rasposo de metal contra cemento el *bulldozer* se precipitó al vacío, arrastrando con él a su conductor y los restos destrozados de dos camiones estrellados sobre aquel puente maldito mucho tiempo atrás.

La masa enredada de pala y camiones se estrelló contra el fondo del barranco con un sonido retumbante que tuvo que oírse en muchos kilómetros a la redonda. Una enorme columna de polvo y humo se levantó en el lugar del impacto y, por un instante, toda la expedición se quedó congelada, contemplando el lugar del accidente con incredulidad.

—Señor. —El teniente Kim se acercó al coronel Hong con cautela. Sabía que su superior era un hombre equilibrado, pero muy peligroso cuando se enfurecía. Y no hacía falta ser muy listo para darse cuenta de que Hong estaba ardiendo de rabia—. Hemos perdido una de las palas, pero el camino está abierto.

Hong respiró profundamente un par de veces, con las mandíbulas tensas. Perder un blindado era malo, pero perder una de sus dos palas reforzadas era una auténtica tragedia. Aquellos vehículos habían sido diseñados especialmente para abrirse camino a través de carreteras plagadas de obstáculos y con la presencia de No Muertos. Las cabinas estaban protegidas con cristal reforzado y situadas en una posición más alta de lo habitual, de forma que el conductor siempre estaba a salvo. La pérdida de una de ellas era irreemplazable.

No vale la pena llorar sobre la leche derramada —pensó Hong con fatalismo oriental—. *Y hay un plazo de tiempo que cumplir.*

—Tenemos que seguir adelante —le indicó al teniente—. Además, el culpable ya está muerto. Nada nos retiene aquí. —Se encaramó en su blindado e hizo girar su brazo en alto dos veces sobre su cabeza para indicar que encendiesen los motores—. ¡Vámonos!

Con un estruendo, la columna cruzó en fila de a uno aquel puente, dejando en el fondo del barranco una pira ardiente donde el *bulldozer* y el cuerpo de su conductor se consumían entre chasquidos.

Una hora más tarde, Hong suspiró y se dejó caer en su asiento. El viaje estaba siendo una auténtica locura. Desde un principio habían decidido utilizar vías secundarias en su avance, confiando en dejar atrás los principales núcleos de población, pues allí se encontraban las concentraciones más altas de No Muertos. Además, en aquellas vías alternativas era más difícil que la ruta estuviese cortada. El reconocimiento por satélite previo había detectado varios puntos a lo largo de las principales vías que eran absolutamente intransitables. En algunos lugares, las autoridades locales habían volado puentes y túneles, en un último intento desesperado por atajar la propagación de la enfermedad, tal y como se hacía en la Edad Media para evitar que se extendiera la peste negra. En otros había embotellamientos masivos de tráfico de varios kilómetros de extensión, imposibles de cruzar. Finalmente, algunas carreteras cruzaban zonas (antes) tan pobladas que hubiesen tenido que abrirse camino a hierro y fuego para ganar un par de kilómetros al día.

Así que circulaban por viejas carreteras estatales o locales, e incluso en un par de ocasiones habían hecho largos recorridos campo a través. La zona del sur de Texas era muy llana y despejada, lo que los había ayudado a avanzar con rapidez, pero desde que habían entrado en Louisiana todo se había complicado horrores y su avance se había visto enormemente ralentizado.

Lo más escalofriante de todo eran los pueblos. Aquellas carreteras secundarias cruzaban docenas de pueblecitos y pequeñas ciudades imposibles de rodear. Cada vez que llegaban a una de ellas, Hong daba la orden de cerrar los blindados y atravesar las calles a toda velocidad. Y siempre que llegaban a una de esas poblaciones muertas sucedía lo mismo: el increíble espectáculo de una formación cerrada de blindados cruzando la desierta calle principal, esquivando coches, árboles caídos y restos de basura mientras docenas de No Muertos, que llevaban vegetando meses, se reactivaban al sentir la presencia de humanos y se interponían en su ruta.

Por norma general no suponían un problema demasiado grande. La población de aquellos puebluchos no solía pasar en ningún caso de las mil personas, y el convoy atravesaba tan rápidamente las calles que no daba tiempo que se concentraran más de cien o doscientos No Muertos. Tan sólo en una ocasión, en un villorrio perdido llamado Livingston, en Texas, muy cerca de la frontera con Louisiana, se habían encontrado en un serio aprieto.

Livingston era la capital del condado de Polk antes del Apocalipsis, y también la ciudad más grande de su zona, con unos cinco mil habitantes. Aunque sabían ese dato antes de entrar en el pueblo, decidieron cruzarlo igualmente, ya que rodearlo hubiese supuesto un desvío de más de setenta kilómetros. Ése fue su primer error.

El segundo error fue dividir el grupo en dos unidades, para tratar de conseguir combustible. Cruzar el pueblo en dos grupos doblaba el riesgo, pero también las posibilidades de lograr fuel. Sabiendo que las calles laterales eran más estrechas que la principal, el coronel decidió dejar las dos palas en aquel grupo, por si se quedaban atascados. Hong sabía que aquél era un riesgo casi inaceptable, pero no tenía otro remedio. Después de haber cruzado el sur del estado de Texas en el asombroso tiempo de dos semanas, estaban bajo mínimos. No les quedaba gasóleo para más de unos cincuenta kilómetros y Livingston era la única población en muchos kilómetros a la redonda. El coronel sospechaba que si en alguna parte podían encontrar fuel era allí, así que la culpa no era totalmente suya.

El tercer error tampoco era achacable al coronel, sino a una circunstancia externa. La gente del condado de Polk y de los alrededores habían sido agricultores y ganaderos, desconfiados con los extraños y con el gobierno federal. Cuando llegó la orden de agruparse en los Puntos Seguros la mayor parte hizo caso omiso y prefirió concentrarse en el sitio que les inspiraba más confianza. Y ese sitio era Livingston, la capital del condado.

Por eso, cuando una semana antes el convoy norcoreano se internó en aquella ciudad y se separó en dos grupos para comenzar el rastreo en busca de gasóleo, no sabían que se estaban metiendo en un hormiguero donde más de quince mil No Muertos aguardaban desde hacía casi dos años, expectantes, a que apareciesen sus primeras víctimas humanas.

Cayeron sobre ellos desde todas partes. La primera señal que tuvieron de que algo iba mal fue cuando una multitud de cerca de mil No Muertos se concentró en un extremo de la avenida principal de Livingston, obstaculizando el paso de una de las mitades del convoy... precisamente la que no contaba con *bulldozers*. Los blindados arremetieron contra la muchedumbre, pero el vehículo que iba en vanguardia tuvo que detenerse cuando el torso mutilado de un cadáver se enganchó en el hueco que quedaba entre el eje y el chasis delantero. La calle era demasiada estrecha para seguir avanzando, y la caravana quedó atrapada en un atasco fenomenal.

Los norcoreanos, encerrados en sus blindados, escuchaban aterrados cómo una multitud enorme los rodeaba por completo, gimiendo y golpeando con sus manos desnudas los costados de sus transportes. Aún más terroríficos eran los gritos de los pobres desgraciados del primer vehículo que, contraviniendo órdenes, abandonaron su BTR-60 bloqueado. Al principio dispararon como locos, mientras aporreaban las compuertas del resto de los blindados pidiendo ayuda. Hong tuvo que hacer gala de toda su autoridad para impedir que sus hombres ayudasen a sus camaradas en apuros. Sabía que si una sola de las compuertas se abría, en cuestión de segundos los No Muertos entrarían dentro de los vehículos. Finalmente los gritos fueron disminuyendo hasta que cesaron del todo.

Hong ordenó entonces que los blindados se empujasen unos a otros, creando una suerte de inmensa oruga blindada. Con la fuerza combinada de varios motores consiguieron apartar el vehículo atascado a un lateral y abrirse paso lentamente entre la multitud, a la que aplastaban sin compasión. Cuando llegaron al otro extremo del pueblo tuvieron que esperar durante media hora a que llegase la otra columna que, con mejor suerte, había podido salir sin apenas un rasguño. Pero el combustible seguía sin aparecer.

No fue hasta esa tarde cuando al fin llegaron a una estación de servicio perdida en medio de ninguna parte. En aquel lugar abandonado tan sólo encontraron a cuatro No Muertos (el dueño de la estación y su familia, de hecho), que no supusieron un serio problema para los hombres de Hong. El propietario, además de miembro activo de la Asociación Nacional del Rifle y fanático de las armas (dentro de su casa encontraron un auténtico arsenal) había sido un tipo precavido, que había instalado un doble sistema de cierre en los depósitos. Para un viajero solitario, aquello hubiese supuesto un desafío insalvable, pero Hong contaba con los hombres, los medios y la fuerza bruta necesaria, lo que le permitió reabastecerse en menos de media hora y cargar además una buena cantidad de barriles llenos de combustible a los lomos de sus BTR-60.

Y además de todos los problemas con el combustible estaban los No Muertos, naturalmente. Los coreanos habían sido testigos de cómo los hongos y las bacterias se estaban comiendo lentamente a aquellos seres, aunque no a todos por igual. El efecto era mucho más acusado en las zonas más húmedas y en aquellos individuos que tenían heridas abiertas. Mientras rodaban por el interior seco y polvoriento de Texas, los No Muertos tenían un aspecto más o menos «normal» (o al menos todo lo normal que podía ser una persona muerta y reanimada).

Pero a medida que se acercaban a Misisipí, y aumentaba la humedad ambiental, el aspecto de los engendros había ido variando sustancialmente. Todos los No Muertos presentaban un grado mayor o menor de infestación de hongos, desde luego, pero a medida que se acercaban al Gran Río, el grado era mucho mayor. En algunos casos constituía una imagen horrorosa, cuerpos humanos totalmente cubiertos por una pelusa de hongos verde, azul, naranja o una combinación de todos ellos, como si estuviesen envueltos en una delicada gasa multicolor. En otros casos no era una gasa, sino una capa densa que casi no dejaba adivinar el cuerpo que estaba debajo de todo aquello, y que se movía torpemente. Y por último, los innumerables montones de carne podrida y cubierta por colonias de hongos que se encontraban aquí y allá, cada vez con mayor frecuencia, indicaban el punto donde un No Muerto había caído para no volver a levantarse nunca más.

Al mirar aquellos sucios montoncitos Hong comprendió, con un escalofrío de terror, que aquel viaje que estaban haciendo hubiese sido absolutamente imposible el año anterior.

En una ocasión habían atravesado una pequeña población sin nombre en la que no quedaba absolutamente nadie. Ni personas, ni No Muertos, ni siquiera animales. Estaba totalmente vacía. Y mientras la columna de Hong la cruzaba lentamente, con sus soldados mirando a todas partes y susurrando atemorizados entre ellos, el coronel se sintió como si fuesen los últimos hombres vivos sobre la faz de la Tierra.

Por eso, cuando cinco días más tarde se cruzaron con un grupo de personas vivas, su sorpresa fue mayúscula.

El convoy se había detenido a la sombra de un bosquecillo de fresnos. Habían aparcado formando un círculo, al estilo de las carretas de colonos del Antiguo Oeste, mientras repostaban y hacían una revisión mecánica rutinaria. Dentro del círculo, sus hombres habían encendido unas fogatas y hervían arroz. La mitad de sus muchachos descansaba o trataba de dormir, mientras que la otra mitad vigilaba que no hubiese ninguna visita inoportuna. Hong había ordenado colocar su mesa debajo de un árbol especialmente frondoso, y estaba ocupado rellenando el informe diario (incluso en medio del caos; así era el Ejército norcoreano) cuando oyó los disparos.

Lo primero que pensó fue que estaban sufriendo un ataque, así que su mano soltó inmediatamente la estilográfica para aferrar la Makarov que colgaba de su cintura. Sin embargo, la soltó enseguida y se levantó como un huracán. Los disparos sonaban apagados, y en la lejanía.

—¡Kim! ¡Kim! —bramó mientras se abrochaba la guerrera del uniforme y cruzaba a la carrera el círculo central de su campamento.

Su ayudante apareció de golpe a su lado, como salido de una chistera, silencioso como de costumbre.

—Ya lo he oído, coronel —dijo tranquilamente mientras revisaba el cargador de su rifle—. Suenan al sudoeste, como a unos cuatro kilómetros, aunque la distancia es difícil de precisar. Con este silencio, el sonido viaja muy lejos.

—Manda a dos blindados de reconocimiento. —Hong no pensaba arriesgar a toda su columna, lanzándose a ciegas en un lugar desconocido y sin saber a qué se enfrentaba. De repente, se lo pensó mejor y arrebató a Kim el fusil que tenía en las manos—. Mejor todavía, quédate aquí y mantén contacto permanente por radio. Iré yo personalmente.

—Coronel, no creo que sea prudente —trató de interrumpirle el teniente, pero una breve mirada venenosa de Hong le puso nuevamente en su sitio—. Como usted diga, mi coronel.

Hong se encaramó en uno de los blindados ligeros de reconocimiento, que ya estaba listo y con el motor en marcha. Los hombres del coronel eran tropas curtidas y experimentadas que no necesitaban que les diesen órdenes en situaciones de combate. Cuando el coronel subió al carro de asalto, todos estaban en sus puestos y con las armas preparadas.

—Vamos allá, muchachos —los animó Hong mientras la adrenalina le rugía en las venas—. Sentid el aliento y la presencia del Amado Líder con vosotros. ¡Adelante!

Los dos blindados ligeros abandonaron la seguridad del círculo y se dirigieron rápidamente hacia el origen del sonido, rodando por una idílica carretera bordeada de arces que corría al lado de un pequeño río. Las hojas de los árboles estaban rojas y creaban un agradable dosel vegetal. Sin embargo, a Hong le daba la sensación de circular bajo un manto de sangre. Pero el ardor del combate le llamaba. Los disparos indicaban la presencia de humanos, y los humanos sin duda eran un reto mucho más interesante que los podridos. Los humanos hablaban, y tenían información, justo lo que más necesitaba Hong en aquellos momentos.

A medida que se iban acercando, el ruido de los disparos se hacía cada vez más audible. Incluso, en determinado momento, oyeron unas cuantas explosiones, que el oído entrenado de Hong clasificó inmediatamente como de granadas de mano. Aquello era bastante tranquilizador, porque los blindados ligeros de Hong no tenían armamento pesado. Si se encontraban con una compañía pesada, o un grupo muy numeroso, podrían tener problemas.

Al llegar a la cima de una colina, la pequeña caravana se detuvo de golpe. Hong abrió cautelosamente la escotilla superior y se llevó los prismáticos a los ojos. En el fondo de un valle, a menos de dos kilómetros, había un pequeño villorrio de no más de cuarenta casas. Y los disparos salían de allí.

El coronel norcoreano escrutó atentamente las calles del pueblo. Desde allí arriba podía verse al menos a dos docenas de pequeñas figuras vestidas de verde que hormigueaban entre las casas. En una esquina de la calle principal, media docena de vehículos, entre camiones y blindados ligeros, estaban aparcados, formando una barrera infranqueable. Muchas de las figuras de verde entraban en las casas y salían al cabo de un rato cargadas con un montón de cosas que iban introduciendo en los camiones. Otro grupo recorría lentamente la ciudad, abatiendo a los lentos y patosos No Muertos devorados por los hongos.

Hong bajó los prismáticos y meditó un instante. Aquel grupo estaba saqueando el pueblo, y los pocos No Muertos que había allí no suponían ningún reto para ellos. La pregunta que se hacía el coronel era si aquellos hombres eran un grupo aislado o formaban parte de un destacamento de exploración de algún lugar más importante y habitado. Como Gulfport, por ejemplo.

Tenía sentido. Al fin y al cabo estaban a menos de doscientos kilómetros de su objetivo. Si la población de Gulfport era tan grande como sospechaban, las partidas de abastecimiento debían tener que recorrer un radio cada vez mayor para conseguir suministros. Tan sólo había una manera de averiguarlo.

—Sargento, ruede con el blindado hasta un kilómetro del pueblo por su lado este y espere mi señal. Entraremos a pie por dos flancos simultáneamente. Esos imperialistas no nos esperan. —Sonrió, paladeando la intensa excitación de la caza—. Se van a llevar una buena sorpresa.

—¿No deberíamos avisar al campamento y pedir refuerzos, señor? —preguntó cautelosamente el sargento, un tipo alto y demacrado.

—No tenemos tiempo —replicó Hong, haciendo un gesto desmayado con la mano—. Ya están cargando los camiones y pueden irse en cualquier momento. Además, si traemos más hombres, nos detectarán antes de que lleguemos. No, tenemos que aprovechar la oportunidad ahora mismo.

El sargento saludó y se alejó con los cinco hombres de su grupo en el blindado ligero. Hong, por su parte, ordenó que su blindado, con los otros cinco soldados, rodase lentamente colina abajo. Al llegar a unos ochocientos metros del pueblo, hizo que el conductor del vehículo lo aparcase en medio de un maizal de aspecto salvaje devorado por las malas hierbas. Una vez detenido, bajaron del vehículo y comenzaron a acercarse al pueblo a pie.

Los saqueadores del pueblo tenían los motores de todos sus vehículos en marcha, y además los disparos de sus armas habían ocultado cualquier ruido que pudiesen haber hecho los coreanos al acercarse, pero el coronel era prudente. Quería que la sorpresa fuese total.

Al llegar a la primera casa del pueblo, y antes de entrar en ella por la puerta trasera, dividió a su pequeño equipo en dos pelotones. Aunque estaban en clara inferioridad numérica, Hong contaba con la sorpresa y con que sus soldados eran unos excelentes profesionales. «Sin riesgo no hay victoria» era el lema de su unidad, y el coronel aplicaba esa norma a rajatabla.

Sin hacer ni un solo ruido, el coronel se arrastró hasta la ventana de la casa para obtener una visión directa de la calle. Al acercarse, el hombro de Hong golpeó ligeramente una mesilla situada junto a un sofá orejero. Hong estiró la mano para evitar que los marcos de fotos de encima de la mesa cayesen al suelo. Al hacerlo, una sonrisa irónica asomó a su cara. En la foto que sostenía en su mano, se veía a un serio marine americano de los años cincuenta mirando a la cámara, junto a otros tres compañeros, alrededor de un poste kilométrico donde ponía «Pyongyang 115».

La casa de un veterano de la guerra de Corea. Tiene gracia. Este cabrón seguramente mató a muchos compatriotas, pensó el coronel, consciente de la ironía de la situación. El dueño de aquella casa había viajado miles de kilómetros cuando era joven para matar norcoreanos. Ahora era Hong quien hacía el viaje de vuelta, más de cincuenta años después, para matar americanos en su propio hogar.

Un grupo de hombres de verde se acercaban en aquel momento a la vivienda. Hong comprobó que todos eran negros y chicanos, excepto un par de asiáticos esmirriados y con aspecto agotado. El coronel no le dio importancia. Para él, todos eran sus enemigos, sin importar el color de su piel.

—Hey, Weeze —gritó uno de los hombres—. Ve con Randy y con José a esa casa de la esquina. —El tipo levantó el brazo y apuntó justo hacia donde se ocultaban Hong y sus hombres—. Charlie, Fernando y yo nos ocuparemos de esta otra. El resto podéis ir a...

Las palabras del hombre quedaron cortadas por la mitad, cuando una ráfaga de balas del AK-74 de Hong le alcanzó en pleno esternón. El tipo salió proyectado hacia atrás como si le hubiesen arreado un puñetazo gigantesco, mientras el negro que estaba al lado (*¿Charlie? ¿Fernando?*) abría mucho los ojos, con aire de incredulidad. Desgraciadamente para él, fue lo último que hizo, porque en ese mismo momento otra ráfaga le reventó la cabeza en un surtidor de astillas de hueso y sangre que salpicó en todas direcciones.

Los hombres de verde se volvieron asustados. Algunos levantaron sus armas, buscando a los tiradores invisibles, otros comenzaron a disparar a ciegas, mientras que unos pocos dieron la vuelta y salieron corriendo en estampida.

Todo fue inútil. Los norcoreanos eran unos tiradores excelentes y además habían formado una enfilada perfecta. Todos los miembros del grupo cayeron al suelo mientras las balas repicaban a su alrededor. En total, el tiroteo apenas duró unos pocos segundos. Al acabar, el aire olía a pólvora y a sangre, y diez cuerpos envueltos en uniformes verdes yacían desmadejados en medio de la polvorienta calzada.

No había tiempo que perder. Hong salió de la casa saltando a través del hueco de la ventana, sin demorarse en dar ninguna orden a sus hombres. Sabía que éstos irían detrás de él, pegados como su sombra. En la otra esquina del pueblo ya sonaban los característicos disparos de los AK-74, parecidos al sonido de una gigantesca máquina de escribir. El grupo del sargento había entrado en acción.

Mientras corría por la acera, la sangre bombeaba con fuerza en las sienes de Hong. De momento, aún no se oían los ladridos secos de los M16, pero aquello no podía tardar.

—¡Rápido, a los camiones! —ordenó con gesto seco a su segundo grupo. El suyo, mientras tanto, comenzó a correr hacia el supermercado local, que tenía todas sus ventanas tapiadas con tablones y la puerta arrancada de cuajo. Sabía que allí dentro había al menos siete u ocho desconocidos.

Cuando estaba a menos de treinta metros, tres figuras aparecieron en la puerta. Dos de ellas llevaban sus fusiles terciados a la espalda y las manos completamente ocupadas con cajas de cartón llenas de víveres. El tercero, un tipo calvo y lleno de tatuajes, sostenía su M16 distraídamente, con una bolsa en la otra mano.

—¿A qué viene todo este alboroto, joder? —preguntó el calvo a gritos—. ¿Es que acaso queréis atraer a todos los malditos No Muertos de... ¡Mierda! Pero ¿qué coño...?

Hong disparó desde su cintura sin dejar de correr, mientras lanzaba un aullido de guerra. El tipo calvo giró como una peonza cuando las balas del coreano le atravesaron el pecho. Los otros dos hombres dejaron caer las cajas al suelo e intentaron agarrar sus armas, pero cayeron muertos antes de que pudieran ni tan siquiera poner sus manos encima de ellas.

Sin perder impulso, Hong y los dos hombres que aún le seguían saltaron sobre sus cuerpos agonizantes y se apostaron a ambos lados de la puerta. A una señal, lanzaron simultáneamente tres granadas de mano al interior del local y se agacharon.

La explosión reventó los cristales y arrancó de cuajo unos cuantos tablones de los que tapiaban las ventanas. Un hombre ensangrentado, con el uniforme hecho jirones y sin una mano, asomó por la puerta chillando de dolor. El pobre diablo tropezó con el cadáver del calvo y cayó escaleras abajo hasta llegar al nivel de la calle, donde finalmente se quedó inmóvil.

En aquel instante, todo el pueblo rugía entre disparos. El segundo grupo de Hong había pillado por sorpresa a los hombres de verde que cargaban los camiones y los había liquidado en cuestión de segundos. Finalmente, los ilotas se habían dado cuenta de que alguien los estaba atacando (alguien VIVO) y trataban de organizarse en una débil cortina de fuego y apoyo mutuo.

Dos No Muertos aparecieron de golpe en medio de la refriega, desde el interior de una de las viviendas. Eran una mujer mayor y una señora de edad indeterminada, a la que los hongos le habían devorado toda la cara, hasta el punto de dejarla reducida a una calavera macabra. La colonia ya debía de estar devorando su cerebro, porque se movía de una manera espasmódica y sincopada, como sacudida por un Parkinson inimaginable.

Las balas surgidas de uno de los lados pararon en seco a la mujer calavera, pero la anciana consiguió llegar intacta hasta el centro de la calzada, de forma casi milagrosa. Ajena al enfrentamiento que estaba teniendo lugar allí, toda su atención estaba concentrada en la figura de un ilota que se esforzaba en recargar su M16, sin ser consciente de lo que se le venía encima.

La No Muerta se abalanzó sobre el soldado con un rugido; el hombre tuvo el tiempo justo de levantar la culata de su arma y golpear con fuerza la boca del monstruo. Un chorro de sangre y dientes destrozados salió de la boca de la anciana, que se tambaleó hacia atrás. El ilota aprovechó el momento para apuntar a su cabeza y descerrajarle dos tiros. Sin embargo, al hacer eso se puso de pie y antes de que el cadáver de la No Muerta dejase de sacudirse en el suelo, él cayó abatido con media docena de balas en su pecho.

De repente, una enorme explosión resonó en toda la calle. Los hombres de Hong habían arrojado explosivos dentro de algunos de los blindados ilotas, y éstos habían volado por los aires, convertidos en una chatarra ardiente.

—¡No! —aulló Hong, levantando la cabeza más de lo prudente—. ¡No los voléis! ¡Podemos necesitarlos!

Un par de balas se empotraron contra la pared de madera situada justo al lado de la cabeza del coronel, levantando un surtidor de afiladas astillas de madera. Hong se puso a cubierto detrás de un Ford abandonado y con los neumáticos deshinchados, maldiciendo por lo bajo. Una nueva explosión atronó sus oídos, mientras uno de los camiones volaba por los aires.

—¡No arrojéis granadas, repito, no arrojéis granadas! —Hong gritaba órdenes a través de su *walkie-talkie*, con la esperanza de que al otro lado del tiroteo le oyesen.

Milagrosamente, ya fuese porque alguien había captado su orden o porque se habían quedado sin bombas de mano, las explosiones cesaron. No así los disparos que seguían punteando el lento retroceso de los ilotas supervivientes, cercados en aquel momento en una de las casas situadas en el extremo de la avenida principal.

Los ilotas trataban de establecer una resistencia organizada, pero aunque eran más numerosos no suponían un serio rival para Hong. Eran hombres y mujeres sin formación militar en su mayoría, y hasta aquel momento su único rival habían sido los No Muertos. Tener que enfrentarse con soldados de élite que disparaban y se cubrían era una cosa muy distinta. Toda la calle estaba cubierta de cadáveres vestidos de verde que daban buena fe de aquello. Sobrepasados en potencia de fuego, y cogidos por sorpresa, su resistencia flaqueaba por minutos. Estaban a punto de desmoronarse.

De repente, una sábana blanca asomó por una de las ventanas destrozadas de la casa donde se habían refugiado los ilotas. Hong ordenó inmediatamente a sus hombres que dejasen de disparar.

—¡Vamos a salir! —gritó una voz ronca—. ¡No disparen! ¡No disparen, joder, que nos rendimos! ¡Vamos a salir!

Un grupo asustado de cinco ilotas, dos hombres y tres mujeres, asomó por la puerta principal. Uno de ellos se sostenía su brazo derecho ensangrentado con expresión dolorida. La bala que le había alcanzado le había destrozado el hombro justo en la articulación. Aquel tipo no iba a volver a mover el brazo en su vida, observó Hong. Tanto daba.

—¡Armas al suelo! —gritó el coronel—. ¡Y las manos sobre la cabeza!

Los asustados ilotas obedecieron al instante. Un par de soldados norcoreanos se acercaron y se cercioraron de que no llevaban armas ocultas; después, los obligaron a arrodillarse contra una pared. El asalto había sido un éxito completo. Tan sólo uno de sus hombres tenía un leve rasguño de bala en un muslo, mientras que en el suelo los cadáveres de al menos cuarenta ilotas comenzaban a atraer enjambres enormes de moscas.

El coronel se acercó y observó con aire de interés que una de las prisioneras se había orinado encima, aterrorizada. Seguramente estaba convencida de que iban a violarla. En otras circunstancias, Hong habría aprobado aquello (de hecho, él mismo lo había hecho en el pasado, en más de una ocasión). La violación era un arma psicológica muy importante en un interrogatorio. Podía hacer que hasta la bruja más reservada e impenetrable comenzase a cantar como un pajarillo. Todo dependía de la brutalidad y la frecuencia del sexo forzado.

Lamentablemente, no tenían tiempo para eso. Sin embargo, sus cautivos no lo sabían. Tan sólo debían aplicar la dosis exacta de terror, ni un gramo más ni un suspiro menos. Y en eso Hong era un consumado maestro.

En el extremo de la fila estaban los dos hombres supervivientes, el del brazo roto y otro, un tipo negro, enorme y con los brazos cubiertos de tatuajes. Hong observó que el hombre llevaba una venda enrollada en su bíceps y otra en su pantorrilla. Heridas recientes. Interesante.

—¿Cómo te llamas? —preguntó.

—¡Joder, pero si sois chinos! —exclamó el ilota, sin responder a la pregunta—. O vietnamitas, ¿qué cojones hacéis en nuestro país, amarillos?

Hong le miró fijamente con sus ojos muertos durante un rato. El ilota, valiente, trató de sostenerle la mirada, pero no pudo. En realidad, pocos podían mirar a Hong directamente, así que finalmente bajó la vista.

—Vete a la mierda —replicó altanero, con la cabeza agachada.

El tipo del hombro herido sonrió al oír el desafío de su compañero, que aun arrodillado mantenía la dignidad. Hong giró la cabeza, lo contempló durante unos segundos y, de repente, sin mediar palabra, desenfundó su Makarov y le descerrajó un tiro en la cabeza.

El hombre del hombro roto se desplomó como un fardo de arena, mientras del agujero de su frente manaba sangre sin cesar, a pulsos regulares. La mujer situada a su lado se puso a chillar como una histérica, incapaz de apartar la mirada del charco de sangre que se formaba lentamente y que se acercaba a sus rodillas.

Hong sujetó a la mujer histérica por el pelo y la golpeó brutalmente con la culata de su pistola. «*Tumb*», una vez. «*Tumb*», dos veces. «*Tumb*», tres veces. En cada golpe se oía un crujido, a medida que la nariz y los dientes de la prisionera quedaban hechos arenilla. Finalmente apoyó el cañón de su pistola en la nuca de la mujer y volvió a mirar al ilota negro que le observaba lanzando chispas de rabia por los ojos.

—Vamos a empezar de nuevo —dijo Hong mientras apretaba el cañón caliente en la nuca de la chica que sollozaba entre burbujas de sangre, lágrimas y mocos—. ¿Cómo te llamas? ¿Cómo te llamas? —gritó.

—Darnell, Darnell Holmes —replicó el negro musculoso, tras un interminable segundo, masticando cada una de las palabras con odio reconcentrado.

—¿De dónde venís, Darnell?

—Venimos de Gulfport. Oye, como le hagáis algo a Chantelle, te juro que voy a...

Hong sonrió al oír aquello. *Bingo.*

—Habla cuando yo te lo diga, Darnell Holmes de Gulfport. Dime, ¿cómo te has hecho esas heridas?

—¿Esto? —El ilota miró a Hong, confundido y a continuación observó sus vendajes—. ¿Y eso qué importa?

—Yo decido lo que importa o no, Darnell Holmes. Y ahora, habla.

—Mira, no queremos problemas. Tan sólo estamos buscando provisiones y...

Hong amartilló su pistola y la apretó con más fuerza contra la nuca de la chica, que soltó un grito de horror.

—Estoy perdiendo la paciencia, Darnell.

—¡Está bien, está bien, joder! Fue hace unas semanas, en África, buscando petróleo. Unos podridos casi me atrapan en el puerto y me mordieron.

La mano de Hong vaciló un segundo mientras se tambaleaba, impactado por lo que acababa de oír. Había preguntado por las heridas con la esperanza de saber si su origen era algún tiroteo anterior, ya que eso implicaría que existían otros grupos armados a los que tener en cuenta. Saber que las había provocado un No Muerto era lo último que se esperaba.

—¿Cómo es posible eso? ¡Explícate!

Darnell sonrió astutamente, por primera vez desde que había empezado el tiroteo.

—Te lo diré con una condición. —Se pasó la lengua por los labios resecos mientras pensaba a toda velocidad—. Tienes que liberarnos, a las chicas y a mí, y dejarnos ir sin hacernos daño. ¿De acuerdo?

Hong lo contempló en silencio durante unos segundos interminables. Finalmente, se inclinó hacia delante mientras enfundaba su pistola y se llevaba la mano derecha a su pecho.

—Tienes mi palabra de oficial de que respetaremos vuestra vida y os dejaremos volver a vuestro hogar. Ahora habla. Explícame cómo es posible que te haya atacado un No Muerto y aún estés vivo.

Darnell le miró con recelo. No se fiaba de aquel amarillo que hablaba un inglés herrumbroso, pero no tenía otra opción. En Nueva Orleans, su ciudad natal, había aprendido que cuando alguien te apunta a la cabeza con una pistola tienes pocas alternativas. Así que comenzó a hablar.

A medida que hablaba la expresión del coronel Hong se fue transformando; primero en asombro, después en profunda reflexión y por último, dio paso a un semblante decidido y ambicioso. En ese momento, Darnell se preguntó si no habría cometido un último y lamentable error.

Una hora más tarde, la expresión decidida y ambiciosa no se había borrado de la cara del coronel Hong mientras toda la columna coreana atravesaba al pueblo con estruendo, llevándose con ellos los camiones y los blindados supervivientes de los ilotas. En una zanja, los cuerpos de Darnell y sus otros cuatro compañeros se pudrían lentamente, esperando a que esa noche los coyotes llegasen al pueblo a darse un festín.

Mientras tanto, Hong, recostado en su incómodo asiento del blindado, sonreía satisfecho mientras giraba en sus manos una botella llena de un líquido lechoso sustraído del equipaje de Darnell. Porque cuando volviese a Corea llevaría algo mucho mejor que la localización de un pozo de petróleo.

Llevaría la llave de la victoria definitiva de su país sobre todo el mundo.

35

Gulfport, oficina del sheriff

A la mañana siguiente vinieron a buscarme un grupo de
guardias verdes y de milicianos de Greene. Era demasiada
escolta para un único preso, pero no parecían querer llevarse ninguna sorpresa de última hora. Me hicieron asomar las
manos por entre las rejas para esposarme y a continuación
me sacaron de la celda, con tres hombres delante y otros tres
detrás. En vez de salir por la puerta principal de la comisaría, me evacuaron del edificio por una puerta lateral que en
otra época debía de utilizarse para sacar la basura. Allí me
esperaba una furgoneta municipal con el estúpido rótulo de

SERVICIOS MUNICIPALES
GULFPORT
¡La ciudad que mira al mar con alegría!

escrito en los costados. Estábamos en un callejón, así que no
había testigos incómodos o manifestantes furiosos que
quisieran lanzarme piedras. Casi lo agradecí.

El trayecto en furgoneta fue breve. Nada más subir me
pusieron un saco de tela en la cabeza, para que no pudiese

ver nada. Aquel saco debía de haber contenido cebollas en algún momento, porque su olor era mareante. Tuve que hacer esfuerzos sobrehumanos para no vomitar durante el trayecto, pero no porque temiese ensuciar el estado del suelo del furgón (que no estaba precisamente limpio), sino porque vomitar podía costarme la vida. Necesitaba retener dentro de mi cuerpo tanto líquido como fuese posible, pero, sobre todo, no podía permitirme perder ni una sola gota de Cladoxpan.

La noche anterior lo había probado por primera vez, en cuanto Grapes se hubo marchado, y conseguí que mi grado de ira bajase un par de peldaños. El líquido tenía un aspecto bastante repulsivo, y su olor no era nada del otro mundo. Realmente recordaba a algo entre la leche estropeada y un zumo de frutas que ya lleva cierto tiempo exprimido, con ese toque ácido que hace arrugar la nariz. Sin embargo, su sabor era una cosa totalmente distinta. Cuando le di un sorbo la primera impresión fue absolutamente maravillosa. Aunque el líquido estaba a temperatura ambiente, sentí una sensación refrescante, como si estuviese bebiendo una jarra de agua helada. Aquel líquido parecía abrir todos los poros de mi piel, haciendo que respirasen de nuevo. Al mismo tiempo, la sensación de calor que sentía disminuyó y los temblores que sacudían mis manos cesaron de inmediato. No tenía ningún espejo a mano, aunque apostaría lo que me quedaba de Cladoxpan a que las pequeñas venas reventadas sobre mi piel habían desaparecido como por arte de magia.

Tuve que hacer gala de toda mi fuerza de voluntad para parar de beber. El sabor era dulzón y cremoso, y hasta la última célula de mi cuerpo clamaba para que siguiese bebiendo indefinidamente. Estoy seguro de que si hubiese tenido un barril a mi disposición, habría bebido hasta que no cupiese ni una sola gota más en mi estómago, y entonces habría vomitado para seguir bebiendo. Hasta ese punto era adictivo aquel maldito brebaje.

Sin embargo, después de haberlo bebido, me sentía físicamente exultante, mejor que en mucho tiempo. Era como si me hubiesen chutado una docena de anfetaminas en vena. Estaba pletórico, electrizado y con ganas de moverme.

Comprendí que aquel efecto era muy beneficioso cuando las tropas de ilotas tenían que salir a saquear por el exterior del Muro. Recordaba las historias que me había contado mi abuelo sobre la guerra, y cómo repartían generosas raciones de coñac entre la tropa antes de un asalto a la trinchera contraria. Con el Cladoxpan aquello era innecesario. Me sentía con fuerzas suficientes para retorcer el pescuezo a un bisonte. De ahí que hubiesen mandado media docena de hombres para escoltarme. Con ironía, me di cuenta de que desde ese momento era un yonki, pero un yonki colocado hasta arriba.

La furgoneta traqueteó cuando cruzamos por encima de algo rugoso. Sospechaba que eran las vías de un tren, pero no podía estar seguro. Una mano se apoyó súbitamente sobre mi cabeza y arrancó el saco de un tirón. Bizqueé, deslumbrado por la luz y el sonido. Debía ofrecer un aspecto espantoso, con el pelo apelmazado, la sangre reseca sobre mi cara y un enorme costurón en la frente.

—Ten cuidado, Sal —le dijo un miliciano al tipo que me había sacado la capucha—. Este cerdo tiene la cara cubierta de sangre.

—No te preocupes —replicó el otro—, llevo guantes y gafas. Vamos amigo. —El tipo me dio un empujón con la culata de su M16—. Fuera de la furgoneta.

Bajé trastabillando. Estábamos en lo que en su día había sido una terminal de carga ferroviaria. A lo lejos, hacia mi izquierda, se adivinaba el edificio de la terminal de pasajeros, lo suficientemente alejada como para que ningún vecino de Gulfport pudiese ver cómo la gente de Greene sacaba la basura de su idílico paraíso.

El andén estaba formado por una enorme explanada de cemento, al lado de unas grandes instalaciones de servicio. En las vías, justo delante de mí, un pequeño convoy de media docena de vagones esperaba, con una reluciente locomotora de Amtrak a la cabeza. En la parte delantera llevaba acoplada una especie de enorme pala invertida de unos dos metros de largo, semejante a la que solían usar los trenes de vapor del Antiguo Oeste para apartar los animales muertos de las vías. Sin duda aquel trasto era muy útil para empujar a cualquier No Muerto que tuviese la mala idea de atravesar su cuerpo putrefacto en el camino del convoy. La locomotora tenía los motores en marcha y un penetrante ruido a diésel resonaba en toda la explanada.

Al mirar los vagones me quedé asombrado. No eran vagones de pasajeros, sino vagones de carga con una puerta corredera lateral que se cerraba desde el exterior. Frente a cada una de las puertas abiertas había una rampa que conducía a su interior. Al lado de cada vagón estaban apostados un grupo de milicianos armados hasta los dientes, que reían y se pasaban botellas de whisky para hacer más llevadero el trabajo. En cada uno de los grupos uno de los hombres sujetaba una traílla de pastores alemanes de aspecto salvaje, que ladraban de forma enloquecida. Si no hubiese sido tan horriblemente espantoso, me habría dado la risa. Aquello era como una copia barata de la estación de Auschwitz, sólo que sin uniformes de las SS. Me pregunté si alguno de aquellos malnacidos sería consciente del siniestro paralelismo. Supuse que no.

Un enorme grupo de ilotas, compuesto principalmente por mujeres, ancianos y niños, estaba siendo embarcado en uno de los vagones en aquel momento. Los pocos hombres de edad madura que iban mezclados entre ellos ofrecían un aspecto tan lamentable como el mío, cubiertos de sangre, heridas y golpes. Los guardias tenían la precaución de mantenerse lo más alejados posible y utilizaban a los perros para azuzar a los rezagados, como un pastor con sus ovejas. El conjunto era deprimente.

Los vagones de la cabeza del convoy ya estaban llenos y habían cerrado las puertas. Desde dentro se oía el gemido ahogado de una multitud comprimida en un espacio demasiado pequeño, tratando de conseguir un poco de aire fresco. Los vagones que tenían ventanucos mostraban una colección completa de rostros anhelantes, que se asomaban por turnos para conseguir una bocanada de aire limpio. Aterrado, comprobé que otros vagones ni siquiera tenían aquella mínima comodidad. Eran como enormes féretros con ruedas. Comprendí que aquel viaje iba a ser un auténtico infierno.

—Vamos, amigo. —El miliciano de antes volvió a empujarme por la espalda—. Únete a ese grupo.

Miré a mi alrededor, desorientado, pero no podía hacer otra cosa. Un ario se acercó y me quitó las esposas; antes de que me diese cuenta de lo que pasaba me habían unido a una multitud de personas llorosas y asustadas que se agolpaban en la puerta de un vagón.

—¡Un momento! —Una voz conocida resonó de golpe por encima de nuestras cabezas—. Acercadme a ese prisionero.

Los guardias, de mala gana, me sacaron del grupo. Querían acabar cuanto antes y aquel retraso los estaba poniendo de un humor de perros. Flanqueado por dos cañones de rifle de asalto, salí obedientemente del grupo hasta encontrarme de pie frente al oficial Strangärd.

El apuesto marino parecía estar totalmente fuera de lugar en aquella explanada castigada por el sol. Vestía su impecable uniforme azul naval y su rostro permanecía impenetrable, sin dejar traslucir la más mínima emoción. En aquel momento no recordaba en absoluto al sonriente oficial que nos había rescatado en medio del océano, hacía ya un millón de años.

—Como oficial ejecutivo de las Milicias Cristianas de Gulfport estoy obligado a entregarle una copia de su sentencia de extradición. Las normas así lo requieren. —Strangärd me tendió un par de folios grapados, totalmente envarado.

—No era necesario que se molestase —respondí, sarcástico—. No contaba con volver a verle.

—El reverendo en persona me ha encomendado este servicio. Dado que fui yo quien le introdujo dentro de nuestra sociedad, ha considerado oportuno que sea yo quien le despida de ella.

—No hacía falta. —Señalé con el mentón los papeles que me tendía—. Y con respecto a esa sentencia, los invito a usted y al reverendo a que se la metan por su piadoso y blanco culo. No la quiero.

—He de insistir. —La voz de Strangärd sonó un tanto forzada mientras volvía a tenderme los papeles.

De repente, vi un brillo extraño en sus ojos. Trataba de decirme algo, pero no sabía qué era. Instintivamente, agarré la sentencia sin despegar los ojos de la cara del sueco, pero su expresión volvía a ser pétrea.

—Tengo algo más que darle. —Un ayudante le tendió una cesta de mimbre con un pasador en su tapa. Al mover la cesta, algo dentro de ella se movió y lanzó un débil maullido. *¡Lúculo!*

Prácticamente arranqué la cesta de las manos de Strangärd. Abrí la tapa y suspiré aliviado. En el fondo de la cesta, hecho un ovillo sobre una manta sucia, estaba mi pequeño amigo, con el muñón de su rabo envuelto en un trozo de gasa estéril. Mi gato no tenía muy buena pinta, con su lustroso pelaje manchado de sangre; sin embargo, al verme, su cara se iluminó.

—Estaba abandonado en la comisaría —dijo Strangärd, como explicándose—. Consideré que era mi obligación traérselo.

De repente, como si se hubiese avergonzado de decir aquello, o como si pensase que había hablado de más, el sueco se puso rígido, dio un taconazo, me saludó marcialmente y se despidió.

Los guardias volvieron a empujarme entre la multitud que embarcaba en un vagón. Afortunadamente, pude comprobar que el que nos habían asignado contaba con un par de ventanucos a cada lado. Como mínimo, no moriríamos asfixiados. O al menos, no todos nosotros. En aquel coche cabían como mucho cincuenta personas de pie, y los guardias estaban tratando de meter al triple de gente en su interior.

—No cabemos aquí dentro —gritó alguien al otro lado del grupo—. ¡No cabemos!

Los guardias no hicieron el menor caso y continuaron azuzándonos hasta que consiguieron que todos entrásemos dentro del vagón. Luego cerraron la puerta con un ruido sordo y echaron el candado por el otro lado.

Al principio no pude ver nada, debido al contraste entre la claridad del exterior y la relativa oscuridad del interior del vagón. Tan sólo oía un concierto de toses, quejidos y conversaciones en voz baja a mi alrededor. Poco a poco mi vista fue acostumbrándose a la penumbra y cuando pude ver lo que me rodeaba me quedé conmocionado. Éramos unas ciento cincuenta personas comprimidas en un pequeño espacio en el que no había hueco ni tan siquiera para poder sentarse. Permanecíamos de pie, hombro con hombro, apretados como una multitud a la salida de un concierto. Las personas más bajas, sobre todo los niños, comenzaban a dar muestras de tener problemas para respirar, y la temperatura del vagón empezaba a subir de forma lenta pero constante, debido al calor que desprendíamos.

Sin embargo, ése era el menor de nuestros problemas. En el círculo más cercano de donde yo me encontraba ya podía distinguir al menos a media docena de personas que sudaban profusamente, se rascaban de forma convulsiva o tenían temblores. Un anciano, apoyado en una pared, tiritaba violentamente y ya mostraba un preocupante mapa de venas reventadas irradiando desde su nariz.

Horrorizado, fui consciente de que todas o casi todas las personas de aquel vagón (y de los demás vagones, sin duda) estaban infectados de TSJ. En pocas horas aquella cabina sería una ventana abierta al infierno. No podía imaginarme nada peor. Un espacio cerrado, con casi doscientas personas hacinadas y convirtiéndose en No Muertos ¿Qué pasaría cuando se completasen las primeras transformaciones? No teníamos a donde huir. Era una trampa mortal de la que ninguno saldría vivo.

Súbitamente, con una sacudida que casi nos arrojó a todos al suelo, el vagón comenzó a moverse, a medida que la locomotora iba arrastrando su carga maldita, rumbo a ninguna parte. Supuse que el destino era lo de menos, ya que cuando llegásemos allí todos seríamos unos monstruos sin conciencia.

Podía leer en todos los rostros el mismo temor que me atormentaba. Cada uno veía en su vecino a un potencial asesino, incluso en el caso de familias completas de padres e hijos. El afable jamaicano de rastas, la guapa chicana que acunaba a su bebé de pocos meses mientras le cantaba una canción de cuna... en pocas horas se convertirían en algo muchísimo peor que los guardias verdes que nos habían metido a la fuerza en aquella ratonera. Era horrible.

Algunas personas sacaron de entre sus ropas los más singulares recipientes llenos de Cladoxpan. Los afortunados tenían botellas de más de tres litros, mientras que los menos previsores tan sólo poseían una cantidad ridícula, o, lo que era peor, nada de nada. Todo dependía de lo que llevasen encima en el momento de su detención. Lo más razonable habría sido reunir todo aquel preciado líquido y racionarlo equitativamente entre la multitud, pero aquello no iba a suceder. Cada uno sujetaba su frasco con la mirada hosca y defensiva de un perro sujetando un hueso, y al fondo ya se oían los primeros gritos, empujones y amenazas. Sospechaba que antes de que acabase aquel viaje seríamos testigos de más de un asesinato.

De repente, fui consciente de que yo no tenía más que la mitad del bote que me había dado Grapes la noche anterior. Angustiado, saqué el botellín y lo agité, con la estúpida esperanza de que por arte de magia se hubiese rellenado solo. Abatido, comprobé que tan sólo tenía unos quince centilitros. Con aquello podría aguantar unas tres o cuatro horas, nada más. Estaba jodido.

Lúculo se revolvió en su cesta, incómodo y dolorido. No tenía espacio para apoyarla en el suelo, así que me la colgué de un brazo y con el que me quedaba libre saqué al gato de su prisión. La herida no tenía mal aspecto, ya que alguien se había tomado la molestia de desinfectarla, pero mi gato había perdido mucha sangre, y sospechaba que se moría de sed. Sin duda, *Lúculo* no estaba en su mejor momento.

Cuando iba a volver a meterlo en la cesta me di cuenta de que aquella canasta de mimbre pesaba un montón. Demasiado, de hecho, para ser una cesta con una manta vieja en su interior. Procurando que no me viese nadie, metí de nuevo en ella al gato mientras rebuscaba en el fondo.

Mi mano tropezó con algo redondeado y frío al tacto. Apartando la manta, pude ver que en el fondo de la cesta había un termo que debía de tener unos cuatro litros de capacidad. Con cautela, desenrosqué la tapa y olfateé el contenido. El familiar aroma dulzón y ácido del Cladoxpan me golpeó la nariz.

Enfebrecido, seguí rebuscando en la cesta. Además del termo, encontré una brújula, un cuchillo de combate muy parecido al de Viktor y, lo mejor de todo, una Beretta de 9 milímetros con el cargador lleno. No me valdría para defenderme en caso de que todo el vagón se transformase en No Muerto, pero me daba una posibilidad remota de sobrevivir si llegaba vivo al destino del tren.

¿Quién había metido todo aquello allí y por qué? Tenía que haber sido Strangärd, pero sería incapaz de decir por qué el sueco se había jugado el pescuezo para echarme una mano. De repente me acordé de los papeles de la sentencia que tanto había insistido en que cogiese.

A empujones, me abrí camino hasta un lugar que estaba más cerca de uno de los ventanucos, donde había suficiente luz para que pudiese leer. El dorso del documento contenía una cháchara legal en la que se me imputaba el cargo de asesinato en primer grado de la señora Compton y se me condenaba a la extradición. Pero lo realmente interesante estaba en el reverso.

La primera hoja contenía un mapa muy esquemático de la ruta del tren, con los lugares de destino, poblaciones cercanas, distancias y principales carreteras. La segunda, contenía tan sólo un breve mensaje, pero al leerlo mi corazón casi estalló de felicidad.

Estamos bien los dos. Sobrevive y vuelve. Te amo. L

Levanté la cabeza y sonreí por primera vez en muchas horas. Los siguientes días iban a ser un infierno y, además, antes tendría que sobrevivir a aquel viaje en tren, pero al menos tenía una posibilidad, y un plan.

Y, por si fuera poco, tenía un objetivo: volver a Gulfport y reencontrarme con los míos.

Pero, sobre todo, una idea brillaba obsesivamente en mi cabeza, con la intensidad de una llama.

Matar a Grapes y al reverendo Greene.

36

Convoy de deportación 17J
En algún lugar a trescientos kilómetros de Gulfport

No iba a conseguirlo.

Aquel maldito tren parecía que no iba a detenerse nunca, y las cosas allí dentro iban de mal en peor.

Tras casi cinco horas de viaje, el ambiente dentro del vagón se había cargado de una manera atroz, hasta el punto de transformar la atmósfera en un puré viciado y casi irrespirable. Al olor corporal de ciento cincuenta personas apretadas y sudorosas se le sumaba el aroma agrio de varias vomitonas y el toque dulzón y empalagoso de las deposiciones que salpicaban el vagón. Nada más iniciarse la marcha, unas cuantas voces juiciosas habían propuesto transformar una esquina del vagón en una letrina. Todo el mundo estuvo de acuerdo, excepto en un pequeño detalle: nadie quería que la esquina elegida fuese la más cercana a ellos.

Así, tras una serie de discusiones subidas de tono, no se escogió ninguna esquina y todo el mundo comenzó a hacer sus necesidades allí donde le cuadraba. Como consecuencia, aquello se semejaba cada vez más a un muladar sobre ruedas, y el suelo estaba cubierto de una capa de limo espeso y maloliente que corría de un lado a otro en función de la inclinación del convoy.

Yo era relativamente afortunado. Había conseguido un sitio contra una pared, así que tenía donde apoyarme. Había colocado la cesta de mimbre de *Lúculo* formando una especie de parapeto y, gracias a ella, podía disponer de un espacio mínimo de unos treinta centímetros donde poder girarme un poco. La ventana más cercana se encontraba a unos cuatro metros de distancia, por lo que la mayor parte del tiempo estaba en penumbra. Tan sólo cuando alguien encendía un cigarrillo o una linterna durante un breve momento, la luz me permitía ver con detalle lo que me rodeaba.

Normalmente aprovechaba esos pequeños momentos para echarle un vistazo a mi gato. *Lúculo* permanecía enrollado en el fondo de la cesta, en un estado de duermevela preocupante. Al principio pensé que se debía a la pérdida de sangre, pero empezaba a sospechar que la herida del muñón se le estaba infectando. El gato persa se agitaba de vez en cuando y lanzaba un débil maullido de dolor que a mí me partía el corazón.

Sin embargo, aquél era el menor de mis problemas. La sed se estaba transformando en algo cercano a una obsesión. Los verdes habían arrojado un par de bidones de agua dentro del vagón antes de cerrar las puertas, pero uno de ellos parecía haber desaparecido en una esquina, entre un grupo de Latin Kings malcarados y desafiantes que lo defendían celosamente con navajas en la mano, y el otro ya estaba vacío. Sentí un escalofrío al pensar en aquel bidón. Cualquier atisbo de orden para beber había desaparecido en cuanto la primera persona puso sus manos sobre la garrafa. En medio de la penumbra se habían oído gritos y puñetazos, mientras el recipiente pasaba de mano en mano, derramando la mayor parte de su contenido por el camino. Cuando pasó cerca de donde estaba yo, tuve la oportunidad de darle apenas un sorbo, antes de que alguien me pegase un puñetazo en la espalda y seis personas distintas lo arrancasen de mis manos.

Volví a sentarme en mi rincón, pasando la lengua de forma ansiosa por los labios humedecidos. Comencé a chuparme los dedos, que habían quedado empapados tras agarrar el bidón, pero nada más hacerlo me arrepentí amargamente y tuve que escupir. Mis manos estaban chorreando sangre.

El jodido bidón volaba de un lado a otro del vagón empapado en la sangre de algún pobre diablo. Tuve que esforzarme por controlar las arcadas.

La sed y el hambre tampoco eran el problema principal. Todos los presentes sabíamos que nos enfrentábamos a algo peor, algo que iba a aparecer en algún momento, porque vivía dentro de nosotros. Y el miedo y la angustia nos hacía retorcernos, defendiendo celosamente las menguantes reservas de aquel líquido lechoso llamado Cladoxpan que era nuestra última y débil defensa contra la locura.

El primer afectado se manifestó al cabo de una hora.

Fue una mujer gruesa, de unos cincuenta años, con un aspecto inequívocamente caribeño. Estaba algo alejada de mí, por lo que no pude ver bien qué sucedía. Sin duda ya estaba transformándose cuando la subieron al tren, pero en medio del caos y el desorden ni siquiera los que estaban a su lado se habían dado cuenta. Después, en medio de la penumbra del vagón, el TSJ finalizó su trabajo y comenzó a mostrar su verdadero rostro.

Seguramente, alguien que estaba a su lado se dio cuenta de repente de que la piel de la mujer estaba desacostumbradamente fría. O que sus ojos habían reventado en un carnaval de venas rotas, cubriendo toda la parte blanca de sangre. Nunca lo sabríamos. Lo cierto es que, en algún momento, alguien se dio cuenta y gritó, alarmado, mientras intentaba alejarse de aquel engendro. Como reacción se produjo un movimiento de pánico entre la multitud; las personas que estaban a su lado dieron instintivamente un paso atrás, y entonces se desencadenó el desastre. El gesto se reprodujo al instante en los que estaban al lado y, de golpe, como una gigantesca ola humana, se propagó en todas las direcciones del vagón. Las personas caían las unas sobre las otras, pisoteándose y aplastándose, poseídas por un pánico colectivo ciego y sin posibilidad de control. El anciano negro que tenía a mi lado casi me aplastó al caerme encima, cuando el movimiento de la multitud nos alcanzó con fuerza.

Se oían gritos y chillidos por todas partes mientras los ocupantes del vagón trataban de violar las leyes de la física y atravesar una montaña de cuerpos que casi les impedían moverse. La gente se apelotonaba y se aplastaba, asfixiándose en la marabunta. Por encima del caos se oyó un sonido familiar y susurrante que hizo que se me pusieran todos los cabellos de punta. Era un gemido bajo y rasposo, que se repetía monótonamente y que ya había oído en infinidad de ocasiones.

«Mwaaaaeeergh...»

«Mwaaaaaeeeeeeerghhh...»

Entre gemido y gemido se oía una respiración rápida y agitada, como la de una persona que acabase de correr una maratón. Una bola de hielo se instaló en mi estómago. Estaba pasando.

Al cabo de un par de minutos se oyó un gemido mucho más fuerte, casi un alarido, como si algo (*oscuro*) dentro de aquella mujer se hubiese despertado. Una especie de «Hola, mundo», pero cargado de veneno y muerte. Casi al instante otro grito, éste de dolor, sonó en el mismo lugar. El del segundo grito había sido un hombre.

El caos —ahora de verdad— se desató dentro del vagón. La multitud, ciega y aterrorizada corría (o más bien, trataba de hacerlo) en cualquier dirección, sin saber hacia dónde iba, ni importarle contra qué chocaba. Varias personas tropezaron entre ellas y cayeron sobre mí. Tan sólo tuve tiempo de levantar la cesta de mimbre y apuntalarla entre la pared y el suelo del vagón, como un ridículo parapeto para evitar ser aplastado.

No podía moverme. Alguien había caído sobre mis piernas y me tenía atrapado. Levanté la cabeza y choqué contra la espalda de un hombre que aullaba de dolor, con su brazo derecho retorcido de forma antinatural entre otras dos personas que, a su vez, luchaban por su vida. Intenté deslizarme, pero me moviese hacia donde me moviese había cuerpos humanos apilados. Un tipo delgado y con barba rala estaba tumbado boca abajo, y su cabeza tocaba con la mía. A tan poca distancia podía sentir su aliento, caliente y con olor a picante, mientras el tipo, con los ojos fuera de las órbitas, hacía un esfuerzo sobrehumano por liberarse del montón de personas que le habían caído encima. Las venas de su cuello se hincharon como gruesos cables cuando el hombre intentó levantarse, pero era imposible. Me miró con expresión enloquecida y musitó un sofocado «Ayuda», inaudible en medio de toda aquella locura.

Le miré, impotente. Aunque hubiese querido ayudarle, tenía uno de mis brazos aprisionado debajo de mi propio cuerpo; además, si tiraba de él, yo no tendría sitio para respirar. Así que lo único que pude hacer fue quedarme mirando con espanto cómo la cara de aquel hombre se ponía primero muy roja, un poco más tarde de un terrible color azulado y finalmente caía muerto con la lengua fuera de la boca y con el rictus deformado.

Al cabo de los cinco minutos más largos y espantosos de toda mi vida, el pánico comenzó a perder intensidad.

Los gritos se volvieron más sordos y apagados, pero por todas partes se oían sollozos y voces de personas llamándose las unas a las otras. Alguien tiró de una de las personas que me aplastaban y por primera vez pude incorporarme un poco. Con el brazo derecho aún dormido, me levanté, apoyando la espalda en la pared del vagón. Sentía las astillas de madera clavándose en mi piel, pero las ignoré por completo.

En aquel vagón había alguien que ya no era humano. Y yo no podía saber si alguno de los bultos que se me acercaban era un No Muerto.

Con la mano temblorosa, amartillé la Beretta y la apoyé contra mi cadera. De repente, una figura baja y compacta se me acercó tropezando por mi lado izquierdo. Respiraba rápidamente y llevaba los brazos extendidos delante de su cuerpo, como una especie de Frankenstein borracho. Levanté el arma y la apunté contra su cara. En ese preciso instante el tren cruzó un sector de vías en mal estado y todo el vagón osciló violentamente, sacudiéndonos como guisantes dentro de una lata. Tuve que abrir las piernas para afianzarme y lanzar mi mano libre a uno de los remaches metálicos de la pared para evitar caerme.

Cuando levanté la mirada de nuevo, se me escapó una maldición. Ya no veía a la sombra.

¡¡¿Dónde estás? ¿Dónde cojones estás? ¿Dónde estás?!!

Una mano se cerró en torno a mi brazo. Solté un aullido de terror y mi primera reacción fue disparar mi rodilla contra la entrepierna de aquella persona. Un sonido de dolor ahogado escapó del desconocido y, antes de darle tiempo a cualquier otro movimiento, descargué la culata del arma contra su sien.

El desconocido cayó como un fardo de ropa sucia a mis pies. Me agaché junto a él, al tiempo que apuntaba mi pistola en todas direcciones, tratando de adivinar otra posible amenaza. En la breve penumbra, contemplé a mi víctima. Era un hombre mayor, de casi setenta años. El pobre diablo, que estaba inconsciente y con un feo moratón en su sien derecha, no era un No Muerto.

Me había dejado llevar por el pánico, pero no me sentía ni avergonzado ni culpable por haber golpeado a un anciano. Aquel vagón era una antesala del infierno y estaba luchando por salvar mi alma.

Dos fogonazos iluminaron por unos segundos todo el vagón, cuando alguien disparó en rápida sucesión dos descargas de revólver. El sonido del arma dentro de aquel espacio cerrado fue tan potente que por un momento fui incapaz de oír nada, aparte de un penetrante y molesto pitido.

No eres el único con un arma. Ten cuidado, vaquero.

El caos volvió a desatarse. El tirador disparó su arma de nuevo y durante el espacio de un latido pude ver la escena macabra que tenía lugar allí dentro. El suelo estaba cubierto de cuerpos apilados, muchos de los cuales aún se movían entre gemidos, aunque la mayoría permanecían inmóviles por completo. En todas partes grupos de dos o tres personas peleaban con una furia homicida, bien porque estaban convencidos de que su rival era un No Muerto o porque aprovechaban el caos para tratar de conseguir una botella del preciado Cladoxpan.

—¡Una pistola! —aulló alguien—. ¡Tiene una pistola! ¡A por él!

Por un aterrador segundo pensé que se referían a mí, pero el movimiento de la masa se lanzó en la dirección del tirador oculto (no podría jurarlo, pero creo que era uno de los Latin Kings). Al pistolero le dio tiempo de hacer un disparo más antes de que una turba enloquecida y sedienta de sangre cayese sobre él y lo asesinase a golpes, patadas y puñetazos.

La muerte de aquel muchacho supuso una especie de punto de inflexión. Entre la multitud del vagón —bastante más reducida que unos minutos antes— fue disminuyendo la ira lentamente, como el agua escapándose por un desagüe. La gente, que hasta un instante antes se estaba estrangulando en una lucha a muerte, se soltaba con aire confundido, como si acabasen de despertar de un mal sueño. El pánico se había evaporado y una sensación pesada, mezcla de miedo, vergüenza y horror, se instalaba silenciosa y fríamente en el alma de los supervivientes.

Guardé mi Beretta discretamente en la cesta y comprobé que *Lúculo* seguía vivo, sumido en su duermevela febril. Ayudé a levantarse a unas cuantas personas y me aparté a un lado, sintiendo escalofríos. La mujer caribeña que había iniciado el caos yacía muerta en medio del vagón, con la cabeza abierta de par en par por algún objeto contundente y pesado. A su lado, un hombre con el cuello desgarrado se convulsionaba de manera antinatural, de una forma que todos los presentes conocíamos demasiado bien.

—Está volviendo —murmuró alguien entre las sombras—. Hay que hacer algo.

Una mujer joven y guapa, con la cara cubierta de sangre y los hombros llenos de cabellos arrancados, se adelantó. Sujetaba el revólver del tirador en la mano, y la expresión de su rostro era fría e implacable. Sin dudarlo ni un minuto, levantó el arma, apuntó a la cabeza del hombre que se convulsionaba y apretó el gatillo.

El balazo abrió un enorme boquete en la cara del hombre, que dejó de moverse. La chica miró al sujeto durante un rato. Después contempló la pistola y finalmente la arrojó sobre el cadáver.

—Era la última bala —dijo, sencillamente, a nadie en particular, con voz anodina.

En ese momento, un calambre me sacudió todo el cuerpo, con tanta fuerza que me hizo doblarme en dos. Fue tan intenso y repentino que me cogió totalmente por sorpresa. Me incorporé, jadeando, y me di cuenta de que tenía toda la ropa empapada en sudor. Debía de llevar un buen rato ardiendo de fiebre, pero el caos del vagón no me había permitido percibirlo antes. Un nuevo calambre, esta vez mucho más fuerte, me obligó a encogerme sobre mí mismo, soltando un grito de dolor. Un tipo a mi lado me observó con una expresión desconfiada en el rostro, mientras se separaba de mí un paso. Vi miedo en sus ojos, pero también asco.

No me miraba como a una persona. Me miraba como si yo fuera uno de *ellos*.

Oh, no, a mí no, por favor. Precisamente ahora no, por favor.

—Todo está controlado —jadeé, mientras levantaba la mano como un borracho—. Tranquilo, hermano.

Me dejé caer al lado de la cesta y saqué el termo lleno de Cladoxpan. El cierre de rosca se me resistió al principio. Las manos me temblaban, incontrolables. El primer trago que le di a aquel brebaje fue tan maravilloso que por un breve momento me sentí transportado fuera de aquel vagón. El líquido bajaba por mi garganta, apagando el infierno de mi cuerpo y abriendo todas mis células sedientas.

Aparté el bote de mi cara y lo cerré, con los ojos entornados, mientras disfrutaba de aquella sensación placentera. Una parte de mi mente gritaba a voces que aquella sensación tenía que ser muy parecida al alivio que sienten los heroinómanos cuando se chutan una dosis. *Hola, adicción. Soy un nuevo yonki. Encantado de ser tu esclavo.* En fin. Ya me ocuparía de aquello más tarde.

—¿Y ahora qué hacemos? —dijo alguien, con cierto tono de culpa en la voz.

—Ayudar a los heridos, eso lo primero —contestó otro.

—Lo más prudente sería abrirles la cabeza a los muertos, antes que nada —dijo la chica que había disparado, con voz fría. Lo decía con la naturalidad de alguien que habla de ir de compras.

Oye, cariño, de paso que sales, tráeme un kilo de manda-
rinas. Ah, y ya que estás, reviéntale la cabeza a pisotones a ese
niño muerto que tienes a tu lado.

—¿Y cómo lo hacemos? —murmuró una mujer asustada, que sujetaba contra su falda a una niña pequeña que
miraba a todas partes con los ojos inundados de terror—.
No tenemos armas.

Uno de los Latin King supervivientes se adelantó y re-
buscó entre un montón de restos. Cuando sacó la mano,
llevaba un martillo de carpintero en ella, de esos que tienen la parte posterior afilada. Sin mediar palabra, se acercó al cuerpo caído de un muchacho de unos doce años
y descargó un martillazo contra su cabeza. El martillo se
hundió con un sonoro «*chooop*» en la cabeza del chico,
mientras el Latin King, con una mirada negra, ausente y
perdida como la de un tiburón, seguía golpeando rítmicamente. Cuando se dio por satisfecho, la parte trasera de la
cabeza del chico era una especie de mermelada rojiza, con
trozos blanquecinos de hueso asomando aquí y allá.

—Así se puede hacer. —Le tendió el martillo al hombre
que estaba a su lado, que lo cogió con la misma expresión que si le hubiese pasado una serpiente viva—. Cualquier objeto contundente vale. Pero antes de empezar ase-
gúrense de que está muerto.

Los pasajeros del vagón le contemplaron durante unos
instantes, horrorizados.

—No puedes estar hablando en serio —musitó el hombre que estaba justo a mi lado.

De repente, uno de los cuerpos caídos en el suelo se sacudió en medio de convulsiones.

—Ahí tienes la respuesta, *güey* —contestó el joven, encogiéndose de hombros.

El hombre que tenía el martillo en la mano tragó saliva; tras un breve titubeo, se adelantó y descargó un golpe
sobre la cabeza del cadáver que se convulsionaba. Aque-

llo fue como la señal de salida; muy pronto, casi todos los pasajeros que aún estaban con vida se inclinaban obsesivamente sobre los cuerpos caídos y muertos en medio de la avalancha, golpeando sus cabezas con los objetos más variopintos.

Al cabo de un rato, la escena parecía sacada de un cuadro de El Bosco. Todos y cada uno de nosotros estábamos cubiertos de restos de sangre y sesos, y sobre las paredes de madera del vagón se dibujaban grotescos chorretones de sangre arterial proyectada, que se deslizaba lentamente hacia el suelo entre grumos resecos de materia gris.

Oí el sonido de alguien vomitando. Me encogí de hombros y di otro pequeño sorbo de mi Cladoxpan. Había sobrepasado mi umbral de horror, y aquello ya no me repugnaba. Además, no tenía nada sólido en el estómago.

Las siguientes horas fueron interminables. El tren rodaba en dirección noroeste a un ritmo monótono, salpicado con breves e inexplicables interrupciones —inexplicables para los que íbamos encerrados dentro—. En una ocasión, incluso dimos marcha atrás durante un par de kilómetros, sin ningún motivo aparente.

De vez en cuando todo el convoy se sacudía con un golpe sordo. Tras muchas cábalas llegamos a la conclusión de que se debía al impacto contra objetos situados sobre la vía (todos teníamos claro cuáles eran esos objetos). Tras un lento y tortuosos pulso, fui capaz de colocarme bajo una de las ventanas y, aupándome sobre una montaña de cadáveres apilados colocados allí con tal fin, pude asomarme por el ventanuco.

Lo primero que sentí fue un alivio enorme. El aire fresco del exterior, comparado con la apestosa pestilencia del interior del vagón, resultaba tonificante. Pero en cuanto se disipó esa primera impresión, el alma se me cayó a los pies. El tren rodaba por una planicie reseca y agostada, con grupillos de árboles retorcidos aquí y allá. Sospechaba que estábamos en algún punto del sur de Texas, cerca de la frontera norte de México, pero no podía precisarlo con seguridad. El elemental mapa que Strangärd me había facilitado contenía distancias y direcciones, pero no los nombres de los estados que atravesábamos.

El ambiente dentro del vagón era tétrico. Las conversaciones se habían reducido al mínimo, y cada uno parecía concentrado en sus propios pensamientos. Incluso los lloros y gemidos habían desaparecido, sustituidos por una sorda y profunda resignación, unida al miedo a lo desconocido. Nadie sabía dónde acababa aquel viaje aunque, por otro lado, el deseo común era que su fin llegase cuanto antes. Nada podía ser peor que estar encerrado en aquel vagón de la muerte.

De los ciento cincuenta viajeros originales quedábamos vivos menos de la mitad. El resto habían muerto aplastados en la avalancha de pánico o en alguna de las múltiples peleas.

Esas peleas habían cesado casi por completo. Los que quedábamos teníamos más sitio para movernos y los más necesitados de Cladoxpan habían saqueado lo que habían podido de los cadáveres. Incluso yo mismo había palpado sin ningún rubor la ropa del tipo delgado que había muerto a mi lado y había encontrado una pequeña petaca mediana. Rellené la petaca hasta arriba con el contenido de mi termo y lo oculté en el fondo de la cesta, debajo de *Lúculo*. Estaba seguro de que era, con diferencia, la persona con más reservas de medicamento, y no me apetecía hacer exhibición de ello. La muerte del Latin King me había demostrado que tener una pistola no era una garantía de supervivencia en aquel lugar repleto de gente desesperada y sin nada que perder.

Unas dos horas más tarde, se dio el segundo caso. Esta vez, estábamos mejor preparados.

En esa ocasión fue un hombre joven de apenas veinte años. El tipo era alto y corpulento, pero tenía una pierna rota y la cara destrozada a golpes. Alguien me susurró que a aquel hombre lo habían golpeado los verdes en la redada, al intentar impedir que detuviesen a su hermana y a su madre. No sólo no lo había conseguido (al parecer iban en otro vagón), sino que casi había logrado que lo matasen. No sabía si en un último gesto había cedido su ración de Cladoxpan a su familia o estaba tan débil que no había podido impedir que alguien se lo robase, pero lo cierto era que aquel muchacho había sido el primero en quedarse sin el remedio.

Primero suplicó. Se irguió en medio del vagón, apoyado en una improvisada muleta y, haciendo acopio de toda la dignidad que le quedaba, como un mendigo en el metro, pidió que alguien le diese un trago de Cladoxpan. Todo el mundo (incluido yo), le miró de forma hostil, o desvió la mirada hacia otro lado, mientras apretaba con más fuerzas sus reservas de medicamento.

Por un instante estuve tentado de compartir con él mi reserva, pero el mero instinto de conservación me impidió abrir la boca. Si los cálculos que había hecho eran correctos, la cantidad de Cladoxpan que tenía me permitiría sobrevivir durante unos cinco días, racionándolo con severidad. Esos cinco días eran el tiempo que tendría para intentar llegar de nuevo hasta Gulfport, o por lo menos hasta una patrulla ilota. Si compartía mi ración con aquel hombre, mi tiempo se reduciría a la mitad, y mis posibilidades de sobrevivir también. Además, con una pierna rota, aquel chico estaba condenado de antemano, y hasta él lo sabía. Cada gota de Cladoxpan que bebiese sería medicamento desperdiciado.

Cuando vio que las súplicas no surtían efecto, decidió robárselo a alguien. El muchacho era fuerte, sin duda, y en condiciones normales no hubiese tenido problemas, pero en su estado hasta un anciano habría podido enfrentarse a él. Y no era que quedasen muchos ancianos dentro de aquel vagón. El darwinismo más salvaje se estaba imponiendo, y sólo los más sanos, jóvenes y fuertes estaban sobreviviendo. Tras unos cuantos intentos lamentables, y unos cuantos golpes, el pobre chico desistió.

Completamente derrotado, se dejó caer en el suelo del vagón para dejarse llevar por su agonía. Con un rosario en la mano comenzó a rezar quedamente, mientras su piel se iba cubriendo de miríadas de diminutas venas reventadas. De vez en cuando, un calambre le hacía retorcerse de dolor; al final, los temblores eran tan acusados que ya ni pudo sostener el rosario en las manos. Al cabo de cuarenta minutos, la sarta de bolas de madera le resbaló de entre los dedos y su mano se cerró como una garra, en un ángulo antinatural. Con los ojos totalmente cubiertos de sangre, el chico levantó la cabeza, con el último ápice de control sobre sí mismo y gritó un «Por favoooooooor» tan desgarrado que me removió el alma.

Sin pensar lo que hacía, me levante y agarré el martillo de carpintero, que alguien había colgado de un clavo en la puerta del vagón. Antes de que nadie pudiese impedírmelo, me acerqué al muchacho, que se debatía entre temblores y que levantó sus ojos ciegos cuando sintió mi presencia a su lado.

—¿Estás seguro? —pregunté quedamente.

Por toda respuesta, el chico asintió y me aferró una pernera del pantalón, temiendo tal vez que cambiase de opinión. Al agarrarme susurró un «Gracias» casi ininteligible. Sus labios comenzaban a dejar de obedecerle.

Levanté el martillo y, tras inspirar profundamente, lo descargué con violencia en el hueso occipital del muchacho. El joven cayó desplomado como un becerro sobre el suelo del vagón. Tuve que golpear tres veces más para estar seguro de que dejaba su cerebro lo suficientemente dañado como para que no volviera a levantarse de entre los muertos.

Cubierto con su sangre, me dejé caer en mi rincón. Todo el vagón contemplaba el cadáver en silencio. Sentí cómo la mayoría de las miradas me esquivaban, pero nadie se atrevió a acusarme. No había nada que decir.

Mientras el tren traqueteaba, me enjugué unas lágrimas furtivas. Al mezclarse con la sangre que me cubría el rostro formaron unos chorretones barrocos en mi cara que me daban el aspecto de un payaso psicótico. Pero no podía parar de llorar.

Había matado a un hombre. A un hombre *vivo*. El hecho de que estuviese a punto de convertirse en un No Muerto no mitigaba mi dolor. Era un asesino.

Y mientras el tren rodaba, fui consciente de que, aunque sobreviviese a aquel viaje infernal, algo de mí había muerto para siempre dentro de aquel vagón.

Y entonces, de repente, el tren se detuvo.

37

Páramo, en algún lugar al sur de Texas
Día 1. 17.50 horas

Ya sólo quedábamos nosotros.

El tren se había detenido en cinco ocasiones, y en cada una de ellas habían desenganchado un vagón. El último que quedaba era el nuestro, así que sospechaba que nos quedaba poco tiempo en ruta.

Había encontrado una libreta sin usar en el bolso de una mujer que acababa de morir cerca de mí. Junto a ella, además de un montón de cosas inútiles, había una barra de pintalabios rosa, y sin saber muy bien por qué me la guardé en el bolsillo. ¿Pintalabios rosa, en un vagón de deportación? No tenía ningún sentido. Después me acordé de que los judíos que habían sido exterminados por los nazis llevaban consigo las cosas más increíbles, como violines o lámparas.

Supongo que el impulso de sobrevivir, la esperanza de ver nacer el siguiente día, es la fuerza vital más importante del ser humano. El pintalabios era un símbolo para aquella mujer, como lo era *Lúculo* para mí. La manera que tenía aquella mujer de decirse que aquella pesadilla iba a terminar en algún momento y que entonces, cuando acabase para ella, tendría necesidad de volver a ponerse guapa otra vez. Que volvería a estar en algún sitio alegre, seguro y confortable, donde la preocupación más importante fuese tener los labios bien pintados y no la de sobrevivir a toda costa durante diez minutos más. Pero, mientras me lo guardaba en el bolsillo, el cadáver de aquella señora se bamboleaba en el suelo del vagón, junto a los tacones de mis zapatos, al ritmo que marcaba el tren sobre las vías. Su símbolo no le había valido una mierda.

Sólo quedábamos veinte personas en el vagón, de las ciento cincuenta que salimos de Gulfport. La mitad había muerto por aplastamiento, sed o asesinadas cuando alguien trataba de robarles. El resto había ido cayendo a medida que se quedaba sin Cladoxpan. La mayor parte de la gente tenía una reserva pequeña, apenas para seis horas. Y ya llevábamos casi doce de viaje.

Yo estaba bastante bien. Con la cantidad que tenía escondida en la cesta de *Lúculo* podría aguantar durante varios días. Desconocía las reservas que tenían el resto de los supervivientes. Podría ser que tuviesen para un mes o tan sólo para unas horas más. Aquello era como una partida de póquer donde todo el mundo ocultaba celosamente sus cartas. No sabías a ciencia cierta si el tipo que te miraba desconfiado desde la otra esquina iba a contemplar aterrado cómo te convertías en No Muerto, o ibas a verlo tú. Cada vez era más consciente de que si no fuese por la cesta llevaría horas muerto, tirado en medio del vagón.

No entendía muy bien el motivo por el que nos iban dejando en sitios distintos y alejados entre sí. Al principio supuse que era para evitar que pudiésemos organizarnos en una banda numerosa, capaz de enfrentarse a los guardianes y tomar el control del tren. Algo de eso había, por supuesto. Pero, pensándolo más fríamente, lo más probable era que quisieran evitar que nos transformáramos en No Muertos todos juntos. Siempre era preferible un podrido solitario, o una docena, que ciento cincuenta juntos. Para ellos ya no éramos personas, sino monstruos. Y puede que tuviesen razón.

No me sentía orgulloso de las cosas que había visto y hecho dentro de aquel vagón. También sabía que, si no las hubiese hecho, estaría muerto en aquel momento. Y yo pensaba luchar hasta el final.

El tren comenzó a aminorar la marcha. El «trac, trac» al pasar sobre las juntas de los rieles se hizo más pausado, hasta detenerse por completo. Era la sexta parada, para el sexto vagón. Nuestro turno.

Con un chirrido de frenos, el disminuido convoy se detuvo por completo, tras un viaje de cientos de kilómetros. Dentro del vagón, el silencio era absoluto. Sólo se oía el vuelo de las moscas, zumbando entre los cadáveres hinchados, y la tos cavernosa de un hombre con mal aspecto.

Estuvimos a la espera durante cinco interminables minutos. La tensión dentro del vagón comenzó a alcanzar cotas insoportables.

—¿Por qué no abren la puerta de una puta vez? —musitó alguien sentado cerca de mí.

—Quizá no abran la puerta —murmuró otro, un tipo de cincuenta años que era el superviviente de más edad—. Tal vez simplemente aparquen el vagón aquí y se larguen, y en el próximo viaje vengan a recoger los huesos.

—Cállate la puta boca —le replicó el primero—. Van a abrir. Tienen que abrir, joder.

Deseé con todas mis fuerzas que tuviera razón. Supuse que los guardias verdes estaban asegurándose de que no hubiese No Muertos en las cercanías. Finalmente, con un chirrido muy desagradable, la puerta del vagón se abrió por primera vez desde que habíamos subido.

Los guardias verdes no se asomaron al interior.

—¡Fuera! ¡Todos afuera, maldita sea! —gritó una voz extrañamente distorsionada—. ¡Joder, qué peste!

—No te acerques tanto a la puerta, Tim —dijo otra voz—. Puede que no quede ninguno con vida ahí dentro.

—Quizá deberíamos lanzar una granada —repuso el tal Tim, con tono dubitativo.

Aquello bastó para que los veinte supervivientes nos pusiésemos en movimiento hacia la puerta. Nadie quería morir de una forma tan absurda.

Lo primero que hice al asomarme a la puerta fue bizquear a causa de la claridad. Incluso aunque ya se estaba poniendo el sol, después de doce horas en penumbra, mis ojos no podían soportar tanta luz. Lo siguiente que hice fue inspirar profundamente una, dos, tres veces, tratando de limpiar mis pulmones del hedor absoluto del interior del vagón.

Entonces me fijé por primera vez en los verdes y entendí por qué su voz sonaba muy distorsionada: todos ellos llevaban máscaras antigás sobre sus caras. Podía entenderlo. El olor de aquel vagón recalentado, lleno de cuerpos sin vida, vómitos y excrementos, debía de ser aterrador.

—¡Vamos, tenéis que sacar los cuerpos del vagón! —me dijo uno de ellos mientras me apuntaba con su rifle de asalto.

—Pero ¿qué dices? —contestó un hispano a mi lado—. Está lleno de cadáveres. Sólo quedamos nosotros. Nos llevaría todo un día hacerlo.

—Pues sólo tenéis una hora, hatajo de cabrones —contestó el soldado, amartillando su rifle—. Si queréis vivir, moved el culo. ¡Vamos!

Como autómatas, nos organizamos en parejas y comenzamos a sacar los cuerpos de los muertos del interior del vagón. Mientras sujetaba por los pies el cadáver de una mujer embarazada y la arrastraba fuera del tren me preguntaba por qué lo hacíamos. Por qué no saltábamos sobre los guardias e intentábamos arrebatarles las armas. Por qué no luchábamos. La respuesta era evidente: para poder vivir algo más. Aunque sólo fuesen diez minutos. Para poder continuar respirando aquel aire tan maravilloso y limpio. Poder seguir vivo.

Apilamos todos los cadáveres a un costado de la vía. Estábamos en un intercambiador perdido en medio de ninguna parte. La vía se extendía en línea recta en ambas direcciones hasta perderse de vista. Sólo en aquel lugar donde estábamos había un tramo de doble vía de unos quinientos o seiscientos metros, pensado para que un tren se apartase a un lado cuando otro se acercaba por la misma vía. Aquel sitio desolado era el lugar elegido por nuestros captores para deshacerse del último vagón.

Una mirada a mi alrededor me permitió comprobar que no era la primera vez. El suelo estaba cubierto de huesos blanqueados al sol, y restos de ropa y calzado. En un lado de la vía, una enorme montaña de cuerpos momificados nos contemplaba con la sonrisa burlona de las calaveras. Notaba sus ojos vacíos siguiéndome, como acusándome de ser un cobarde, como acusándome de estar todavía vivo.

Los huesos se extendían por la llanura hasta una gran distancia, repartidos de cualquier manera. Sospechaba que cuando el tren se fuera los coyotes y demás carroñeros aparecerían por allí, para darse un festín con los cadáveres de más de cien personas, arrastrando los huesos en todas direcciones. Eran afortunados. El TSJ no sólo no les afectaba, sino que les servía la comida con abundancia.

Cuando sacamos el último cadáver nos dejamos caer, resoplando, contra los restos de una furgoneta calcinada. Uno de los verdes se acercó hacia nosotros y nos lanzó unos cuantos paquetes de raciones de emergencia del Ejército.

—En ese bidón tenéis quince galones de agua —dijo, señalando un barril de metal que en ese momento sacaban de la máquina del tren entre resoplidos—. Y aquí tenéis unas cuantas raciones de emergencia. A partir de aquí es cosa vuestra pero, por vuestro propio bien, será mejor que no se os ocurra volver a acercaros a Gulfport. No sois bien recibidos allí. No queremos volver a veros. Nunca. ¿Está claro?

—Esto es un asesinato —murmuró una mujer (una de las tres que había sobrevivido) desde un extremo—. Estamos en medio de un maldito desierto, y no tenemos adónde ir. En pocas horas el TSJ nos transformará en No Muertos y no se os ocurre mejor cosa que darnos unos litros de agua y unas chucherías para pasar un rato. ¿Queréis tener la conciencia más tranquila? ¡Pues olvídalo!

—Cállate la boca —replicó el verde—. Y agradece que no te meta una bala en la cabeza. Habéis sido condenados a destierro, aunque por mi parte os mataría a todos. Pero yo sólo cumplo órdenes.

—Muy amable —conseguí murmurar. Estaba volviendo a sudar otra vez, y no sabía si era por el esfuerzo o porque el virus me estaba atacando de nuevo. El problema era que no quería que nadie viese mis reservas de Cladoxpan. Tendría que esperar un rato.

—Vamos a por ellos —masculló de improviso entre dientes el tipo que estaba sentado a mi lado—. En cuanto den la señal.

—¿Qué dices? —pregunté, casi sin mover la boca. No sabía de qué iba aquello.

En ese instante el hombre que estaba sentado en el extremo de la fila, el más cercano al verde, saltó como un resorte hacia el soldado. Éste, sorprendido, apenas tuvo tiempo de levantar su fusil antes de que el chicano impactase contra él. Ambos cayeron al suelo, en una maraña confusa de brazos y piernas. El arma se disparó, y uno de los dos fue alcanzado por las balas, pero era imposible saber quién. La locura se había desatado.

Al menos la mitad de los deportados se lanzaba sobre los guardias, tratando de arrebatarles las armas. Los Latin Kings supervivientes parecían estar al mando. Aquél debía de ser una especie de plan de urgencia tramado en la oscuridad del vagón y estaban tratando de llevarlo a cabo.

Sin embargo, los problemas empezaron a acumularse. En primer lugar, habían cometido el error de no compartir sus planes con el resto de los supervivientes. Al igual que yo, otra media docena de deportados, confusos y asustados, tratábamos de decidir a toda velocidad qué hacer. Algunos se pusieron a salvo detrás de los restos de la furgoneta, mientras que otros se sumaron al asalto improvisado. El resto se quedaron de pie, sin saber muy bien cómo reaccionar. Pero, cuando la primera ráfaga de un M4 partió a uno de los indecisos por la mitad, todos saltaron electrizados en las cuatro direcciones.

El plan era valiente, pero estúpido. En vez de centrarse en alcanzar la locomotora diésel del tren, se habían enzarzado en una pelea desigual con los guardias verdes. Esto había dado tiempo al resto a cerrar a cal y canto las puertas de la máquina y atrincherarse dentro. Desde el techo de la locomotora, un verde se afanaba en amartillar una ametralladora pesada.

Pude intuir lo que iba a pasar en cuestión de segundos.

—¡A cubierto! —grité justo antes de arrojarme en una zanja medio llena de cadáveres putrefactos.

La ametralladora pesada comenzó a disparar, llenando el aire de pesados avispones de plomo. Los ilotas que estaban al descubierto se contorsionaron en una retorcida danza de la muerte cuando las balas los atravesaron sin piedad. Incluso un verde fue alcanzado por el fuego amigo, pero eso era lo de menos. Al cabo de un minuto, el intento de asalto había fracasado tan rápidamente como había empezado.

—¡Joder, estos cabrones casi nos dan un susto! —dijo una voz tras una máscara antigás.

—¿Estáis todos bien? —preguntó alguien desde el tren.

—¡McCurry y Weiss están jodidos! —replicó otro—. ¡Carllile, pedazo de gilipollas. Te has cargado a Weiss!

—¡Se metió en medio de mi línea de tiro! —contestó el otro, desde el techo de la locomotora—. ¡Yo no tengo la puta culpa!

—Ya discutiremos esto más tarde —dijo la primera voz, con autoridad. Debía de ser el jefe—. Comprobad que están todos muertos y larguémonos de aquí. Este sitio me da escalofríos.

Desde el fondo de la zanja oí cómo los verdes iban revisando los cadáveres uno a uno. En un par de ocasiones sonaron las detonaciones sordas de sus fusiles, cuando remataban a algún herido. No tenía demasiado tiempo para actuar. Sujeté el cadáver que tenía más cerca y me lo puse encima, al tiempo que trataba de enterrar mis piernas entre una montaña de cuerpos. Después, lo único que podía hacer era quedarme muy quieto y rezar.

La gravilla al lado de la zanja crujió cuando alguien se acercó. Contuve la respiración, sofocado por el intenso hedor de aquella pila de cadáveres. Al cabo de unos interminables segundos, aquella persona se alejó andando. Exhalé, aliviado. Entonces me di cuenta de que había dejado la cesta con *Lúculo* apoyada al lado de los restos de la furgoneta. Sentí que mi corazón se detenía. Si encontraban el gato, sin duda lo matarían, y además se llevarían mi medicamento.

El tiempo pasaba lento, muy lento, mientras aquellos hombres subían de nuevo al tren. Finalmente, con un rugido, el motor diésel cobró vida de nuevo y, con un acelerón, el convoy se fue alejando lentamente.

Permanecí tumbado entre los cuerpos durante otros cinco minutos más, hasta que el último sonido del motor se desvaneció en el horizonte. Cuando ya no se oía nada, aparté los cuerpos que me cubrían, asqueado. Trastabillando, salí de la zanja a gatas.

El tren ya era sólo un punto brillante que se alejaba en el horizonte. El sol se estaba poniendo, y teñía toda la llanura de una espectral luz roja que le daba un tono sangriento. Miré a mi alrededor. No había nadie a la vista. Si alguien más había sobrevivido a aquella matanza de última hora, se guardaba muy bien de dejarse ver.

A trompicones, me acerqué hasta la vía, esquivando cuerpos aún calientes y cubiertos de sangre. Un par de ellos, muertos, pero sin heridas graves en la cabeza comenzaban a sacudirse entre espasmos. En breve tendría compañía. Tenía que salir de allí.

La cesta de *Lúculo* seguía donde la había dejado. Elevé una oración silenciosa al cielo y la abrí. En el fondo de la canasta, *Lúculo* seguía enrollado y, debajo de él, estaban todas mis cosas. Di un trago comedido al bote de Cladoxpan y saqué la brújula. Sabía en qué dirección tenía que ir. La pregunta era si duraría el tiempo suficiente para llegar.

Me hice una mochila improvisada con el chaquetón de un muerto y metí dentro todas las raciones de comida y el contenido de la cesta, excepto a *Lúculo*. El bidón de agua pesaba demasiado para mí. Rebusqué entre los cadáveres hasta reunir media docena de botellas y cantimploras. En una de ellas incluso quedaba un poco de Cladoxpan que guardé junto a mi reserva. En total conseguí meter dentro de la «mochila» unos quince litros de agua. Era lo máximo que podía llevar con aquellos recipientes, y tampoco podía cargarme demasiado. Estaba muy débil y molido, y me esperaba un largo camino.

Aproveché el resto del agua para beber hasta hartarme y lavarme un poco. Aún llevaba el elegante traje ita-

345

liano que me había puesto dos días antes para ir a trabajar. Roto, cubierto de sangre, tierra y fluidos ya no era tan bonito. Deseché la americana destrozada y cogí el chaquetón de corte militar de un cadáver. En el desierto puede hacer mucho frío por la noche.

Sujetando la cesta en mi brazo, y con la improvisada mochila a la espalda, comencé a andar hacia el sudeste, siguiendo las vías del tren, mientras la noche caía sobre el sur de Estados Unidos.

Empezaba un nuevo viaje. Pero, esta vez, el reloj jugaba en mi contra.

38

Páramo
Día 2

Desperté con el cuerpo dolorido, mientras el sol de la tarde me daba en la cara. Había caminado toda la noche, hasta que el frío y el agotamiento me habían hecho parar. Tenía que mantenerme en movimiento y detenerme poco si quería tener alguna posibilidad, pero en aquella noche sin luna corría el riesgo de partirme una pierna, así que finalmente decidí dormir toda la mañana, hasta que pasasen las horas de más calor. Me había refugiado en el esqueleto de un autobús para dormir. Al principio dudé, pues temía que dentro de aquellos restos se ocultasen serpientes de cascabel, escorpiones o una docena más de bichos, reales o imaginarios que saturaban mi sobrecargada imaginación. Finalmente, se impuso el sentido común. Había oído el aullido de coyotes muy cerca, y aquél era un riesgo real. No sabía si los coyotes atacaban a los humanos, pero no merecía la pena correr riesgos.

Bebí un trago de agua mezclado con el medicamento y abrí una ración de emergencia. Intenté que *Lúculo* comiese algo, pero estaba demasiado débil para masticar.

Contemplé preocupado al gato persa. Ya no quedaban dudas de que la herida del rabo se le estaba infectando. Si no encontraba antibióticos pronto, mi gato moriría. Pero, sobre todo, necesitaba un medio de transporte. Tras calcular el Cladoxpan que había consumido en veinticuatro horas, me di cuenta de que mis reservas tan sólo me durarían cinco días más. Seis, estirándolo mucho. Y si seguía a pie no llegaría a Gulfport hasta pasadas tres semanas, en el mejor de los casos.

Salí de los restos del autobús y comencé a andar de nuevo. Me sentía curiosamente excitado y libre. Como al principio del Apocalipsis, volvía a estar solo y únicamente dependía de mí. Aquello hizo que el recuerdo de Lucía me asaltase con una punzada dolorosa. Quería a mi mujer con toda la fuerza de mi alma, pero en aquel instante su vida —y la mía— corrían por distintos caminos. Recé para que estuviese bien y, sobre todo, para poder volver a encontrarla en este mundo.

Al cabo de dos horas de marcha me detuve de golpe. A lo lejos, en medio de un chaparral de arbolillos enanos y sin hojas, se distinguía un pueblucho al lado de las vías. Mi corazón se aceleró. Saqué la pistola de la bolsa y comprobé el cargador. Antes de ajustármela al cinturón, saqué dos balas y me las guardé en un bolsillo, con un escalofrío. Si todo iba mal, una de esas balas era para *Lúculo*. La otra sería para mí.

Al acercarme al pueblo comencé a caminar con cautela. El pequeño andén de la estación del pueblo estaba cubierto de cuerpos sin vida, esqueletos y restos de ropa. Aquél debía de ser otro de los apeaderos donde los guardias de Greene se deshacían de su miserable carga humana. Con todos los sentidos alerta, y pegado a una pared, caminé entre los restos.

La estampa era muy parecida al lugar donde nos habían dejado a nosotros. Allí no quedaba nadie con vida.

Me aventuré a caminar por la calle central del pueblo desierto. No debía de tener más de veinte casas, y desde todas las ventanas huecas las sombras del interior me contemplaban, oscuras y amenazantes. No se oía ni un solo ruido. Tan sólo el chirriar de mis zapatos sobre la gravilla que cubría el asfalto cuarteado.

Un gemido a mi espalda me hizo volverme como una serpiente, con la Beretta en ristre. Bajé el cañón, temblando. Tan sólo era un viejo cartel de Coca-Cola chirriando a merced del viento.

Con todos los sentidos alerta entré en la única cafetería del pueblo. Los cristales de las ventanas, reducidos a astillas, crujieron bajo mis pies cuando accedí al interior en penumbra.

Allí no había nadie. Sin perder de vista la puerta, me abrí paso entre las sillas rotas y las mesas volcadas hasta el interior de la barra. Comencé a abrir cajones, con furia. Al cabo de cinco minutos me dejé caer, desalentado.

No había absolutamente nada que comer o beber allí dentro. Era de esperar. Los supervivientes de los sucesivos viajes habían saqueado hasta la última migaja de aquel pueblo. Cualquier cosa aprovechable que pudiese haber allí ya habría desaparecido hacía mucho tiempo. No me hacía falta revisar el resto del pueblo para adivinar que en todas las demás casas me encontraría con algo parecido.

Mi mirada se detuvo en un montón de facturas y papeles que se apilaban debajo del fregadero. Más por curiosidad que por otra cosa los saqué para echarles un vistazo. Era el papeleo habitual de un bar, pero en medio de todos ellos había un pequeño tesoro. Era un folleto cutre, en una hoja fotocopiada, de un rancho llamado Doble Jota.

¿Quieres sentirte como un auténtico cowboy?
En Doble Jota te permitimos vivir la auténtica
EXPERIENCIA TEXANA.

¡PASEOS A CABALLO! ¡MARCADO DE RESES!
¡Disfruta de la mejor cocina Tex-Mex con nosotros!
¡¡¡DOBLE JOTA!!! *¡¡¡Nunca lo olvidarás!!!*

Al final había un número de teléfono y un mapa muy esquemático que llevaba de Sheertown (así se llamaba aquel pueblo fantasma) al rancho; todo ello sobre un fondo más bien hortera de caballos al galope y vaqueros sonrientes apoyados en una cerca.

Me preguntaba qué diablos se le habría pasado por la cabeza al dueño de aquel rancho para pensar que alguien querría viajar hasta aquel rincón perdido en el culo del mundo para vivir la «auténtica experiencia texana». Incluso antes del Apocalipsis, Sheertown era un lugar deprimente. De todas formas, la calidad del panfleto me hacía pensar que nunca debió de ser muy difícil conseguir plaza en el comedor del Doble Jota. Más bien, debía de ser extremadamente raro haberse encontrado a otro visitante.

Una idea absurda empezó a germinar en mi cabeza. El rancho quedaba cerca del pueblo, a menos de seis kilómetros, y estaba en dirección opuesta a las principales vías de salida de aquel sitio. Era posible que nadie hubiese reparado en él hasta entonces. Si era así, tenía una oportunidad de encontrar material de veterinaria y alimentos allí. Quizá incluso un coche que aún funcionase. Y si no hallaba nada de eso, por lo menos tendría un sitio donde pasar la noche. Por nada del mundo pensaba quedarme en Sheertown a dormir. Aquel pueblo fantasma era como un cementerio al aire libre. Algo maligno circulaba por el aire. En aquel lugar sólo quedaba desgracia y dolor, mucho dolor. Podía sentirlo en todos mis huesos.

Sin mirar atrás, comencé a caminar. Salí del pueblo y tras diez minutos por la carretera me encontré un camino de tierra sin señales que se bifurcaba hacia el oeste.

Miré el mapa, para estar seguro. Era por allí, no cabía duda. El camino de tierra estaba cubierto de restos de vegetación, y las malas hierbas lo habían obstruido casi por completo en algunos sitios. No se veía ni una sola huella, aparte de las dejadas por los coyotes. Daba la sensación de que nadie pasaba por allí desde hacía mucho tiempo.

Caminé durante una hora por aquel camino polvoriento, jurando en arameo cada vez que me quedaba enganchado en un arbusto espinoso. Hubo un momento en el que incluso tuve que abrirme camino entre una masa tan densa de vegetación que no se veía el otro lado. Aquello hizo que mis esperanzas aumentasen. Si la pista de tierra estaba en ese estado tan lamentable, era de esperar que nadie hubiese visitado el rancho en mucho tiempo.

Finalmente, al coronar una pequeña loma, tropecé con el rancho Doble Jota.

Era un lugar miserable, con una casa de madera rodeada de vallas. Cerca de la casa había un enorme granero pintado de rojo y una construcción alargada y baja que supuse que debían de ser las cuadras de los caballos. Aquel sitio nunca debía de haber tenido un aspecto muy saludable, pero en aquel instante resultaba realmente tétrico. Uno de los cercados situados al lado de la casa contenía los esqueletos blanqueados de medio centenar de cabezas de ganado, que se deshacían lentamente al sol. No hacía falta ser un adivino para intuir que aquellas pobres vacas habían muerto de hambre y de sed dentro del cercado, cuando sus dueños dejaron de cuidar de ellas. Al pensar en eso caí en la cuenta de algo.

Los antiguos dueños tenían que estar en alguna parte. Puede que allí mismo.

Con la Beretta bien sujeta en mi mano derecha me fui acercando a los edificios. Al llegar al arco que cubría la entrada, apoyé en el suelo la mochila improvisada y la cesta con el gato. Era mejor que entrase allí sin nada que me estorbase.

El primer sitio que inspeccioné fueron los establos. Era una nave alargada y ordenada, con un largo pasillo central flaqueado por dos docenas de boxes para caballos. La mitad estaban vacíos, y en la otra mitad tan sólo estaban los huesos de una docena de caballos. Las puertas metálicas estaban deformadas a golpes y algunas de ellas incluso tenían manchas de sangre. Los nobles brutos habían tratado de abrirse camino al exterior cuando enloquecieron de hambre y sed, pero no habían podido salir de allí. Por lo demás, aquel sitio estaba vacío.

Al salir me fijé en una pequeña nevera situada al lado de la pared. La abrí, sin grandes expectativas. Casi me caí de culo a causa de la sorpresa cuando una refrescante ola de aire frío me golpeó la cara y me bañó en una suave luz blanquecina.

La nevera aún funcionaba. El rancho aún tenía corriente eléctrica.

Por un instante me quedé inmóvil, extasiado con aquel chorro de aire fresco. Tardé un rato en descubrir cómo diablos era posible aquel pequeño milagro. El techo del establo estaba cubierto de paneles solares, que alimentaban un generador oculto en alguna parte. El antiguo dueño debía de ser un tipo al que no le gustaba pagar recibos de la luz o, lo más probable, que no se podía permitir un corte de luz en un sitio tan desolado. Tanto daba. Aquello era un golpe de suerte.

Dentro de la nevera se alineaban ordenados un montón de pequeños botes de medicamentos para animales. Rebusqué apresuradamente hasta que encontré un estante cubierto de antibióticos. Eran para caballos y vacas, así que no estaban pensados para gatos. Dudé, por un instante. Una dosis demasiado fuerte podía matar a *Lúculo*, y, por otro lado, no sabía si sería incompatible. No tenía demasiadas opciones, así que me metí un puñado de aquellos frascos en el bolsillo y media docena de agujas hipodérmicas que encontré en un cajón.

Tras echar un último vistazo, salí del establo. Y entonces me encontré al primer No Muerto.

Era un hombre joven, de unos veintipocos años. Vestía un peto de dril y una camisa de cuadros rojos y negros. En el cuello llevaba anudado un pañuelo descolorido. El No Muerto se tambaleaba al andar y, atraído por mi presencia, acababa de doblar la esquina de la casa, en mi dirección.

Desde la distancia a la que estaba pude comprobar que el No Muerto no tenía ninguna herida aparente. Aquel hombre no se había transformado a causa del ataque de otro No Muerto, sino que el virus se había apoderado de él a traición, quizá por compartir una botella, o por un beso. Eso era relativamente bueno.

La mala noticia era que el No Muerto, al verme, soltó un gemido apagado y comenzó a caminar rápidamente en mi dirección. Con calma, dejé que se fuese acercando, para no fallar el disparo. De repente mi mirada se detuvo en un hacha apoyada al lado de la puerta. Tras un breve titubeo, bajé la Beretta y sujeté el hacha con las dos manos. Era pesada, y muy larga, y el filo estaba algo embotado, pero aun así tenía un aspecto temible. Sería mucho menos ruidosa que la pistola.

Cuando el No Muerto estuvo a menos de tres metros levanté el hacha sobre mi cabeza. Sólo entonces me di cuenta de que si fallaba el primer golpe no tendría una segunda oportunidad. Quizá no dispararle no había sido tan buena idea después de todo. Pero no tuve mucho más tiempo para dudar. El No Muerto se abalanzó sobre mí con un rugido. Cuando sus dedos casi me tocaban dejé caer el hacha sobre su cabeza con todas mis fuerzas.

El filo se clavó en medio de su cara con un chasquido apagado, frenándolo en seco. Apoyé un pie en su pecho y de un tirón arranqué el hacha, que salió con un *«chuuup»* acuoso que me puso los pelos de punta. A causa del impulso, el No Muerto cayó de espaldas sobre el polvo y se quedó allí como una tortuga a la que le dieran la vuelta. Aprovechando la oportunidad, descargué un segundo hachazo. Esta vez, la hoja del hacha penetró profundamente en su cráneo y le destrozó el cerebro. El No Muerto pataleó un par de veces y se quedó definitivamente inmóvil.

Jadeé, tratando de recuperar el resuello. Tuve que hacer tres intentos antes de poder sacar el hacha de su cabeza, pero finalmente lo logré. Con el filo ensangrentado del hacha por delante comencé a caminar hacia la casa. Parecía un psicópata enloquecido.

Abrí la puerta con cuidado y me asomé al interior. Estaba claro que el propietario nunca había sido un dechado de orden. Dos años de abandono habían cubierto todos los muebles de una fina capa de polvo del desierto. Sin embargo, en medio del suelo polvoriento, se distinguían perfectamente un par de huellas titubeantes. Con la sangre palpitando seguí las huellas hasta la cocina.

Al final del rastro, junto a una chimenea, el cuerpo de una No Muerta se reanimó al oírme llegar. La mujer se lanzó sobre mí, pero tropezó con un pequeño escabel tirado en el suelo y cayó desmadejada. Sin dudarlo ni un minuto, la golpeé con el hacha una y otra vez, hasta que su cabeza se transformó en una masa informe de hueso, carne y sesos.

Me dejé caer sobre un sofá, levantando una nube de polvo. Con toda la tranquilidad del mundo, cogí un paquete de Marlboro arrugado que estaba tirado por allí y me encendí un cigarrillo. Estaba asombrado de mí mismo. Me había llevado por delante a dos monstruos en menos de cinco minutos y ni siquiera se me había acelerado el pulso. Un tiempo atrás, aquello habría sido impensable. Qué curioso...

La sangre de la No Muerta se abría paso entre la arenilla del suelo, creando extraños meandros a medida que se extendía. Cuando la sangre llegó hasta mi zapato se dividió en dos ramales que se perdieron debajo del sofá. Tiré el cigarrillo al suelo después de darle dos caladas. De repente se me habían ido las ganas de fumar.

Recorrí toda la casa sin encontrar a nadie más. En el sótano, sin embargo, me llevé una maravillosa sorpresa: un arcón congelador, lleno hasta los topes de enormes trozos de carne de ternera congelada. Se me hizo la boca agua nada más verla. Aquella noche tendría una cena de primera.

Tan sólo me quedaba por registrar el granero. Salí de nuevo al exterior y crucé el patio en dirección a la gran estructura de madera roja. Sobre el cuerpo del vaquero que acababa de matar dos buitres negros se daban un festín, engullendo con parsimonia los sesos desparramados del No Muerto. Las aves me miraron con curiosidad mientras pasaba, pero no hicieron el menor amago de huir. Poco a poco, le iban perdiendo el miedo al ser humano. Observé que estaban gordas y lustrosas. No era de extrañar: en los últimos tiempos no les había faltado la comida.

La puerta del granero estaba cerrada por fuera con un grueso candado. Maldije por lo bajo. La llave podía estar en cualquier parte, y no tenía ni tiempo ni ganas de buscarla. Desenfundé la Beretta y apunté al candado.

El disparo sonó como un trueno y los buitres, asustados, levantaron vuelo, aleteando malhumorados. El disparo tenía que haberse oído muy lejos, pero no me importaba. No había nadie —ni siquiera No Muertos— en muchos kilómetros a la redonda.

El interior del granero estaba oscuro, y muy fresco. Una sensación de humedad muy intensa me sorprendió nada más entrar. Al cabo de un instante descubrí el motivo: una bomba de agua situada al fondo del edificio había reventado en algún momento. El agua salida de un pozo artesiano fluía a borbotones y tras crear un pequeño lago en la parte posterior del granero se escapaba por debajo del muro de madera, hasta perderse en el desierto.

El interior estaba cargado de humedad, y algunos sacos de cereales habían reventado cuando el grano que contenían había germinado. Todo el granero estaba impregnado de un curioso olor. En medio del charco, un enorme tractor John Deere dormía un sueño eterno, esperando una cosecha que iba a tardar muchos años en llegar.

Rodeé el tractor con cautela y divisé un bulto blanquecino junto a la pared. Estaba situado junto a una mesa de trabajo y una apolillada alfombra naranja enrollada, cubierto con una sábana blanca. Rodeé la mesa y la alfombra y, con la mano que me quedaba libre, tiré de la sábana.

—Gracias, Dios —murmuré a través de mis labios agrietados—. Gracias.

Porque lo que se escondía debajo de aquella sábana eran dos hermosas y resplandecientes motocicletas.

Una hora más tarde estaba de nuevo dentro del granero. El sol ya se estaba poniendo y la noche caía sobre el rancho Doble Jota. Dentro del edificio de madera había encendido una fogata donde chisporroteaban a fuego lento unos fantásticos trozos de ternera llenos de grasa.

Lúculo dormía plácidamente tan cerca del fuego como podía soportar sin chamuscarse. Tras un buen rato dudando había decidido inyectarle tan sólo una pequeña parte de la dosis de antibiótico de un frasco. Calculé la proporción que correspondería a su peso y recé porque aquello no lo dejase seco. El antibiótico no parecía sentarle mal a mi pequeño amigo, que descansaba con suaves ronquidos y con mejor aspecto que unas horas antes. No podía jurarlo, pero estaba casi seguro de que le estaba haciendo efecto. Le había limpiado la herida y cambiado el vendaje. Aún tenía algo de infección, pero todo parecía indicar que *Lúculo* saldría de ésta. Se había dejado una de sus vidas gatunas en el camino, pero iba a lograrlo.

Yo estaba demasiado extasiado contemplando mi nueva adquisición. Debajo de la manta había dos motocicletas, una enorme y pesada Honda Goldwing y una moto coreana de ciento veinticinco centímetros cúbicos, fea y pequeña.

La Goldwing relucía a la luz de la hoguera. Era uno de esos transatlánticos de carretera, ancha y robusta, con un amplio asiento y un manillar repleto de diales. Era una moto para hacer miles de kilómetros, y estaba en un estado soberbio, al igual que la otra.

Evidentemente, mi primera opción había sido la Goldwing, pero tenía dos problemas. El primero era que la batería estaba totalmente descargada, y aquel motor de inyección no arrancaría de ninguna manera sin una batería. El segundo problema era que aquella moto era demasiado grande y poco manejable. En una carretera sin obstáculos sería perfecta, pero estaba seguro de que encontraría más de un atasco por el camino, atascos de los que tal vez necesitaría salir a toda velocidad.

Entonces me volví hacia la coreana. Era de una marca de la que no había oído hablar en la vida *(¿¿Daystar??)*, y tenía un estilo chopper algo basto, con acabados baratos. Sin embargo era pequeña, ligera y de aspecto robusto y, lo más importante, tenía un motor de carburación, que se podía encender con un pedal de arranque.

Le di la vuelta a la carne sobre el fuego y me acerqué a la motocicleta. La hice rodar hasta el centro del granero y me subí sobre ella. Al menearla pude comprobar que el depósito estaba lleno. Perfecto. La puse en punto muerto y comencé a darle patadas al arranque de pedal durante casi diez minutos. El motor, tras dos años parado, se ahogaba y tosía, incapaz de encenderse. Saqué la bujía, la limpié con esmero y volví a colocarla en su sitio. Una vez más, me subí sobre el pedal de arranque y me dejé cae sobre él con fuerza.

El motor cobró vida con un sonido rasposo, y un petardazo de humo negro salió por el tubo de escape. Sonreí, aliviado, y di un par de acelerones. La Daystar rugía, con un sonido algo sordo, pero rugía. Tenía un medio de transporte para salir de allí.

Salté de la moto, eufórico, y comencé a ejecutar una absurda danza irlandesa en medio del granero, demasiado feliz para permanecer quieto.

Y de repente, la alfombra naranja emitió un gruñido.

Solté un grito de espanto y me dejé caer al lado del fuego, con el corazón latiendo de forma salvaje. No podía haber oído bien. No podía ser cierto.

La alfombra emitió otro gruñido, como para demostrarme que estaba equivocado. Tropecé con todo mi equipaje mientras iba en busca de la pistola y sin querer arrojé las chuletas sobre las brasas.

El aire se llenó inmediatamente de un olor a carne quemada mientras sujetaba la Beretta con manos temblorosas.

La alfombra volvió a gruñir y esta vez hizo un pequeño movimiento. Me acerqué con cautela, sin apartar la mirada de aquella montaña de tejido medio podrido. Al fijarme mejor sentí cómo todos mis pelos se erizaban.

Aquello no era una alfombra.

Era un maldito No Muerto.

Lo que había tomado por una capa de tejido era en realidad una enorme colonia de hongos filamentosos naranjas que cubrían todo el cuerpo de un pobre desgraciado. La oscuridad del interior del granero y el elevado nivel de humedad habían ayudado a que el moho se propagase rápidamente sobre el individuo, hasta ocultarlo por completo.

Recordé que el granero estaba cerrado por fuera cuando llegué. No era muy aventurado suponer que aquella persona había sido la primera en transformarse. Los otros dos habitantes del rancho no habían tenido agallas suficientes para matarle (¿eran sus padres?, ¿sus hermanos?) y lo habían encerrado dentro del granero, sin saber que el TSJ ya corría también por sus venas. Y allí había estado, pudriéndose lentamente en aquel ambiente cargado de humedad, hasta que había llegado yo.

Me pregunté por qué no se movía. Paso a paso me fui acercando con cautela, preparado ante cualquier movimiento imprevisto. Cuando estaba casi a su lado pude ver que el hongo había devorado la mayor parte de la masa muscular del (*¿hombre, mujer? Es imposible decirlo*) individuo. Por eso no se movía. No podía levantarse, ni mover los restos de músculo que le quedaban. Tan sólo era un esqueleto, apenas cubierto por los restos de carne que el hongo no había devorado todavía, envuelto en un espeso plumón de filamentos naranjas. Sin embargo, su cerebro, bien protegido dentro del cráneo, aguantaba hasta el final. Aunque suponía que tampoco debía de quedarle mucho.

Era horrible. No me podía imaginar una agonía peor.

Me senté muy despacio, sin apartar la mirada de aquella ruina humana. En el sitio donde tendría que haber estado la cabeza, un bulto se movía, siguiendo mis movimientos. Los ojos habían desaparecido hacía mucho tiempo, y sospechaba que todo el oído interno, cálido y húmedo, también, pero aun así aquel ser seguía «*sintiendo*» de alguna manera que estaba a su lado, muy cerca. Era escalofriante y repulsivo a partes iguales.

Medité sobre aquel asunto durante un rato, valorando sus implicaciones. Era tan asombroso que resultaba casi increíble. Descartando que fuese un caso especial, si los hongos se habían tragado a aquel No Muerto hasta casi destruirlo, era de suponer que todos los demás tendrían que seguir su mismo destino tarde o temprano. Al menos los que estaban en zonas húmedas y con temperaturas templadas, donde los hongos podían crecer con facilidad.

Los alrededores de Gulfport, pegados al mar, eran un lugar idóneo. Lamenté no haber tenido tiempo para poder hablar con algún ilota y preguntarle qué era lo que se estaban encontrando en el exterior. Me habría apostado lo que me quedaba de Cladoxpan a que por los alrededores de la ciudad de Greene muchos No Muertos estaban adquiriendo un aspecto similar.

Eso me llevó a pensar en mi casa, en Galicia. Un sitio húmedo y lluvioso, como casi toda la costa atlántica, verde como Irlanda y mojado tres de cada cuatro días. Habían pasado dos años desde que había salido de allí. Me preguntaba si allí los No Muertos estarían igual. Sin darme cuenta comencé a sollozar, invadido por la nostalgia. Me sentía solo, muy solo, y muy lejos de cualquier sitio al que pudiese llamar hogar. Toda la euforia que me inundaba apenas un minuto antes se había evaporado por completo.

Oí un débil maullido. *Lúculo* asomó su cabecita desde dentro de la cesta y se las apañó para salir a tropezones. Resultaba descorazonador ver a un gato tan ágil tambalearse como un anciano. Con andares temblorosos se acercó hasta mi regazo. Haciendo un esfuerzo, se subió a mis piernas y se aovilló de nuevo sobre mí, ronroneando. Entonces rompí a llorar sin freno. Jodido gato. De alguna manera, se había dado cuenta de que lo necesitaba. De allí en adelante, cada vez que me preguntase por qué lo arrastraba conmigo a través de medio mundo, me acordaría de aquel momento.

Pasé el resto de la noche en un duermevela ligero. Antes de acostarme al lado de los rescoldos de la hoguera, decapité de un hachazo al No Muerto convertido en pelusa y aplasté su cabeza. Aunque no era un peligro para nadie, no podía dejarlo tirado de aquella manera. No era justo para él.

Me arrebujé en unas mantas de caballo y traté de conciliar el sueño. El día siguiente sería muy largo, y muy duro, pero me acercaría inexorablemente hasta Gulfport, donde me esperaba mi gente.

Y mi venganza.

39

Páramo
Día 3

A la mañana siguiente salí muy temprano. No podía arriesgarme a circular de noche con una moto, no en las condiciones en las que se encontraban las carreteras. Era una invitación a un accidente rápido, absurdo y posiblemente mortal. Recorrería el camino hasta las horas de más calor del mediodía, en las que haría una pausa. Después, continuaría hasta que cayese la noche.

La Daystar pesaba un montón para ser una moto pequeña, aunque a los pocos kilómetros demostró ser una excelente elección. Tenía el suficiente brío para sacarme de un atolladero y era muy manejable. Además, su mecánica, sencilla pero robusta, me garantizaba que sería poco probable sufrir una avería de motor. La moto petardeaba alegremente mientras cogía velocidad por la pista de arena, camino de la calzada principal.

Tenía dos opciones: o bien seguir la vía del tren o bien seguir la red de carreteras secundarias que tenía dibujadas en el mapa. Hasta aquel momento la vía férrea había sido mi hilo conductor, pero en el mapa se veía que trazaba una inmensa curva hacia el norte antes de volver de nuevo hacia el sudeste, donde estaba mi destino. Y no sólo eso, sino que además pasaba peligrosamente cerca de algunos núcleos de población muy grandes, atravesando algunos de ellos. Lo que no era un problema para una locomotora de varios cientos de toneladas convenientemente reforzada era un obstáculo insalvable para un tipo en una motocicleta que llevaba parada más de dos años.

No podía pasar por aquellos lugares ni loco. La moto me permitiría esquivar No Muertos solitarios, incluso pequeños grupos, pero en medio de una multitud estaría muerto antes de diez minutos. Bastaría con que uno de ellos se cruzase en medio de mi camino para que me fuese al suelo. Después, estaría listo.

Así que no me quedaba otra opción que seguir las carreteras secundarias. Tan sólo tendría que acercarme a un par de pueblos, y no esperaba encontrarme demasiados No Muertos. Mis problemas eran otros. Necesitaba encontrar gasolina por el camino. Y mi reserva de Cladoxpan no dejaba de bajar de forma alarmante.

Lúculo, mucho más despierto y mejorado tras las inyecciones de antibióticos, se rebullía inquieto dentro de una de las alforjas, mordisqueando un viejo cinturón de cuero. Junto a él iba el termo con la mitad de mi reserva de Cladoxpan. En la otra alforja iba el resto, dentro de una botella de whisky que había vaciado, junto con el agua y el resto de mis provisiones. Era más prudente repartir el remedio entre dos recipientes que llevarlo en uno solo. Si perdía uno de ellos por algún motivo siempre me quedaría el otro como reserva.

Me pasé toda la mañana de aquel día circulando por una carretera vacía y cubierta de maleza y tierra. De vez en cuando encontraba algún coche abandonado en la cuneta, o alguna figura solitaria tambaleándose a lo lejos.

Cuando oían el motor de la motocicleta volvían sobre sus pasos en dirección a la calzada, pero, cuando llegaban, yo ya me había ido. No podía detenerme ni bajar el ritmo si no quería verme sorprendido por un No Muerto errante en el momento menos esperado. No me importaba. Lo único que quería era hacer kilómetros. Más kilómetros. Gulfport me atraía como un imán a un trozo de hierro.

La primera noche dormí al raso, en lo alto de una colina despejada. Pese al aullido de los coyotes, no me atreví a encender una hoguera, que podría atraer a alimañas aún peores. Y no pensaba sólo en los No Muertos. En el camino había visto cada vez más señales del paso reciente de humanos. Rodadas sobre el polvo de la calzada, restos de hogueras, montones de relucientes casquillos de cobre... Incluso en un cruce había encontrado las huellas del paso reciente de una enorme caravana de vehículos pesados. No podía dar por sentado que todos los que estuviesen por ahí fuesen amistosos, así que era mejor no dar pistas sobre mi presencia.

Para estar más seguro, até a *Lúculo* a mi muñeca con un cordón y me eché a dormir. Si alguien o algo se acercaba, los afinadísimos sentidos del gato lo detectarían mucho antes que yo, y al moverse me despertaría.

Dos horas después de echarme a dormir, comprobé que mis precauciones habían sido acertadas: una manada de perros asilvestrados se acercó husmeando al pie de la colina. Formaban una mezcla variopinta de mestizos, golden retriever e incluso un enorme y amenazador pit bull. Cuando llegaron, *Lúculo* comenzó a bufar, furioso, y yo me levanté con la pistola en la mano. Al principio di unos cuantos gritos, y se me quedaron mirando, supongo que algo estupefactos de encontrarse con un humano solitario en medio de la nada. Tuve que lanzarles un buen puñado de piedras para convencerlos de que se marchasen. Finalmente debieron de pensar que era un bocado demasiado peligroso y se alejaron, siguiendo al pit bull.

Sólo entonces respiré aliviado, pero no volví a dormir tranquilo en lo que quedaba de noche.

Y a la mañana siguiente, lo pagué muy caro.

40

En algún punto en el interior de Misisipí
Día 4

Iba a conseguirlo. Estaba a menos de cincuenta kilómetros de Gulfport. El sol ya se estaba poniendo, pero me sentía exultante. En dos días de viaje había hecho casi cuatrocientos kilómetros. Dadas las circunstancias, era un récord admirable. Haber escogido las carreteras secundarias se había revelado todo un acierto. Cuando aquella misma mañana había pasado junto al cartel que me indicaba que estaba entrando en el estado de Misisipí casi ni me lo creí. A medida que me iba acercando al estado del gran río, la densidad de población había ido aumentando. Cada vez me resultaba más complicado rodear pueblos y pequeñas ciudades, y en muchos casos no me había quedado más remedio que atravesarlos a toda velocidad, jugándome el pellejo al meterme entre unas casas sin saber si había salida al otro lado.

Sin embargo, estaba resultando fácil. Demasiado fácil, incluso. En pueblos que tendrían que haber estado plagados de No Muertos tan sólo me encontraba una o dos docenas de ellos, y los esquivaba fácilmente con la moto, mientras culebreaba entre los restos destruidos de la civilización. A medida que me iba acercando a la costa y aumentaba la humedad del ambiente, los hongos eran visibles en todos y cada uno de esos pobres diablos. No había ni un solo No Muerto que no estuviese infestado, en una u otra medida. Algunos únicamente tenían cubierta la cara, o las heridas. Otros eran como un tapiz con patas, y muchos, muchísimos, estaban tan consumidos que se movían de manera estrambótica o simplemente se arrastraban, incapaces de mover las piernas. Los más lamentables eran aquellos a los que las cepas de hongos les estaban colonizando la masa cerebral, ya que se movían de una manera errática y desacompasada, como un robot al que le empezase a fallar la programación. Y por todas partes, cientos, miles de montañas de huesos cubiertos por una capa de pelusa naranja, verde o violeta, que marcaban el lugar donde un No Muerto había caído aplastado por su propio peso.

Me di cuenta con un escalofrío de que aquel viaje habría sido imposible tan sólo unos meses antes. La plaga se estaba desmoronando lentamente, devorada por uno de los seres vivos más primitivos y antiguos de toda la creación. En pocos años, el mundo volvería a ser un lugar habitable para los supervivientes, una vez más. Y al pensar en eso, la rabia se redoblaba en mi interior. No quería morir. No tan cerca del final.

De vez en cuando atravesaba poblaciones incendiadas hasta los cimientos y, en una ocasión, incluso atravesé un pueblo totalmente abandonado, tan vacío que parecía el decorado de una película que se hubiesen olvidado de grabar. Pero no me detuve en ningún momento, salvo cuando paré durante diez minutos para rellenar el depósito de mi moto con el combustible de un monovolumen volcado en un arcén. El tiempo volaba.

Hasta aquel momento había sido capaz de mantener al TSJ a raya. Con beber un buen trago de Cladoxpan cada dos horas, más o menos, era suficiente para que aquel malnacido volviese a dormirse un buen rato. Ya había descubierto que el primer síntoma era empezar a sudar profusamente. Al menor amago de romper a sudar, paraba la moto un segundo, bebía una dosis y continuaba mi camino.

No era sólo que aquel brebaje me mantuviese en el mundo de los vivos. Cada vez tenía la sensación más acuciante de que lo necesitaba. No sabía si era una dependencia física o psicológica, pero era tan real como el dolor de espalda que sentía tras pasar muchas horas sobre una moto provista de unos amortiguadores diseñados en los años cincuenta.

Pero estaba cerca. Muy cerca. Y eso me hacía sentirme feliz y relajado. Lo cual, junto al cansancio acumulado, demostró ser un cóctel fatal.

Fue en un tramo retorcido de carretera. El sur de Misisipí está lleno de zonas pantanosas, lagunas y diques, pues el río se desparrama en todas direcciones al estar tan cerca del mar. Eso hacía que los No Muertos lo tuviesen mucho más complicado para moverse, así que estaba convencido de que miles de ellos habían quedado atrapados en las aguas lodosas que se extendían por todas partes. Hacía más de una hora que no veía a ninguno de ellos y comenzaba a sentirme adormilado. Me dije a mí mismo que había llegado la hora de parar para buscar un buen sitio donde dormir.

De repente, al doblar una curva, vi una imagen sorprendente. Era una maldita camioneta de helados, blanca y cuadrada, con las puertas laterales abiertas y un enorme cono de helado gigante fijado en el techo. Sobre la cabina tenía unos altavoces, cubiertos de hojas muertas, por los que en algún momento había salido una musiquilla para atraer a los clientes. Jamás había visto una como aquélla, excepto en las películas. Resultaba tan llamativa y, sobre todo, tan fuera de lugar allí, en medio de una carretera perdida que atravesaba un pantano, que me quedé prendado y aparté la vista de la carretera durante un segundo.

Fue suficiente. En el centro de la calzada había un montón de huesos apolillados cubiertos de moho azul (el conductor de la furgoneta, quizá) y sólo los vi cuando ya estaba encima de ellos. Traté de esquivarlos, pero el montón era demasiado tarde. Un fémur en ángulo inclinado se enganchó en una de las estriberas y la moto hizo un extraño sobre la calzada. Apurado, giré el manillar en sentido contrario, pero la rueda trasera patinó sobre un montón de hojas podridas que cubrían un tramo de asfalto.

Me fui al suelo en medio de un sonoro estruendo de metales rotos y plásticos quebrados. La moto se deslizó de lado durante unos veinte metros y mi pierna derecha se quedó enganchada debajo de la máquina. Afortunadamente, la defensa lateral de acero no se dobló, porque de lo contrario toda mi pierna hubiese quedado reducida a un puré sanguinolento mezclado con gravilla al arrastrarse sobre el asfalto. Sin embargo, sentí un latigazo de dolor intenso en el tobillo antes de salir despedido contra una maraña de arbustos.

Rodé sobre mí mismo varias veces antes de quedar trabado entre las zarzas. Por un momento me quedé tumbado, parpadeando, maravillado de estar todavía de una pieza. Con cautela, me palpé todo el cuerpo. Todavía no podía creérmelo. A la velocidad que iba lo más lógico habría sido que me matase en el acto.

Por unos segundos, se hizo el silencio en la carretera. Todavía tumbado boca arriba, oía piar a los pájaros, mientras el sol se filtraba entre las ramas de los árboles, dibujando extrañas cabriolas de luz sobre mi cara. De repente me acordé. ¡*Lúculo*! Me levanté a toda velocidad, pero al apoyar el pie derecho solté un alarido de dolor y me volví a caer.

Me había roto el tobillo. Y dolía una barbaridad.

Volví a erguirme, cuidándome mucho de no apoyar peso sobre el tobillo herido. Cojeando, avancé hasta el centro de la calzada. Me temía lo peor.

De repente, salido de ninguna parte, apareció una bola de pelo naranja persiguiendo una lagartija con furia maníaca. La lagartija se ocultó en una rendija del asfalto y mi gato comenzó a rascar la grieta soltando maullidos de frustración.

—Muchas gracias, *Lúculo* —murmuré, fastidiado—. Yo también estoy bien, gracias por preguntar. Oh, por cierto, creo que me he roto un tobillo, pequeño cabrón.

Lúculo me miró y, tras dudar un instante, siguió a lo suyo. Para él, aquello no había sido más que otro juego divertido que había salvado con insultante facilidad.

Entre resoplidos de dolor me acerqué hasta la moto, que se había detenido contra un roble, y de golpe comprendí que tenía un problema muy grave.

Oh, joder, no. Tan cerca no, no puede pasarme esto.

La rueda delantera había reventado al impactar contra el tronco y la horquilla de la moto estaba doblada en un ángulo imposible. Además, a causa del golpe, el radiador de aceite había reventado y por debajo de la Daystar se extendía un charco grasiento y oscuro. Aquella motocicleta había recorrido su último kilómetro.

Además, había caído sobre su costado derecho y la alforja de aquel lado estaba totalmente aplastada. De golpe recordé que ésa era la alforja donde guardaba mis suministros... Y la mitad de mis reservas de Cladoxpan. Con el corazón en un puño, traté de levantar la moto. Eso ya era bastante difícil en condiciones normales, pero mucho más cuando no podía apoyar uno de mis pies. Finalmente, usando una rama de roble como palanca, pude levantarla lo suficiente para sacar la maltrecha alforja de debajo de la máquina.

Al abrirla, noté un olor dulzón que me era familiar. La botella de cristal donde guardaba la mitad del brebaje se había roto y todo el Cladoxpan que contenía se había derramado por el suelo.

Me dejé caer contra el roble, desolado. La situación no podía ser peor. Estaba anocheciendo, en medio de un pantano lleno de seres potencialmente peligrosos, y no tenía ningún medio de transporte para salir de allí. Además, tenía un tobillo roto, por lo que no podía caminar. Y por si no fuera suficiente, mi reserva del producto que evitaba que me convirtiese en un No Muerto acababa de quedar reducida a la mitad. Y todo eso cuando ya estaba a punto de llegar. Me entraron ganas de pegarme un tiro allí mismo.

Pasó una hora y se hizo de noche. Tras un buen rato de autocompasión, me levanté a trompicones. Tenía que seguir adelante como fuese. Nadie iba a venir a rescatarme. Con el cuchillo corté una rama baja del roble para fabricarme una muleta. Estuve dándole forma un rato, mientras *Lúculo* se divertía tratando de atrapar las astillas de madera que se iban desprendiendo. Al acabar, la miré con ojo crítico. Era sin duda la muleta más fea de la historia, pero tendría que servir.

No podía cargar demasiado peso en aquel estado, así que decidí dejar toda mi reserva de agua. Estaba rodeado de canales y estanques por todas partes, así que ya no me haría falta. Metí en la alforja la reserva de comida, la pistola, la brújula y el medio litro de Cladoxpan que me quedaba. Me colgué la alforja del cuello y até a *Lúculo* con una correa a mi cintura. Mi pequeño amigo tendría que andar conmigo el resto del camino. Una vez que estuve listo, me eché a caminar.

A las dos horas me detuve, totalmente agotado. Aquello iba a resultar mucho más difícil de lo que había pensado. No había recorrido más que un kilómetro y medio desde el lugar del accidente, y el pantano seguía rodeándome por todas partes. A ese ritmo, no llegaría antes de un mes. Era ridículo pensar aquello, porque con el Cladoxpan que me quedaba no seguiría vivo después de veinticuatro horas.

Desalentado, me dejé caer en un claro al costado de la carretera. Con cuidado, encendí una pequeña hoguera y me comí la última ración de emergencia que me quedaba. El fuego mantendría alejadas a las alimañas del pantano, y si atraía algún ser vivo... bueno, por muy hostil que fuese, siempre sería mejor que reventar allí solo.

Súbitamente, comprendí que iba a morir. Y descubrirlo hizo que el resto de la noche fuese mucho más larga y amarga de lo que hubiese querido.

Finalmente, agotado, desmoralizado y sin fuerzas, me quedé dormido al lado de la hoguera. Todo había acabado.

41

Pantano de Old Bouie, Misisipí
Día 5

A la mañana siguiente me despertaron los lametazos de *Lúculo* en la cara. Me giré en el suelo, sin abrir los ojos, rezongando. No quería levantarme. No quería despertarme. Tan sólo quería quedarme allí tumbado y reventar en paz. Cuando llegase el momento me metería una bala en la cabeza y todo se acabaría. No podía hacer nada más.

Lúculo insistió de nuevo. Su enorme lengua me cubrió todo el moflete, desde la barbilla hasta las cejas, y me dejó impregnado de babas. Un nuevo lametazo se me metió dentro de las fosas nasales, y me empapó toda la cara, mientras sus belfos resoplaban en mi pelo. Al ver que no le hacía el menor caso, soltó un sonoro rebuzno.

¿Un rebuzno?

Abrí los ojos y me incorporé de golpe. A mi lado, una mula torda me miraba con interés, mientras movía las orejas adelante y atrás, inquisitiva. Al verme reaccionar me dio un nuevo lametazo (hasta que no te ha lamido una mula no sabes lo asqueroso que es su aliento), pero no me importó. Me froté los ojos un par de veces, e incluso me pellizqué para estar seguro de que estaba despierto.

—Hola, amiguita, hola —susurré, con voz tranquilizadora. Lo último que quería era espantar al animal.

Era una hembra joven, de tamaño mediano, y tenía buen aspecto. Estaba cubierta de lodo reseco hasta la punta del hocico y parecía estar muy contenta de haberme encontrado.

—Dime, ¿de dónde diablos has salido tú? —le pregunté mientras le pasaba la mano por el lomo y le rascaba detrás de las orejas. No había nadie más a la vista en el claro. Grité un par de veces, por si alguien me estaba vigilando desde la maleza, pero nadie respondió. Finalmente, llegué a la conclusión de que el animal estaba solo.

Tenía pinta de llevar viviendo en los pantanos desde hacía bastante tiempo. Se le habían caído las herraduras, y los huecos de los clavos en los cascos estaban casi cerrados. Aún llevaba grabada la marca de su propietario en una de las ancas, pero se estaba desdibujando. Aquel animal estaba abandonado, aunque era muy dócil. Quizá llevaba abandonado desde el principio de la pandemia, y sin ver a un ser humano. Por eso cuando me encontró en el claro se acercó a mí. Era difícil decirlo, pero estaba casi seguro de que ella se alegraba tanto de verme a mí como yo a ella. *Lúculo*, por su parte, miraba con los ojos como platos a aquel gato tan enorme y de orejas disparadas que se nos había unido.

No llevaba silla, pero no iba a dejar que aquello me detuviese. El mundo me había dado una nueva oportunidad y no iba a desaprovecharla. Con una de las correas de cuero improvisé unas bridas y se las puse al cuello. Coloqué las alforjas de la moto sobre el lomo del animal y las até por debajo de su vientre con la última correa que me quedaba. La mula se dejó hacer tranquilamente, como si estuviese muy acostumbrada a aquel ritual. Al acabar, coloqué al gato dentro de una de las alforjas y, con un último esfuerzo, me encaramé sobre ella.

Hacía mucho tiempo que no montaba, y era la primera vez que lo hacía sobre una mula, pero la equitación es como montar en bicicleta: aunque pasen años, jamás se te olvida. Chasqueé suavemente y le clavé los talones en los costados. Como si no esperase otra cosa, la mula comenzó a caminar a buen ritmo por la carretera.

Me pasé la mano por la cara, aún sin acabar de creérmelo. Un rato antes estaba pensando en cuál sería la mejor manera de acabar con todo y al rato siguiente me encontraba trotando sobre una mula camino de Gulfport. Sin duda, mi ángel de la guarda se había ganado una paga extra.

El camino se abría lentamente y la vegetación era cada vez menos densa. Pronto saldría de aquel pantano, y las cosas serían mucho más fáciles.

—Tan sólo tienes que hacer cincuenta kilómetros, amiguita —le susurré en una oreja—. Cincuenta nada más. ¿Crees que podrás?

La mula levantó las orejas y aceleró el trote, como si me hubiese comprendido. Lo más probable es que estuviese encantada de oír de nuevo una voz humana. Quizá pensase que le iba a llevar de nuevo a un cálido y confortable establo.

—No tienes nombre —dije para mí mismo—. Necesitas un nombre... ¿Qué te parece *Esperanza*?

La mula continuó trotando, ajena a mis divagaciones. Pero yo me sentía tan feliz de estar vivo que cualquier cosa me ponía de buen humor. Hasta que de repente caí en la cuenta de que mi reserva de Cladoxpan sólo duraría un día más. Y ni en el mejor de los casos *Esperanza* podría cubrir los cincuenta kilómetros en menos de dos días.

Iba a llegar tarde por tan sólo veinticuatro horas.

No pierdas la calma. Reduce las dosis a la mitad y conseguirás que dure el doble.

Oh, qué gran idea. Pero a lo mejor el TSJ tiene algo que decir en todo esto. Quizá ese pequeño hijo de puta no esté conforme con una dieta a media ración.

¿Acaso tienes otra alternativa, estúpido?

Bramé, impotente, y la mula levantó las orejas, alarmada. No me quedaba otra que jugármela a una carta. Tendría que reducir la ración a la mitad.

Y justo en ese momento, como si estuviese esperando a que sonase la señal, todo mi cuerpo comenzó a sudar, dando el primer aviso.

La transformación comenzaba.

Dos horas después, comenzaron los calambres. Bebí sólo medio sorbo, y la intensidad de las contracciones disminuyó, pero no llegó a desaparecer. Tenía que detenerme para beber a cada rato, porque no dejaba de sudar.

A mediodía, los calambres eran insoportables y las manos me temblaban tan violentamente que tenía que hacer esfuerzos para no derramar mi menguante reserva de medicamento al beber. La tentación de dar un sorbo largo era casi insoportable, pero me controlaba. Si hacía eso, agotaría mi reserva.

Pero la tentación era fuerte. Muy fuerte.

A media tarde comencé a sentir una sed abrasadora. Detuve a *Esperanza* al lado de un arroyo y bajé a beber. Cuando lo hice, uno de mis pies se enredó entre los bordes de la alforja. Braceé, pero no pude mantener el equilibrio y me caí de bruces sobre el asfalto. Me golpeé con la cabeza y la brecha de mi frente volvió a abrirse. Tan sólo me di cuenta cuando unos goterones de sangre caliente comenzaron a caer sobre el curso del arroyo. La sangre se diluyó lentamente en espirales perezosas mientras la corriente se la llevaba río abajo. Lo contemplé con expresión vacía, mientras el agua impregnada de sangre se alejaba. Por un instante me pregunté qué pasaría si alguien bebía un trago de esa agua río abajo. Se contaminaría de TSJ, probablemente. ¿Cuántos litros de agua habría contaminado con aquellas gotas, y por cuánto tiempo? Eso era algo que aquel maldito médico italiano podría haberme contestado, si no fuese un lunático perdido.

Volví a montar tras cinco torturadores minutos de intentos fallidos. La mula me contemplaba sorprendida, como si no pudiese concebir que alguien fuese tan torpe. Tuve que caminar un rato hasta un muro semiderruido para poder encaramarme de nuevo en mi montura. No era sólo el tobillo lastimado, que latía enviando pulsos de dolor regulares. Mis piernas estaban empezando a fallar.

Únicamente pude cabalgar un cuarto de hora más antes de volver a morirme de sed. El mismo arroyo corría gorgojeando al lado del camino, y de nuevo detuve a la mula, casi en la misma orilla. Esta vez, sumergí la cara en el agua para beber a grandes tragos glotones. Nada más acabar, tuve unas arcadas violentas y vomité en la orilla todo el contenido del estómago. Calculo que devolví unos cinco litros de agua, una cantidad enorme para mi estómago.

Volví a meter la cabeza en el río y bebí con más moderación, más para rehidratarme que para combatir la sed. Aquel deseo era antinatural, y no se apagaba bebiendo. Al menos, no bebiendo agua. Apoyé mi mano en el frasco de Cladoxpan y lo destapé. Cuando ya lo tenía casi tocando mis labios, en un último rapto de control, conseguí volver a taparlo y colocarlo en mi cintura. Fue, con diferencia, una de las cosas que más trabajo me había costado en la vida.

No sé cuánto tiempo pasó después. La mula caminaba a paso tranquilo por la carretera que llevaba a Gulfport, sorteando con naturalidad los restos de vehículos abandonados. Afortunadamente, estábamos cruzando una zona deshabitada y no había un solo No Muerto a la vista. No sé qué habría pasado si se hubiese presentado alguno. O, mejor dicho, sí que sé lo que habría pasado. A duras penas podía mantenerme sobre la montura sin caerme.

—Tienes que sujetarte bien —me repetía a mí mismo—. No puedes caerte. No puedes caerte. No puedes caerte.

—Sí que puedes —me dijo Greene, alegremente, mientras desenvolvía un polo y lo chupaba con fruición—. Tan sólo tienes que relajarte y soltar las riendas. Después, todo será mucho más fácil.

Giré la cabeza, confundido. El reverendo caminaba a mi lado, con su biblia debajo del brazo y el helado sujeto en la otra. El polo era de un color carmesí oscuro y cada vez que Greene lo chupaba dejaba un rastro oscuro en sus labios que parecía sangre.

—¿Qué haces aquí? —murmuré entre mis labios agrietados.

—La pregunta es qué haces tú aquí —replicó el reverendo, lamiendo de forma lasciva los restos de helado de su boca. Al hacerlo pude ver sus encías podridas, en las que se rebullían un montón de gusanos blancos—. Ya deberías estar muerto. Lo sabes, ¿verdad?

—Creo que quiere vengarse, reverendo —dijo una voz al otro lado de mi montura. Volví la cabeza y parpadeé. A mi costado izquierdo caminaba Grapes, con una mochila a su espalda, de la que iba sacando gatos callejeros. Con su cuchillo los abría por la mitad, les sacaba las tripas y, a continuación, se las metía en la boca de forma golosa—. Quiere llegar a Gulfport para matarnos, pero no sabe que ya está muerto.

—No estoy muertoooo —protesté débilmente. Me di cuenta, asustado, de que arrastraba las palabras—. Y vosotros no estáaaaais aquí. Esto es una maldita alucinacióooon.

—Oh, claro que estamos —replicó Greene desde el otro lado. Al volver la cabeza en su dirección comprobé que el reverendo se había transformado en Ushakov, el capitán ruso del *Zaren Kibbish*—. Nosotros también estamos muertos, ¿sabes? Estamos todos muertos por tu culpa.

—Y tú vas a reunirte con nosotros dentro de muy poco —intervino Grapes. Ya no estaba destripando gatos, sino que usaba su cuchillo para sacarse pedacitos de sus propias tripas, que se llevaba a la boca para masticarlas con deleite—. ¿Quieres un poco?

Mis tripas rugieron, y mi boca se llenó de saliva. Aquella carne humana, caliente y sanguinolenta, tenía un aspecto tan apetitoso... Estiré la mano hacia él, pero Grapes apartó el trozo que me ofrecía con un gesto burlón y meneó su dedo índice delante de mi rostro, como un metrónomo.

—No, no, no —dijo—. Si quieres un poco, tendrás que capturar la tuya. Eso es lo que hacemos todos.

—¡Es lo que hacemos todos! —gritaron a coro Greene y Ushakov.

Junto a ellos caminaba el marinero que había querido violar a Lucía en Canarias, pero estaba tan cubierto de moho de colores que casi no se podía adivinar su forma. El hongo ya había devorado su lengua, y no podía hablar, pero sus gestos eran inconfundibles. El tipo meneaba la pelvis de forma grosera, mientras que con una mano sujetaba un trozo de carne humana que se llevaba a la boca y lo masticaba con frenesí. Cada vez que mordía, un par de piezas dentales se le desprendían y quedaban tiradas sobre la arena del camino, como pequeñas perlas empapadas en sangre.

—Idooooss al infierno —maldije con voz pastosa—. ¡Idos al infiernooo, infiernoooinfiernooo!!

—¿Y dónde crees que estás? —susurró Greene en mi oído. Estaba montado sobre la mula y me cogía de forma cariñosa por la cintura, como si fuésemos amantes, mientras sostenía su biblia delante de mis ojos—. Mira lo que pone en el libro, y arrepiéntete de tus pecados. Estás muerto.

—¡Nooo! —rugí, y le propiné un codazo. Pero mi brazo atravesó el aire, porque Greene ya había desaparecido, junto con todos los demás.

Temblando de pánico, y de algo más, desenrosqué la botella de Cladoxpan para darle un trago. La incliné sobre mi boca, pero no salió ni una gota.

La botella estaba vacía.

Me quedé mirándola, como si en vez de un termo de metal sostuviese en mi mano el brazo de un alienígena. Estaba vacía. No me lo podía creer.

Levanté la cabeza y observé la posición del sol. El astro ya tenía un color anaranjado y comenzaba a ponerse. Era mucho más tarde de lo que yo pensaba. Había perdido por completo la noción del tiempo.

Es el final. Ahora sí que es el jodido final.

Con dedos torpes, comencé a pelearme con los cierres de la alforja para sacar la pistola. Tenía que hacerlo, mientras aún tuviese un ápice de control sobre mí mismo. Un gruñido sonó desde dentro de la alforja y me detuve. Era *Lúculo*, y sonaba aterrorizado.

El gato estaba muerto de miedo.

Me temía a mí.

O más bien, a aquello en lo que me estaba convirtiendo.

Mi mano estaba cubierta de una fila tela de araña de venas. Aún no habían reventado, pero al cabo de muy poco comenzarían a estallar. De repente me acordé de que la pistola estaba sujeta en el cinturón. Con un gesto torpe, me giré y la saqué de su funda. Mi mirada era turbia, y no podía ver bien. La levanté a la altura de mis ojos, para comprobar la posición del seguro. *Dos disparos. Primero el gato, y después tú. Rápido y limpio.*

La mula dio un saltito para sortear una bicicleta aplastada en medio de la calzada.

Y la pistola salió despedida de mis manos.

—Noooooooooo —gruñí, retorciendo los labios, pero era incapaz de hacer nada más. Las riendas colgaban del cuello de *Esperanza*, oscilantes, y no podía detener al animal. Mis músculos se contraían en una especie de baile de San Vito macabro y yo había perdido el control de mi cuerpo, así que continuamos la marcha, mientras la Beretta se quedaba tirada en medio del camino, con su cañón negro pavonado reflejando los últimos rayos del atardecer.

Había fallado. Les había fallado a todos. No había sido capaz de salvarme a mí ni de salvarlos a ellos.

A *Lúculo*, que se debatía enfurecido dentro de una alforja cerrada a cal y canto, tratando de escapar.

A Viktor, que siempre había actuado de manera fiel y leal, jugándose la vida por mí.

A Lucía.

A Lucía.

Luuucíaaa.

Luuucíaaaa.

Lcxciciiaia.

Luciihayayaa.

Y entonces, una enorme ola negra comenzó a precipitarse sobre mí, como un maremoto de inconsciencia, anegando todos mis sentidos.

Y la oscuridad llegó.

42

Tauben
A veinte kilómetros de Gulfport

—¡Virgen del Kazán! ¡Qué olor más espantoso! —gimió Viktor mientras se tapaba la nariz.

—Pues eso no es nada —replicó Mendoza alegremente—, ya verás cuando lleguemos al vertedero. Está a menos de dos kilómetros, pasada esa loma. Allí la peste es verdaderamente insoportable.

El convoy rodaba lentamente por una carretera en mal estado que serpenteaba entre construcciones abandonadas. Era una caravana de una docena de vehículos, formada por dos blindados, que abrían y cerraban la marcha, y diez camiones de basura con la cabina reforzada mediante barrotes de hierro.

Gulfport se deshacía de sus residuos en un vertedero situado a pocos kilómetros de la ciudad. No de todos, evidentemente, ya que la mayor parte se arrojaban al mar, pero sí de aquellos más tóxicos y más contaminantes, incluidos los cadáveres de los ilotas que fallecían en el gueto y de los No Muertos que se derrumbaban por los hongos demasiado cerca del Muro. Nadie quería sufrir una epidemia a causa de la putrefacción de cientos de cadáveres.

Así, aquel convoy lamentable había salido de la ciudad al caer la tarde, a través del sistema de compuertas del Muro. Tras atravesar lentamente la multitud de No Muertos que rodeaba la ciudad mediante el sutil método de empujarlos a los lados con un *bulldozer* (debía de haber unos cien mil cadáveres vivientes tratando de encontrar una posible entrada), la caravana se había alejado a la mayor velocidad posible para evitar que parte de aquellos No Muertos los siguiesen. Eso era fácil, ya que la carretera estaba despejada por expediciones anteriores y, además, el estado general de los seres cadavéricos era más bien lamentable. De ninguna manera podían competir con la velocidad de los vehículos, ni siquiera los que estaban más «frescos».

Cuando a Pritchenko le contaron que los No Muertos estaban siendo devorados por hongos y líquenes, el ucraniano no se lo creyó. Tan sólo cuando lo vio con sus propios ojos pudo dar fe de que aquello era real. Y de que se abrían un montón de interesantes variables. Pero antes era necesario hacerse con el control de Gulfport, y de las reservas de Cladoxpan, o todos los ilotas estarían irremediablemente condenados antes de llegar al siguiente nivel.

—¿Estás seguro de que llevamos el cargamento con nosotros? —preguntó a Mendoza, por tercera vez desde que habían salido.

—No lo sé, güero, no lo sé —replicó el otro, molesto—. Hasta que saquemos una tonelada de basura y cadáveres de encima no lo sabremos. Pero si de algo estoy seguro es de que los Justos jamás nos han fallado, y no creo que ésta vaya a ser la primera vez.

Viktor asintió y comprobó el seguro de su arma. La tensión dentro del convoy era evidente. El asalto definitivo a la ciudad estaba previsto para la noche siguiente y, a menos de veinticuatro horas de jugarse el todo por el todo, los ilotas y sus aliados estaban realmente nerviosos. Jamás habían conseguido madurar un plan hasta aquel punto. Incluso la red de chivatos de Greene parecía estar dando palos de ciego. El reverendo sabía que algo se estaba cociendo dentro del gueto, pero no sabía qué era ni cuándo iba a ser. La única pieza que faltaba en el puzle era la reserva de Cladoxpan que se suponía que estaba oculta dentro de aquellos camiones.

En cuanto la tuviesen en sus manos, la Ira de los Justos podría desatarse sobre la Ciudad Blanca.

El convoy subió trabajosamente la loma. Al llegar a la cima se detuvo. En el fondo de una hondonada, unas montañas de deshechos medio carbonizados se consumían lentamente en una hoguera que no se apagaba desde hacía meses. Un grupo de una docena de No Muertos errantes vagaban aquí y allá entre los restos, perdidos en medio de aquel paisaje lunar. El blindado que iba en cabeza pegó un acelerón y se internó entre las fogatas, con un par de tiradores asomados por las escotillas. Sin detenerse ni un segundo, se acercaban a los No Muertos y les descerrajaban una ráfaga de balas antes de irse a por el siguiente. Antes de que Viktor pudiese darse cuenta, habían asegurado todo el entorno.

—Ahora son pocos, y es muy fácil —explicó el conductor del camión, un hindú entrado en años y en carnes—. Hace un tiempo, tardábamos varias horas en poder acercarnos para vaciar con seguridad, y además se gastaba un montón de munición.

—Hazle caso a Apu. Es uno de los habitantes del gueto más antiguos. Lleva casi dos años haciendo esta ruta y sabe de lo que habla —intervino Mendoza.

El hindú hizo un gesto modesto y levantó el brazo mientras le mostraba a Viktor una deslumbrante y blanca sonrisa. En su antebrazo se veía la huella de una vieja herida.

—Hace año y medio —explicó—. Casi no lo cuento. Había unos doscientos podridos aquí y uno de esos cabrones consiguió colarse dentro de la cabina. Pero salimos adelante, como siempre.

Viktor se le quedó mirando, pensativamente. Aquella gente no dejaba de sorprenderle. Pese a todas las circunstancias y las dificultades, pese a vivir una existencia esclava y miserable, aún seguían teniendo una enorme alegría de vivir. Era admirable.

—¿De verdad te llamas Apu? —le preguntó, zumbón.

—Es una historia muy larga —replicó el otro, haciendo un gesto con la mano—. Mi verdadero nombre tiene demasiadas consonantes para los que no han nacido en Sri Lanka.

—Puedo imaginármelo —dijo Viktor, volviéndose hacia Mendoza—. Y ahora, ¿qué?

—Ahora, a trabajar de basureros, *carnal* —contestó, mientras el camión se colocaba en posición—. Vamos a mancharnos las manos.

Los camiones colocaron sus volquetes en torno a un hoyo y fueron descargando por orden su pestilente carga. En medio de deshechos médicos y basura podrida, Viktor adivinó la presencia fugaz de brazos, piernas y cabezas que desaparecían con rapidez entre las llamas de la hoguera que rugía en el fondo. El olor a carne y pelo quemado era acre y penetrante.

—Vale, ahora con calma, ¡cuidado! —gritó Mendoza, haciendo un gesto.

Un par de ilotas se encaramaron en uno de los volquetes haciendo caso omiso del terrible olor que desprendía. Armados con linternas se metieron en su interior y asomaron al cabo de un rato.

—¡Están al fondo, sujetos con cables de acero! ¡Hay barriles, una docena de ellos por camión! —gritaron por encima del ruido de los motores, mientras sacaban uno con gran esfuerzo.

—Perfecto —murmuró Mendoza, que abrió la tapa del barril con la punta de su cuchillo—. Veamos qué hay aquí dentro.

Nada más destapar el barril, el penetrante y característico aroma del Cladoxpan impregnó la atmósfera. Los hombres sonrieron y se acercaron al barril, con expresión ansiosa. Unos cuantos incluso tenían los ojos vidriosos y no podían apartar la mirada del líquido lechoso.

—Gato... —El hindú del camión chasqueaba la lengua mientras trataba de tragar saliva. Las manos le temblaban como a un alcohólico—. Un traguito... creo que nos lo hemos ganado.

El mexicano los miró ceñudo, pero asintió ligeramente.

—Un vaso por cabeza. Ni una gota más.

Los ilotas aullaron y se congregaron en torno al barril. Viktor se apartó un poco para que pudieran beber a gusto. Se fijó en que los hombres tendían a apurar su vaso a grandes tragos, de manera golosa, mientras que las mujeres bebían a tragos lentos y comedidos, y algunas incluso dejaban una parte para después.

El ucraniano sonrió. Estaba seguro de que a su amigo el abogado se le habría ocurrido algún comentario jocoso sobre aquello, y que ambos tendrían que haber hecho un esfuerzo para no reventar a carcajadas. Habrían estado en una esquina, con los ojos llorosos y la boca contraída, tratando de sofocar las risotadas, disfrutando de aquel pequeño detalle.

Al pensar en eso sintió una enorme punzada de dolor. Aún no había aceptado su pérdida, y estaba seguro de que tardaría mucho en asumirlo. El ucraniano era un hombre duro. Había perdido a muchos amigos en Chechenia, en la guerra, y más tarde su mujer y su hijo habían desaparecido en medio del caos de la pandemia. Todo eso le había dotado de una gruesa piel de elefante, bajo la cual escondía sus sentimientos.

Pero estos sentimientos no desaparecían, sino que todavía estaban allí, y Viktor era consciente de que tarde o temprano tendrían que aflorar. Pero también sabía que cuando lo hicieran el dolor sería enorme, intenso y difícil de apaciguar.

Pero mientras tanto, debía aguantar y soportarlo. Sobre todo por Lucía. La joven estaba absolutamente destrozada.

Durante los tres primeros días habían albergado muchas esperanzas. Sabían que el antiguo abogado era un hombre de muchos más recursos de los que él mismo admitía poseer. Confiaban en que su vagón fuese uno de los que se descargase más cerca de la ciudad, y que desde allí encontrase un medio para volver a Gulfport. Aunque ningún deportado lo había logrado con anterioridad, sabían que era posible.

Pero ya habían pasado siete días desde la deportación, y no había ni el menor rastro de él. Incluso aunque estuviese todavía con vida, su reserva de Cladoxpan tenía que estar en las últimas. Strangärd les había dado la terrible noticia de que Greene le había inoculado el virus como parte de su condena de destierro, o al menos eso anunciaba el periódico local.

No, definitivamente, no quedaba esperanza.

—Bien, ya ha bebido todo el mundo. ¡Es hora de irnos! —gritó Mendoza.

Los ilotas, visiblemente relajados tras beber el medicamento, se aseguraron de que los barriles cargados de la preciosa mercancía estuviesen bien asegurados dentro de cada camión. Después, se encaramaron en sus vehículos y el mexicano dio la orden de iniciar la marcha.

La caravana comenzó a subir la cuesta de la colina, alejándose de la hondonada donde ardían los desperdicios y los cadáveres de la ciudad. De repente, uno de los ilotas apretujados con Mendoza y Viktor en la cabina señaló a lo lejos.

—¿Qué es aquello? —preguntó con los ojos como platos.

A Viktor se le escapó una ristra de palabrotas en ruso, mientras Mendoza se santiguaba dos veces en rápida sucesión. El conductor hindú del camión pegó un frenazo, asustado, y toda la columna se detuvo de inmediato.

Sobre la colina, una mula con un cuerpo desmadejado en su lomo trotaba alegremente hacia la caravana.

43

Viktor saltó del camión un segundo antes de que éste se detuviese por completo y echó a correr hacia la mula.

Sabía que tenía que ser él. Lo sabía.

Cuando llegó junto al animal se detuvo, jadeando. El jinete estaba caído de bruces sobre el cuello de la mula, y tenía las piernas atadas con unos cordeles a un par de alforjas destrozadas sujetas en el lomo del equino. De no ser por aquella sujeción de fortuna, habría caído sin remedio al suelo.

Algo se rebulló dentro de una de las alforjas, profiriendo un maullido que al ucraniano le sonó muy familiar. A Pritchenko se le iluminó el rostro y avanzó la mano hacia la alforja.

De repente, el cuerpo derrumbado sobre la mula soltó un gruñido aterrador.

Viktor se quedó completamente paralizado por la impresión. El cuerpo situado sobre la mula se irguió torpemente y miró al ucraniano con una expresión perdida y apagada que le era terriblemente familiar. Su piel estaba cubierta de miles de pequeñas venas a punto de explotar y tenía una palidez cadavérica.

Oh, joder, vamos, no puede ser...

—¡Apártate de eso! —gritó Mendoza a su espalda, mientras trataba de recuperar el resuello. El mexicano había subido corriendo la colina detrás de Viktor y acababa de llegar junto a él. Al ver lo que había sobre la mula desenfundó su pistola y la amartilló ruidosamente.

—Acabemos con esto de una vez —murmuró mientras apuntaba cuidadosamente.

—¡No! —gritó Viktor—. ¡No lo hagas! ¡Mira sus venas!

—Están hinchadas, como las de todos estos monstruos —replicó Mendoza, sin entender demasiado lo que quería decir el ucraniano.

—¡Sí, pero no han reventado todavía! —Pritchenko le sujetó por una manga y le hablaba rápido, con urgencia—. ¡Aún no se ha completado la transformación! ¡Todavía podemos ayudarlo!

—Si aún no se ha transformado, no le falta mucho —replicó Mendoza, cáustico—. ¿Cómo quieres ayudarlo?

—Con el Cladoxpan —replicó Viktor, muy serio—. Con una dosis masiva. Podría funcionar.

—No podemos prescindir del que tenemos —contestó Mendoza, dubitativo—. En pocas horas vamos a comenzar una revolución, y necesitaremos hasta la última gota.

—Mendoza, no me jodas —replicó Viktor, con una nota de amenaza en su voz—. Tienes varios miles de litros aquí mismo, y sólo necesito tres o cuatro de ellos. ¿Vas a dármelos por las buenas o tendrás que romperme otro par de costillas para convencerte?

—Está bien, güero, tranquilo. —Mendoza levantó las manos, conciliador—. Coge lo que necesites. Pero se lo darás tú. Yo no pienso acercar ni un dedo a esa boca rabiosa.

Como si le hubiese comprendido, el ser situado sobre la mula emitió un gemido amenazador mientras estiraba las manos hacia el mexicano. Viktor, sin hacer caso, corrió hacia el primer camión y agarró por el pescuezo a dos ilotas que estaban mirando la escena a unos cuantos metros. Tras un par de minutos volvió a subir la colina con los ilotas, que le ayudaban a rodar uno de los barriles llenos de Cladoxpan.

—¿Cómo pretendes hacérselo beber? —preguntó Mendoza—. No creo que acepte una copa, ya me entiendes.

—Lo haremos mediante el buen y viejo método del Ejército soviético —replicó Viktor mientras ponía el barril de pie y sacaba la tapa superior con la punta de su cuchillo—. Si no puedes hacer algo de buenas maneras, prueba con la fuerza bruta.

El ucraniano se acercó por detrás al jinete y antes de que le diese tiempo a reaccionar lo sujetó mediante una llave de judo. Al mismo tiempo los dos ilotas, uno por cada lado, cortaron las correas que lo mantenían sujeto a la mula. Aprovechando el impulso, Viktor le dio un empujón y le hizo caer de cabeza dentro del barril.

Al principio se sacudió furioso, pero el ucraniano le sujetó la cabeza debajo del líquido con una mano de hierro, mientras con la otra le hacía un placaje en la espalda. Cuando el jinete no pudo aguantar más la respiración, comenzó a tragar. Entonces, el ucraniano le levantó la cabeza tirándole del pelo, y tras unos segundos volvió a metérsela de lleno en el barril.

Pritchenko repitió esta maniobra una docena de veces, con el furor implacable de un interrogador. En cada una de las ocasiones, conseguía hacerle tragar una cantidad de Cladoxpan cada vez mayor. Finalmente, las convulsiones comenzaron a cesar y su cuerpo se relajó. Viktor, finalmente satisfecho, lo apartó del barril y lo tumbó con delicadeza en el suelo, al lado de la mula, que los miraba con ojos sorprendidos.

—Y ahora, ¿qué? —preguntó Mendoza.

—Ahora sólo queda esperar —contestó Viktor tratando de aparentar más calma de la que realmente sentía—. Y supongo que cruzar los dedos para que todo vaya bien.

Lo primero que noté cuando abrí los ojos fueron unas náuseas muy potentes. Había un olor insoportable en el aire, y sentía los pulmones encharcados, como si hubiese estado a punto de ahogarme. Estaba tumbado boca arriba, y alguien me había puesto una manta por encima. Ya había anochecido, y las estrellas titilaban débilmente en el firmamento. La luz de un puñado de enormes hogueras alumbraba por un lado y me permitía distinguir una serie de figuras entre las sombras.

Me incliné hacia un lado y estuve vomitando lo que a mí me pareció una eternidad. Tenía la madre de todos los dolores de cabeza latiendo entre mis sienes, y en general me sentía como si estuviese padeciendo una de las resacas más monstruosas de la historia, pero estaba vivo.

Estaba vivo.

Vivo.

La inmensidad de aquella noticia me sobrecogió. De alguna manera había escapado de la muerte, o de la No Muerte, por un suspiro. Estaba débil, molido y cansado como pocas veces en mi vida, pero no me había transformado en un No Muerto.

—Vaya, mira quién se ha dignado despertarse —dijo una voz conocida a mi espalda.

—Lo habría hecho más tarde, pero este sitio apesta. Seguro que lo has escogido tú —repliqué mientras me sentaba haciendo un esfuerzo.

Viktor y yo nos fundimos en un prolongado abrazo. El ucraniano suspiraba de alivio y yo temblaba de forma incontrolable, mientras mi cuerpo trataba de readaptarse a la vida.

—Te he dicho un montón de veces que no te vayas por ahí sin mí —me espetó el ucraniano, bromista—. Ya ves que casi consigues que te maten.

—Ha estado muy cerca —repliqué, zumbón—. Pero no te habría gustado el viaje. No había ni un solo bar abierto en todo el camino.

Un par de ilotas se acercaron y comenzaron a susurrar entre ellos, mientras me señalaban. Al cabo de un rato se acercaron media docena más para contemplarme. Unos cuantos se santiguaban y me miraban con una expresión extraña y reverente mientras hablaban entre ellos.

—¿Qué diablos dicen? —preguntó Viktor, confundido. El cerrado acento puertorriqueño de aquellos hombres se le hacía incomprensible al ucraniano.

—Es un versículo de la Biblia. Dicen que «Descendió a los infiernos y resucitó de entre los muertos» —contesté mientras el cansancio me sumergía de nuevo en el sueño—. Creen que es una señal, como lo de la mula.

—¿Creen que eres el Mesías? —preguntó Viktor, incrédulo.

—No seas idiota —repliqué, adormilado—. No soy ningún Mesías. Pero si creer eso hace que sea más fácil derribar a ese falso Mesías que vive en Gulfport me pondré una túnica blanca si es necesario.

—No hará falta —contestó Viktor, mientras me ayudaba a incorporarme—. En menos de veinte horas el gueto se alzará en armas. Vamos a acabar con Greene y su gentuza de una vez.

—¿De qué coño me estás hablando, Viktor? —pregunté. Era mi turno de estar confundido.

—Te lo explicaré por el camino —contestó el ucraniano—. Ahora tenemos que irnos de aquí.

Me subieron en la cabina de un camión mientras el resto del convoy encendía los motores. Ya era noche cerrada y los ilotas estaban un poco nerviosos ante la posibilidad de tener un mal encuentro en la oscuridad. Viktor se aupó conmigo al camión y la caravana echó a rodar.

—Te presento a Carlos Mendoza —me dijo, y me señaló a un mexicano alto, moreno y fornido que me miraba con mala cara—. No hagas caso de nada de lo que te diga. Aunque es un gruñón y por su culpa me han roto la nariz, en el fondo no es un mal tipo. Es el líder de toda esta gente.

—Ya nos conocemos. El abogado del puente de Gulfport, ¿recuerda? —dije mientras le tendía la mano.

—Vaya, vaya. Así que tú eres el novio de la gachupina —replicó, sin hacer el menor ademán de saludarme—. He de reconocer que eres duro de pelar. Eres el primero que vuelve del páramo, aunque te ha ido por poco.

—He tenido suerte —dije, mientras bajaba la mano—. Si no hubieseis estado aquí no habría durado ni media hora más. —Me volví hacia Viktor, que me miraba con los ojos llenos de orgullo. Parecía un padre viendo cómo su hijo aprende a montar en bicicleta—. ¿Qué diablos hacéis aquí, Viktor? ¿Qué está pasando?

El ucraniano empezó a explicarme todo lo que había sucedido en mi ausencia, desde que nos habíamos separado en el Ayuntamiento. Mendoza se unió a la conversación, de mala gana al principio, pero cada vez más emocionado a medida que me iba desgranando sus planes. El levantamiento del gueto era una obsesión para él, su plan más preciado. Y estaba a pocas horas de llevarlo a cabo.

Cuando estábamos a menos de cinco kilómetros de Gulfport, de repente, el conductor del camión dio un frenazo. El blindado que abría la marcha se había detenido y sus tripulantes asomaban por la ventanilla. En el cielo, a lo lejos, una bengala roja subía en el aire, seguida de otras dos más.

—¿Qué pasa? —pregunté—. ¿Qué significa eso?

El mexicano nos miró. Su rostro, habitualmente tranquilo, estaba pálido y demudado.

—Es el gueto —contestó, sin poder controlar la furia—. Es la señal de emergencia para una redada. Los verdes han entrado.

—¿Cómo de mala es la situación? —preguntó Viktor.

—Malísima. De alguna manera han descubierto nuestros planes y han adelantado los suyos. —Mendoza sujetó el *walkie-talkie* y dio orden a la columna de avanzar a toda velocidad, antes de volverse de nuevo hacia nosotros—. Preparaos para pelear, si es que llegamos a tiempo. La liquidación del gueto ha comenzado.

44

—Alejandra, necesitamos más trapos —dijo Lucía—. Y unas cuantas botellas vacías. Se nos están acabando.

La mexicana se levantó y se acercó hasta una caja situada al fondo de la sala donde ellas dos y otra media docena de personas se afanaban preparando cócteles molotov. Cogió un fajo de tiras de trapos de algodón y un carrito lleno de botellas de cristal vacías y volvió con ellas a su puesto junto a Lucía.

Todo el gueto estaba lleno de pequeños talleres como aquél, donde los ilotas se preparaban para el inminente asalto al Muro del gueto. En algunos, como aquél, se preparaban cócteles molotov, y en otros habían montado rudimentarias fábricas de munición, pero estaba por ver su fiabilidad en el fragor del combate.

Viktor tenía razón —pensaba Lucía—, *casi no tenemos armas. Si no lo conseguimos a la primera nos aplastarán como a chinches.*

El buen humor de la muchacha había desaparecido por completo y en su lugar se había instalado una negra nube de amargura que no la abandonaba ni un solo momento. Los primeros dos días en el gueto los había vivido con excitación, permanentemente asomada sobre la muralla exterior, oteando el horizonte en busca de la menor señal de alguien volviendo a Gulfport. Se había pasado tanto tiempo encaramada en la valla, sin que le importase la lluvia constante ni los No Muertos que rugían bajo ella a pocos metros, que por un momento Pritchenko y Alejandra pensaron que la joven estaba a punto de perder el juicio. Sólo se bajó de la muralla cuando Mendoza se lo ordenó de forma tajante. Su presencia allí era un reclamo para las patrullas de la Milicia Blanca de Greene y en cualquier momento podía atraer preguntas incómodas. Preguntas que nadie quería responder a pocos días de que el gueto estallase en llamas contra sus opresores.

La excitación del principio se fue marchitando, junto con sus esperanzas, a medida que los días iban pasando. Aunque no quería reconocerlo, era perfectamente consciente de que a cada hora que pasaba las posibilidades de que él regresase eran menores. No se trataba tan sólo de los peligros del exterior, incontables y desconocidos, ni de la infección que sabía que corría por sus venas, sino de algo mucho peor. No tenía la certeza plena de que no lo hubiesen matado nada más bajar del tren. Ésa era una pesadilla que la despertaba por las noches, entre gritos, y después lo único que podía hacer era acurrucarse en su camastro, temblando y esperando a que la débil luz de la mañana le indicase que había llegado un nuevo día. Otro día sin noticias suyas.

Su cara, abotargada y con profundas ojeras, indicaba el infierno que estaba pasando. Había dejado de comer y se sentía como un cuerpo sin vida, ajena a todo y a todos. Finalmente, Alejandra se había plantado delante de ella una mañana y la había sentado en una de las líneas de producción.

—Necesitas ocupar tu cabeza con otras cosas —le había dicho—. Hazlo o te volverás loca por el dolor. No eres la primera que ha pasado por esto, ni serás la última. La gente lo enfoca de dos maneras distintas: o tratas de digerir ese dolor y transformarlo en algo pequeño y manejable, o dejas que ese dolor crezca tanto que al final te aplasta y no te deja respirar. Tú has cogido ese segundo camino, y créeme, sólo conduce a una vida gris, triste y sin futuro. Tienes que seguir adelante.

—No quiero seguir adelante —se había limitado a decir Lucía—. No sin él.

—Seguirás, claro que seguirás. —Alejandra le dio un apretón afectuoso en el brazo y le levantó el mentón para mirarla directamente a los ojos—. Tienes que seguir, por ti y por todo lo que representabais los dos juntos. Por él, y por su recuerdo. Pero, sobre todo, tienes que seguir porque no puedes abandonar, no a estas alturas. El futuro está muy cerca. Esta pesadilla va a acabar tarde o temprano y entonces el mundo será un lugar muy grande para muy poca gente. Y tú tienes que llegar hasta allí como sea. Así que siéntate y empieza a fabricar los pinches molotov como si te fuese la vida en ello. Deja la mente en blanco, si es necesario, piensa en cualquier otra cosa, ¡pero lucha por vivir!, o nada de lo que hayas hecho hasta ahora, por ti misma o con él, tendrá ningún sentido.

Y Lucía había bajado la cabeza y había comenzado a trabajar en silencio, tragándose las lágrimas y guardando el dolor en un cajón muy profundo y enterrado de su corazón. Pronto descubrió que el trabajo mecánico de la línea la ayudaba a mantener la cabeza a flote y, aunque no le permitía olvidar, al menos estaba ocupada. Y aquello era lo que más necesitaba en aquel momento.

—¿Cómo pretenden abrir un hueco en el Muro? —le preguntó a Alejandra, mientras rellenaba con cuidado una de las botellas con medio litro de gasolina y virutas de jabón potásico.

—No tengo ni idea —replicó la muchacha—. Es un secreto que sólo saben unos cuantos. Se rumorea que en uno de los sótanos están juntando enormes cantidades de fertilizante y Dios sabe qué cosas más para fabricar un explosivo muy potente, pero no sé si es cierto. —Miró a los lados cautelosamente antes de seguir hablando—: Las paredes pueden oírnos.

—Espero que funcione, sea lo que sea, porque... —La joven se interrumpió de golpe. Habían sonado un par de disparos aislados. Todo el mundo en el taller levantó la cabeza, alarmado, y de repente una ráfaga larga sonó de nuevo, con el tableteo cruzado de varios fusiles de asalto de fondo.

—¿Qué demonios está pasando? —preguntó Lucía alarmada.

—No lo sé, pero no es bueno. —Alejandra pegó un salto y abrió con cautela una de las ventanas del piso superior de la casa.

Las ventanas estaban cerradas a cal y canto para impedir que nadie viese lo que sucedía en el interior, así que tuvo que luchar durante un rato con los cierres hasta que consiguió abrir la hoja de guillotina. Asomó la cabeza al exterior y casi al instante volvió a meterse dentro a toda velocidad.

—¡Toda la calle está llena de verdes y de milicianos! —gritó alarmada—. ¡Y traen camiones, docenas de ellos!

—¿Cuántos son? —preguntó un hombre alto y chupado, con una incipiente calva en medio de una madeja de rizos negros, mientras se metía en el cinturón un par de cócteles molotov de una caja.

—No lo sé, pero son muchísimos, más que nunca. Deben de haber enrolado a milicianos adicionales, porque están por todas partes.

—¿Qué vamos a hacer? —murmuró una mujer, asustada—. *Gato* y la mayoría de los líderes están fuera de la ciudad y no queda casi nadie que pueda coordinar a los grupos.

—Tendremos que actuar por nuestra cuenta. —Lucía se quedó sorprendida al oír que aquellas palabras salían de su boca, pero al mismo tiempo sintió una sensación de paz interior como no había sentido en muchos días. Quería tomarse la justicia por su mano. Joder a aquellos que habían destrozado su vida. Que compartiesen un poco de su dolor—. ¿No hay manera de lanzar una señal? —preguntó.

—Sí, un juego de bengalas rojas —contestó Alejandra—. No sé dónde están, pero estoy segura de que alguien se encargará de eso de un momento a otro.

—Pues encarguémonos de repartir unos cuantos de éstos —dijo Lucía arrastrando un cajón lleno hasta los topes de cócteles molotov—. Y el primero de esos malnacidos que asome la nariz delante de nosotros que rece lo que sepa.

Cargaron los cócteles en las mochilas que tenían preparadas y salieron a la calle. Por todas partes sonaban disparos, gritos y el sonido de cristales y maderos rotos. Los verdes se estaban empleando a fondo para limpiar los reductos más duros del gueto, y ya no tenían que disimular. Aquélla era la Gran Limpieza, y los que se resistiesen debían ser eliminados sin compasión. Las máscaras habían caído.

Un par de explosiones sacudieron la calle. De repente, el tableteo de armas de fuego alcanzó un paroxismo demoníaco y una enorme bola de fuego se elevó en la otra punta del gueto, en medio de un rugido devastador.

—¡Les están haciendo frente! —rugió el hombre alto, levantando un puño—. Eso que suenan son cuernos de chivo,* no los M4 de los verdes.

—Tenemos que darnos prisa —los urgió Alejandra—. No creo que tengan munición para sostener este tiroteo durante mucho tiempo. Necesitarán toda la ayuda que po-

---

* Cuernos de chivo: nombre en argot que se da en México a los AK-47.

damos darles. Dividámonos en varias direcciones y repartamos los molotov.

El pequeño grupo se dispersó en las cuatro direcciones. Lucía y Alejandra se fueron con el mexicano alto, que parecía estar muy seguro de por dónde ir. El fragor del tiroteo era generalizado y el cielo reflejaba el resplandor rojizo de una docena de incendios aquí y allá. Por todas partes corrían personas, muchas de ellas gritando asustadas, pero otras muchas provistas de una colección variopinta de armamento y con una mirada de determinación en los ojos que no admitía discusión.

—Cuando el ratón está acorralado en una esquina, se siente capaz de atacar al león —murmuró Lucía entre dientes.

—¿Qué dices? —preguntó Alejandra.

—Nada —contestó Lucía, sintiendo que un torrente de furia fría y dura como el hielo le inundaba las venas—. Repito algo que solía decir... Bueno, algo que solía decir él, ya sabes.

—Ya me lo contarás más tarde. —La mexicana le tiró del brazo—. ¡Ahorita tenemos que darnos prisa! ¡Corre!

Se oyó un chirrido de neumáticos cuando un camión pesado dobló la esquina, con un grupo de milicianos verdes encaramados en su caja abierta. Habían sustituido la estrella blanca del Ejército americano por la cruz verde de Greene, y avanzaban a toda velocidad, arrollando a las personas que se cruzaban en su camino. El conductor sonreía de forma sádica y hacía girar la dirección para embestir con las defensas reforzadas del camión a las personas que no eran lo suficientemente rápidas para alejarse de su trayectoria.

—¡Apartaos, muchachas! —gritó el mexicano alto que las acompañaba, mientras sacaba un molotov de la caja y se plantaba en medio de la calzada, con el artefacto oculto a su espalda.

El hombre encendió el molotov con un mechero, de forma que el conductor del camión no pudiese verlo, y se quedó quieto, a pie firme, en medio de la calle, haciendo gala de un valor casi suicida. Al verlo, el del camión no frenó, sino que aceleró con expresión feroz. El mexicano aguantó quieto, con los labios apretados y la mirada alerta hasta que el camión estuvo a menos de tres metros de él. Entonces, en un salto prodigioso, se lanzó hacia un lado mientras arrojaba el cóctel molotov a través de la ventanilla abierta de la cabina del camión, que quedaba a menos de un metro de distancia de él.

La botella reventó dentro de la cabina formando una inmensa bola de fuego que envolvió de inmediato al conductor y a su acompañante. El camión zigzagueó por la calzada, con las llamas saliendo por las ventanillas, mientras los milicianos de la caja tenían que agarrarse con fuerza para no salir despedidos. Finalmente, el vehículo pesado se empotró contra el porche de un edificio con un estruendo enorme de hierros retorcidos y madera rota. Los soldados de la caja posterior salieron proyectados como balas de cañón en todas direcciones y la mayoría se estrellaron contra los restos de la casa. Los que no se desnucaron con el golpe se ensartaron en los maderos rotos de la fachada o cayeron en medio de las llamas que comenzaban a devorar la estructura. Al cabo de unos segundos, de entre las ruinas sólo se oía el rugido del fuego y los aullidos de dolor de los que agonizaban.

—Esto está listo —dijo el hombre alto, como si hablase de algo cotidiano—. Vámonos de aquí.

Recogieron las mochilas y continuaron bajando por la calle hasta llegar a la siguiente intersección. En una de las casas de la esquina se habían atrincherado un grupo de ilotas que hacían fuego graneado sobre los milicianos que trataban de atravesar el cruce. Sobre el suelo yacían los cadáveres de más de una docena de soldados de Greene, abatidos por los disparos. Los milicianos supervivientes se habían refugiado detrás de sus vehículos y respondían a los disparos de los ilotas con sus rifles de asalto. Su potencia de fuego era muy superior, pero los ilotas estaba bien protegidos dentro de la casa, y la situación había llegado a un punto muerto.

De repente, asomó por una bocacalle un Humvee* blindado con una ametralladora M2 de 50 milímetros sujeta al techo. El Humvee se detuvo a cincuenta metros de la casa y un tripulante apuntó la M2 contra la fachada de la casa.

Los ilotas giraron su fuego hacia aquella nueva amenaza, pero era demasiado tarde. La M2 rugió con cadencia perezosa y la fachada de la casa se disolvió en una nube de madera pulverizada, cemento y sangre. Cuando cesó el fuego, al cabo de unos segundos, no quedaba nada intacto en la planta superior de aquel edificio.

—Esperad aquí —susurró el mexicano alto, y encendió dos cócteles molotov—. Esto va a ser muy fácil. —Con uno de ellos en cada mano comenzó a avanzar hacia el Humvee, bien pegado a las paredes de la acera contraria para evitar ser detectado por la dotación del vehículo.

De repente, un miliciano lo vio y dio la voz de alarma. El mexicano, al verse descubierto, lanzó un alarido de guerra y comenzó a correr hacia el vehículo, mientras levantaba el primer molotov por encima de su cabeza, pero era demasiado tarde.

La ametralladora rugió de nuevo. Las balas impactaron contra el cuerpo del hombre con tanta violencia que lo serraron por la mitad. Se derrumbó en el suelo, como un muñeco de trapo y al caer los cócteles molotov se rompieron y derramaron todo el líquido incendiario sobre su cuerpo. Al cabo de un momento tan sólo era un montón de carne ardiendo en medio de la calzada.

* Humvee: vehículo ligero, parcialmente blindado, que ha sustituido al jeep en el Ejército de Estados Unidos.

Lucía y Alejandra se miraron, aterrorizadas, pero, antes de que tuviesen tiempo de hacer ningún movimiento, otro Humvee apareció a sus espaldas. Las muchachas se giraron, atrapadas entre dos fuegos. Lucía encendió con fiereza uno de los molotov, pero el segundo Humvee pasó de largo a su lado y se dirigió directamente hacia el grupo de milicianos, que los saludaban alborozados. De repente, el vehículo se detuvo y uno de sus tripulantes asomó por la escotilla superior. Los gestos de saludo de los milicianos se transformaron en gestos de terror cuando el tripulante del segundo vehículo apuntó su ametralladora pesada contra ellos y comenzó a disparar.

Una lluvia de balas de alto calibre segó a los milicianos como una gigantesca hoz. El primer Humvee estalló en una bola de fuego cuando las balas incendiarias de 50 milímetros penetraron en su depósito de combustible y le prendieron fuego. El tirador continuó haciendo fuego hasta que no quedó nadie que se moviese en la calle. La casa de madera y el vehículo incendiado ardían con fuerza e iluminaban de manera espectral a las docenas de cuerpos caídos en las más extrañas posturas.

La puerta lateral del Humvee se abrió y un soldado se asomó cautelosamente. Al verlo, Alejandra no pudo contener un grito.

—¡Strangärd!

El sueco saltó como un resorte al oír el grito y estuvo a punto de disparar su fusil. Cuando vio a Alejandra y a Lucía asomando del seto donde se habían ocultado soltó un suspiro de alivio.

—¿Qué diablos hacéis vosotras dos aquí? —preguntó—. ¡Casi os pego un tiro, por el amor de Dios!

—¿Qué haces tú aquí? —preguntó Lucía, a su vez.

—Hemos venido en cuanto hemos podido —explicó el sueco mientras bajaba el arma. Lucía observó que llevaba un brazalete blanco sujeto en su bíceps derecho—.

Nos enteramos de que la limpieza iba a empezar y decidimos que teníamos que hacer lo que pudiésemos para impedir una masacre, pero esto es mucho peor de lo que podía imaginar. No somos muchos, pero estamos bien armados. Decidme, ¿dónde está Mendoza? Tengo que hablar con él.

—El *Gato* está fuera de la ciudad —contestó Alejandra—. Iba a por los barriles de Cladoxpan.

—¡Maldita sea! —renegó el sueco—. Precisamente ahora, ese condenado cabrón desaparece. Y el tipo rubio bajito, el militar ruso, ¿dónde está?

—Se fue con él —dijo Lucía—. Y no es ruso, es...

—Ucraniano, lo sé, lo sé —la interrumpió Strangärd—. Entonces, ¿quién está al mando de vuestras fuerzas?

—No tengo ni idea —contestó Alejandra, con sinceridad—. Queríamos llegar hasta el centro del gueto para enterarnos y para llevar todo esto. —Señaló las pesadas mochilas llenas de cócteles molotov.

—Andando no lo conseguiréis de ninguna manera —replicó Strangärd—. El grueso del combate está en el centro, y Grapes se ha traído tropas reforzadas. Ha entrado con casi mil hombres en el gueto. Subid al Humvee. Procuraremos acercarnos todo lo que podamos, y que Dios nos ayude.

Las chicas subieron al vehículo y cuando estuvieron dentro el conductor se puso en marcha. Al pasar por el centro de la calzada, el vehículo atropelló los restos incendiados del mexicano alto, que estaban quedando reducidos a una momia carbonizada.

Cuando el Humvee finalmente se alejó por la esquina de la calle, delante de aquella casa en llamas se hizo el silencio. Tan sólo quedaron los caídos de los dos bandos, mirándose los unos a los otros con los ojos vacíos de la muerte.

45

Malachy Grapes se sentía feliz.

Su vida nunca había sido fácil, y de pequeño había tenido que oír innumerables veces cómo le llamaban «basura blanca». Hijo de una madre soltera adicta al crack, el pequeño Malachy había tenido que aprender a defenderse desde niño con la fuerza de sus puños, y cuando fue un poco más mayor, con navajas primero y armas de fuego después. Pasar de las pandillas de la calle a la Nación Aria fue fácil. El resto vino rodado.

Lo cierto era que Grapes llevaba toda su vida, incluida la larga temporada en la cárcel, rodeado de violencia. Y había aprendido a disfrutarla. De hecho, le gustaba. Oh, joder, vaya si le gustaba. El informe psiquiátrico de la cárcel hacía una descripción muy detallada de la personalidad de Grapes y de sus marcados raptos esquizoides, unidos a una inteligencia por encima de la media, pero eso a él le daba igual. El dolor ajeno era lo que le motivaba. Y el poder.

Pero nada de lo que había vivido hasta ese momento podía compararse a lo que sentía en aquel instante, de pie en medio de una calle en llamas del gueto de Bluefont, mientras sus hombres cazaban implacablemente hasta el último de aquellos negros y chicanos desgraciados.

Porque, mientras sus botas chapoteaban en un charco de sangre que salía de la cabeza de un ilota y las casas se derrumbaban a su alrededor en un infierno de chispas y maderos carbonizados, Grapes se sentía más vivo que nunca. Se sentía como si fuera un dios, un dios de la guerra, violento y destructivo. Y la sensación era tan potente y arrebatadora que casi le mareaba.

Iba a acabar con todos ellos aquella misma noche. Y no pensaba perdonar ni siquiera a los dos mil ilotas que le había pedido el reverendo Greene. Ya se inventaría después una excusa para justificarlo. «Se resistieron demasiado, reverendo. No quisieron aceptarlo. No se dejaron coger vivos.» Qué más daba. Algo se le ocurriría. Pero en aquel momento estaba tan borracho de sangre que un solo tipo de pensamiento le ocupaba la cabeza. Matar, arrasar, mutilar. Causar dolor.

—Eh, Malachy —dijo una voz a su espalda. Era Seth Fretzen, su mano derecha—. Me dicen por radio que las calles de aquel lado están bajo control, pero parece que tenemos algunos problemas en la zona del centro del gueto. Los negratas se están poniendo tontos y nos están disparando.

Grapes bajó la mirada y contempló sus nudillos, con el tatuaje «*hate jews*» escrito en ellos, sin molestarse en ocultar una sonrisa. Aquellos imbéciles del gueto le estaban dando la excusa que él necesitaba.

—No pasa nada, Seth —dijo amigablemente—. Iremos hasta allí a patear sus culos morenos. A ver si aprenden de una puta vez quién manda aquí.

Seth Fretzen sonrió, mostrando una dentadura irregular y podrida en la que faltaban varias piezas. Él también estaba disfrutando de lo lindo con aquello. Hizo una seña al amplio grupo de milicianos y guardias verdes que rodeaban el vehículo de Grapes y se sentó al volante del coche de Grapes, mientras su escolta subía a sus propios transportes. Con un rugido de motores, la pequeña caravana comenzó a avanzar por las calles en llamas de Bluefont. A su paso, docenas de figuras corrían a esconderse entre las sombras.

Grapes las miró, despectivo. Ya se encargarían de ellas después. Primero había que eliminar a los que aún tenían agallas para enfrentarse a sus hombres. Una vez hecho eso, el espinazo de la Resistencia estaría partido por la mitad y el resto serían como corderitos.

Aquellos imbéciles. Los Justos, se hacían llamar.

Como si la justicia tuviese algo que ver con todo aquello. En lo que a Grapes respectaba, la justicia había muerto junto con el antiguo mundo, arrasado por el Apocalipsis.

Ahora sólo imperaba la ley del más fuerte. Y él, con el permiso de Greene, era el más fuerte.

Su convoy dobló la esquina y de repente comenzaron a sonar disparos desde todas partes. Grapes oyó un aullido de dolor a su lado. El miliciano que ocupaba la torreta de 50 milímetros de su Humvee cayó dentro del vehículo con la mitad de la cabeza reventada por un balazo. Una ráfaga de ametralladora punteó todo un lateral del vehículo y agrietó los cristales reforzados. Como un reflejo, una serie de bultos aparecieron por el lado interior de la puerta, marcando los lugares donde habían impactado las balas. Si ésta no hubiese estado blindada Grapes habría quedado acribillado en ese preciso momento.

El ario contempló la puerta, estupefacto, mientras uno de los vehículos de su escolta saltaba por los aires en medio de una bola de fuego. Dos ilotas se alejaron del lugar corriendo, después de haber arrojado unos cócteles molotov, pero cayeron acribillados por sus hombres antes de poder alcanzar un refugio.

Su ordenado convoy se había convertido de repente en un caos completo. Grapes sintió que las venas del cuello se le hinchaban de furia.

—¡Seth, que todos los refuerzos vengan aquí inmediatamente! ¡Vamos a joder a esos cabrones! ¡Y que traigan un blindado pesado cagando leches!

El lugarteniente asintió y pronunció unas palabras por radio. Mientras, Grapes saltó del vehículo y fue organizando a sus hombres en una línea de fuego que les permitiese salir de la emboscada. Las balas repiqueteaban alrededor del ario, pero éste las ignoraba. Estaba demasiado furioso como para darse cuenta.

Finalmente, consiguió formar un semicírculo en una esquina de la plaza, mientras los ilotas se concentraban principalmente en el otro lado. Sus milicianos disparaban a ciegas contra la oscuridad, gastando munición como si estuviesen en un concurso de tiro. No importaba. Tenían de sobra. Todo el jodido depósito de la Marina de Gulfport a su entera disposición.

Sin embargo, el fuego de los ilotas se había reducido bastante, y ya sólo era un petardeo esporádico, comparado con el huracán de fuego que estaban desatando sus hombres. Grapes gruñó satisfecho. Sospechaba que los negratas estaban quedándose sin munición, pero no quería arriesgarse.

De repente, un Humvee similar a los suyos, pero sin la cruz verde de Greene en el costado, apareció por una de las bocacalles que desembocaban en la plaza. El conductor pegó un frenazo, tan sorprendido por el encuentro como los hombres de Grapes. Sin embargo, reaccionó con prontitud y aceleró a toda velocidad, mientras su tirador abría fuego contra su línea. La pesada ametralladora de 50 milímetros perforó los blindajes laterales como si fuesen latas de refresco y media docena de sus chicos cayeron retorciéndose de dolor en el suelo. El Humvee aceleró y desapareció entre las sombras, como un espíritu malvado.

Grapes escrutó la noche, con el ceño fruncido, mientras trataba de seguir el rugido del motor. El Humvee se movía rápidamente, de una esquina a otra, aprovechando los charcos de oscuridad para ocultarse y evitar ser un blanco fácil. Cuando sus milicianos quisieron responder al fuego, ya había desaparecido al otro lado de las casas. Desde dentro de los refugios de los ilotas se oyó un aullido de júbilo.

El líder de los verdes maldijo por lo bajo. De alguna manera aquellos bastardos se las habían arreglado para apoderarse de uno de sus vehículos. No podía ser otra cosa. A no ser que tuviesen aliados en el otro lado del Muro. Eso sería mucho más preocupante. Grapes trató de adivinar quién iba dentro de aquel vehículo, que en aquel instante hacía otra pasada, pero estaba demasiado lejos, y el destello de los disparos le deslumbraba.

El convoy de Grapes se había detenido y era tan amplio que suponía un blanco fácil. Prácticamente todas las balas en esa segunda pasada dieron en la diana y obligó a sus hombres a refugiarse detrás de los vehículos más blindados. Grapes se arrepintió de no haber cogido los aparatos de visión nocturna que habían encontrado en el depósito militar. Ni en su más delirante pesadilla se le hubiese ocurrido que los negratas y los sucios chicanos ofreciesen tanta resistencia.

Justo en aquel instante sintió temblar el suelo bajo sus pies. Doblando la esquina, una pesada tanqueta Bradley llegaba rodando sobre sus cadenas, mientras el asfalto se agrietaba a su paso.

—¡El blindado está aquí, Malachy! —gritó Seth, exultante.

—Que avance y que acabe con esos pirados de una vez —gruñó Grapes, señalando las casas del otro lado.

El conductor del Bradley oyó la orden y asintió. Poco acostumbrado a aquel vehículo, hizo chirriar las marchas un par de veces antes de engranar la correcta, pero cuando lo consiguió el pesado blindado comenzó a avanzar de forma imparable hacia los ilotas.

El Humvee se cruzó en su camino a la desesperada, disparando casi a quemarropa los proyectiles de su ametralladora, pero el blindaje del Bradley era demasiado grueso para que le afectase. En ese preciso instante, el conductor del Humvee cometió un error fatal y giró en un ángulo demasiado pronunciado para evitar una ráfaga bien dirigida procedente de la línea de Grapes. Al hacerlo, el vehículo se tambaleó y el conductor tuvo que reducir la velocidad para recuperar el control del mismo. El artillero del Bradley aprovechó ese momento para disparar una andanada contra el Humvee, que había quedado como un pato de feria en su línea de tiro.

La ráfaga alcanzó el motor y éste reventó con un sonido sordo, proyectando esquirlas de metralla en todas direcciones. Los tripulantes del Humvee salieron a toda velocidad por el lado opuesto, perseguidos por una lluvia de balas desde la línea de Grapes. Dos de ellos cayeron de espaldas cuando fueron alcanzados y otro soltó un grito cuando una bala le atravesó una pierna.

A Grapes se le escapó una maldición. Los tipos muertos del Humvee eran blancos.

Eso significaba que podía haber más como ellos, incluso en su retaguardia. De repente, ya no se sintió tan seguro, ni tan poderoso. El temor a caer en una emboscada se comenzó a filtrar en su mente, artero y silencioso. Pero ya había avanzado demasiado para retroceder.

El fuego desde las casas de los ilotas se había reducido a la mínima expresión. Desde las ventanas llovían cócteles molotov sobre el Bradley, pero éste continuaba rodando como si tal cosa.

La tanqueta lanzó una rápida serie de proyectiles incendiarios dentro de las casas. En menos de dos minutos las llamas comenzaron a asomar por las ventanas de la planta inferior. Algo explotó con violencia dentro de una de las viviendas, y parte del tejado se elevó en el aire como el sombrero de un marinero, para acabar estrellándose a pocos metros de allí. Toda la plaza quedó sembrada de escombros y restos carbonizados.

Desde los pisos superiores los ilotas se arrojaban al vacío, con sus ropas envueltas en llamas. Los milicianos les disparaban a medida que caían, y los cuerpos quedaban inmóviles en medio de la calzada, chisporroteando lentamente.

Unos cuantos salieron por la puerta, envueltos en una densa nube de humo, tosiendo y tropezando. Grapes adivinó unas figuras conocidas en medio de los fugitivos y levantó el brazo.

—¡Alto el fuego! —rugió—. ¡Que nadie dispare, joder! ¡Quiero vivos a esos de ahí!

Un grupo de milicianos se adelantó y rodeó a los supervivientes. No eran más de media docena, y estaban cubiertos de cortes y heridas. A Grapes se le abrieron mucho los ojos cuando los llevaron ante él.

—No puede ser. —Meneó la cabeza, incrédulo—. Pero si es el pichafloja de Strangärd... Asqueroso sueco presumido y arrogante. ¡Tú eres uno de esos Justos de mierda!

El sueco levantó la cabeza y miró a Grapes con serenidad. Su pierna derecha tenía una fea herida de bala y no dejaba de sangrar.

—Grapes, esto es una masacre —le dijo—. No tienes por qué hacer esto. No es necesario. No tienes por qué obedecer a Greene hasta este extremo. Estás acabando con vidas de inocentes por culpa de los delirios de un viejo loco.

Grapes se lo quedó mirando de hito en hito como si no diese crédito a lo que estaba oyendo. De repente, estalló en carcajadas mientras se palmeaba las piernas.

—¡Siempre pensé que eras un pichafloja, pero esto es lo máximo! —Se abalanzó de improviso sobre Strangärd, lo cogió por el cuello de su chaqueta y acercó su boca al oído del sueco, de forma que nadie más le oyese—. ¿De verdad crees que hago esto sólo por el reverendo, grandísimo estúpido? ¿No te das cuenta de que esto es el primer escalón hacia algo más grande? ¿Acaso no ves que éste es mi destino manifiesto? Subiré por encima de los cuerpos de todos y cada uno de estos jodidos negratas, si es necesario, pero nadie puede detenerme. Nadie. ¿Me oyes? Soy un dios de la guerra, pedazo de sueco maricón. Y has cometido un gran error cruzándote en mi camino.

Se irguió en toda su estatura y desenfundó su pistola. La amartilló ruidosamente y la apuntó contra la cabeza del sueco.

—Vuestro golpe ha acabado antes de empezar. —Señaló hacia las ruinas ardientes de las casas de la plaza. El tiroteo en el resto del gueto seguía, pero era cada vez más débil y vacilante. Los verdes, más numerosos y mejor armados estaban tomando el control de la situación—. Si te sirve de consuelo, no teníais ni la más mínima oportunidad. Pero ahora quiero que me digas quiénes son tus compinches al otro lado del Muro. Quiero nombres, direcciones, planes. Lo quiero todo.

—Vete a la mierda, Grapes —escupió Strangärd—. No vas a dejar que salga vivo de aquí, y ambos lo sabemos. No puedes amenazarme con nada, así que métete tus «quieros» por el culo.

El ario contempló por unos segundos al sueco tirado en el suelo.

—Está bien. —Señaló con la punta de su pistola a Alejandra y a Lucía, que estaban al lado de Strangärd, con las ropas chamuscadas y una expresión de horror en el rostro—. Seth, coge a una de estas dos y llévatela ahí detrás.

Seth Fretzen se acercó exhibiendo su sonrisa podrida, como si aquél fuese el día más feliz de su vida. Del bolsillo de su guerrera sacó unas tiras de papel reactivo y las desprecintó. Pasó una tira por uno de los rasguños que Ale-

413

jandra y Lucía tenían en sus caras y esperó unos segundos. De golpe su sonrisa se hizo aún más fiera, y adquirió un matiz que hizo que a las dos muchachas se les secase la boca de puro pánico.

—Están limpias, Malachy —dijo—. Las dos. Ni rastro del puto virus.

Grapes hizo un gesto con la pistola, como diciendo «Eso no me importa». Sus ojos no se apartaban del sueco.

—Nombres, mariconazo —repitió—. Quiero nombres.

—Y yo te repito que te vayas a la mierda —musitó Strangärd, un poco más pálido pero igual de firme.

—Muy bien —dijo Grapes—. Todo lo que suceda a partir de ahora es por tu culpa.

Dos verdes sujetaron por los brazos a Alejandra y la levantaron en vilo. La mexicana pataleó y los maldijo, pero no era rival para los arios.

—¿Qué hacéis? —gritó Lucía—. ¡Soltadla, cabrones!

—No tengas prisa, bonita —se carcajeó Seth, mientras arrastraban a Alejandra detrás del blindado, fuera de la vista del resto del grupo—. Enseguida será tu turno. Tenemos de sobra para las dos.

Pasaron unos segundos. Alejandra gritaba y se debatía, forcejeando con sus captores. Sonó un puñetazo y de repente los gritos de la muchacha se mezclaron con sollozos. Alguien desgarró una pieza de ropa. A continuación se empezaron a oír unos sonidos apagados que no dejaban lugar a dudas de lo que estaba sucediendo. Unos golpes rítmicos contra el costado del blindado fueron ganando intensidad hasta alcanzar un paroxismo. Entonces, una voz de hombre bramó, y el golpeteo cesó. Tan sólo se oían los gemidos de la joven mexicana.

Al cabo de unos segundos, Seth Fretzen apareció de nuevo desde detrás del blindado, subiéndose la petrina del pantalón con expresión satisfecha. Al otro lado de la tanqueta, el golpeteo y los sollozos volvieron a comenzar cuando otro verde ocupó su lugar. Y había otros seis esperando su turno con expresión golosa.

—Nombres —repitió Grapes—. Dame lo que quiero o la siguiente será ella.

Strangärd, por toda respuesta, escupió sobre las botas de Grapes. El ario, enfurecido, le propinó una patada en el pecho que dobló al sueco por la mitad.

—Lo siento —jadeó Strangärd, mirando a Lucía—. Lo siento, pero no puedo hacerlo. Va a matarnos de todas formas.

El segundo verde gimió de forma aún más ruidosa que el anterior al llegar al clímax. Cuando el tercero ya se desbrochaba los pantalones se oyó un tiroteo muy fuerte, acercándose a toda velocidad. La radio del Humvee de Grapes cobró vida repentinamente, con un parloteo excitado de los milicianos.

—¡Una columna de camiones desconocidos se está abriendo paso a través del gueto! —gritó Seth, alarmado, sacándose los cascos de la radio.

—¡Que los detengan y se los carguen de una vez, joder! Se están quedando sin munición —replicó Grapes, molesto por la interrupción.

—Dicen que no pueden —contestó Seth, repentinamente asustado—. Están armados y han arrollado a nuestros milicianos. —El verde tragó saliva—. Vienen directos hacia aquí.

Grapes levantó la cabeza y por segunda vez en aquella aciaga noche dudó. *¿Es una emboscada? ¿He subestimado a los negratas?*

—¿De dónde han salido? —preguntó dubitativo.

—Dicen que vienen de... de... —Seth Fretzen dudó, como si no creyese lo que le estaban diciendo por la radio—. Vienen de fuera del Muro, Malachy.

El ario se tambaleó al oír la noticia, pero se recuperó enseguida. Ellos eran más. Además, tenían blindados y munición de sobra. Les prepararían una sorpresa que no olvidarían fácilmente.

—Está bien —dijo—. Vamos a colocarnos de forma que esta plaza sea un campo de tiro perfecto. No saldrá ni uno solo vivo de aquí. Seth, que el Bradley se ponga en posición junto a aquellas...

Sus palabras se interrumpieron de golpe cuando el sonido de una enorme explosión tronó a través de la noche. Todos miraron alarmados hacia el horizonte. Al este, en la otra punta de la ciudad, una enorme nube de fuego se elevaba por los aires. Una ráfaga de aire caliente que olía a gasolina llegó a toda velocidad e hizo revolotear las pavesas ardientes de las ruinas.

—¿Qué carajo ha sido eso? —preguntó Grapes, notando que le fallaba la voz. Lo que le había parecido un plan sencillo cuando lo planeó con Greene se estaba transformando en una auténtica pesadilla llena de sorpresas.

—No tengo ni idea —replicó Fretzen—. Parece que ha sido cerca de la refinería, pero eso es imposible. Está fuera del gueto...

—¡Confírmalo por radio, pedazo de cretino! —aulló Grapes, repentinamente asustado. Había llevado con él casi todas las tropas disponibles para el asalto definitivo al gueto. Fuera de allí, tan sólo quedaban medio centenar de milicianos inexpertos y una guardia de seis verdes protegiendo a Greene. Eso era todo lo que quedaba en Gulfport. Y de repente, había una explosión en la otra punta de la ciudad. Aquello no era bueno. No, joder, no era nada bueno.

A lo lejos se oyó el sonido débil pero inconfundible de disparos. Eran ráfagas de fusiles de asalto. Grapes no lo dudó más. Algo muy gordo estaba sucediendo al otro lado del Muro interior, y tenía prioridad sobre aquello. Los negratas tendrían que esperar.

—Nos vamos —anunció de forma seca—. Seth, ordena por radio que todo el mundo se repliegue al otro lado del Muro interior cagando leches. Que suelten a los ilotas que tengan en los camiones y que corran hacia los disparos del otro lado. ¡Máxima urgencia!

—¿Y qué hacemos con ellos? —tartamudeó Seth, señalando a Strangärd y a Lucía.

Por toda respuesta, Grapes levantó su pistola y la pegó a la nuca del sueco. Sin pestañear, apretó el gatillo y disparó con frialdad. Strangärd cayó muerto sobre el regazo de Lucía, soltando sangre a chorros por el agujero abierto en su nuca. Lucía chilló aterrorizada al notar la sangre caliente empapándola.

—Oh, cállate de una vez, zorra —murmuró Grapes, apuntando su arma hacia la muchacha. Justo en ese instante, el blindado arrancó el motor y se movió, dejando a Alejandra a la vista.

La joven mexicana tenía un aspecto horrible. Con toda la ropa destrozada, su cara estaba cubierta de hematomas y la sangre chorreaba por la cara interior de sus muslos desnudos. Grapes la vio por el rabillo del ojo un segundo antes de que la chica se lanzase sobre él con las manos desnudas y un brillo de furia homicida en los ojos.

El ario saltó a un lado mientras apretaba el gatillo. La primera bala alcanzó a Alejandra en el hombro y la hizo girar como una peonza. La segunda le entró directamente sobre la sien, y la parte superior de su cabeza saltó por los aires como la tapa de una tartera antes de caer al suelo.

Todo había durado menos de diez segundos.

Jadeando, Grapes se volvió para acabar con la última superviviente. El ario soltó una maldición. Lucía había desaparecido. Paseó la mirada por los alrededores, tratando de perforar la oscuridad, pero no pudo ver nada. Lucía se había escabullido aprovechando la distracción.

Grapes se maldijo por su torpeza. Cuando había dado la orden de arrancar para regresar a Gulfport todo el mundo había corrido a sus vehículos, y los dos guardias que tendrían que haber estado vigilando a la chica estaban todavía muy ocupados, abrochándose la bragueta después de tirarse a aquella zorrita mexicana.

Y ahora puede estar oculta en cualquier parte, y yo no tengo tiempo, pensó Grapes.

—¡Volveré a por ti! —gritó hacia la oscuridad—. ¡Y por mucho que te escondas te encontraré!

Se subió de un salto a su Humvee y dio la orden de arrancar. Con un estruendo de motores, el convoy salió del gueto en llamas a toda velocidad, rumbo al otro lado del Muro interior. A sus espaldas, Bluefont era un mar de llamas, muerte y dolor lleno de miles de ilotas asustados y confusos. Frente a ellos, en la otra punta de la ciudad, comenzaba una batalla muy distinta.

46

Habían pasado las últimas tres horas ocultos en las cercanías de un denso manglar, a apenas seiscientos metros en línea recta del Muro exterior de Gulfport. Sus hombres mantenían una férrea disciplina de silencio, mientras la niebla que surgía de los pantanos los envolvía en jirones perezosos. Las dos patrullas que había enviado a recorrer el perímetro confirmaron lo que el reconocimiento por satélite ya les había dicho semanas antes. Toda la ciudad estaba fortificada mediante un muro de hormigón, lo suficientemente fuerte como para mantener a los No Muertos fuera.

Pero aquel muro no sería ningún problema para Hong y sus hombres.

La primera idea había sido enviar un ultimátum a la ciudad pidiendo su rendición. Capturar el enclave de una pieza podría tener un gran valor, si luego podía usarse como cabeza de puente para una posible invasión. Pero Hong enseguida se dio cuenta de que tenía muy pocos hombres para eso. Además, sólo los débiles se rendían, y en el mundo ya sólo sobrevivían los fuertes.

Mientras contemplaba las luces de la torre de craqueo de la refinería que brillaban en la distancia, el coronel era consciente de que sus planes originales habían cambiado.

Ya no se trataba tan sólo de descubrir el origen del petróleo que mantenía con vida a la ciudad. Su mirada se desviaba cada pocos segundos a aquel bote de líquido lechoso apoyado sobre su petate. No, aquél era el verdadero premio gordo. Con aquel producto milagroso, podrían enviar a todo un ejército a conquistar el mundo sin preocuparse de la infección. Y podrían enviarlo mañana mismo, por lo que el combustible ya no sería un problema.

Tan sólo faltaba saber de dónde salía aquel líquido espeso y de olor dulzón. Y el coronel pensaba resolver esa incógnita en breve.

—¿Está todo listo? —preguntó Hong a su ayudante.

El teniente Kim asintió con expresión seria mientras se encaramaba al árbol desde donde el coronel escrutaba la ciudad a través de sus prismáticos.

—En cuanto rompa el sol y tengamos suficiente luz entraremos por allí —dijo Hong mientras señalaba un sector del muro cercano a la factoría.

En aquella zona había menos No Muertos que en el resto del perímetro, a causa de las pozas de agua empantanada y de la refinería. Aun así pululaban por el sector al menos unos dos millares de monstruos, aunque prácticamente la mitad estaban en un estado tan lastimoso que el coronel dudaba que pudiesen dar más de cincuenta pasos sin desmoronarse. Sin embargo, el resto continuaban activos y eran muy peligrosos.

—Las cargas explosivas ya están colocadas, camarada coronel —musitó Kim, mientras sacaba una libreta, listo para tomar notas—. Y las patrullas dicen que apenas han visto guardias sobre el muro.

—Es extraño —murmuró Hong. Había supuesto que tendrían que reducir a los centinelas de la ciudad, pero no había casi ninguno a la vista.

De repente, un repiqueteo de armas de fuego sonó en la distancia, a su derecha. El *stacatto* de disparos fue creciendo hasta que de golpe una explosión sacudió la atmósfera, seguida de otras tres más en rápida sucesión. A lo lejos, en la otra punta de la ciudad, comenzaban a brillar las llamas de varios incendios.

Al principio, el coronel Hong pensó que los habían descubierto. Pero los disparos sonaban muy lejos, y nada parecía perturbar la quietud de aquel rincón húmedo y maloliente del pantano.

—¿Qué está pasando, mi coronel? —preguntó Kim, confundido.

—No tengo ni idea, pero no me gusta —replicó Hong, alarmado. Alguien estaba luchando en el interior de la ciudad, pero no sabía quién ni por qué.

Una nueva explosión, ésta más potente, iluminó por un instante el cielo, como un gigantesco flash.

—¡Esa explosión ha sido en el muro, coronel! —susurró Kim, excitado. Los No Muertos de su zona, atraídos por el ruido, comenzaban a caminar en la dirección de los disparos. Algunos daban tres pasos y se derrumbaban, deshaciéndose prácticamente, pero el resto se movía a buen ritmo.

—Ya lo veo —replicó Hong. Una terrible corazonada le acababa de invadir. Alguien más estaba asaltando la ciudad. Alguien que les estaba tomando ventaja.

¿Quiénes pueden ser? ¿Serán rusos? O puede que sean los chinos. Si nosotros hemos localizado Gulfport ellos también pueden hacerlo. O quizá algún país imperialista europeo...

Con horror, el coronel se dio cuenta de que podían robarle el éxito cuando estaba tan cerca del final. Debía recuperar la iniciativa.

—¡Kim! —ordenó a su ayudante—. Todo el mundo preparado. Que vuelen el sector minado del muro en dos minutos. Vamos a entrar ahora.

—¿Ahora? —preguntó Kim, confundido—. Pero, mi coronel, entrar en una ciudad desconocida, de noche...

—¡Tenemos que hacerlo ya o será demasiado tarde! —le urgió Hong mientras descendía del árbol a toda velocidad. El coronel conocía los riesgos, pero no quedaba otra opción.

No puedo hacer otra cosa. El Politburó aceptaría un fracaso de la misión, pero nunca que otra potencia se hiciese con el control de la ciudad, y menos delante de mis propias narices. Es mi pescuezo el que está en juego.

Sería un asalto nocturno. A muerte.

Justo cuando el coronel se encaramaba en su blindado, sus artificieros volaban un sector entero del muro con una explosión sorda. Los trozos de hormigón armado y hierros retorcidos volaron en todas direcciones.

Un trozo de hierro incandescente, uno entre varios cientos muy parecidos, salió proyectado hacia el recinto de la refinería. Tras recorrer casi quinientos metros, el trozo de hierro al rojo vivo impactó contra una gigantesca cuba que contenía más de diez mil litros de combustible refinado y atravesó el forro de acero y aluminio anodizado que la envolvía como si fuera un vulgar trozo de mantequilla. Al cabo de un segundo, una fabulosa explosión sacudió el aire y arrasó todo lo que estaba en un radio de doscientos metros en medio de una gigantesca y ardiente bola de fuego.

Los blindados norcoreanos temblaron a causa de la fuerza de la explosión. La bola de fuego no los alcanzó, pero la potencia de la onda expansiva arrancó de cuajo las ramas de los árboles que los habían mantenido ocultos. Horrorizado, Hong vio cómo los pocos No Muertos que aún permanecían en la zona giraban en un baile enloquecido, envueltos en llamas.

Ya no hay factor sorpresa. Ahora, todo depende de nosotros.

—Camaradas, adelante —dijo por la radio—. ¡Por nuestra gloriosa patria!

Con un rugido de motores los blindados cruzaron la zona despejada alrededor del Muro y se colaron por la brecha abierta.

Y, cinco minutos después de que el último blindado hubiese pasado, el primer grupo de No Muertos atraído por la explosión llegó hasta la brecha. Y sin que nadie se lo impidiese, comenzaron a colarse dentro del recinto, en un goteo imparable, mientras cientos de ellos continuaban afluyendo.

La última ciudad habitada de Estados Unidos estaba a punto de caer.

47

Habíamos entrado en la ciudad hacía apenas diez minutos a través de la doble compuerta de acceso, sin encontrar resistencia.

Allí tan sólo estaban un par de milicianos aterrorizados, que salieron corriendo en cuanto nos vieron llegar. Dos ilotas treparon al Muro desde el techo de los camiones y consiguieron abrir la compuerta en menos de un minuto, mientras el blindado de la retaguardia se encargaba de impedir que ningún No Muerto accediese a la ciudad.

Cuando se cerró la compuerta exterior estuvimos esperando un minuto interminable, mientras los ilotas se esforzaban en abrir la compuerta interior.

—¡Abrid de una jodida vez! —gritó Mendoza, furioso. Desde allí se podía oír perfectamente el tiroteo dentro del gueto. Cada minuto que perdíamos significaba docenas de vidas.

—¡No podemos! —aulló uno de los ilotas—. ¡Los milicianos han destruido los controles antes de huir!

Mendoza soltó una maldición. Las compuertas estaban diseñadas para soportar una enorme presión. Embestirlas no serviría de nada.

—Tenemos que volarla por los aires —dijo, resignado—. Tendremos que utilizar los pocos explosivos plásticos que tenemos.

—Si vas a hacerlo, hazlo ya —le urgió Viktor, visiblemente preocupado.

Yo compartía su urgencia. Lucía estaba allí, en alguna parte en medio de aquel infierno.

Mendoza ladró dos rápidas órdenes, y un par de ilotas colocaron unos pequeños paquetes de C4 en los goznes de la enorme puerta. Se volvieron a la carrera, desenrollando un fino cable tras ellos. Al llegar a nuestra altura, conectaron el cable con un detonador e hicieron girar rápidamente la manija.

Los explosivos estallaron con un sonido sordo y un intenso fogonazo, visible a mucha distancia. Los goznes saltaron en pedazos y la puerta se tambaleó como un gigante borracho antes de caer hacia el interior del gueto con un profundo estruendo, en medio de una nube de polvo.

—¿Cómo sabías que la puerta iba a caer hacia aquel lado? —le pregunté al tipo del detonador, un negro sombrío y demasiado joven.

—No lo sabía —respondió, encogiéndose de hombros.

Suspiré, desalentado. Los ilotas estaban llenos de valor y determinación, pero su experiencia y formación eran nulas. Recé para que no se pusieran demasiado a prueba.

El convoy entró en la ciudad a toda velocidad. El espectáculo era devastador. Al menos la mitad de las casas ardían y las aceras estaban cubiertas de docenas de cuerpos sin vida. Entre las sombras, podíamos distinguir a grupos de personas que huían de nosotros, aterrorizados, pensando sin duda que éramos hombres de Greene.

—Malditos cabrones —musitaba Mendoza, sin cesar—. Malditos cabrones. Mirad lo que han hecho.

Sin detenernos ni un segundo, continuamos avanzando. Un grupo de milicianos apareció entonces en medio de la calle. Por un instante nos miraron confundidos, como preguntándose quiénes éramos y de dónde salíamos. La respuesta les llegó en forma de una lluvia de balas que los diezmó. Los supervivientes trataron de huir, pero el convoy arrolló a la mayor parte de ellos.

—¡Viktor! ¡Allí! —grité mientras el camión se bamboleaba de una manera horrible al pasar por encima de un montón de restos ennegrecidos.

Habíamos entrado en lo que hasta unas horas antes había sido la plaza central del barrio de Bluefont. Todas las casas del lado norte se consumían en medio de un océano de llamas. En el lado sur, un charco de relucientes casquillos de cobre y restos de neumáticos en la calzada marcaban el sitio desde donde alguien había estado disparando con furia.

Al lado de los casquillos de cobre había dos cuerpos tendidos, y alguien arrodillado entre ellos. Alguien a quien yo conocía muy bien.

Salté del camión antes de que se detuviese por completo y me lancé cojeando hacia ella. La cara de Lucía se transformó por completo nada más verme. Se puso de pie y se lanzó a la carrera hacia mí, con la expresión de alegría más salvaje que jamás había visto en un rostro humano.

De repente, me detuve paralizado, al acordarme de algo terrible. Algo que hacía que, aunque estuviese a pocos metros de ella, me alejaba a miles de kilómetros.

—Cariño, por favor, no te acerques. —Levanté el brazo para indicarle con voz temblorosa que se detuviese.

Lucía frenó en seco, con el desconcierto pintado en el rostro, luchando con el resto de sus emociones.

—¿Qué sucede? —Dio un paso hacia mí, con los brazos abiertos—. ¡Estás aquí y estás vivo! ¡Oh, Dios, estás vivo!

—No des ni un paso más, por favor. —Me costaba formular las palabras, que se atascaban en mi garganta—. Estoy infectado. Tengo el TSJ. Y con esos cortes abiertos, podría infectarte a ti también.

Lucía me miró durante un momento que se me hizo eterno. Después, muy lentamente, se acercó a mí y me cogió la mano. Su mirada se entrelazó con la mía, con tanta fuerza que de repente el resto del mundo desapareció por completo. No veía las llamas, ni oía los gritos ni los disparos. Sólo estábamos ella y yo.

—No puedo tocarte —tartamudeé—. Ni puedo besarte, ni puedo estar cerca de ti. Sólo permanezco con vida gracias a...

Lucía me silenció poniendo un dedo sobre mis labios. Me miraba con la expresión más tierna y dulce que jamás le había visto. Era una mezcla de amor profundo, afecto y compromiso, tan potente que me hacía temblar las rodillas. Sin pronunciar ni una palabra enlazó sus brazos en torno a mi cuello, y pegó su cara a pocos centímetros de la mía.

—Durante unos días he pensado que estabas muerto —me dijo, muy despacio, sin despegarse de mí—. Y cada segundo de cada minuto de cada hora de esos días ha sido como vivir en el infierno. Peor que eso. Ha sido como estar muerta en vida. Y no quiero volver a pasar por eso jamás.

Antes de que pudiese hacer nada para impedírselo, acercó sus labios a los míos y me besó. Fue un beso breve, suave y lleno de amor, pero nuestras salivas se juntaron.

—Ahora yo también estoy infectada —dijo, con toda tranquilidad—. Y lo acepto y lo escojo por propia voluntad. Si ése es nuestro destino, así será. Si he de vivir contigo el resto de mi vida, ya sea larga o muy corta, que sea compartiendo hasta nuestro último suspiro. Ahora, éste es nuestro vínculo para siempre.

—Nuestro vínculo —repetí, demasiado abrumado por aquella muestra de entrega—. Para siempre.

Y volvimos a besarnos, y esta vez el beso fue mucho más largo, profundo y apasionado. Y jamás, por muchos años que pasasen, volvería a saborear un beso como aquél, en medio de las ruinas desoladas de Bluefont.

48

El reverendo Josiah Greene se despertó envuelto en un baño de sudor. A tientas encendió la lamparilla de su habitación. Su mano se deslizó por encima de su biblia, hasta aferrar una botella de Cladoxpan que siempre estaba llena. Dio un largo trago, mientras los últimos jirones de la pesadilla se desvanecían.

Había soñado con aquel condenado abogado. Iba montado en una mula, vestido como Jesucristo y con un aura de luz rodeándole la cabeza. Greene iba caminando a su lado, entre el resto de los apóstoles, y le miraba sin comprender lo que estaba pasando. De repente el abogado se giró hacia él y dijo: «Eres la mala hierba en mi viñedo, Josiah. Eres una serpiente en el nido, y debo cortarte la cabeza».

Él había protestado, tratando de justificarse, pero el resto de los apóstoles le habían rodeado, hoscos y malcarados, mientras el Señor se alejaba lentamente por el camino, trotando en su mula. Sorprendido, comprobó que en las ancas traseras de la mula dormitaba un enorme gato de pelo naranja que se despidió de él con un guiño de ojos y una sonrisa burlona.

Entonces, los restantes apóstoles —todos ellos con la cara de Malachy Grapes— se transformaron en No Muertos y comenzaron a devorarlo vivo. Y mientras lo hacían, una sombra negra, densa y oscura como la más profunda de las noches flotaba encima de ellos, disfrutando de la escena.

Era absurdo, se dijo, como todos los sueños. Pero Greene no podía apartar la sensación de terror que le invadía el cuerpo. Se levantó para orinar y al incorporarse notó una explosión de dolor en la rodilla derecha. El reverendo gritó y se llevó la mano a la pierna. No era el familiar dolor premonitorio que sentía cuando algo iba a pasar.

No.

Era algo infinitamente peor, como un millón de veces más fuerte. Si el dolor habitual era la llama de un mechero, en aquel momento estaba sintiendo una maldita explosión nuclear en su rodilla.

Se levantó a rastras y, maldiciendo, fue hasta el baño. Vivía en el ático del edificio del Ayuntamiento, en una zona que había sido reformada exclusivamente para él. No había demasiados lujos en el interior de sus habitaciones. Una cama espartana, un escritorio de madera con una silla y un inmenso crucifijo colgado de una pared. Por lo demás, tan sólo una caja fuerte situada en un rincón de la habitación, atornillada al suelo.

Aquello era todo lo que necesitaba. El resto se lo facilitaría el Señor.

Mientras se tragaba un puñado de Vicodinas para amortiguar el dolor, oyó los disparos distantes que sonaban en el gueto. Había dado la orden de liquidación aquella misma tarde. Una voz había sonado en su cabeza, y le había dicho que aquél era el momento. Todos aquellos que no eran agradables a los ojos del Señor debían morir. Jesucristo, en su infinita bondad, le permitiría salvar a un par de miles de ellos, para que expiasen su culpa con el trabajo antes de la muerte, pero nada más. El fuego del arcángel Gabriel debía arrasar a los pecadores, y él era Su instrumento. Se acodó en la ventana mientras esperaba a que los analgésicos le hiciesen efecto. Aún estaba temblando a causa de aquella pesadilla. Había sido tan real...

Un presentimiento sombrío le invadió. Algo realmente terrible estaba a punto de suceder. Su rodilla jamás se equivocaba, y nunca había gritado con tanta fuerza.

De repente, como si el destino hubiese oído sus palabras, una serie de enormes explosiones se elevaron en el horizonte del gueto. Parecía que Grapes estaba encontrando más dificultades de las previstas para liquidar a los negratas y a los chicanos.

Grapes. Se estaba volviendo demasiado difícil de controlar. Era muy inteligente, y fanáticamente leal, pero tenía una vena de locura que le volvía impredecible. Había sido un eficaz instrumento del Señor durante largo tiempo, pero su hora se acercaba. Greene se dijo que tendría que encargarse de él. Quizá un accidente. O un envenenamiento. El Señor se lo diría.

De súbito, una explosión terrorífica hizo temblar el edificio. Desde la zona de la refinería, una enorme bola de fuego se elevaba hacia el cielo, proyectando enormes trozos incandescentes de acero al aire.

El reverendo Greene sintió cómo sus testículos se transformaban en dos pelotas de hielo. Y justo en ese instante, su rodilla comenzó a latir con unos pulsos constantes y rítmicos como jamás había sentido. «*Tump, tump, tump.*» Era como el tambor de una ejecución.

Greene apartó esos pensamientos macabros de su cabeza y volvió al interior de la habitación. A toda prisa comenzó a vestirse, mientras avisaba a los guardias verdes que montaban guardia en la antesala para que estuviesen preparados.

A medio vestir, se acercó hasta la caja fuerte y la abrió. Allí dentro, junto con un archivador secreto llenos de fotos que nadie sino el reverendo podía mirar y un par de sacos llenos de piedras preciosas, reposaba un Colt M1911 y dos cargadores. Greene sacó el arma, la cargó y la enfundó en la chaqueta.

Había llegado el momento de defender su reino. Había llegado el momento de ser un instrumento del Señor.

Y en ese instante, la sombra negra que dormitaba dentro de él comenzó a rebullir, inquieta.

Los blindados de Hong se abrían camino a través de la Ciudad Blanca con la misma facilidad con la que un cuchillo caliente corta la mantequilla. Tan sólo habían encontrado grupos dispersos de milicianos para hacerles frente en algunos cruces. No eran rival para las disciplinadas tropas del coronel, y fueron eliminados por los norcoreanos con una facilidad insultante. Ése no era su problema. Su maldito problema era que se habían perdido.

Aquella ciudad estaba resultando ser un laberinto en medio de la noche. Ni siquiera podían detenerse para orientarse, porque de todas partes salía el fuego graneado de civiles que actuaban como francotiradores. (Lo que no sabían aquellos civiles era que pocos minutos después tendrían que hacer frente a una amenaza mucho peor, en la forma de una marea de No Muertos.)

Al llegar a un cruce, el coronel Hong no pudo contener un gruñido de satisfacción. Al fondo de una larga avenida desierta y flanqueada de casas que se abría a su derecha se podía ver el mar. Amarrado en el puerto, como un gigantesco mamut dormido, flotaba un enorme petrolero con las luces encendidas y marineros paseando por cubierta.

Había localizado su objetivo. Pero aquello no era suficiente.

Ya no.

—Kim —le dijo a su teniente—, llévese a la mitad de los hombres y asalte el puerto. Capture ese barco intacto, con al menos un miembro de la tripulación que nos pueda decir adónde fueron a cargar petróleo. Después, arranque los motores y esté dispuesto para zarpar en cuanto los demás lleguemos a bordo. Puede que tengamos que abrirnos camino por la fuerza, así que tenga a todo el mundo preparado.

—Como usted diga, coronel —musitó Kim, preocupado por la repentina responsabilidad que le caía encima. Evitando la mirada glacial del coronel se atrevió a formular la pregunta que le ardía en la boca—: ¿Y usted adónde va, mi coronel?

Hong sostuvo el frasco de Cladoxpan en su mano, como si fuese una joya extraordinaria, y se la mostró a Kim.

—Yo voy a buscar el origen de esto. —El coronel casi no podía contener la emoción de su voz—. Y cuando lo encuentre, se nos recordará por toda la eternidad.

Nuestro convoy avanzaba a toda velocidad hacia el Muro interior. Al llegar al puente sur que comunicaba Bluefont con Gulfport, pude distinguir las masivas torretas de vigilancia. Desde una de ellas, un potente foco de luz nos iluminó. Una figura en lo alto de ella se levantó con un megáfono y nos dijo algo. Sus palabras fueron inaudibles, entre el rugido de los motores y las explosiones que punteaban toda la ciudad. Aunque tampoco había que ser un genio para adivinar qué era lo que quería decir. De la otra torre salió una ráfaga de ametralladora pesada, que repiqueteó como granizo sobre el blindaje de uno de los dos vehículos acorazados que teníamos.

—¡Vamos a por ellos! —rugió Mendoza, por la radio.

El conductor del blindado, enfebrecido, lanzó su vehículo como un ariete contra la puerta que separaba los dos sectores.

Aquélla no era una puerta reforzada, como la exterior. El primer impacto hizo que uno de los goznes saltase por los aires, pero el segundo aguantó el golpe. Desde las torres, los milicianos, asustados, comenzaron a arrojar granadas de mano. Una de ellas se coló por uno de los respiraderos del vehículo y éste reventó como una piñata llena de petardos. La explosión desprendió del todo la puerta, que cayó al suelo con un ruido escandaloso. Del interior del blindado comenzaron a salir llamas y un espeso humo que se enroscó en torno a la torre y dejó sin visibilidad a sus ocupantes.

El pánico comenzó a cundir entre los milicianos. Acababan de ver pasar a toda velocidad al convoy de Grapes en dirección opuesta, oían explosiones y disparos en la otra punta de la ciudad y, por si eso no fuese suficiente, un enorme grupo de más de doscientos ilotas armados y furiosos acababan de derribar la puerta.

De repente, todos aquellos hombres sintieron la urgencia de salir corriendo hacia sus casas, junto a sus familias indefensas. Sin escuchar las órdenes de los cuatro guardias verdes que estaban al mando, echaron a correr en medio de un desorden atropellado.

Amparados por la confusión, cruzamos hacia Gulfport. Para los ilotas era la primera vez que pasaban a aquel lado. Para mí era el retorno a la guarida de las alimañas.

Grapes se preguntó por enésima vez aquella noche si estaba viviendo una pesadilla. Lo que había comenzado como una operación fácil se estaba transformando en un desastre absoluto a medida que pasaban los minutos. La limpieza del gueto había sido un completo fiasco y, además, un grupo desconocido estaba arrasando el este de la ciudad.

Se preguntó qué más podía salir mal.

Con un escalofrío se dio cuenta de que había perdido el control. Ya no llevaban la iniciativa.

Había dejado unos cien hombres apostados en el Muro interior, encargados de vigilar a los ilotas. Confiaba en que las barbacanas del puente y la paliza que les acababan de dar los mantuviese tranquilos y confinados dentro del gueto hasta que pudiese ocuparse del otro asunto.

Contaba con una ventaja fundamental: conocía la ciudad mejor que quienquiera que fuese que la estaba asaltando. Y pensaba aprovechar aquel factor a su favor.

La avenida de la Redención (llamada avenida del 4 de julio hasta la llegada de Greene) era uno de los principales ejes de la ciudad. Grapes sabía que el grupo misterioso que había volado parte de la refinería tendría que pasar por allí forzosamente, rumbo al centro de la ciudad.

Sería un lugar perfecto para una emboscada.

Distribuyó a los cerca de cuatrocientos hombres que aún le quedaban a ambos lados de la amplia calle, ocultos detrás de los setos y en los tejados de las casas. Los vecinos de la avenida contemplaron asustados cómo aquellos hombres armados hasta los dientes y cubiertos de hollín y sudor se colaban dentro de sus salones para transformarlos en improvisados nidos de ametralladora. En medio de la calzada distribuyeron unas cuantas minas anticarro que habían cogido a toda prisa del depósito de los Sea Bees.

Una vez que todo estuvo dispuesto, tan sólo les quedaba esperar.

La columna de Hong avanzaba a toda velocidad por las calles de Gulfport, arrollando a su paso los débiles intentos de resistencia que se encontraban. Era una maniobra de *blitz* muy arriesgada, pero Hong sentía la llamada del combate. Sus flancos estaban totalmente descubiertos, así que el coreano había decidido apostarlo todo a la velocidad. Golpear como un rayo, destruir al enemigo y salir antes de dar tiempo a los otros a reaccionar.

Y, de momento, funcionaba.

Una amplia avenida se abría delante de ellos. Al fondo se distinguía un edificio más grande, brillantemente iluminado, con una gigantesca bandera blanca con una cruz verde estampada en ella. Hong sintió que la sonrisa se le ampliaba en el rostro. Aquél tenía que ser su objetivo.

Un zumbido lejano puso en estado de alerta a Grapes y a sus milicianos. El ario levantó la cabeza sobre el borde de su Humvee oculto tras una rosaleda para atisbar el origen del sonido. Al fondo de la avenida acababa de aparecer un blindado, encabezando una columna. En el chasis llevaba dibujada una brillante estrella roja, que a la luz vacilante de las farolas parecía hecha de sangre.

El convoy se les echaba encima a toda velocidad. Cincuenta metros, veinte, diez, cinco...

Y entonces, el primer blindado pisó una de las minas situadas en la calle.

El BTR-60 de Hong se sacudió como una caja de cerillas cuando el vehículo que marchaba justo delante saltó por los aires en medio de una cegadora nube de fuego y polvo.

—¡Minas! —gritó aterrado el conductor, dando un volantazo.

El BTR osciló violentamente cuando esquivaron los restos ardientes del primer vehículo a toda velocidad. Justo en ese momento, otro de los blindados pisó un explosivo y desapareció en medio de un enorme fogonazo. Restos humanos y hierros retorcidos saltaron hacia el cielo en una pirueta grotesca. Simultáneamente, un violento fuego graneado comenzó a picotear los costados de los blindados.

—¡Es una emboscada! —gritó Hong—. ¡Formad un círculo de protección y responded al fuego!

El coronel se maldijo a sí mismo por su exceso de ímpetu. No podían seguir corriendo a toda velocidad sin saber si delante de ellos había todo un campo de minas. A partir de aquel punto tendrían que abrirse camino a sangre y fuego.

El primer blindado voló por los aires con un enorme estruendo. Los milicianos aullaron entusiasmados, sobre todo cuando un segundo blindado pisó otro de los explosivos.

—¡Matadlos! —rugió Grapes, sintiendo que su confianza renacía—. ¡Matadlos a todos!

El grupo del teniente Kim avanzaba sin dificultades hacia el puerto. La entrada estaba marcada por una sencilla puerta, abierta de par en par. Los milicianos que tendrían que haber estado custodiándola habían salido corriendo en cuanto vieron llegar la caravana de blindados. Los BTR pasaron rugiendo y aún no se habían detenido cuando Kim y la mitad de los soldados ya estaban saltando al cemento de la explanada del puerto.

El coreano contempló el *Ithaca* durante unos segundos, totalmente arrobado por el tamaño del majestuoso buque. Comprobó que había tres rampas que daban acceso al barco.

Rápidamente dividió a sus hombres en tres grupos; con él al frente del primero de ellos, asaltaron el petrolero.

Nada más pisar la cubierta se encontró de frente con un oficial pelirrojo, muy joven y con expresión confundida.

—¡Eh! ¿Qué coño hacen ustedes aquí? No pueden... —El pelirrojo no pudo acabar la frase. Un disparo certero de la Makarov de Kim le atravesó el pecho y el oficial se derrumbó sobre el puente, muerto antes de tocar el suelo.

—¡Vamos! ¡Vamos! ¡Rápido! —urgió Kim a sus hombres.

Los disparos comenzaban a sonar por todo el buque, a medida que los pelotones coreanos se iban colando dentro de las entrañas del *Ithaca*. Al teniente no le quedaba más remedio que dividir a su grupo en pequeños escuadrones si quería tomar el control de todo el barco y de sus kilométricos pasillos. Pero ellos eran más de cien, y contaban con el factor sorpresa. Un puñado de marineros no podían ser rival.

Algo caliente y pesado pasó zumbando al lado de su oreja. Kim se agachó instintivamente y una segunda bala se incrustó en el mamparo situado justo detrás de su cabeza. El coreano levantó la vista y pudo ver a un hombre más bien grueso y de barba blanca apoyado en una de las barandillas del puente, a varios metros por encima de él. El hombre llevaba una chaqueta de capitán sin abrochar, y disparaba con furia homicida un fusil de francotirador.

—¡Cuidado! —gritó el teniente, pero no pudo evitar que la siguiente bala del tirador atravesase la cabeza del soldado que tenía a su lado.

—¡Por la escalera, mi teniente! —Un sargento le señaló una escalera de metal sujeta al costado de la superestructura del *Ithaca*, que subía hasta el puente.

Kim se lanzó a la carrera, seguido de un puñado de soldados. Mientras subían, los disparos del francotirador los iban siguiendo, y de vez en cuando un coreano caía desplomado, sangrando por un agujero que no tenía un segundo antes.

El teniente notaba sus pulmones a punto de estallar. El miedo y la furia le servían de combustible para acometer el último tramo de escalones. El resto de la escalera estaba cubierto de cuerpos desmadejados empapados en sangre.

Al irrumpir en el puente, el tirador se giró hacia él, con el fusil en las manos. En una distancia tan corta, era un arma demasiado engorrosa, pero aun así abrió fuego. La bala impactó en la cadera de Kim, lanzándolo contra la borda. El coreano se agarró como pudo mientras el capitán se peleaba con el cerrojo del arma para colocar el siguiente proyectil.

Kim levantó su pistola y disparó dos veces. La primera bala alcanzó al capitán del barco en el estómago, mientras que la segunda entró en su pecho, justo debajo de la placa identificativa donde ponía «Cpt. Birley». El hombre se dobló sobre sí mismo, soltando un gemido y se desplomó sobre la cubierta del barco.

Kim se acercó cojeando hasta él. Súbitamente fue consciente de que era el único superviviente de su pequeño grupo. El capitán le miraba desde el suelo, con una expresión de ira brillando como el fuego en sus ojos.

—Condenado... amarillo —murmuró, con los labios teñidos de sangre. Después inclinó la cabeza sobre el pecho y dejó de respirar.

Kim se aseguró de que estaba muerto y miró a su alrededor. Estaba justo en la entrada del puente de mando. Hubiese sido fantástico capturar al capitán del barco con vida, pero estaba seguro de que en aquel puente, en alguna parte, tenían que estar las cartas de navegación del barco, con la última ruta aún trazada.

El teniente comenzó a sentir una sensación de euforia, pese a estar herido. Iban a lograrlo, después de todo.

Su mirada se desvió hacia la cubierta del buque. El tiroteo era muy fuerte en la isla trasera del petrolero, pero toda la parte delantera del buque parecía estar ya bajo su control. El teniente observó que el grupo de soldados que había embarcado por la proa se dirigía hacia ellos para ayudarlos a reducir a los marineros que aún se resistían.

De repente se detuvieron al llegar a una alambrada tendida en cubierta, de costado a costado. Incluso desde allí pudo apreciar la confusión de sus soldados, que se encontraban aquel obstáculo tan inesperado.

El oficial que iba al mando sacudió varias veces la alambrada, pero ésta estaba muy bien sujeta. Entonces tomó una decisión. Kim observó, impotente, cómo aquel oficial colocaba una carga explosiva en la base de la alambrada y rápidamente ordenaba a sus hombres que retrocediesen. Iba a volar la alambrada.

—¡Noooooo! —aulló Kim, mientras sacudía los brazos a la desesperada. Pero era demasiado tarde.

El *Ithaca* había llegado a Gulfport cargado de petróleo hasta los topes. De todos aquellos miles de toneladas, la mitad, más o menos, aún estaban dentro de las tripas del barco. El resto del espacio estaba ocupado por los gases del petróleo, altamente inflamables. En circunstancias normales, aquel espacio tendría que haber estado lleno de gases inertes, pero el intercambiador de gases del barco estaba averiado desde hacía meses, y no existían repuestos en más de mil kilómetros a la redonda.

La carga militar explotó, arrancando un tramo de la alambrada de cuajo. Sin embargo, también reventó una de las tuberías de purgado del depósito número tres del *Ithaca*, llena de gases de petróleo.

El fuego alcanzó el depósito número tres tan sólo medio segundo después de la explosión. Los gases, concentrados a una enorme presión, se encendieron como una cerilla, generando en décimas de segundo una temperatura de varias decenas de miles de grados.

Y antes de que el grito desesperado de Kim se hubiese apagado, el *Ithaca* voló por los aires en la explosión más gigantesca que Gulfport hubiese contemplado nunca.

49

Grapes disparaba con la furia de un maníaco. Habían conseguido detener a los tipos de la caravana (que parecían chinos, o japoneses) tras su línea de blindados y, aunque no habían podido reducirlos, los tenían clavados en aquella posición.

A regañadientes, Grapes tuvo que reconocer que los amarillos eran muy buenos. Una vez recuperados de la sorpresa, se habían replegado ordenadamente y devolvían el fuego con disciplina y puntería. Un oficial alto y macilento se movía detrás de ellos, impartiendo órdenes apresuradas. Grapes había tratado de alcanzarlo en varias ocasiones, pero estaba a mucha distancia y nunca se quedaba en el mismo sitio demasiado rato.

Los amarillos habían tratado de flanquearlos, pero Grapes había previsto aquel movimiento y había preparado emboscadas similares en las calles adyacentes. La lucha callejera, sucia y cruel, igualaba las diferencias de experiencia y formación entre los dos bandos. En algunos sitios ya se luchaba con cuchillos, bayonetas y hasta con los puños desnudos. Nadie daba cuartel.

De súbito, una ráfaga de balas alcanzó al guardia verde que estaba situado justo a su lado. Un rosario de flores rojas se abrieron en su espalda, y el ario cayó muerto al suelo sin proferir ni un lamento.

Grapes abrió los ojos, confundido.

¿De dónde coño han salido esos disparos?, se preguntó. Sin embargo, tuvo que tirarse al suelo para esquivar una segunda ráfaga, que agujereó las ventanillas y las ruedas de su Humvee.

El ario volvió la cabeza en la otra dirección. Desde el extremo de una bocacalle, un grupo de hombres con brazaletes blancos en su antebrazo derecho abrían fuego contra los confundidos milicianos, atrapados de repente entre dos fuegos.

Brazaletes blancos. El sueco bujarrón llevaba uno igual.

—¡Son los Justos! —gritó—. ¡Son los jodidos traidores! ¡Disparadles!

Los milicianos se giraron y abrieron fuego contra los Justos, que tuvieron que refugiarse a toda prisa detrás de la casa. Los coreanos, igual de sorprendidos que los hombres de Greene por aquella súbita aparición, no se lo pensaron dos veces y comenzaron a avanzar, cubriéndose y saltando, sin dejar de disparar.

De repente, una columna de vehículos variopintos llegó rugiendo desde el fondo de la avenida. Era una extraña mezcolanza de blindados, camiones de la basura, turismos y furgonetas. En todos y cada uno de ellos, una multitud de ilotas vociferantes preparaba sus armas.

Los coreanos, sorprendidos por la espalda, se giraron para enfrentarse a aquella nueva amenaza. Uno de los soldados apuntó cuidadosamente un RPG a uno de los camiones e hizo fuego. El cohete salió con un silbido y avanzó hacia su objetivo serpenteando a toda velocidad, hasta impactar contra el radiador.

El camión voló por los aires y todos los tripulantes del mismo fueron engullidos por la bola de fuego en la que se transformó. El resto de los vehículos comenzaron a zigza-guear y los ilotas saltaron apresuradamente para ponerse a cubierto y comenzar a disparar.

El caos en la avenida era total. En medio de la oscuridad, los cuatro grupos se atacaban entre sí, sin estar seguros de quién estaba frente a ellos. Hong contempló asombrado cómo los recién llegados abrían fuego contra ellos, pero también contra los que habían organizado la emboscada, y algunos, incluso contra el grupo que había aparecido por el otro extremo de la calle, que a su vez devolvía el fuego. Sus hombres, por su parte, abrían fuego a discreción contra cualquiera que se moviese, ya fuese a un lado o a otro de su posición. En aquel tumulto, con pelotones corriendo por todas partes, era imposible saber quién era quién y dónde estaba cada uno.

—¡Kim! ¡Kim! —gritó, llamando a su ayudante. De repente se dio cuenta de que el teniente no estaba allí, sino que debía de estar asaltando el petrolero en aquel momento. A Hong se le escapó un reniego. La situación se estaba complicando por minutos. Tenía que sacar a su grupo de allí o estarían perdidos.

¿Cuántos bandos hay aquí? —se preguntaba furioso mientras recorría sus líneas, cada vez más delgadas—. *¿De parte de quién está cada uno?*

Dos segundos después de que el *Ithaca* reventase, una bola de fuego de casi cuatrocientos metros de radio se derramó sobre los muelles, atomizando al instante todo lo que se encontraba allí. El mar de fuego cruzó la calle y se tragó las casas situadas en primera línea, que se encendieron como si fuesen de papel. El monstruo siguió avanzando, impulsado por una gigantesca onda expansiva que había reducido todas las ventanas de Gulfport a un montón de cristales rotos. Un viento huracanado e hirviente avanzaba por delante de las llamas, arrancando los tejados de cuajo y volcando los coches aparcados en la calle.

Cuando la bola de fuego alcanzó su punto máximo, comenzó a replegarse sobre sí misma, dejando un reguero de cientos de casas en llamas. La onda expansiva, por su parte, continuó avanzando, derribando todo lo que encontraba en su camino.

—¡¿A quién cojones le estamos disparando?! —le grité a Mendoza en el oído, pero el mexicano me ignoró. Con un M4 en las manos hacía fuego de forma constante, seleccionando cuidadosamente su blanco antes de disparar.

Viktor se arrastró hasta mi lado, sorteando un montón de cristales rotos. Por encima de nuestras cabezas se oía el chasquido de docenas de balas impactando contra el chasis del camión, que estaba quedando como un colador.

—¡Esto es una locura! —aulló el ucraniano, para hacerse oír por encima del estruendo de las armas—. ¡Parece un todos contra todos! ¡Si nos quedamos aquí mucho rato más nos van a matar! ¡Tenemos los flancos al descubierto!

—¡Tenemos que llegar hasta Greene! —contesté también a gritos—. ¡Si acabamos con él, la mitad de los milicianos saldrán por piernas!

—¡Esos de ahí no son milicianos! —Viktor me señaló a unos soldados con un uniforme extraño que estaban tomando al asalto una de las casas—. ¡Por el uniforme, parecen norcoreanos!

—¿Norcoreanos? ¡Tienes que estar de coña! ¿De dónde han salido? —pregunté.

Por toda respuesta, el ucraniano se encogió de hombros, mientras disparaba contra un grupo de bultos que se acercaban en medio de la oscuridad.

Y de repente, todo se detuvo.

Primero fue un fogonazo de luz tan intenso que nos dejó deslumbrados. A continuación un volcán de fuego de proporciones épicas asomó por encima de los tejados y, un segundo más tarde, el estruendo más formidable que había oído en mi vida nos alcanzó en medio de un huracán de viento hirviente.

La onda expansiva llegó con tal fuerza que las casas a los lados de la avenida se ladearon y crujieron. Hasta el último vehículo, excepto los blindados más pesados, volcaron en medio de una lluvia de trozos de madera y cemento que nos golpeaba como metralla. Salí despedido por los aires, junto con otras doscientas personas, que súbitamente dejaron de dispararse, atrapadas en aquella vorágine.

Acabé a casi cinco metros de distancia, sobre un arriate de violetas que amortiguó mi caída. Por un instante me quedé conmocionado, tumbado boca arriba y viendo un montón de luces de colores orbitando sobre mí. En mis oídos no dejaba de sonar un penetrante pitido.

Me incorporé como pude, maltrecho, mientras descubría, aliviado, que aún estaba de una pieza. A mi alrededor sólo se oía el crepitar de los incendios y el ruido de los fragmentos de casa que caían al suelo después de haberse elevado a cientos de metros de altura. Entonces empecé a oír los gemidos de los heridos.

Al menos la mitad de los hombres y mujeres que hasta un instante antes luchaban en aquel trozo de avenida yacían muertos en el suelo, o tan gravemente heridos que estaban más allá de cualquier posibilidad de salvación. No muy lejos de mí, un ilota contemplaba con estupor un trozo de tubería que le asomaba por el estómago. El fragmento le había golpeado con la velocidad de una flecha y lo había ensartado de parte a parte. Por todos lados se veían cuerpos lacerados por la explosión y por la metralla.

—¡Viktor! ¡Viktor!

—Estoy aquí —dijo el ucraniano, saliendo a rastras de debajo de un trozo de uralita—. ¿Qué diablos ha pasado?

—No tengo ni idea, pero esto es el infierno —contesté rápidamente. Todas las casas de la calle estaban destrozadas y, al fondo, podía adivinar un resplandor reflejado en el cielo que no podía ser otra cosa sino un incendio. Uno realmente grande.

—El fuego va a devorar toda la ciudad antes de que nos demos cuenta —musitó el ucraniano mientras se sacudía la ropa.

De entre las ruinas, los civiles que habitaban las casas salían corriendo en dirección a la oscuridad, tratando de ponerse a salvo. No tenían manera de saber que el Muro exterior tenía varias brechas y que no había nada entre ellos y los No Muertos.

—¡Tenemos que llegar al Ayuntamiento! —Sujeté a mi amigo por los hombros, con la angustia reflejada en mi voz—. ¡La fuente del Cladoxpan está allí! ¡Si no conseguimos uno de eso hongos madre, Lucía y yo estaremos condenados! ¡Y todos los ilotas que aún estén con vida!

Viktor miró al otro lado de las llamas con expresión afligida. Al fondo, el Ayuntamiento brillaba entre los incendios, con el tejado destrozado y todas las ventanas rotas. No quedaba ni rastro de la bandera de Greene.

—Va a ser la carrera de nuestras vidas —dijo sencillamente, mientras cambiaba el cargador de su AK-47—. ¿Estás preparado?

Asentí, muy asustado pero totalmente decidido.

—Vamos allá —gruñó Pritchenko—. Nos veremos al otro lado.

50

Grapes se levantó de entre los escombros, con la frente despellejada. Un trozo de metal retorcido había pasado a tan sólo un centímetro de su cabeza. De su oído derecho manaba un reguero de sangre a causa de la rotura de un tímpano. El ario se tambaleó mientras avanzaba entre las ruinas hacia el lugar donde había estado hasta hacía un minuto.

Su Humvee ya no estaba. O mejor dicho, sí que estaba, pero a seis metros, empotrado en el salón de una casa. De sus milicianos no quedaba ni rastro. La mayor parte de sus hombres se habían atrincherado en las casas del lado derecho de la calle para ejecutar la emboscada, y en aquel momento todas aquellas casas eran una pila de escombros humeantes y cubiertas de llamas. Aquí y allá asomaba algún miliciano aturdido, trastabillando entre las ruinas y con una expresión confusa en la cara.

Su fuerza había quedado hecha pedazos. No le quedaba casi nadie.

El único consuelo era que el resto de los grupos no parecían estar mucho mejor.

De repente, captó un movimiento por el rabillo del ojo. Había dos figuras trepando por encima de un montón de vehículos volcados. Tuvo que frotarse los ojos dos veces para cerciorarse de que estaba viendo bien.

—No puede ser —se dijo a sí mismo.

Pero allí estaban: aquel maldito abogado cabrón y su amigo soviético.

El puñetero abogado de los huevos. De alguna manera se las había apañado para sobrevivir al páramo y volver a Gulfport. Y estaba allí, cojeando a menos de treinta metros de donde estaba él.

Grapes sintió que la ira volvía a consumirle y aplastaba el sentimiento de derrota que le embargaba. Aquel cerdo no se iba a reír de él. De ninguna manera.

Su pie tropezó con un fusil de asalto y Grapes lo recogió. Sin apartar la mirada de los dos hombres, que ya habían atravesado las líneas de los amarillos y corrían hacia el Ayuntamiento, Grapes apuntó cuidadosamente y disparó.

El arma no hizo fuego. Grapes apretó el gatillo frenéticamente, hasta que se dio cuenta de que el cerrojo del M4 había quedado destrozado por la explosión.

Frustrado, arrojó el arma al suelo. De repente, vio a dos verdes que se levantaban de entre los escombros.

—¡Allí! —Señaló frenéticamente—. ¡A ellos!

Los dos verdes dudaron un momento, pero enseguida tomaron posición y abrieron fuego. Sin embargo, aquel momento de duda había sido suficiente para que la figura que iba por delante quedase fuera de la línea de tiro. La segunda figura, que cojeaba de forma visible e iba mucho más lenta, no tuvo más remedio que ponerse a cubierto detrás de un coche volcado, mientras las balas abrían agujeros en el cemento a su alrededor.

—¡No dejéis que escape! —rugió Grapes a sus hombres—. ¡Yo me encargo del otro!

Y saltando por encima de un montón de cuerpos caídos echó a correr detrás de la figura que, a contraluz, se acercaba a toda velocidad al Ayuntamiento.

51

Las balas silbaban alrededor de mi cabeza mientras yo trataba de hacerme más y más pequeño detrás de aquel coche volcado. Estábamos a punto de cruzar la última línea del destrozado campo de batalla cuando abrieron fuego contra nosotros. Sólo tuve tiempo de arrojarme a tierra, mientras que Viktor saltó al otro lado de un pequeño murete de ladrillos rojos que cerraban una casa. Desde allí quedaba fuera de la línea de tiro de los que me estaban acribillando.

El ucraniano me miró, y se preparó para saltar en mi dirección.

—¡Sigue! —le grité—. ¡Sigue, maldita sea! ¡Ya te alcanzaré!

Vi que titubeaba.

—¡Viktor, si uno de los dos no se queda para frenar a estos tipos nos freirán a tiros antes de que lleguemos al final de la calle!

Pritchenko echó un vistazo dubitativo a ambos lados y meneó la cabeza. Se daba cuenta de que tenía razón.

—¡Ten cuidado! —gritó mientras me lanzaba los cargadores de su AK-47—. ¡Volveré en un rato! ¡Aguántalos aquí mientras tanto!

450

Asentí, preguntándome cómo coño pensaba Viktor que iba a aguantar allí ni siquiera diez minutos, pero no le dije nada. El tiempo corría en nuestra contra. Las llamas ya asomaban encima del tejado de las casas colindantes con el edificio del Ayuntamiento.

Pritchenko me hizo un gesto con la mano, como diciendo «Tranquilo, todo irá bien».

A continuación, salió corriendo en dirección al Ayuntamiento y lo perdí de vista.

52

La explosión había aplastado a Hong contra el chasis de su blindado con tanta fuerza que el coronel sintió cómo se quebraba una de sus costillas. Contuvo un aullido de dolor mientras se ponía en pie. De los ciento veinte hombres de su grupo con los que se había lanzado al asalto tan sólo podía ver a un puñado, la mayoría demasiado malheridos para ser de alguna utilidad.

El coronel sintió el regusto amargo del fracaso. Sospechaba cuál era el origen de aquella explosión y sabía lo que eso significaba. Había fallado. Su misión había acabado.

Se recostó contra el blindado, con la mirada perdida. Al hacerlo notó un bulto duro en el bolsillo de la guerrera. Lo sacó y vio que era el bote de Cladoxpan de aquel ilota.

Aún no estaba todo perdido. Todavía no.

El coronel inspiró profundamente y a continuación saltó al otro lado del vehículo. Una vez allí, comenzó a correr hacia el edificio del Ayuntamiento, que las primeras llamas ya empezaban a lamer.

Hong se jugaba su última carta.

Mendoza oyó los disparos y asomó la cabeza cautelosamente. La calle estaba iluminada por las llamas del incendio y lanzaba brillos espectrales sobre docenas de cuerpos desparramados por todas partes. La lucha había cesado por completo, excepto por dos tiradores verdes que hacían fuego de forma constante contra un vehículo tumbado en una esquina.

Eran los dos últimos verdes. El resto estaban muertos o habían huido. Mendoza comenzó a paladear la victoria. La Ciudad Blanca ardía en llamas, y él aún estaba vivo. La Ira de los Justos había triunfado. La venganza era casi completa. Tan sólo quedaba aquel pequeño detalle.

Sacando fuerzas de flaqueza, el mexicano se lanzó a la carrera hacia allí, dispuesto a acabar con aquellos malnacidos de una vez por todas. Y después iría a por Greene.

Hong y Mendoza se vieron prácticamente al mismo tiempo. El mexicano se quedó sorprendido al ver el uniforme del coreano, pero no disminuyó el ritmo de su carrera. No sabía quién era aquel individuo, pero de lo que estaba seguro era de que no era de los suyos. Así que levantó su pistola y comenzó a disparar mientras avanzaba esquivando los cuerpos caídos.

Hong, por su parte, apretó la mandíbula y aceleró el paso, sin disparar.

Más cerca. Tengo que estar más cerca.

Cuando estaban a diez metros la primera bala de Mendoza alcanzó al coronel en un hombro. Hong se tambaleó, más sorprendido que dolorido, pero no aflojó el paso. A su vez levantó su Makarov y abrió fuego contra el mexicano tres veces, en rápida sucesión.

La primera bala pasó muy alta pero las otras dos se enterraron en el pecho del mexicano, que cayó hacia atrás como un fardo. Su cuerpo se convulsionó un par de veces y finalmente se relajó.

El coronel se detuvo, jadeante, y echó un vistazo a su herida del hombro. No era demasiado profunda, pero tendría que curarla en cuanto tuviese oportunidad. Con la pistola todavía en la mano, se acercó al cadáver del mexicano y le dio una patada.

Condenado bastardo. Casi me matas.

Hong apartó la vista del cuerpo y miró hacia el Ayuntamiento. A apenas cincuenta metros un soldado con una cinta verde en el brazo disparaba contra un coche volcado. A su lado, el cuerpo caído de su compañero demostraba que alguien le devolvía el fuego con puntería.

Hong decidió dejarlos de lado. Que se matasen entre ellos, fueran quienes fuesen. Él tenía algo más importante que hacer.

De repente, oyó un tintineo a sus pies. Bajó la mirada y vio un par de arandelas de metal rodando por el suelo. Una mano ensangrentada le sujetaba por la pernera del pantalón.

Pero ¿qué...?

Carlos *el Gato* Mendoza le miraba desde el suelo, mientras su última vida se le escapaba por los agujeros de bala. En su pecho reposaban dos granadas sin seguro de aspecto mortífero.

Hong palideció y en un acto reflejo trató de dar un paso atrás, pero Mendoza se aferró a su pernera.

—Chinga a tu madre, cabrón —murmuró el mexicano escupiendo burbujas de sangre por la boca en su último desafío.

Las dos granadas explotaron casi a la vez. Y el fogonazo de la explosión fue lo último que vio el coronel Hong, que murió sin soltar el destrozado bote que sujetaba en la mano.

53

Los pies de Viktor hicieron crujir la alfombra de cristales rotos que ocupaban el antiguo vestíbulo del Ayuntamiento de Gulfport. Las cortinas flameaban a través de las ventanas rotas, y el viento cálido del incendio ya había colado unas cuantas pavesas ardientes a través de las grietas de la fachada. Pequeños fuegos ardían aquí y allá de forma descontrolada, amenazando con unirse y transformarse en un monstruo en muy poco tiempo.

Viktor arrojó el AK al suelo —era inútil sin munición— y atravesó el vestíbulo con su viejo cuchillo de combate en la mano. Un transformador soltaba chispazos, iluminando la sala con flashes irregulares.

El ucraniano se preguntaba por dónde debería empezar a buscar. Aquel edificio era enorme, y casi no tenía tiempo. Un par de vigas de madera del techo se derrumbaron con estrépito en uno de los despachos adyacentes. Todo el edificio gemía y crujía, mientras el viento cálido del incendio se colaba dentro, inundándolo todo con olor a humo. De repente, Pritchenko oyó pisadas detrás de él.

—Bueno, al final casi has llegado tú antes que yo —dijo sonriendo, mientras se giraba aliviado—. Y mira que te dije que me esperases all...

Las palabras murieron en su boca y su sonrisa desapareció.

En la puerta del Ayuntamiento, junto a una boca de riego de emergencia, Grapes le observaba, con la cara cubierta de sangre y una expresión enloquecida en sus ojos. En su mano sujetaba el hacha de bombero que había sacado del soporte de la pared.

—Pequeño bastardo malnacido —gruñó Grapes mientras avanzaba hacia el centro de la sala—, enano soviético, sucio cabrón.

—Yo también me alegro de verte, Grapes —contestó Viktor, inspirando profundamente—. Pareces algo cansado, ¿sabes?

—Desde el primer momento reconocí que tenías cojones, lo hice, claro que sí. —A Grapes se le escapó una risita chirriante y desafinada—. Podrías haber hecho grandes cosas aquí, conmigo. Mujeres, poder, riquezas. ¡Prosperar, joder!

El ucraniano cambió de mano su cuchillo y se apoyó en el mostrador de recepción, como si aquello no fuese con él, pero sin perder de vista al ario ni por un segundo. Grapes caminaba rodeando el sello central de suelo de mármol, acercándose lenta e imperceptiblemente a Viktor, sin dejar de hablar.

—Has escogido mal a tus amistades, ruso. —Soltó una risotada despectiva—. A estas horas tu amiguete el abogado ya está muerto y tú estás aquí, atrapado como una rata. Deberías haber pensado mejor cuál era tu bando.

Viktor abrió la boca y bostezó de forma exagerada.

—¿Has acabado ya o tengo que seguir oyendo tu cháchara estúpida mucho tiempo? —dijo mientras sopesaba la hoja del cuchillo.

Con un rugido, Grapes se lanzó sobre Viktor. El líder de los verdes había tratado de distraer y acercarse lo más posible al ucraniano para no fallar el golpe, pero Viktor Pritchenko era un perro muy viejo.

El filo del hacha se hundió en el mostrador de madera con un chasquido seco, justo en el lugar donde Prit había estado un segundo antes. Grapes soltó la hoja y se lanzó de nuevo al ataque, enarbolando el arma como si fuera un vikingo.

Viktor tuvo que esquivarlo un par de veces mientras retrocedía sin parar hacia la base de las escaleras. Grapes dibujaba enormes círculos mortales con el hacha enfrente de él. Cada vez que hacía oscilar la hoja, ésta cruzaba el aire con un zumbido siniestro, tapado a medias por los rugidos del ario. Viktor, cada vez más apurado, fintaba en el último minuto y comprobaba desesperado que se le acababa el espacio libre. El ucraniano, armado tan sólo con su cuchillo, no podía ni acercarse a Grapes.

En aquel instante, mientras retrocedía de espaldas, tropezó con el primer peldaño de la escalera que arrancaba hacia la primera planta. El ucraniano se balanceó y tuvo que echar mano del pasamanos de madera de roble. Grapes vio su oportunidad y dejó caer el hacha contra el brazo de Pritchenko. Al ucraniano sólo le dio tiempo de tirarse de bruces al suelo, medio segundo antes de que el machete se estrellase contra el pasamanos, en medio de una explosión de astillas.

Grapes gruñó y tiró de la hoja, que había quedado profundamente clavada. Aquélla era la oportunidad que había estado esperando Viktor. Con la rapidez de una víbora, el pequeño ucraniano se levantó como impulsado por un resorte y clavó la hoja de su cuchillo en el antebrazo de Grapes. El gigantón ario lanzó un alarido y retrocedió instintivamente un paso. Aquel espacio era muy pequeño, pero más que suficiente para un tipo como Pritchenko. El ucraniano lanzó su brazo hacia delante y enterró la hoja aserrada de su cuchillo en la ingle de Grapes.

El ario lanzó un aullido de dolor y se tambaleó hacia atrás, furioso. Viktor, en vez de continuar su ataque, permaneció de pie, expectante, en posición de guardia y con los ojos clavados en el líder verde.

—Voy a descuartizarte, hijo de puta —jadeó Grapes. Se pasó la mano por la cara. De repente veía borroso y además tenía mucho frío. Notó algo pegajoso en los pantalones. Bajó la mirada y comprobó que éstos estaban completamente empapados de sangre.

—Es la femoral —le dijo Viktor, con voz fría—. Está seccionada. Te estás vaciando por dentro, Grapes. Se acabó.

No. No puede ser. No, no, no, ¡¡no!!

El ario dio un par de pasos hacia Viktor, pero las piernas le fallaron y cayó de rodillas. Pritchenko se acercó hacia él con parsimonia y lo sujetó por la barbilla.

—Morir desangrado es una muerte indolora —dijo, poniéndose en cuclillas a su lado—. Poco a poco te vas durmiendo y, después, simplemente se acabó. Es mucho mejor trato que el que tú les has dado a los cientos de víctimas de los trenes. Por eso quiero darte un regalo de despedida antes de que te vayas.

Grapes abrió la boca, tratando de decir algo, pero antes de que pudiese articular la primera palabra Viktor clavó su puñal en el estómago. Al ario se le escapó un aullido de dolor y los ojos le lagrimearon.

—Éste es por ser un malnacido psicópata y cabrón —masculló Pritchenko, antes de sacar el cuchillo y volver a clavarlo, esta vez en los genitales de Grapes—. Y esto es de parte de *Lúculo*, hijo de puta.

Grapes se derrumbó en el suelo hecho un ovillo, mientras el charco de sangre se hacía cada vez mayor a su alrededor. El ario mantuvo la mirada fija en el rostro de Pritchenko, con una expresión de odio reconcentrada. Entonces, poco a poco, el brillo de sus ojos se fue apagando, hasta que se extinguió por completo.

Viktor lo contempló unos instantes, pensativo. El ucraniano pocas veces disfrutaba matando, pero ésta había sido una de aquellas ocasiones especiales. Se agachó sobre el cuerpo y usó los restos de su camisa para limpiar la hoja del cuchillo. Después se incorporó y se dispuso a seguir buscando el laboratorio.

Ni siquiera oyó el disparo. Lo único que notó fue un golpe muy fuerte en la espalda y a continuación calor, mucho calor. De repente sus brazos empezaron a pesarle como el plomo, y sus piernas se transformaron en barras de mantequilla derretida. Quiso volver la cabeza mientras caía hacia delante, pero fue incapaz.

El cuerpo de Pritchenko se desplomó como un roble abatido en el suelo del vestíbulo. Su mano crispada arañó un par de veces el parquet arruinado antes de detenerse por completo.

Desde lo alto de las escaleras, el reverendo Greene lo miraba con ojos oscuros, sosteniendo su Colt humeante, mientras una sombra cada vez más negra parecía cobrar vida a sus espaldas.

54

Le había dado a uno. Pero el otro me estaba machacando. El tipo ya no disparaba a ciegas, sino que reservaba munición, esperando el momento para asomarse y abrir fuego.

Cuando sonó la explosión de las granadas, el guardia verde giró la cabeza, sorprendido. Actuando por instinto me levanté y disparé casi sin mirar. El AK estaba puesto en modo automático y vacié medio cargador de balas en su pecho.

El verde se desplomó tras hacer una pirueta mortal y el silencio se hizo por fin en aquel martirizado trozo de calle. Miré a mi alrededor. No quedaba nadie en pie. Tan sólo un montón de heridos que se lamentaban y trataban de ponerse a cubierto. Aquellos que estaban en mejor estado se arrastraban lentamente, pero los más graves contemplaban desde el suelo, impotentes, cómo el enorme incendio se acercaba a toda velocidad, dispuesto a tragárselos vivos.

No me quedé a ayudarlos. Tendrían que apañárselas por sus propios medios o morir en el intento. Mientras cojeaba sobre mi tobillo roto hacia el edificio del Ayuntamiento, sólo tenía una cosa en la cabeza. Debíamos salir de allí.

Y el tiempo se acababa.

Subí los escalones de entrada del edificio trastabillando. Apoyado en una jamba de la puerta estaba el cadáver decapitado de un hombre, que había salido proyectado hasta allí por la explosión. Su ropa estaba cubierta de sangre y era imposible adivinar a qué bando pertenecía. Eso, a aquellas alturas, ya daba igual.

Al entrar en el vestíbulo me quedé inmóvil, paralizado por la sorpresa.

Grapes yacía en el suelo, inmóvil en medio de un enorme charco de sangre.

Y a su lado había otro cuerpo, boca abajo. Su pelo, sin embargo, era inconfundible.

No. Oh, no, por favor, oh, no, no puede ser...

Me arrojé de rodillas al lado del cuerpo de Viktor y le di la vuelta. Una bala de alto calibre le había penetrado por la espalda, entre los omóplatos, y había salido por el otro lado. El ucraniano estaba cubierto de sangre y terriblemente pálido.

—¡Viktor! ¡Viktor, dime algo! ¡Vamos, amigo, dime algo! —Estaba tan angustiado que no podía pensar con claridad. Me quité la camisa por la cabeza y la desgarré, para hacer un apósito con el que taponar la herida.

La tela se empapó por completo nada más ponerla sobre el enorme agujero de bala. Era imposible detener la hemorragia. No quería ni imaginarme los destrozos internos que tenía que haber causado el proyectil.

Viktor gimió levemente y abrió los ojos. Su mirada, desenfocada y desvaída, giró en redondo, tratando de localizarme. Ver aquello me puso los pelos de punta. La piel del ucraniano estaba terriblemente fría, pero Prit ni siquiera temblaba. Era espantoso.

—Veo... que... has llegado... por fin. —La voz de Pritchenko era un murmullo que subía y bajaba de intensidad, como una radio a punto de perder la señal—. Has... tardado... mucho.

—Viktor. —Mi voz sonaba estrangulada. Estaba a punto de echarme a llorar—. Viktor, no te mueras, por favor. No te mueras.

—Creo que... tengo que... —El ucraniano se dobló, sacudido por unas toses incontrolables. Su saliva, manchada de sangre, se escurrió por la barbilla y le tiñó su bigote rubio de un siniestro tono rojizo—. Tenéis... que vivir... Lucía y tú... hacedlo... por mí.. —Me sujetó las manos con fuerza y me clavó su mirada—. Prométemelo... ¡Prométemelo!

No pude decir nada y simplemente asentí. Las lágrimas corrían a raudales por mis mejillas mientras sujetaba al ucraniano con fuerza.

—Greene... está arriba. —Pritchenko se llevó una mano al boquete de su pecho y la levantó, cubierta de sangre—. Ha sido él... ten cuidado... ¿vale? —Más toses cavernosas le interrumpieron. El ucraniano continuó, con un hilo de voz, esforzándose por sonreír—. Te... dije... que nos veríamos... al otro lado.

El rostro de Pritchenko se contrajo en un rictus de dolor. Viktor tensó todo su cuerpo y de repente se relajó por completo, con una expresión de paz en el rostro.

Se había ido.

No sé cuánto tiempo estuve de rodillas en medio de aquel vestíbulo, acunando en mis brazos el cuerpo de mi amigo. Sé que lloré, grité y maldije en voz alta. Sé que arrastré su cuerpo hasta la calle, para evitar que su sangre se mezclase

462

con la de un miserable como Grapes. Sé que lo dejé apoyado en el costado de un coche, con su piel terriblemente pálida y el pelo lacio cayéndole sobre los ojos.

Y también sé que cuando me di la vuelta y volví a entrar en el edificio en llamas me iba diciendo a mí mismo que Greene era hombre muerto.

55

Los pasillos de Ayuntamiento se habían transformado en un infierno. La explosión del *Ithaca* no había dejado ni una sola ventana intacta, y por los huecos abiertos se habían colado enormes cantidades de chispas incandescentes, que al caer sobre las montañas de papel acumulado lo prendían casi al instante. Algunas partes del edificio ya rugían en llamas, con los incendios fuera de control. Lo que durante un tiempo muy breve había sido mi despacho se había transformado en una caldera de fuego que chasqueaba entre oleadas de calor.

Le di la espalda a aquel pasillo y comencé a correr hacia el puente que comunicaba el edificio con el antiguo banco donde estaban los laboratorios. El humo era cada vez más denso y espeso y no podía dejar de toser. Sentía la garganta seca como el papel de lija y cada vez me costaba más respirar. Sin embargo, al llegar al puente, sentí una ráfaga de aire fresco. Las llamas aún no habían llegado hasta allí, y por los ventanales rotos entraban potentes corrientes de aire.

Llegué al puesto de control, donde un siglo antes habían vigilado los guardias verdes. En el suelo aún estaba tirada la revista pornográfica que había estado ojeando uno de ellos. La pisoteé al pasar y me colé dentro de los laboratorios con cautela.

Al entrar en la primera sala tropecé con un cadáver. Era una mujer de mediana edad, ataviada con una bata, a la que le habían disparado dos veces, una en el corazón y otra en la frente. Había tenido la mala suerte de estar de turno aquella maldita noche. *Estilo ejecución de la mafia*, pensé. Quien lo había hecho sabía lo que se llevaba entre manos.

El siguiente cuerpo era el de Ballarini, el investigador jefe. El italiano no llevaba puesto un traje, sino que iba en pijama, con una gabardina por encima. Sin duda el tiroteo, o la explosión del petrolero, lo había sacado de la cama y entonces había corrido a su precioso laboratorio para protegerlo. Pero alguien se lo había encontrado por el camino.

El italiano presentaba un disparo mucho más sucio y menos profesional que el otro cuerpo. Tenía un enorme boquete en el estómago y un rictus de sorpresa infinita en su cara, como si todavía no pudiese creer que estaba muerto. Una de sus zapatillas de noche estaba a casi un metro de su cadáver, con unas gotas de sangre secándose en la punta.

Amartillé el AK y comencé a descender las escaleras que llevaban a la antigua bóveda del banco. Desde allí abajo me llegaba un ruido de golpes rítmicos y metálicos.

La luz del techo parpadeó un par de veces y después bajó de intensidad. El edificio estaba alimentado por un generador autónomo que comenzaba a fallar. Hice los últimos metros en silencio y me asomé a la puerta de la cámara.

Greene estaba allí, con un guardia verde, un tipo musculoso y con los brazos como jamones que se afanaba en dar hachazos a las cubas de acero donde fermentaba el Cladoxpan.

Ya había derribado todas las cubas menos dos, y el suelo estaba cubierto por un pequeño lago de medicamento que se escurría gorgoreando por un desagüe. Greene observaba todo con aire enfebrecido, mientras aferraba en una mano su pistola y en la otra sostenía un cubo de metal en el que reposaba una de las cepas de hongo. El reverendo pretendía destruir todos los hongos madre menos uno. El suyo.

El ario derribó finalmente la cuba, que cayó al suelo en medio de un enorme estruendo metálico. El Cladoxpan se derramó en una enorme oleada que salpicó a los dos hombres casi hasta la cintura, antes de escaparse por los aliviaderos y por la puerta. Aproveché el reguero que pasaba a mi lado para hundir la mano en él haciendo un cuenco y dar un par de sorbos ansiosos.

El líquido bajó por mi garganta como si fuera fuego. Aquélla era una dosis mucho más concentrada que lo que había probado hasta entonces. Sentí un subidón de adrenalina tan brutal que por un instante me mareé. Todos los cortes, moratones y quemaduras que me salpicaban el cuerpo dejaron de dolerme como por arte de magia. Estaba seguro de que cuando se me pasase el efecto el dolor volvería centuplicado, pero mientras tanto me sentía absolutamente genial.

Me puse de pie y me planté en medio de la puerta. Al principio no me vieron, ocupados como estaban atacando la última cuba. De repente, Greene se agarró la rodilla derecha como si le hubiese dado un latigazo de dolor y se volvió con los ojos muy abiertos.

—¡Tú! —gritó.

—Yo. —Fue mi seca respuesta.

A continuación apunté al guardia verde y abrí fuego.

El ario intentó llegar a la pistola (una Beretta profesional con silenciador) que había dejado apoyada en una balda. La primera bala le impactó en una pierna y cayó al suelo. La segunda bala le partió el corazón, y para él todo se acabó.

Me giré hacia Greene. El reverendo temblaba (no sé si de miedo o de furia), incapaz de apartar su mirada de mí. Daba la sensación de que estaba viendo un fantasma. Me apuntaba con su enorme Colt y su mano se sacudía.

—Eres un engendro de Belcebú —murmuraba con los ojos desorbitados y lanzando chispas. Había perdido su sombrero Stetson y tenía el pelo revuelto—. ¡Eres el Diablo, el Anticristo, una ofensa a los ojos del Señor! ¡Ha llegado la hora de que te reúnas con Satanás para siempre!

—Y entonces tiró del percutor de su pistola.

Es ese momento, el generador falló por última vez y las luces se apagaron. Instintivamente, me arrojé al suelo. El arma de Greene iluminó toda la habitación a oscuras con un fogonazo espectral, mientras un pesado avispón de plomo pasaba zumbando a pocos centímetros de mi cabeza. Desde el suelo y a ciegas, abrí fuego. La ráfaga del AK alcanzó al reverendo en el brazo, y soltó el Colt con un grito de dolor. Se agachó para recogerlo, pero yo ya me había levantado y me lancé contra él con furia homicida.

Embestí a Greene con tanta fuerza que lo hice caer de espaldas. Las manos del predicador me arañaban la cara y lanzaba mordiscos furiosos tratando de alcanzarme el cuello.

—¡No puedes matarme! ¡Soy el profeta! ¡YO SOY EL PROFETA!

El cubo de Cladoxpan con el hongo madre dentro estaba justo a nuestro lado. Sujeté a Greene por las solapas y lo levanté con la misma facilidad con la que una gata sacude a un cachorro.

—No eres el Profeta —le susurré al oído—. Y nunca lo has sido, condenado loco hijo de puta.

Greene me miró con una expresión de terror genuino en los ojos. Su pierna derecha, que no había parado de temblar y sacudirse durante toda la pelea, estaba repentinamente quieta.

—Ha dejado de doler —murmuró, con un tono de incredulidad en la voz—. No puede ser...

—Esto sí que te va a doler, cabrón. —Y le sumergí la cabeza dentro del caldero de estaño.

El reverendo se debatió salvajemente, tratando de sacar la cabeza a la superficie para poder respirar. Lo sujeté con fuerza mientras el Cladoxpan burbujeaba y se derramaba por los bordes del cubo. Al cabo de un rato, su cuerpo dejó de sacudirse y, finalmente, quedó inmóvil.

Me derrumbé sobre el suelo, jadeando. Se suponía que tendría que sentirme bien. Había matado al hombre que me había infectado, que había acabado con Pritchenko y que había conducido a miles de personas a aquella orgía de dolor y destrucción. Sin embargo, lo único que tenía eran unas ganas enormes de cerrar los ojos y descansar.

Un estruendo enorme sonó sobre mi cabeza. Algo en el piso superior acababa de derrumbarse. El aire estaba muy caliente y comenzaba a oler a humo. Me levanté a duras penas y recogí el hacha que el verde había estado usando para reventar las cubas. Volví junto a Greene y levanté el hacha sobre mi cabeza. De un golpe seco decapité al reverendo.

—A ver si eres capaz de volver de entre los muertos, malnacido —murmuré.

Me tercié el fusil en la espalda y salí de la bóveda con el cubo en una mano y la cabeza del reverendo en la otra. El exterior estaba lleno de pequeños conatos de incendios y el calor era sofocante.

Subí las escaleras y crucé a toda prisa el laboratorio en llamas, en dirección a la salida. Tuve que bajar las escaleras del Ayuntamiento casi a ciegas, debido al intenso humo. Cuando finalmente conseguí salir tuve que apoyarme un rato sobre mis rodillas para vomitar.

A mi alrededor, todo Gulfport era lentamente engullido por las llamas. Tan sólo el gueto de Bluefont, al otro lado del canal, parecía estar a salvo de la furia desatada por el incendio.

Levanté la cabeza del reverendo y la puse a la altura de mis ojos. Su rostro había quedado congelado en una expresión de furia y tenía la boca abierta, enseñando sus dientes viejos y desgastados. Le escupí entre los ojos y, a continuación, tomando impulso, arrojé la cabeza al infierno de fuego en el que se había transformado el Ayuntamiento.

La cabeza desapareció dentro de aquella enorme pira. Al cabo de un instante, un humo negro y pegajoso se elevó por encima de las llamas mientras se oía un aullido inhumano. Por un instante me pareció ver que aquel humo se retorcía y giraba con vida propia.

Justo entonces, el techo del vestíbulo, corroído por el incendio, se derrumbó con estrépito y todo desapareció dentro de un océano de fuego.

56

El todoterreno se abría paso lentamente entre la maleza que había colonizado el asfalto agrietado. La mayor parte de las casas presentaban un aspecto deslucido y algunas estaban en estado de ruina inminente, pero por lo demás casi nada había cambiado. Mientras avanzábamos aplastando los montones de huesos podridos y amarillentos que salpicaban el paisaje aquí y allá no paraba de señalarle cosas a Lucía, con el entusiasmo de un niño pequeño.

Finalmente llegamos a una bocacalle y giré a la izquierda. En el asfalto del cruce aún se veía una marca de espray casi desvaída que un soldado ya muerto había hecho muchos años antes, en plena evacuación.

Detuve el vehículo y apagué el motor, pero no fui capaz de salir. Eran demasiados recuerdos.

—¿Era ahí? —me preguntó Lucía con dulzura, mientras ponía su mano sobre la mía. La barriga de su embarazo ya era muy evidente. Pronto necesitaríamos un sitio definitivo donde asentarnos. Al menos, una temporada.

Asentí, emocionado. Mi casa.

Había vuelto a casa.

—¿Ya hemos llegado? —dijo una voz aguda desde el asiento de atrás.

—Sí, Viktor, ya hemos llegado —contestó Lucía, volviéndose—. Pero espera a que papá te abra la puerta antes de salir.

El pequeño Viktor nos observó con mirada traviesa y asintió. Era un crío de carácter tranquilo y despierto, y había heredado los increíbles ojos verdes de su madre.

—¿Vamos a vivir aquí? —preguntó de nuevo, arrugando el ceño—. No me gusta esta casa. Es vieja y está sucia.

Reí con ganas y le revolví el pelo a mi hijo.

—Tranquilo, hay un montón de casas vacías —le dije—. Viviremos en la que más te guste de toda la ciudad, te lo prometo. Pero primero papá quiere ir a recoger algo ahí dentro.

Me bajé del coche y dejé a Lucía comprobando que nuestra cepa de hongo madre tuviese la suficiente cantidad de agua. Cuidar aquel extraño hongo se había convertido en una parte de nuestra rutina diaria desde hacía mucho tiempo.

Caminé hacia mi casa con el corazón encogido de la emoción. ¿Cuántos años habían pasado? ¿Ocho? ¿Nueve? Sin embargo era capaz de reconocer hasta la última marca dibujada en la pintura. Incluso el olor me resultaba familiar.

Estábamos de vuelta.

A mi lado pasó una pequeña bola de pelo naranja. *Lúculo* ya no se movía con la misma velocidad que cuando era más joven, pero aún era capaz de echar una buena carrera cuando algo le interesaba. El gato maulló inquieto, sacudiendo el pequeño muñón que tenía por rabo, y me miró inquisitivo.

—Tú también te acuerdas de este sitio, ¿eh, amigo? —le susurré mientras lo acariciaba.

Era el final de un viaje muy largo. Habíamos tardado casi seis años en llegar hasta allí, desde el día en que habíamos salido de entre las ruinas de Gulfport. Seis años de incesante viaje, encontrando muchos pequeños grupos a lo largo del mundo, que poco a poco iba renaciendo de sus cenizas.

El planeta aún era un lugar peligroso. Aunque ya hacía más de cuatro años que nadie había visto ni oído hablar de un No Muerto, no todos los grupos humanos que habían sobrevivido eran amistosos o pacíficos. Poco a poco se iba instaurando de nuevo un orden social muy precario, pero no era ni una remota sombra de lo que había sido el mundo antes del Apocalipsis. La Segunda Edad Media, lo llamaban algunos.

Por otro lado, el TSJ aún seguía corriendo por las venas de muchos supervivientes. Por algún motivo misterioso, aunque Lucía y yo estábamos infectados, el pequeño Viktor parecía inmune al virus. Al parecer, al transmitirse de madre a hijo, el TSJ mutaba y perdía toda su virulencia. En pocas generaciones, no sería más que un mal recuerdo.

La puerta seguía abierta, tal y como la había dejado años atrás. Entré con cuidado, siguiendo a *Lúculo*, que como un rayo se dirigió al patio posterior, donde tantas buenas horas había pasado.

Mi casa estaba hecha un desastre. Una familia de zorros había montado su madriguera en mi salón, y el piso de arriba estaba arruinado a causa de las filtraciones de agua. Los muebles olían a humedad y la pintura de las paredes estaba desconchada, pero, aun así, era feliz.

Estaba en casa.

Me acerqué hasta el mueble del salón y abrí el primer cajón de arriba. Allí dentro, bien preservados dentro de una funda de plástico, estaban los álbumes de fotos de mi familia. Mi último vínculo con el pasado.

Lucía y Viktor entraron detrás de mí, cogidos de la mano. Mi hijo lo miraba todo con curiosidad, pero con prudencia. Sabía muy bien que una casa en ruinas podía ser un lugar peligroso. Los niños del Nuevo Mundo tenían unos conocimientos muy distintos a los de antes del Apocalipsis.

—¿Qué vamos a hacer ahora, Manel? —me preguntó Lucía, mientras apoyaba su cabeza en mi hombro—. ¿Adónde vamos a ir?

—No lo sé —contesté con sinceridad—. Pero no importa.

Estábamos vivos. Habíamos sobrevivido a la prueba más dura de la Humanidad.

Y de allí en adelante, el mundo nos pertenecía.

FIN

booket